T0243914

ATALANTA

ATALANTA

JENNIFER SAINT

Traducción de Natalia Navarro Díaz

◐ UMBRIEL

Argentina · Chile · Colombia · España
Estados Unidos · México · Perú · Uruguay

Título original: *Atalanta*
Editor original: Wildfire, un sello de Headline Publishing Group
Traducción: Natalia Navarro Díaz

1.ª edición: enero 2024

ISBN: 978-84-19030-34-4
E-ISBN: 978-84-19497-43-7
Depósito legal: M-31.046-2023

Fotocomposición: Ediciones Urano, S.A.U.
Impreso por: Romanyà Valls, S.A. – Verdaguer, 1 – 08786 Capellades (Barcelona)

Impreso en España – *Printed in Spain*

Para Bee y Steph, mi grupo de escritoras del norte, que disfrutaron de esta novela desde su primera encarnación y celebraron cada paso del camino.

Atalanta: del griego Ἀταλάντη (Atalante), que significa «igual en fuerza».

Su naturaleza la había dotado de extraordinaria velocidad. [...] Nadie conseguía verla con facilidad sino que, de manera inesperada e imprevista, aparecía persiguiendo a una bestia o luchando con ella. Como una estrella fulgurante brillaba al modo de las centellas.

Thomas Stanley, traductor al inglés (1665)
Juan Manuel Cortés Copete, traductor al español
Claudio Eliano, *Historias curiosas: Libro XIII*
(páginas 267-268)

PRÓLOGO

Cuando nací me abandonaron en la ladera de una montaña. El rey había pronunciado su decreto, «Si es una niña, dejadla en la montaña», y un alma desafortunada tuvo que salir del palacio con ese bulto no deseado de humanidad: una niña en lugar del glorioso heredero que tanto deseaba el rey.

Abandonada en la tierra, supongo que lloraría todo lo que pudieran soportar mis pequeños pulmones. O me quedaría allí tumbada, sollozando, asustada, mientras ella se acercaba a mí. La mamá osa, con sus oseznos todavía ciegos y con el pelaje húmedo, atraída por el sonido lastimero de una recién nacida desolada con la necesidad maternal todavía en su pico.

Me gustaría pensar que la miré, a la osa, y que ella me sostuvo la mirada. Que no me encogí bajo su aliento cálido o la caricia áspera de su garra. Seguramente estuviera demasiado atenta y fuese incapaz de soportar el sonido de un bebé hambriento, así que me recogió y me llevó con ella.

Me puse fuerte con la leche de la osa. Aprendí a luchar con mis hermanos osos, la brusquedad de nuestro juego no conocía la compasión. Nunca lloraba cuando sus garras o dientes me arañaban la piel o cuando gruñían o se abalanzaban sobre mí. Retorcía los dedos en su pelaje, los empujaba al suelo y enterraba los dientes en su piel con todas mis fuerzas. Por la noche nos acurrucábamos juntos, un embrollo de extremidades osunas y humanas, las almohadillas suaves de sus garras apoyadas en mi piel oscurecida por el sol en nuestro lecho cálido de hojas y tierra, la humedad rasposa de sus lenguas en mi cara.

Pasaron las estaciones y, destetados de su madre, aprendieron a cazar solos, vacilantes al principio, apostados de forma precaria sobre rocas resbaladizas en el río rápido que corría por nuestro bosque. Yo me sentaba con las piernas cruzadas en el banco de hierba y observaba el agua en busca de las escamas brillantes de los peces, igual que hacían ellos; me reía de sus zarpazos torpes que los dejaban embarrados. Al principio, su madre permanecía cerca, pendiente de ellos, pero conforme aumentó su confianza, ella empezó a alejarse. Olfateaba el aire con los ojos fijos en las colinas, desviando la atención de nosotros, atraída por otra cosa.

Los oseznos lo supieron antes que yo. Se dispersaron antes de que apareciera él, el enorme macho en busca de una pareja. Se escondieron en los árboles cuando él salió de las montañas, de alguna cueva lejana donde el olor de la osa había llegado transportado por la brisa fresca de la primavera. Un llamamiento irresistible para este monstruo, que parecía alzarse con la altura de los mismísimos árboles. El rugido en su garganta sonaba como el trueno que había quebrado las ramas mientras yo permanecía a salvo entre los oseznos dormidos durante todo el invierno.

Ella también lo sintió. En un momento, el tiempo que tardó el viento en cambiar, ella también cambió; de forma rápida, abrupta e inevitable. Sus caricias afectuosas se tornaron gruñidos y golpes; si alguno de sus hijos miraba atrás con anhelo antes de escabullirse a la seguridad de las ramas altas, ella saltaba para ahuyentarlos. Yo temblaba detrás de un peñasco y sentía la bocanada de aire caliente cuando rugía. La única madre que había conocido en mi corta vida ya no estaba, la había reemplazado algo terrible.

Permitió que él la siguiera. Desde donde estaba escondida yo, vi su enorme cabeza acariciándole el cuello y ella pegó la cabeza a él como respuesta.

Los oseznos estaban nerviosos al principio, pero después se calmaron, uno a uno, y al fin descendieron todos. Vi cómo mis hermanos y hermanas tomaban caminos separados por el bosque, engullidos rápidamente por los troncos inmensos y las ramas verdosas.

Desorientada, yo también me fui y deambulé sin dirección entre los árboles. Mis lágrimas se secaron y mi respiración agitada se calmó. Sabía dónde estaba y la familiaridad del bosque era tranquilizadora mientras caminaba. El ambiente era verde y dorado, la luz se filtraba entre las hojas y olía a pinos y cipreses y tierra suave y negra. Una araña gorda se agachó en el centro de su telaraña, entre dos ramas, el peludo cuerpo marrón y las patas rayadas casi invisibles contra la corteza del árbol. Una serpiente se adelantó y se arrastró formando un círculo protector, el brillo de sus escamas resplandeciente donde incidía la luz del sol. Donde escaseaban los árboles, en las laderas más altas de las montañas, merodeaban los leones, esbeltos y silenciosos entre los arbustos y los afloramientos rocosos. Un bosque afilado de garras y colmillos que chorreaba veneno y palpitaba con vida y belleza. Había miles de hilos interconectados que se cruzaban allí: desde las antiguas raíces que absorbían agua de las profundidades de la tierra para que los árboles pudieran alzar sus poderosas copas al cielo; hasta los insectos que se internaban en las grietas profundas de la corteza, los pájaros que anidaban en las ramas, los ciervos que trotaban y los predadores acechantes listos para atacar.

Y en el corazón de todo eso estaba yo.

PRIMERA PARTE

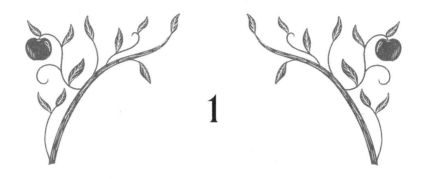

1

Se acercó a mí en el bosque cuando los osos se habían ido. Habría sido una imagen imponente para cualquiera, más alta y más fuerte que cualquier otra mujer mortal, aunque por entonces no lo sabía, con un arco brillante en la mano, un brillo fiero en los dientes y una manada de perros a sus talones. Incluso de pequeña, mi curiosidad era más poderosa que mi miedo. Cuando me tendió la mano, la acepté.

Recuerdo la primera vez que vi la gruta donde me llevó tras dejar atrás los cipreses. Entorné los ojos, deslumbrada por la luz dorada que se reflejaba en la superficie brillante de una masa de agua que había delante de nosotras. Apreté los ojos, volví a abrirlos y parpadeé.

Al otro lado del agua, en la ladera, había una enorme cueva salpicada de rocas grandes alrededor de la entrada. Y apostadas en la superficie lisa de las rocas había mujeres: ninfas, como las conocería más tarde. El aire estaba cargado de sus conversaciones suaves y de risas. Miré a la mujer que me había traído aquí y ella me sonrió.

Me dieron bayas maduras y dulces. Recuerdo el sabor del agua clara y fría que me ofrecieron para beber, la torpeza con la que usé el vaso que acercaron al arroyo para mí. Esa noche no dormí sumida en la calidez de los osos con el latido fuerte de sus corazones junto a mis orejas, sino en una cama hecha con pieles de animales y me desperté con el sonido de los cantos de una mujer.

Era Artemisa, que había venido a buscarme, descubriría más tarde, y me encontraba en su gruta sagrada. Artemisa, la diosa de la caza, la propietaria del bosque y todos sus habitantes. Caímos todos ante su mirada plateada, nos postramos ante su poder, desde los gusanos que se deslizaban por la tierra hasta los lobos que aullaban. El bosque de Arcadia destellaba con su poder.

Ella me entregó a las ninfas, para que me criaran. Les impuso la tarea de enseñarme lo que para ella era demasiado tedioso; de guiarme para que comprendiera cómo hablaban y aprendiera a responder, de forma entrecortada al principio; de enseñarme a tejer las telas con las que hacían las túnicas sencillas que llevaban todas y a honrar a los otros dioses y diosas cuyos nombres me indicaron, aunque ninguno de ellos venía nunca a nuestro bosque. Me enseñaron dónde ir para recolectar bayas, cómo distinguir las que me harían enfermar, me advirtieron que evitara las que parecían champiñones, pues me drenarían la vida. Comprobé que dedicaban sus vidas a Artemisa, cuidaban del bosque por ella, nutrían sus arroyos, sus ríos, sus plantas y toda la vida que había en él. A cambio vivían aquí, amadas y protegidas por la diosa.

Al principio sus visitas parecían esporádicas, impredecibles para mí. Desde la cueva donde dormía junto a las ninfas, observaba el paso de la luna por el cielo, el progreso desde la forma delgada creciente hasta el orbe brillante. Descubrí que no regresaría a su forma estrecha sin que ella nos visitara. Paseaba por el bosque con ojo avizor todo el tiempo. Los perros que aguardaban a su lado pacientemente cuando me encontró me seguían a los árboles, como si ellos también buscaran a su ama. Había siete y al principio me resultaba más sencillo estar con ellos que con las ninfas. Su pelaje suave me recordaba a los osos y sus dientes afilados no me asustaban. Cada susurro o crujido de las ramas captaba mi atención mientras caminábamos, me hacía detenerme a buscar entre los troncos retorcidos alguna señal de su regreso. En su ausencia siempre aguardaba ansiosa su regreso para que viera todo lo que había aprendido. Cada vez que la veía, tan sorprendente e inesperada como una lluvia repentina en primavera, se me aceleraba el corazón.

Les pedía a las ninfas que la siguieran y ellas me dejaban sola, se marchaban entre los árboles y regresaban al anochecer con las presas cazadas sobre los hombros. Esas noches la gruta se impregnaba del olor rico de la carne asada. Yo deseaba ir con ellas, ansiaba que llegara el día en que me considerara lo bastante útil para llevarme con ella.

Pasaron cinco inviernos más hasta que acudió a mí en un amanecer, al comienzo de la primavera. Susurró «¿Atalanta?» en la boca de la cueva y yo acudí en respuesta. Tenía las mejillas sonrosadas, los ojos brillantes, la túnica ajustada en la cintura y el arco curvado en la mano. Saludó a los perros y entonces inclinó la cabeza para que la siguiera a las profundidades del bosque; me indicó que caminara sin hacer ruido, igual que ella, y que me detuviera a mirar a mi alrededor con movimientos rápidos a intervalos frecuentes. Sentí una presión crecer en mi interior, el júbilo por este nuevo deporte amenazaba con estallar en una carcajada alegre, pero la contuve, alcé la barbilla con firmeza, igual que ella, y coloqué los pies exactamente como los tenía ella en la tierra suave. Los perros avanzaban delante de nosotras con las orejas tiesas mientras olfateaban el aire. Cuando captaron el olor que estaban buscando, tiró de mí rápidamente para que me agachara a su lado, detrás de una rama en el suelo, y miramos por encima del musgo aterciopelado; ella entrecerró los ojos y apuntó con el arco.

El ciervo se movió entre los árboles, aterrado por los perros. Era una criatura majestuosa, los cuernos emergían amplios y largos de su frente ancha; era, posiblemente, el más increíble que había visto nunca. Su flecha le perforó la garganta en un instante, antes de que sus ojos marrones pudieran registrar el peligro en que estaba envuelto, y se desplomó en el suelo con un chorro de líquido rojo manando de debajo del palo estrecho de madera de su arma.

Ella vio mi mirada de admiración y sonrió. La siguiente vez me enseñó a sostener el arco y su peso parecía resonar en mis manos, vibrando de poder.

Desde entonces vivía esperando los días en los que llegaba Artemisa a la gruta, cuando me animaba a adentrarme en la quietud del amanecer con el arco en la mano. Su voz, suave y urgente en mi oído mientras me daba instrucciones: cómo buscar el movimiento del ciervo escondido entre los helechos, cómo permanecer inmóvil, invisible, con los ojos fijos en el objetivo, el arco tenso en las manos hasta que no quedaba nada en el mundo más que mi presa y yo. Exhalaba el aire cuando la flecha volaba directa a su garganta, tal y como me había enseñado. Bajo su tutelaje, di forma a un arco propio y nunca fui a ninguna parte sin él. No había nada más dulce en el mundo que el sonido de su risa encantada cuando yo acertaba de lleno en el objetivo.

Además de la emoción por el éxito y la satisfacción de la caza, quería agradarla. Tal y como me habían contado las ninfas, fue gracias a la protección de Artemisa que tuve la oportunidad de crecer libre y feliz. Ella no vivía como otros dioses y mi vida tampoco era como la de ningún otro humano. Artemisa rehuía de los salones dorados del Monte Olimpo, el grandioso palacio oculto por las nubes donde habitaban los demás inmortales. Ella eligió una vida en el bosque, prefería bañarse en los ríos bajo la luz plateada de la luna y correr entre los árboles de día, rápida y grácil, con un carcaj de flechas colgado del cuerpo y el arco siempre presto. Noté que le gustaba tener a una mortal creciendo a su imagen, y a mí también me gustaba, aunque no entendía del todo cuánta gratitud le debía.

No había conocido un hogar humano, no tenía concepción de lo insólito de ser la protegida de una diosa, de pasar mi infancia en la simplicidad salvaje y la magia pura del bosque.

Artemisa eligió alejarse de sus compañeros olímpicos, pero el bosque de Arcadia estaba lleno de amigos suyos. Las ninfas que cuidaban de mí se dedicaban a seguirla: docenas de hijas eternas de los ríos, arroyos, océanos y vientos, mujeres jóvenes que corrían y cazaban y se bañaban con la diosa.

Ellas me contaban historias. Al principio prefería que me hablaran de la mía: de cómo me habían abandonado en la ladera de la montaña y me había rescatado mi madre osa, y, más tarde, Artemisa. Esas historias mantenían vívidos en mi mente los recuerdos de mi vida anterior. No quería olvidar quién era antes de vivir con estas mujeres amables y risueñas. No quería perder las sensaciones que tenía, la euforia de aferrarme al pelo de la madre osa, de agarrarme con fiereza mientras corríamos por el bosque, sus músculos poderosos tensándose debajo de mí y los árboles pasando veloces por nuestro lado.

Sin embargo, sentía una gran curiosidad al contemplar a mis nuevas acompañantes desde mi punto ventajoso, apostada sobre un peñasco junto a la charca, bajo la sombra de las delicadas ramas del sauce llorón. Estaba Fíale, que en los meses de verano, cuando el agua corría baja, siempre conseguía que fluyera más de los manantiales, aunque el agua en estos se hubiera reducido a un mero goteo. Crócale se movía con elegancia por la tierra y las flores crecían a su paso. Cuando la tierra se secaba y endurecía, tostada bajo el sol, Psécade era capaz de conjurar la lluvia en el aire para nutrir el suelo sediento. No sabía cómo habían aprendido esos trucos.

—¿Habéis estado siempre en este bosque? —les pregunté.

—Siempre no —respondió Fíale—. Algunas somos hijas del titán Océano, el río poderoso que rodea la tierra. Nuestro padre nos envió con Artemisa cuando éramos niñas y llevamos aquí desde entonces.

Se me ocurrió otra pregunta: yo crecía rápido y era ya casi tan alta como las ninfas, ¿por qué ellas no parecían cambiar?

—Igual que Artemisa, dejamos atrás la infancia para tomar esta forma y así permaneceremos —explicó Fíale—. La diosa no morirá nunca, pero nosotras podemos resultar heridas por las bestias salvajes o… de otros modos. —Se detuvo—. Se puede matar a las ninfas, igual que a las criaturas que cazas en el bosque. Pero no nos afecta el deterioro de la edad.

—¿Y yo? —pregunté.

Me tomó la mejilla con la mano y apartó los pelos que se me habían salido de la trenza.

—Tú eres mortal, Atalanta. No eres como los otros mortales vivos, pero crecerás y envejecerás como hacen todos los humanos.

—No la asustes.

Calisto se acercó desde el lado opuesto de la gruta, con mechones de pelo sueltos de la trenza y la cara manchada de tierra; venía de cazar. Soltó la lanza, que resonó al caer en una roca, y se sentó en el suelo al lado del peñasco donde estaba yo.

—No me está asustando —repuse. Le quité una hoja a Calisto de los rizos enredados.

—Claro que no. —Echó la cabeza hacia atrás y cerró los ojos con la cara alzada hacia la luz suave del sol.

—¿Estás cansada? —le preguntó Fíale.

Calisto me agarró los dedos.

—He estado cazando con Artemisa, pero se ha adelantado mucho. No puedo seguirle el ritmo. —Una sonrisa cansada apareció en sus labios—. No como Atalanta, que ya puede pasarse el día corriendo por las laderas con ella y regresar fresca y preparada para más.

Fíale se echó a reír.

—Atalanta es joven, por eso tiene tanta energía.

—¿No crees que será todavía más formidable cuando sea una adulta? Yo sí. —Calisto me dio un apretón en los dedos y abrió entonces los ojos para mirarme—. No tardarás mucho en ocupar mi lugar como su compañera más íntima. —No había amargura en su tono de voz ni atisbo alguno de celos. Lo dijo con sinceridad, con el afecto que siempre me demostraba. Henchí el pecho de orgullo y aparté la mirada, sin saber cómo responder.

Lo sentimos al mismo tiempo, el tintineo repentino en el aire, como si el propio bosque estuviera alerta, expectante. Solo podía significar una cosa: Artemisa estaba aquí.

Se acercó a nuestro claro y las ninfas se levantaron para atenderla. Ella estaba en medio de todas ellas, con la cabeza y los hombros más altos, sosteniendo una jabalina manchada de sangre. Aún deslumbraba por la emoción y el esfuerzo de la caza. Les dio la lanza, el arco y el carcaj de flechas a unas ninfas que estaban a su lado, preparadas, y ellas lo dejaron todo con cuidado a los lados de la cueva. Mientras lo hacían, Crócale le quitó la túnica de los hombros y le alzó el pelo cuando la diosa entró desnuda en el agua.

Artemisa suspiró de júbilo cuando el sol de mediodía la iluminó con su brillo, resaltando su rostro alzado, la curva de los hombros y los pechos. Era un momento tan bonito, tan armonioso, que creo que todas nos quedamos suspendidas en él.

—Esta mañana había también hombres cazando —dijo Calisto. Había algo significativo en su tono de voz, una especie de mensaje entre Fíale y ella mientras se miraban. Luego miraron a Artemisa, que seguía bañándose feliz.

Me senté más derecha.

—¿Cuánto se han acercado?

Calisto se rio.

—No mucho.

—Nunca lo hacen —comenté. Hombres, perros y caballos. Se internaban en nuestro bosque de vez en cuando; el resonar de los cuernos y de sus gritos ahuyentaba a los pájaros de los árboles, pero con todo el ruido y caos que originaban, jamás sabían lo cerca que podían pasar de mí, de una ninfa o de la propia diosa.

Fíale estaba inusualmente seria.

—No estés tan segura —dijo—. Ya se han adentrado antes en el bosque.

Me encogí de hombros.

—No son lo bastante rápidos, como mucho nos verán de pasada.

—No puedes permitir que te vean ni siquiera de pasada. —Fíale sacudió la cabeza y sentí cierta irritación por su advertencia.

—De verdad, no puedes. —Calisto se levantó y tomó una copa de boca ancha que sumergió en el chorro de agua que llenaba de forma constante la charca.

—Un cazador encontró en una ocasión esta gruta sagrada —expuso Fíale. Calisto estaba medio oculta por las sombras de la cueva y no le veía la cara, pero la mirada de Fíale era intensa, seria, la tenía fija en mí mientras hablaba—. Se separó de sus acompañantes y, mientras los buscaba, se tropezó de lleno con la charca.

—¿De verdad? —No sabía si creerla o no. Podía ser una broma o una historia para probar mi credulidad.

—Artemisa se estaba bañando, justo como ahora —prosiguió Fíale. Las risas y los chapoteos de las ninfas que estaban con la diosa en el agua impedirían que oyera su historia, pero, así y todo, habló en voz tan baja que me costaba oírla—. Las ninfas se lanzaron a la charca, se agruparon en torno a la diosa para ocultarla de su vista, pero parecía que se había quedado congelado en el sitio, mirando.

Muy a mi pesar, sentí cierta incomodidad.

—¿Qué hizo ella?

—El hombre estaba con dos perros —habló Calisto—. Artemisa se puso furiosa, más de lo que nunca la había visto. Recuerdo su cara, cómo miró a los perros y después al hombre. Todo estaba en silencio, nadie se movía, y entonces, de pronto, ella golpeó el agua con la mano y al hombre le cayeron gotas en la cara. Su voz... no era como su voz de siempre, era más profunda, terrible. Le dijo que se marchara y que les contara a sus acompañantes que había visto a la diosa desnuda.

Fíale retomó la historia.

—Trató de escapar, tropezó mientras se dirigía a los árboles, pero vi que, donde le goteaba agua del pelo, se estaba formando algo en su cabeza, algo que no tenía sentido. Me quedé mirando, incapaz de creer lo que veía, pero cuando el cazador gritó, vi que tomaba forma: dos cuernos emergían de su cráneo.

—¿Cuernos? —resollé—. Pero ¿cómo...?

—Se cayó y por todo su cuerpo empezó a crecer pelo. Empezó a convulsionarse sin parar y los gritos se alzaban al cielo. Entonces rodó sobre cuatro patas. Ya no era un hombre, sino un ciervo.

—Los perros... —comentó Calisto y tragó saliva.

—Trató de huir y las patas se bamboleaban bajo su cuerpo. Los perros se abalanzaron sobre él y toda la gruta resonó con el sonido de sus gruñidos.

—Yo no pude mirar —murmuró Calisto.

Me sentía fascinada y repulsada al mismo tiempo.

—Pero ¿no fue un aviso para que los hombres se mantengan alejados? ¿Por qué tengo que evitarlos? Si nos siguen hasta aquí conocerán el mismo castigo.

—Imagina que Artemisa no hubiera estado ese día aquí. —Fíale le apartó el pelo de la cara con movimientos impacientes—. Imagina que un hombre encontrara a una de nosotras aquí, sin ella. Que viera a una ninfa bañándose sola, desvestida y vulnerable. Si supieran que estamos aquí, ¿qué crees que harían?

—No lo sé. —Por su tono de voz, adiviné que era algo terrible.

Calisto se adelantó a la luz de nuevo.

—Claro que no lo sabes y ese es el motivo por el que vivimos así, solo mujeres y Artemisa.

—Artemisa nos mantiene a salvo aquí —indicó Fíale—. Pero, a cambio, todas hemos hecho el mismo juramento: que no queremos saber nada de los hombres.

—Sus perros se pasaron toda la noche aullando, buscando a su dueño —señaló Calisto—. Querían su recompensa por la caza que habían realizado. Oímos a sus amigos en la distancia gritando una y otra vez su nombre, Acteón. No abandonaron los esfuerzos hasta horas más tarde.

Me quedé pensativa.

—Vino a cazar. Encontró algo más fuerte que él. —Así funcionaba el bosque. Artemisa me lo había enseñado mientras perseguíamos a nuestra presa por el bosque con el arco en la mano. Teníamos que poder enfrentarnos a lo que nos encontráramos, ser lo bastante fuertes para ganar siempre.

—Es cierto —afirmó Fíale—. Pero Artemisa no está siempre aquí y no todas somos tan rápidas como tú, Atalanta. —Su humor había mejorado y se rio al decir esto, de nuevo encantadora como siempre.

—Ni todas tenemos la misma destreza con el arco que tienes ya tú —añadió Calisto y me dio un beso en la frente.

Pero yo sí estaría aquí, aunque no estuviera Artemisa. Los cazadores tan solo me parecían una molestia ruidosa, pero decidí en ese momento que si alguno se acercaba a nosotras como había hecho Acteón, me aseguraría de que no le fuera mejor que a él. A veces me había visto tentada a pasar por delante de ellos, comprobar si podían siquiera captar un atisbo fugaz de mí. Ahora, cuando llegaban con sus caballos y sus perros, me alejaba de su ruidosa intrusión y me adentraba en el corazón del bosque, donde nunca podrían seguirme.

Estaba decidida a seguir haciéndome más fuerte y más rápida. Trabajaba más duro, practicaba cada día con el arco y perfeccionaba mi puntería. Cuando Artemisa venía en mi busca, alardeaba de mis habilidades derribando a ciervos y a leones de montaña por igual. Corría con ella por las empinadas pendientes de las montañas, las piernas bombeando, la respiración agitada y desesperada, siempre una fracción por detrás de ella. Era lo bastante joven para pensar que un día podría ganarle, que podría ser más rápida que una diosa. Quería que confiara en que podía protegerlas a todas, igual que ella: yo, que había crecido al cobijo fiero de los osos y recorría el bosque en silencio con mi arco y las flechas. Ella era mi hermana, madre, guía y maestra; y yo, igual que ella, deseaba no temerle a nada.

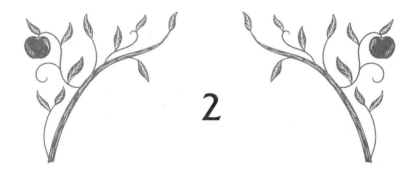

2

Llegamos a un prado lleno de flores, las cabezas rojas delicadas asentían entre la hierba frondosa. Me pareció un lugar precioso para descansar, pero Artemisa frunció el ceño al verlo y el desagrado en su rostro se hizo más profundo cuando la brisa transportó un olor rico y dulce y vimos la guirnalda que había allí. Era una corona de rosas de color rosa entre otras flores, con los pétalos pegados. Miré a Artemisa, sorprendida por el desagrado que le marcaba los rasgos.

—¿Qué pasa? ¿Quién la ha dejado ahí? —le pregunté.

No entendía qué era lo que la ofendía tanto. En el cielo flotaban mechones suaves de nubes blancas, el sol brillaba suave y dorado sobre la hierba que se mecía suavemente, las flores proliferaban vívidas y abiertas, un álamo extendía sus ramas para ofrecer sombra.

—Las rosas —dijo Artemisa y le dio un golpe a la guirnalda con el pie que hizo que desprendiera su perfume intenso y sensual. El movimiento soltó algunos pétalos que cayeron al suelo—. Las ha dejado aquí algún mortal necio, puede que un cazador enamorado, como ofrenda a Afrodita con la esperanza vana de que se moleste siquiera en regresar aquí.

Contuve la respiración, no quería interrumpirla con el más mínimo movimiento. Artemisa apenas hablaba de los otros dioses. Nunca había mencionado que ninguno de ellos hubiera estado en nuestro bosque, en su reino, donde su poder era incuestionable. Fueron las ninfas quienes me enseñaron el culto a esos otros dioses para que pudiera evitar insultar por accidente a ninguno de ellos. Conocía a Dioniso, que enseñaba a los mortales a hacer vino a partir de las uvas; Zeus, que empuñaba el trueno y partía el cielo con su ira tormentosa; Deméter, que bendecía la tierra para que diera fruto que nos alimentara; Poseidón, que gobernaba los mares que yo nunca había visto y tan solo podía imaginar. Deidades de la guerra, de canciones y poseías, de estrategia, de sabiduría, de matrimonio, de toda clase de cosas, algunos de los cuales tenían cierta relación con mi vida y otros ni siquiera se acercaban a ella. Afrodita estaba definitivamente en la última categoría.

Artemisa apartó la mirada de las rosas y la fijó en mí. Sonrió, la molestia había disminuido.

—Hace diez años que te encontré deambulando por el bosque —indicó—. Eres ya más alta que todas las ninfas y ni siquiera has llegado a la edad adulta. Eres lo bastante valiente para desear protegerlas, aunque no sepas cuál es la amenaza.

Volvió a desviar la mirada a las rosas del suelo y apretó los labios. Al parecer, había tomado una decisión.

—Este bosque solía estar bajo el dominio de Rea, la madre de los dioses. Ella gobernaba antes que ningún otro; los dioses nacieron de ella y también estas montañas. Junto a su trono dormían leones; cuando avanzaba entre los árboles, ellos tiraban de su carro, las bestias más fuertes y feroces domesticadas por ella. El bosque pasó de ella a mí y ningún otro olímpico se atrevió a interferir en mis tierras.

A nuestro alrededor, los pájaros piaban alegres en las copas de los árboles. El olor de las rosas flotaba en el aire, más espeso y empalagoso.

—Cuando vino Afrodita fue siguiendo a su amante, por supuesto. Un mortal llamado Adonis a quien le encantaba cazar. Por un tiempo, ella también se divirtió cazando liebres y pájaros, creyéndose valiente. Le imploró que permaneciera alejado de los osos, lobos y leones, le rogó que nunca acechara a un jabalí ni se arriesgara a recibir un mero arañazo en su preciosa piel. —Torció el labio—. Solían yacer aquí, en el prado.

Abrí mucho los ojos.

—En mi bosque, Atalanta, el lugar donde traje a mis ninfas a vivir en paz. —Negó con la cabeza—. Fue a este prado donde llegó con la herida mortal que recibió cuando molestó a una bestia del bosque, una criatura más salvaje que él, de esas contra las cuales le había advertido ella. Murió en sus brazos, su sangre cayó a la tierra y se mezcló con las lágrimas de ella.

Artemisa dio unos pasos adelante y aplastó unas flores rojas con las sandalias.

—Estas brotaron donde murió —señaló. Cuando levantó el pie, vi los tallos rotos, los pétalos destrozados—. Ella nunca regresó aquí.

Asentí como si lo hubiera comprendido del todo. Siempre quería más, pero cuando una conversación le aburría o ya había hablado suficiente, aparecía algo amenazante en sus ojos y nunca me atrevía a hacer más preguntas. Más tarde repasé lo que me había contado en un intento de extraer el significado que podía haber pasado por alto.

Artemisa era siempre abrupta, impredecible, se iba en un segundo y volvía sin avisar. Esa tarde, cuando se había marchado de nuevo, me uní a las ninfas junto a una hoguera de la que se alzaban volutas de humo hacia el cielo estrellado; sus risas y conversaciones se entremezclaban de forma armoniosa en la tranquila oscuridad. Psécade le daba vueltas a una jarra entre las manos, haciendo que el líquido oscuro que había dentro formara ondas. El olor me recordó a las rosas, estimulante y dulce. Con una sonrisa, tomó una jarra de agua y vertió un poco en ella para que los dos líquidos se mezclaran. Cuando empezó a pasar la jarra, me sorprendí a mí misma pidiéndole un vaso.

Normalmente prefería beber el agua fría y fresca del manantial. Esta noche me sentía intrigada por la fragancia del vino. Aspiré el olor con la mirada fija en el color rico e intenso y le di un sorbo. Tenía un sabor fuerte a fruta y especia que me hizo arrugar la nariz al principio. Pero entonces noté que me calentaba por dentro y di otro sorbo, y noté ese calor que radiaba de mi cuerpo.

Crócale se retrepó para apoyar la espalda en la corteza nudosa de un roble cuyas ramas se extendían por encima de nosotras; las hojas aleteaban en el cielo nocturno y las estrellas titilaban entre ellas. Pasó los dedos por las diminutas flores blancas que crecían a su alrededor. La noche era lánguida y relajada. No era mejor que cuando estaba Artemisa, era diferente. Cuando ella estaba con nosotras, todo parecía más vivo, más vibrante. Yo me sentaba más derecha, más alerta, escuchaba con más agudeza. Sin ella, la conversación fluía a mi alrededor hasta que me acordé del prado que habíamos visto esa tarde y formulé la pregunta que de pronto parecía estar presionándome.

—¿Cuánto tiempo hace que Afrodita se marchó del bosque?

Psécade me miró de reojo.

—¿A qué te refieres?

—Artemisa me ha enseñado hoy el prado donde crecen sus flores. ¿Cuánto tiempo hará?

Psécade se encogió de hombros.

—No lo sé. —Echó una mirada a su alrededor y le dio un sorbo largo al vino—. Vino aquí en busca de su amante. A Artemisa no le gustaba que estuviera aquí, pero no nos habríamos enterado si no nos lo hubiera contado ella. Estaba furiosa, claro. Pero creo que la diosa buscaba un escondite, un lugar alejado de los ojos del mundo.

—Este bosque pertenece a Artemisa —intervino Calisto. Levantó la jarra de agua y vertió un poco más en el vino.

Crócale se inclinó hacia delante con el vaso para que se lo llenara.

—Afrodita se lo aprendió muy bien, creo.

—Artemisa me ha dicho que fue un animal lo que mató a Adonis —comenté—. Un accidente de caza.

Crócale asintió, aunque vi que le lanzó una mirada fugaz a Psécade. Le dio un sorbo largo al vino y se apoyó de nuevo en el tronco.

—Artemisa no ha perdonado a Afrodita por relacionarse con una de sus favoritas. No podía tolerar su presencia aquí. Su ira era constante, nublaba cada día.

—Sin duda, quería protegernos a todas nosotras —señaló Calisto. Su tono era suave, pero detecté una nota de advertencia.

—¿Por qué? ¿Qué le pasó a su favorita? ¿Era una ninfa? —quise saber.

Crócale suspiró.

—Una niña por quien sentía devoción Artemisa. Eran muy amigas. Se llamaba Perséfone.

—Perséfone, ¿la reina del Inframundo? —pregunté.

Crócale asintió.

—Fueron amigas de niñas, su lugar preferido era la isla de Sicilia, donde jugaban en el prado y recogían violetas. Las dos juraron vivir una vida sin hombres, como todas nosotras hemos hecho.

—Pero Afrodita tenía otros planes. —La luz de la luna incidió en el vino del vaso de Calisto cuando esta lo giró hacia un lado y luego hacia el otro con ojos tristes—. Quería probar su poder, demostrar que no había un rincón ni caverna en el mundo donde ella no tuviera influencia. Incluso el Inframundo.

—Envió a su hijo Eros tras Hades —prosiguió Crócale—. Quería que el rey de los muertos ardiera de anhelo. Eros lanzó la flecha y Hades se entregó a un deseo por Perséfone que no pudo reprimir.

—¿Y Perséfone se casó con Hades? —me interesé.

—Y Artemisa perdió a su querida amiga —terminó Calisto.

—El insulto fue aún mayor cuando Afrodita trajo aquí a Adonis —expuso Psécade—. No podía soportarlo.

Me acordé de Artemisa aplastando las flores con el pie.

—Tiene sentido.

Crócale estiró los brazos por encima de la cabeza y volvió a bajarlos con un ligero estremecimiento.

—Pero igual que Artemisa no ha perdonado lo que le pasó a Perséfone, estoy segura de que Afrodita no ha perdonado la pérdida de Adonis.

—¿Cómo lo sabes? —pregunté.

—Hay un mundo más allá del bosque —indicó Crócale—. Vinimos a vivir aquí con Artemisa. —Volvió a mirar a Psécade—. Sin embargo, nuestra hermana Peito se fue a servir a Afrodita.

—Hay ninfas por todo el mundo —afirmó Psécade—. Algunas viven como nosotras, otras de forma muy distinta.

Fruncí el ceño y me terminé el vino.

—¿Vuestra hermana tuvo elección?

Psécade se rio.

—Sí.

—¿Y es ahora vuestra enemiga? ¿Igual que Afrodita de Artemisa?

—En absoluto. Es nuestra hermana, la queremos igual que siempre.

Abrí la boca, pero Calisto se levantó.

—Creo que es hora de ir a dormir —declaró.

Estaba cansada y sentía en el cuerpo una pesadez agradable. Un búho ululó suavemente en la copa de un árbol, las formas oscuras de las montañas se alzaban tras las siluetas sombreadas de los árboles como si fueran amigas. *Qué inconmensurable me parece que alguien elija un lugar distinto a este, a una protectora diferente a Artemisa*, pensé mientras me dirigía a la cama.

En el transcurso de los años, habían llegado otras ninfas enviadas por padres inmortales que buscaban un hogar para las numerosas hijas de las que se sentían responsables. Poco después de aquella noche llegó

Aretusa. Mientras deambulaba entre los árboles con el arco y las flechas para cazar, la oí contar a las demás que su padre era Nereo, un antiguo dios marino. Estuve recorriendo el bosque, con los pies ligeros y silenciosos, hasta que Helios comenzó la bajada de su poderoso arco y el sol se escondió una vez más. Llegué al banco de un río. Me quité la túnica y me sumergí en el agua para lavarme el polvo y la mugre de la piel. Emergí a la superficie y me quedé flotando mientras las corrientes suaves se llevaban mi fatiga y me calmaban los músculos doloridos. No era la única allí, la brisa transportaba la conversación de un pequeño grupo de ninfas y levanté una mano para saludarlas. Calisto se separó del grupo, se quitó la túnica y se metió en el río. A menudo nadábamos juntas y compartíamos historias de la caza del día. Mientras esperaba a que me alcanzase, cerré los ojos con satisfacción y el pelo se arremolinó a mi alrededor. Pero mientras me deleitaba con el recuerdo del día, noté un tirón en el pelo. Abrí los ojos. Me hormigueaba la piel por la sensación inconfundible de unos dedos deslizándose por mi cabello.

Miré a mi alrededor y vi que Calisto seguía en el borde opuesto, alejada de mí. No me había tocado ninguna ninfa, había algo más en el agua.

Me retorcí para liberarme y chapoteé nerviosa, aferrándome a la hierba larga para salir a la seguridad de la tierra. Me puse la túnica de nuevo y alcancé el arco. Me quedé en el borde del río resollando, buscando las ondas producidas por lo que me había agarrado el pelo. Al otro lado, también Calisto había salido al ver mi pánico y nuestras miradas se encontraron. Las ninfas del otro lado se incorporaron, desconcertadas, pero precavidas ante la paz perturbada de la noche.

Y entonces Aretusa gritó. Aretusa, que se había inclinado demasiado sobre el río, que de pronto parecía compuesto por una docena de manos acuosas y todas ellas se deslizaban por su piel. Forcejeó y se apartó, cayó en el barro resbaladizo y volvió a gritar cuando oímos una voz borbotear de la profundidad, un gruñido intenso de agua que daba forma a las palabras.

—Soy Alfeo, dios de este río.

Me dio un escalofrío. Artemisa era la diosa de nuestro bosque, pero había dioses menores en cada riachuelo y cada charca. La mayoría no se atrevían a provocar la ira de la diosa, pero algunos eran más descarados y atrevidos.

Aretusa se puso en pie y echó a correr, pero vi un torrente de burbujas en la superficie del agua y una figura brillante y que goteaba agua comenzó a alzarse. Sin pensar, me zambullí de nuevo en el agua y nadé hasta la otra orilla, salí por el borde lodoso y corrí tras ella. Pero él también la estaba siguiendo, chapoteando a su espalda. Si lanzara las flechas, atravesarían el agua de su cuerpo hasta la piel de ella. Respiraba con dificultad, pero llamé a Artemisa cuando él se alzó sobre Aretusa como una ola, con la luna saliente reflejada en su brillante cresta.

El aire se detuvo. Me raspé los talones con la tierra cuando paré. Noté la rabia de Artemisa latiendo en el silencio. Debía de estar lo bastante cerca para escuchar mi grito desesperado, o tal vez ella misma había sentido la presencia de Alfeo. Y antes de que este pudiera descender, la agotada Aretusa desapareció, reemplazada en un instante por una neblina. Alfeo volvió su enorme cabeza a un lado y a otro, buscándola. Un goteo constante de agua caía del centro de la niebla donde previamente había estado ella. Entonces, de pronto se abrió una grieta debajo, en la tierra, y la nube cayó por ella, con un torrente de agua que descendió en cascada al suelo.

Alfeo rugió, frustrado, y en la tierra la espuma burbujeó con furia cuando se zambulló tras ella, pero oí a Artemisa reír suavemente detrás de mí.

—¿La alcanzará?

La diosa negó con la cabeza.

—Lo intentará. La perseguirá todo lo lejos que pueda, pero ella es ahora una corriente que se mueve rápido, que fluye bajo la tierra hasta el mismísimo Inframundo. No puede seguirla tan profundo, tendrá que regresar a sus propias aguas.

—¿El Inframundo? —pregunté—. ¿Está muerta entonces? Estaba riendo en la orilla hace solo unos minutos.

Detrás de Artemisa vi a Calisto con el pelo goteando y la túnica mojada y pegada a la piel. Tenía los ojos muy abiertos por el impacto. Seguro que nos había seguido y había visto lo que había sucedido.

—En absoluto —respondió Artemisa—. Volverá a emerger a la tierra, en una isla lejos de aquí. Será un arroyo sagrado, bendecido por mí.

Al ver el brillo de sus ojos me contuve y no pregunté más. Miré detrás de ella y comprobé que las demás ninfas se habían unido a Calisto. Esta movía los brazos en el aire para trazar la forma de la nube que antes era la chica y noté la comprensión en el rostro de las demás mientras escuchaban. No volví con ellas. Seguí a Artemisa y mi corazón acelerado comenzó a calmarse. Su caminar entre los árboles era grácil, seguro y confiado. Como siempre, tenía el pelo recogido en trenzas apretadas en la nuca, las piernas desnudas debajo de la túnica, que le llegaba a las rodillas, y el arco dorado a la espalda. Pasamos junto al río del que había huido, sus aguas tan oscuras como el cielo. El susurro suave de las olas negras que rompían en la orilla sonaba tranquilo. Las demás ninfas no habían regresado. Tal vez Alfeo aguardaba enfadado en alguna parte de sus profundidades, sin atreverse a enfrentarse a Artemisa. La calma se había apoderado de nuevo del bosque. Artemisa se detuvo, se apoyó en una roca para abrocharse la sandalia y la línea afilada de su mandíbula brilló a la luz de la luna.

No podía dejarlo pasar. Tenía demasiadas preguntas y, aunque temía enfadarla, necesitaba saber más. Intenté hablar con un tono tranquilo.

—Entonces Aretusa se ha ido —declaré.

Artemisa se apoyó en los codos y alzó la cara al cielo.

—Ortigia es una isla preciosa.

—No puede ser tan bonita como esto.

—Si quería quedarse, tendría que haber corrido más rápido. —Su tono era suave a pesar de la finalidad de sus palabras—. He mostrado compasión al no permitir que Alfeo hiciera lo que quisiera con ella.

Me dio la sensación de que sus dedos seguían enredados en mi pelo. Me estremecí.

—Has estado cazando hoy —comentó—. Te he enseñado a ser cuidadosa, te he advertido sobre los leones de montaña y los lobos que pueden querer arrancarte la piel y devorarte mientras sigues con vida. Pero si uno de estos dioses de ríos pone las manos encima de ti… es diferente.

Me quedé mirando los pedazos fracturados de la luz de la luna jugueteando en el agua. La hierba me acariciaba los talones, el aire suave me enfriaba la piel.

—¿Entonces está mejor ahora que si la hubiera atrapado?

Artemisa suspiró.

—Ha quedado liberada de los hombres para siempre. Está mejor que la mayoría. —Rodó sobre la roca y apoyó la barbilla en las manos para mirarme. Podría ser cualquier mujer joven: vestida de forma sencilla, sin el peso de metales preciosos ni adornos recargados. Solo su audacia la señalaba, la determinación en su mirada, su comodidad y confianza ciega—. Ya sabes que solo abandono los bosques y voy a las ciudades por una razón.

Asentí.

—Para responder a las oraciones de las mujeres.

—Las oraciones de las mujeres en el parto. Hay muchas, demasiadas para que Ilitía, diosa de los dolores de parto, pueda encargarse sola. Acudo cuando me llaman, cuando están desesperadas. —Sacudió la cabeza y se le oscurecieron los ojos—. No es algo que desees ver nunca, cuando la situación se vuelve desesperada.

—¿Tan malo es?

—Terrible. Es lo primero que vi: a mi madre, Leto, asolada por los dolores del parto. Era una titánide y Zeus la violó. La esposa de él, Hera, enfureció, lo último que deseaba eran más bastardos de su marido, así que maldijo a mi madre para que no pudiera nunca dar a luz en la tierra y tampoco en el agua. Vagó por cada rincón del mundo con sus bebés, desesperada y exhausta, hasta que encontró una isla flotante donde por fin pudo traerme al mundo. Sin embargo, mi hermano gemelo, Apolo, fue un problema. —Se rio—. No es ninguna sorpresa. Mi madre tardó otro día entero, gimiendo, sudando y gritando que iba a partirse en dos. Por fortuna, yo nací con la visión clara y firme sobre los pies. Pude ver cuál era el problema y la ayudé a guiarlo fuera de su vientre, a la seguridad. No se quedó mucho con nosotras, claro. No le interesaba ayudarla a recuperarse, tenía un mundo por explorar y conquistar. Yo cuidé de ella, le curé el cuerpo destrozado. Buscaba comida para nosotras y así aprendí a cazar.

—¿Fue Hera de nuevo a por ti? —Artemisa no me había hablado de esto nunca. Había dado por hecho que había aparecido en el mundo completamente formada, como su hermana Atenea, que salió de la frente de Zeus ya vestida con su armadura y preparada para luchar.

—No se atrevió. Zeus estaba encantado de tener unos gemelos tan habilidosos, así que se mostró firme. De todos modos, nunca me ha interesado pasar mucho tiempo con el resto de ellos y Hera no se molestó en venir a los bosques. Hice un trato con él: si me dejaba tener las montañas y a mis chicas, me mantendría alejada del camino de Hera. Pero lo que más deseaba era vivir pura, sin que me tocaran los hombres. No pensaba verme en la posición de mi madre si podía evitarlo.

—¿Qué te dijo? —Todavía tenía la sensación de que Artemisa me estaba contando historias inventadas. Ella formaba parte del bosque y no podía imaginarla en una habitación con un trono dorado, haciendo un trato con el rey de los inmortales.

—Le pareció gracioso. Una vida de castidad es algo que él ni siquiera puede empezar a comprender, pero aceptó y me dejó en paz para que hiciera lo que quisiera. —Sonrió, satisfecha.

Las hojas susurraron al otro lado de la orilla. Vi que el follaje se separaba y emergía una osa de camino a las rocas, en el borde del río. Se sentó, ladeó la enorme cabeza en nuestra dirección un momento y luego la bajó para beber. Noté la paz que manaba de Artemisa, un momento de armonía tan puro y perfecto que me hizo sentir que esto era el mundo entero: nosotras, el río y la osa.

—Ojalá hubiera podido salvarla —dije—. Antes de que Alfeo se hubiera acercado.

—Se ha salvado.

Traté de imaginar Ortigia, una isla lejana con su único arroyo. Cómo sería si fuera yo, si hubiera sido una presa más fácil para el dios del río, igual que Aretusa.

Artemisa parecía satisfecha. Me retrepé e intenté adoptar la misma postura que tenía ella con la esperanza de desprender la misma elegancia. Sus palabras resonaron en mi cabeza, «tendría que haber corrido más rápido», y juré que yo siempre sería lo bastante veloz. Fuera cual fuese el peligro que acechara en el bosque, no podía dejar que me alcanzara.

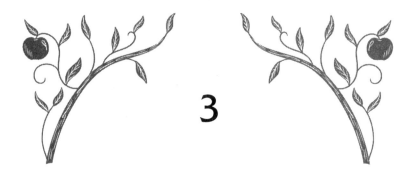

3

No volví a hablar con Artemisa de Aretusa, pero pensé muchas veces en nuestra conversación. Me preocupaba cuando salía a cazar sola, y también lo que me contó una vez Fíale de que las ninfas nunca cambiaban, que no morían por la edad. Cuando perdimos a Aretusa, comprendí un poco mejor qué otros daños podían afectarles. Pero yo era mortal, no una ninfa, y estaba cambiando. Conforme crecía, descubrí que anhelaba algo más; no quería dejarlas ni tampoco cambiar mi vida feliz, pero deseaba algo. No sabía qué era lo que tanto ansiaba hasta que encontré una cueva en el corazón del bosque, escondida en la profundidad de un valle, rodeada por todas partes por una caída tan escarpada que estaba segura de que ningún otro mortal podría escalarla nunca y tampoco había probabilidades de que encontraran el camino en el bosque. Envolvía la cueva un anillo de árboles de laurel con los troncos cubiertos de musgo aterciopelado. De la tierra brotaba hierba suave salpicada de azafranes de un intenso color naranja y jacintos azules. Un riachuelo claro y frío fluía por la entrada de la cueva.

Regresé a la gruta de las ninfas y les conté que había encontrado un hogar para mí. Mis palabras me sorprendieron tanto como a Calisto.

—¿Ya no quieres vivir con nosotras? —preguntó.

—Seguiré en el bosque. —No sabía cómo explicar la necesidad que sentía de hacer mía una parte del bosque. Lo había compartido todo con las ninfas desde el día en que me adoptaron. Ahora quería algo que me perteneciera solo a mí.

A pesar de que no podía explicarlo, Calisto pareció comprenderlo.

—No estés alejada demasiado tiempo —murmuró y le prometí que no lo haría.

Pronto me aprendí todos los puntos de apoyo en las laderas empinadas, cómo descender por las ramas de los árboles, probando la elasticidad de estas bajo mi peso, el trinar y piar de cada pájaro, el lugar donde se unían los arroyos en un oleaje rugiente y donde las corrientes se peleaban entre sí, arrastrando a cualquier nadador desprevenido hacia abajo. Mantuve la promesa que le había hecho a Calisto y visitaba a las ninfas cada día, cuando se reunían en las orillas de los ríos resplandecientes para tenderse sobre las rocas, trenzarse el pelo entre ellas y reír bajo la luz del sol. A veces advertía la sombra rápida de una dríade, las deidades guardianas del bosque que en raras ocasiones se veían, que no se atrevían a unirse a la conversación y preferían contemplar desde la seguridad de los árboles. Todas las noches me alegraba regresar sola a mi cueva a disfrutar de la calma.

Pasaron muchos ciclos de estaciones y cada año me hacía más fuerte y más hábil.

Nunca volvimos a bañarnos en el río de Alfeo. Pero el recuerdo de lo que le sucedió a Aretusa se desvaneció con el tiempo. Ya era una mujer adulta, todavía un poco más menuda que Artemisa, pero más alta que las demás, y dudaba que el dios del río se atreviera a agarrarme ahora del pelo en el agua. Los días lánguidos y brumosos del verano se alargaban, tardes lentas en las que el sol caía y las charcas que visitábamos eran espejos, inmóviles y brillantes. Acudía con las ninfas, me tumbaba en las rocas y entraba en el agua cuando el calor era demasiado intenso. Artemisa estaba con nosotras todo el tiempo, riendo y cantando, despreocupada. Solo de forma ocasional veía que desviaba la mirada al horizonte, vigilante de pronto, antes de que la luz regresara a sus ojos y volviera a sonreírnos.

Siempre intentaba salir a cazar temprano, antes de que saliera el sol. Si perdía la noción del tiempo, el calor aumentaba mientras estaba en las laderas empinadas, haciendo que me cayeran chorros de sudor por la espalda y por muchas botas de agua que llevara conmigo, no eran suficientes. Un día acabé en una parte densa del bosque, la sed latía en mis sienes y los rayos afilados del sol escindían las hojas que tenía encima. Agucé el oído para tratar de oír el chapoteo de un río cercano, pero no hallé nada. Avancé entre los árboles y encontré un claro salpicado de peñascos pesados, pero con un suelo seco y parcheado que estaba segura de que había sido en un tiempo un manantial.

Miré la pesada lanza que llevaba, la que yo misma había esculpido y cuyo peso era ahora una carga. Me descolgué del cinturón la bota que llevaba con agua y le di la vuelta con la esperanza de encontrar una sola gota que me humedeciera los labios, pero no tenía nada. Me imaginé llenándola en el riachuelo que corría por la entrada de mi cueva, recogiendo su agua fresca. El aire seco siseaba entre mis dientes y en un arranque de frustración, arrojé la lanza a una de las rocas.

La punta afilada chocó contra la piedra con un crujido resonante y sentí una enorme satisfacción. Me volví para comprobar de nuevo mi alrededor. Miré con los ojos entrecerrados entre los troncos cubiertos de hiedra de los árboles, tratando de recordar dónde estaba el río más cercano. Me presioné los pulgares en la frente y noté mi pulso fuerte y pesado en el cráneo. Un goteo incesante me distraía y no podía concentrarme.

Abrí los ojos.

La lanza estaba en el suelo, donde había caído de la roca dura, y vi un chorrillo de agua cayendo por todo su largo y goteando en la tierra cuando llegaba al extremo. Lo seguí hasta su fuente: la grieta donde la había arrojado, donde la roca se había quebrado en dos. De ella brotaba ahora un diminuto manantial, el agua brillante a la luz del sol. Era escaso, pero suficiente.

Me arrodillé junto a la roca y presioné la bota vacía en ella. El agua comenzó a fluir, derramándose por los laterales y empapando la tierra. Le di un sorbo largo, agradecida, y volví a llenarla. El zumbido pesado de mi cerebro se disolvió hasta aclararse, el dolor de cabeza se calmaba con cada trago que daba. Me arrodillé de nuevo y noté con satisfacción el estiramiento de los muslos, el alivio delicioso de la tensión y el hormigueo del esfuerzo. Me limpié la boca con la mano y miré a mi alrededor. La luz solar entraba ahora de forma oblicua, debía de ser tarde. Giré sobre los talones, agarré la lanza y me levanté. Me invadió una oleada de orgullo cuando miré de nuevo el manantial: testimonio de la fuerza de mi lanzamiento, de cómo había podido hacer que manara agua de una roca.

Regresé con las ninfas tras decidir que hacía demasiado calor para cazar. Reuní flores silvestres y se las di a las ninfas para que me trenzaran con ellas el pelo.

El calor aumentó de forma constante durante semanas, su peso era casi insoportable. No daba tregua, ni siquiera de noche; mi cueva me parecía sofocante, ni siquiera corría una brisa entre los árboles de fuera.

Cuando llegó la tormenta fue todo un alivio. Los relámpagos rasgaron el cielo, los truenos rugieron desde el este y gotas gruesas de lluvia salpicaron el estanque, distorsionando el reflejo de las estrellas.

Me reí a carcajadas, encantada. En un impulso, salí de la cama, desesperada por sentir la lluvia en la piel. Sola en la oscuridad, sin miedo,
salí fuera, descalza sobre la tierra mojada, el rostro alzado hacia el
cielo salvaje para que me empapara el agua. La lluvia cayó en ria-
chuelos por mi pelo, me mojó la túnica delgada, deliciosamente fría,
y me sacudió la pesadez de las piernas al fin.

No la oí acercarse, el viento debió de alejar el sonido de sus
sollozos. Las nubes que se arremolinaban sobre la luna la oculta-
ron de mi vista, su cuerpo trepando por las empinadas laderas.
Solo reparé en su presencia cuando se abalanzó sobre mí y la agarré por los hombros de forma instintiva, apretando los dedos en su
piel mientras intentaba apartarse. Tenía el pelo oscuro pegado a la
cara, respiraba de forma entrecortada, asustada, y parecía un paja-
rillo frágil bajo mis dedos.

—¿Calisto?

Ella no podía formar las palabras para responderme. Todo lo
que pronunció fue un grito agudo.

—Ven, entra, vamos a resguardarnos de la lluvia. —Seguía retorciéndose, intentando apartarse de mí, y me dio la sensación de que
no me reconocía. Ese mismo día habíamos nadado juntas en el río,
pero parecía ahora haber perdido todos los sentidos por un miedo
ciego y desesperado—. Soy yo, Atalanta —dije y traté de guiarla a la
cueva sin hacerle daño, hablando con voz suave y calmada. Me acordé de Artemisa cuando una de las ninfas resultaba herida, la compasión tranquila en su voz mientras vendaba pies torcidos por unas
rocas pasadas por alto, tobillos mordidos por serpientes que despertaban de forma abrupta, antebrazos rasgados por las garras de un
oso que buscaba las mismas bayas. Me esforcé por sonar como ella,
firme y amable al mismo tiempo.

Funcionó, un poco. Calisto dejó de forcejear y, aunque seguía
con los hombros rígidos y tensos y jadeando, me dejó llevarla aden-
tro. Recuperé las pieles de animales que había apartado antes de la

tormenta, se las eché en los hombros y le escurrí el agua del pelo. Poco a poco, fue dejando de tiritar y los terribles gemidos desaparecieron.

Me senté a su lado en la oscuridad, no estaba segura de qué hacer a continuación.

—¿Qué ha pasado? —le pregunté.

Ella vaciló. No fui capaz de descifrar su expresión.

—La tormenta. —Su voz sonaba débil e irregular—. Ha sido la tormenta.

—¿Estabas fuera y no has podido encontrar el camino a casa?

Bajó la cabeza. Detrás de ella, en la entrada de la cueva, oía cómo mermaba la lluvia y se volvía más ligera. El viento estaba arreciando, las ramas se mecían suavemente ahora y las nubes comenzaban a dispersarse, la luna proyectaba una luz tenue en las olas oscuras de la charca.

—Me he perdido. —Se quedó callada un buen rato—. Pensaba que Artemisa estaba ahí, pero no. No estaba.

Sentí la pregunta que flotaba entre las dos, «¿Quién estaba entonces?», pero al ver cómo replegó el cuerpo, flexionando los brazos en el pecho y con la cabeza apartada de mí, las palabras murieron en mi garganta antes de que pudiera pronunciarlas en voz alta.

—Aquí estás a salvo —dije en cambio.

Me agarró la mano.

—Gracias.

—Duerme esta noche aquí.

Calisto permaneció en silencio mientras extendía las pieles. Se acurrucó y soltó otro sollozo cuando se tapó con ellas. Le acaricié el pelo, no sabía qué más decir. No sabía cómo dar voz a las sospechas que tenía en mente sobre lo que se había encontrado en la tormenta, ni siquiera sabía si debía hacerlo.

Eché un vistazo a mi arco, apoyado en el muro de la pared, preparado. La lanza larga a su lado, el cuchillo que afilaba cada día en las rocas. Después volví a mirar la entrada de la cueva. No había nada más ahí fuera; la tormenta había cesado y había vuelto la paz tranquila de siempre.

Nunca había temido dormir sola. Desde que encontré la cueva, no la había compartido con nadie. Me sorprendió reparar en que el sonido de su respiración, al principio irregular pero poco a poco más estable, era reconfortante.

Me envolví en pieles, me acosté al lado de ella y contemplé cómo se filtraba el amanecer en la oscuridad hasta que noté pesadez en los ojos y me quedé dormida.

La luz del sol me despertó, intensa y desorientadora. Me senté y entrecerré los ojos por el brillo cegador de la luz, mucho más alta en el cielo de lo que estaba normalmente cuando me despertaba.

—Atalanta.

Giré la cabeza. Era una silueta en el interior oscuro de la cueva.

—¿Estás mejor, Calisto?

—Mucho mejor, gracias. —Sonaba forzada. A la luz del día, lo sucedido la noche anterior parecía irreal, inexacto. ¿Estaría avergonzada por el temor de la noche anterior, la estupidez de haberse perdido en la tormenta? Por un momento valoré esa idea y su simplicidad me reconfortó.

Bostecé. Los ojos se me estaban adaptando a la luz y me fijé en ella. El breve instante de esperanza se disipaba con los restos del sueño.

—Tu túnica —dije—. Está rasgada.

—Me habré enganchado en las ramas mientras corría hasta aquí.

Miré más detenidamente los rasgones largos de la tela y los moratones que estaban apareciendo en sus antebrazos.

—Seguro que Artemisa tiene alguna cataplasma, algo que te sane.

No pasé por alto el pánico que floreció en sus ojos cuando sacudió con vehemencia la cabeza.

—No necesito nada, no hay por qué contárselo a Artemisa.

Abrí la boca, pero la mirada implorante que me lanzó me detuvo. Se produjo un momento de silencio.

—¿Tienes hambre? —le pregunté entonces.

Negó con la cabeza.

—Me voy. Gracias... por darme refugio.

Había algo más tras sus palabras, una sombra en sus ojos, algo en su forma de erguirse, tan diferente a cómo solía correr por el bosque de forma despreocupada. Pero no sabía cómo preguntárselo. Me quedé mirándola cuando se fue. Subió la colina con cuidado, como si estuviera protegiendo alguna herida y no quisiera lastimarse más.

La busqué en las charcas, en los claros, en los lugares tranquilos del bosque. Durante días no apareció, pero cuando regresó con las demás, tenía en la cara la misma sonrisa de siempre. En raras ocasiones la vi titubear, con los labios temblorosos por un momento o la mirada vidriosa, perdida en algo que yo no podía ver. Era siempre tan fugaz que a veces dudaba de si me lo habría imaginado.

No hubo más tormentas. Las hojas comenzaron a volverse doradas y de un tono bronce oscuro, a caer de los árboles y reunirse en montones de colores vívidos, brillantes. Empezaron a soplar brisas frías entre las ramas desnudas y cada mañana me despertaba con una niebla que se desvanecía con los primeros rayos del sol. Por las tardes, antes de que la luz se disipara, cosía pieles de ciervos y me las echaba sobre los hombros para cobijarme del frío. El bosque se calmó; el coro de zumbidos de insectos y trinos de grillos que pregonaban los meses más cálidos dio paso al silencio. Los osos se retiraron a sus cuevas en las montañas y las cumbres más altas se cubrieron de nieve. Cuando nos reuníamos, nos acurrucábamos en pieles y el frío nos teñía de rosa las mejillas. Me encantaba el chasquido del aire, el brillo de la escarcha, los esqueletos desnudos de los árboles, negros contra el cielo blanco.

Artemisa solía permanecer pensativa cuando se acercaba el invierno.

—Está triste por su amiga —me contó Calisto mientras caminábamos juntas—. Su compañera de la infancia, Perséfone.

—Me hablasteis una vez de ella.

Calisto asintió.

—Artemisa sigue añorando el tiempo que compartieron antes de que Hades abriera la tierra, atrapara a Perséfone y la arrastrara hasta su mundo. —Se le quebró la voz y la miré, sorprendida.

—No sabía que se la había llevado así. —Me habían contado que Hades se enamoró. Sentí pena por la chica risueña que recogía flores con su amiga antes de que se abriera el suelo bajo sus pies.

—Sabes de Perséfone por boca de las ninfas —dijo Calisto—. No de Artemisa. Ya no habla de ella, pero si lo hiciera, te contaría otra cosa.

—¿Qué diría?

Calisto tenía la vista fija en la distancia, meditativa.

—Diría que a Perséfone le encantaba estar a la luz del sol. Que los días que pasaban juntas entre las flores eran los más felices que había conocido. Que dejó que esos días cayeran como las cuentas de cristal de un collar, descuidados al suelo, sin saber que se destrozarían.

Mantuve el rostro inmóvil, apenas me atrevía a respirar por no interrumpirla. Era la primera vez que me hablaba así desde la noche de la tormenta.

—Deméter sumió el mundo en su primer y más brutal invierno cuando se enteró de lo que le había sucedido a su hija. Juró que no volvería a dejar que la tierra diera grano, ni trigo, ni flores, que todo se marchitaría y moriría, y todas las criaturas vivas sufrirían junto a ella. Los otros dioses forzaron a Hades a que liberara a Perséfone un tiempo todos los años, que la dejara regresar para que su madre reviviera al mundo cada primavera. Lo vuelve estéril de nuevo cuando ella desciende una vez más.

—Entonces Perséfone no se quedó perdida para siempre —me aventuré.

—Aquellos días inocentes en Sicilia habían acabado. —La desolación en el tono de Calisto impedía más réplica—. Perséfone había roto su juramento. Todo había cambiado.

Supe su significado con certeza cuando los azafranes asomaron de nuevo en el exterior de mi cueva, cuando los capullos brotaron y se hincharon en los árboles, cuando el trino de los pájaros saludó al amanecer y la crudeza del invierno fue engullida por la profusión de vida que acompañaba la ascensión anual de Perséfone. Las ninfas se desprendieron de las pieles gruesas y regresaron a las charcas a bañarse. Solo Calisto se quedó atrás, reticente, todavía cubierta por un vestido pesado, hasta que Artemisa se impacientó y le ordenó que se uniera a ellas.

Vi el rostro de Calisto, la resignación, la derrota cuando se quitó la tela que ocultaba su forma. El silencio sobrecogedor en la gruta cuando se colocó delante de nosotras y la vimos al fin, la curva redondeada de su vientre. Desvié la mirada al círculo de ninfas y la devolví a Calisto, el centro de las miradas de horror de todas. No me atreví a mirar a Artemisa.

La diosa se acercó a ella, con la lanza reluciente en el costado.

—¿Qué significa esto? —Su voz era fría.

Calisto alzó la barbilla. Sentí una punzada de compasión por ella, pero más intenso fue el miedo agudo por lo que sucedería después.

—La tormenta, el verano pasado —expuso y la última pieza encajó en mi mente—. Zeus, el portador del trueno. No lo oíste acercarse, vino escondido en medio del caos.

Artemisa soltó una carcajada.

—¿Y tú lo recibiste aquí, en nuestro bosque?

—Pensaba que eras tú. Adoptó tu forma. Me llamó con tu voz, me animó a seguirlo para cobijarme de la lluvia. Pensaba que eras tú y fui donde me indicó, y cuando me agarró vi quién era de verdad. No había forma de escapar.

Tragué saliva al recordar a la chica aturdida y aterrorizada que había descendido las pendientes hasta mi cueva. Los moratones en sus brazos, el vestido rasgado, el vacío en su mirada.

—Todas las que me siguen deben cumplir una condición —declaró Artemisa.

—No tuve elección.

Pero todas sabíamos que no iba a conseguir nada suplicando. Calisto lo sabía tan bien como nosotras. Las lágrimas brotaron de sus ojos, tenía el cuerpo hinchado rodeado por los brazos cuando cayó de rodillas, llorando con amargura.

Artemisa posó la mano en la cabeza de la chica. Su expresión era dura, insensible mientras aguardaba unos segundos agonizantes, y luego se apartó.

Entonces, ante nuestros ojos, los hombros temblorosos de Calisto parecieron hundirse y su cuerpo se contorsionó. Se llevó las manos a la cara, pero sus uñas estaban creciendo, formando garras. Se le llenó el cuerpo de pelo y sus sollozos se convirtieron en gruñidos, todas las palabras que pudiera haber pronunciado para defenderse quedaron perdidas para siempre. Donde antes había una chica desesperada, había ahora un animal, una bestia del bosque, una osa como la que se había apiadado de mí cuando era solo una recién nacida, pero no existía compasión para Calisto en nuestra diosa. Solo una dura determinación mientras observaba a la criatura desesperada completar la transformación, mirarnos una a una y darse la vuelta para salir huyendo de la gruta.

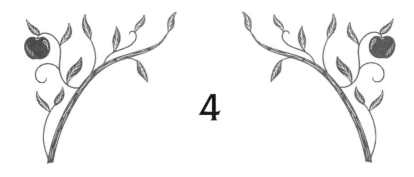

4

Todas lloramos la pérdida de Calisto, incluso Artemisa. Me fijé en que a veces se quedaba mirando en la distancia, perdida en su cabeza un momento, y estaba segura de que pensaba en Calisto. También en Perséfone, tal vez en Aretusa y otras. Aunque Artemisa tenía el rostro de una mujer joven, ¿a cuántas habría perdido en todos sus años inmortales?

A veces, por la noche, miraba el espacio de cielo visible por el arco de mi cueva y trataba de trazar la forma de Calisto en las estrellas. Me hubiera gustado estar ahí fuera la noche de la tormenta, con ella, y haberla podido ayudar a huir.

No me veía capaz de desprenderme de la tristeza. Me persiguió toda la primavera, mientras las flores brotaban a mi alrededor en un caos de color, mientras el bosque despertaba y cobraba vida. Cuando estaba fuera cazando, me fallaba la puntería o mi presa escapaba, y lo peor es que no me importaba. Los días me parecían vacíos y las tardes largas y tediosas, aunque se me escapaban entre los dedos sin que lograra nada.

Una tarde acabé lejos de mi cueva cuando la luz del día se apagaba. Maldije, mirando con los ojos entrecerrados entre los árboles y me esforcé por concentrarme de nuevo. Por escuchar con atención, sentir la dirección de la brisa, comprender los marcadores por los que navegaba: un tronco caído cubierto de musgo, un arroyo, un racimo de violetas. Inspiré profundamente y dejé que todo me inundara, todos los instintos arraigados en mí, los recuerdos marcados en mis músculos en los que tanto confiaba, que nunca me habían defraudado. Emprendí el camino con confianza, segura de que iba a llegar a casa. Eché un vistazo al cielo, el suave rosa bordeado de tono índigo, y aligeré el paso con una sensación familiar en mi interior, el ritmo cómodo de quien había sido yo siempre.

Como había predicho, encontré la charca, bordeada con rocas y rodeada de helechos, sus suaves profundidades verdes reflejaban troncos distorsionados de árboles y un cielo brillante. Había ondulaciones en la superficie del agua. Una sombra más oscura se asomaba por la orilla opuesta y sentí su mirada antes de verla. La osa con la cabeza gacha para beber, pero la atención fija en mí. El osezno que había a su lado. Los ojos de ella fijos en los míos, oscuros, profundos e intensos.

Me detuve, suspendida en su mirada. Se la devolví, busqué aquellas pupilas negras y grandes de otra persona, algo más. Sentí una desesperación en mi interior, pero entonces ella sacudió la cabeza y se volvió, regresó a los matorrales con su bebé a salvo a su lado.

No me moví, no confiaba en mis piernas. Las sombras se alargaron, el cielo se oscureció y la llama del sol descendió por debajo de los árboles, engullida por el estanque sombrío.

Se instaló una neblina y yo seguía muy lejos de casa. Me deshice de mi soledad, del anhelo, y recoloqué el carcaj de flechas y el arco en mi espalda. Me aparté del agua. Incluso en la oscuridad, conocía este bosque.

Arriba, en los huecos de las copas de los árboles comenzaron a brillar las estrellas. La delgada luna creciente resplandecía con un tono perlado y oí el ulular largo y lastimero de un búho. Entre las ramas se movieron unas siluetas oscuras, las ranas croaban y aquí y allá se veían destellos de luciérnagas.

Entonces, durante un instante horrible, pensé que el trueno volvería a crujir en el cielo, pero el tumulto repentino que había oído provenía del bosque, no del cielo. La colisión de cuerpos pesados, el crujido de las ramas, el susurro de voces graves y risas. Y fuego; se alzaron unas llamas repentinas, el humo cálido, espeso y asfixiante. Me picaban los ojos y reculé hasta el tronco amplio de un roble con la mano en la nariz y la boca mientras buscaba la fuente.

Al principio sus cuerpos no tenían ningún sentido para mí. Había oído hablar de los centauros, pero nunca los había visto con mis propios ojos. Había dos tambaleándose entre los árboles, las ramas grandes se retorcían y quebraban cuando se abrían paso entre ellas. Llevaban antorchas de pino, enormes ramas arrancadas de árboles fuertes y encendidas en sus puños. Uno de ellos sostenía también una lanza toscamente tallada, pero lo bastante afilada.

Olí el vino antes de ver las botas que llevaban, el líquido oscuro se derramaba por el cuello de estas. Me sorprendió que no se hubieran prendido fuego a ellos mismos, aunque detrás vi árboles quemándose donde habían agitado las antorchas.

Eran más altos que ningún hombre que hubiera visto nunca, tan altos como la propia Artemisa. Tenían los torsos gruesos y musculados, las barbas enredadas sobre el pecho y, en sus cinturas, la inexplicable unión en la que el hombre se convertía en caballo. Pero algo que podría haber contemplado maravillada y con curiosidad a la luz del día se tornó más amenazante en la oscuridad humeante.

Vi el reconocimiento florecer en los ojos vidriosos por la bebida del centauro que estaba más próximo a mí. Lanzó un puño a su acompañante y le golpeó el pecho con torpeza.

—Hileo —dijo con voz ronca—. Mira ahí.

El segundo, Hileo, me miró y vi emoción en su rostro.

—Una chica, Reco, sola en el bosque. —Dio un largo sorbo y me recorrió el cuerpo con la mirada.

Apreté los puños. Me había enfrentado cara a cara con leones rugientes y lobos hambrientos y, aunque estas dos bestias podían poseer el mismo brillo famélico en los ojos, veía cómo les hacía el vino tambalearse y bambolearse.

Tan embriagado como estaba, Reco pareció sentir mi desagrado.

—No parece muy contenta de vernos —comentó. Se habían detenido a unos pasos de distancia, pero ahora se acercaba a mí. Se movía más suavemente de lo que esperaba, los flancos equinos ondeando a la luz de la luna, poderosos y fascinantes. Sentí por primera vez miedo mientras lo evaluaba. Retorcí los dedos al pensar en echar la mano atrás, al arco y las flechas que tenía amarrados en la espalda. Él cubrió el espacio que nos separaba antes de que pudiera hacerlo. La antorcha crepitaba y proyectaba sombras en su cara arrugada. Me quedé completamente quieta, ni siquiera me encogí ante el hedor de su aliento.

—Marchaos de este bosque —dije en voz baja y firme—. Pertenece a Artemisa.

Esbozó una sonrisa.

Fue Hileo el que me agarró. Mientras yo estaba concentrada en Reco, Hileo se abalanzó hacia delante, soltó la bota de vino y la antorcha, y me rodeó con las patas para apartarme del árbol. El impacto me dejó sin aire en el pecho. Por un momento quedé inmovilizada, presa contra el calor de su cuerpo, y los dos se echaron a reír. El fuego de la antorcha del suelo alcanzó una rama y las llamas se alzaron tras ellos.

—¡Soltadla!

Giraron la cabeza al oír el sonido de otra voz. Incluso en medio del caos, sabía que no se trataba de Artemisa ni tampoco de una ninfa. Era la voz de un hombre. Aproveché la distracción de los centauros para sacar el brazo y le di un codazo fuerte a Hileo en el pecho. Se tambaleó hacia atrás y vi un destello del rostro del hombre (el horror en sus ojos, la boca muy abierta al verlos) cuando Reco estampó el puño justo en la cabeza del intruso y este reculó y se cayó en el suelo. Reco se volvió hacia mí con mirada triunfante, pero yo ya estaba preparada. Me agaché, me colé por debajo de su brazo de forma que cerró el puño en el aire y me escabullí. Salté el cuerpo de mi posible rescatador y salí corriendo junto a la orilla del río. Mis pies volaban por el suelo, esquivando raíces y piedras, pero los centauros me persiguieron pisoteándolo todo. La antorcha de Reco incendiaba los árboles a su paso.

El ruido y el tumulto podría atraer la atención de otros, de mis inocentes amigas, y mientras recorría a toda velocidad las laderas de la montaña, ese pensamiento me ralentizó. No bastaba con aventajar a mis perseguidores, encontrarían a una presa más lenta. No pensaba permitir que fuera otra chica.

Me di la vuelta, saqué una flecha del carcaj que tenía en la espalda y descolgué el arco con un movimiento limpio. Sin dudar un solo segundo, tensé la cuerda y lancé la flecha directa a la garganta de Reco.

Cayó delante de Hileo, quien retrocedió y se estrelló en el suelo, junto a su amigo abatido. Respiraba de forma entrecortada y sentía una gran presión en el pecho, pero mis dedos fueron firmes cuando alcancé una segunda flecha.

—Por favor —dijo Hileo. Se levantó apoyado sobre los codos y me miró a mí y después a su amigo, la sangre que manaba alrededor de la flecha que tenía alojada en el cuello. Entrecerré los ojos y apunté—. Por favor, no… —comenzó, pero la flecha atravesó el aire antes de que pudiera acabar. Bajó la mirada, parecía sorprendido de verla sobresaliendo del pecho. Entonces puso los ojos en blanco y su cabeza cayó en la tierra.

Me quedé mirándolos un momento, hasta asegurarme de que habían dejado de respirar. Entonces tomé aliento y el aire me refrescó los pulmones. A los lados de la montaña, ascendía el humo de los fuegos que habían prendido y las llamas danzaban a intervalos para marcar su camino. Me enfadé al contemplar semejante destrucción sin sentido, el descuido y la brutalidad.

Pero entonces me acordé del hombre, del que había intentado intervenir. Se había dado un golpe en el suelo, tal vez seguía allí inconsciente. Recorrí con la mirada el camino por el fuego. Ya habría inhalado demasiado humo, tal vez no había podido salir adelante. Posiblemente estuviera ya muerto. Apreté los dientes.

Mis flechas eran inútiles contra el fuego y si el humo me mareaba, la velocidad y la fuerza tampoco contarían para nada. No sería culpa mía que muriese, si es que no estaba ya muerto. Sería de él por interferir cuando no lo necesitaba. Sin embargo, mi conciencia me decía otra cosa. Él había intentado salvarme, no podía marcharme sin intentar salvarlo yo a él.

Tiré del bajo de la túnica y rasgué una tira que mojé en el río. El agua tenía un resplandor naranja por el reflejo del infierno. Me llevé el paño mojado a la boca y nariz y, sin darme tiempo para pensarlo, salí corriendo por donde había venido. Me picaban los ojos por el humo espeso y negro, las ramas se venían abajo a mi alrededor y no sabía si podía seguir mis propios pasos hacia el claro. El pánico amenazaba con apoderarse de mí y me obligué a contenerlo. Avancé por al lado del río que fluía por la ladera y, sin darme cuenta de lo cerca que estaba, llegué al claro entre los robles. Estaba en el mismo sitio donde se había caído, pero cuando me arrodillé a su lado, comprobé que su pecho subía y abrió los ojos. Me miró con ojos confundidos y gimió.

—Tienes que levantarte —le indiqué.

Debió de ver las llamas entonces, pues se incorporó con el rostro marcado por el terror.

—Ya, no hay tiempo. —Le miré la cara manchada de sangre, donde el centauro le había golpeado. La sangre estaba espesa y coagulada, ya no manaba de la herida.

Puso una mueca y se giró para ponerse en cuclillas. Le tendí la mano y tiré de él para que se levantara. Se tambaleó un poco, pero ya estaba en pie y me sentí aliviada. Demasiado pronto, pues se desplomó sobre mí.

—Mi hombro... —resolló.

Se llevó la mano al hombro contrario y puso una mueca de dolor. La sangre le manchaba los dedos.

—... lanza... —logró pronunciar.

La lanza de Reco. Seguramente se la hubiera clavado antes de perseguirme. Me rodeé el cuerpo con los brazos.

—Es una suerte que no te haya acertado en el corazón ni en la garganta —dije—. Apóyate en mí, yo te ayudo a caminar.

Le agarré el otro brazo y me lo eché por encima de los hombros para poder sostenerlo. Las llamas rugían en todas direcciones y me di la vuelta, de pronto vacilante. El calor era como un muro sólido que se presionaba contra nosotros, el incesante chisporroteo ahogaba el resto de sonidos. No era capaz de tomar aire suficiente, notaba presión en el pecho y el miedo estaba regresando, retorcido y traicionero.

Busqué ansiosa un hueco, un espacio oscuro entre los árboles que ardían.

—Por aquí —le dije y me lancé hacia delante.

El fuego rugía a nuestro alrededor. Con cada paso que dábamos estaba segura de que ese sería el momento en el que sucumbiéramos al calor sofocante. No veía nada delante de nosotros, el fuego lo destruía todo, pero lo arrastré hacia delante. No pensaba morir aquí y tampoco iba a dejar que él muriese.

Atravesamos un claro tambaleándonos y vi lo que tanto deseaba: un río ancho que fluía sobre las rocas. Nuestro salvador.

Lo atravesamos chapoteando. El humo del fuego que dejamos atrás seguía formando nubes espesas, pero, por ahora, el agua lo contenía. Me mojé las manos, le eché agua en la cara y luego en la mía. Tosió violentamente, le dieron arcadas, y entonces se arrodilló y se llenó las manos de agua para beber. Cuando acabó, se balanceó sobre los talones y me miró con los ojos menos empañados.

—¿Puedes caminar? —le pregunté.

Asintió.

—Entonces vamos, todo lo rápido que puedas.

Lo llevé hacia la oscuridad tranquila, lejos del ruido y del fuego devastador. Busqué puntos de referencia que me resultaran familiares. Estaba concentrada en la ruta, en el humo que se disipaba. El olor fresco y limpio de los árboles. Cuando regresó la paz y el camino se iluminó con la suave luz de la luna y no el resplandor intenso del fuego, comprendí que no estábamos lejos de la ladera empinada que conducía a mi cueva. Me detuve y él se paró con torpeza a mi lado.

—No puedo seguir contigo. ¿Puedes ir tú solo?

Estaba resollando, exhausto, y se quedó sin color en la cara. Aunque seguía con la mano apretada en el hombro, había dejado de salirle sangre. Ojalá eso significara que la herida no era demasiado profunda.

—¿Adónde voy a ir?

—Al lugar de donde hayas venido.

Parecía confundido y muy joven. ¿En qué estaría pensando para enfrentarse a un centauro?

Probó a apartar la mano del hombro y se encogió al hacerlo. Se estremeció al ver la piel rasgada y la mancha oscura en su túnica ajada. Pero se enderezó sin mi apoyo.

Por primera vez me miró de verdad: la túnica corta, rasgada y manchada de hollín, las piernas arañadas y sucias, y el arco y el carcaj atados a mi espalda.

—¿Qué estabas haciendo en el bosque? —le pregunté.

—Me separé de mis compañeros —explicó—. Se hizo de noche, estaba caminando en círculos... y entonces vi las antorchas. Cuando me acerqué y vi lo que eran y que uno de ellos te había atrapado...
—Se tocó la herida de la cabeza y puso una mueca.

—No necesitaba tu ayuda.

—Está claro.

—Tienes que seguir adelante, hasta la cresta de allí. Puedes continuar ladera abajo, hay asentamientos en el fondo, allí viven algunos cazadores. —Miré a nuestro alrededor. Ahora que el peligro inmediato del fuego había pasado, me embargaba una ansiedad diferente. Artemisa descubriría las llamas, volvería y, cuando regresara, estaría furiosa. Quería que este hombre se fuese antes de que llegara ella.

—¿Ahí vives tú? —me preguntó.

Sacudí la cabeza.

Él asintió, como si hubiera confirmado la respuesta a una pregunta que no había formulado.

—¿Puedo preguntarte tu nombre?

—Atalanta.

—Yo me llamo Hipómenes.

—Buena suerte, Hipómenes. Sal del bosque lo más rápido que puedas. No te entretengas.

Nos rodeaban los árboles, sombras altísimas coronadas por la luz plateada de la luna por encima de nuestras cabezas. El cielo visible entre las hojas era claro y estrellado. Aquí el fuego parecía una pesadilla distante. ¿Dudaría por la mañana de que nada de esto hubiera pasado? Solo su hombro herido le confirmaría que sí había acontecido.

Inspiró profundamente.

—Adiós, Atalanta. Y… gracias.

Reculé, no quería dirigirme a mi cueva por si se volvía. No deseaba que él, ni nadie, conociera su ubicación. Eso es lo que me dije a mí misma. Por eso me quedé mirándolo mientras ascendía, todavía tambaleante pero con una agilidad que me sorprendió. Retrocedí entre las ramas de un roble que había detrás de mí, pero mantuve la mirada fija en él mientras subía por la cresta alta; lo iluminó un rayo de luna cuando miró a un lado y a otro antes de seguir la dirección que le había indicado y acabó rápidamente engullido por la espesura de los árboles.

Me quedé allí un rato para asegurarme de que se había marchado de verdad.

—Atalanta.

Me temblaron las rodillas.

Se alzaba alta, sin arco e imperiosa. Su rostro perfecto más incandescente que el resplandor del infierno, su furia ardía con más intensidad que mil fuegos.

—He visto los cuerpos de los centauros —dijo—. Bien hecho, Atalanta. Matar a dos es más de lo que podría hacer cualquier otro mortal.

—El fuego... —comencé.

Alzó la cabeza.

—El bosque es mío. No permitiría que ardiese.

Miré detrás de ella y comprobé que el bosque ya no estaba incendiado, ya no había un halo carmesí por encima de los árboles, solo la oscuridad de la noche. ¿Había visto a Hipómenes? ¿Sabía que lo había ayudado? No dio muestra de ello.

—Puedes irte. Duerme, te lo has ganado.

Me invadieron el alivio y la gratitud.

—Gracias.

Sonrió y regresó entonces a las profundidades del bosque.

Pero yo no dejé el refugio del roble de inmediato.

Me pregunté si Hipómenes habría llegado sano y salvo a las casas de los cazadores. Si estos lo habrían recibido bien al llegar herido, cansado y con historias increíbles. Si le habrían dado cobijo y cubierto con pieles de animales, lavado las heridas y ofrecido ungüentos para los morados. Ahí fuera, en la periferia del bosque, donde los árboles daban paso a llanuras y luego a aldeas, granjas, pueblos y ciudades, más allá de los confines del mundo que conocía, lugares que yo nunca había visto. Lo único que conocía provenía de las descripciones de Artemisa, de las historias de sus viajes que compartía con nosotras.

Arranqué una hoja de una rama baja y la froté entre los dedos para liberar su olor fresco e intenso. El roble era robusto, familiar, fiable. Podía llevar aquí desde la formación del mundo, haber aguantado firme durante las batallas de titanes y dioses, testigo del comienzo de todo. Permanecí ahí, a su abrazo, y cuando había pasado ya bastante tiempo desde la marcha de Hipómenes y Artemisa, regresé a mi cueva bajo la luz rosada y la humedad del amanecer.

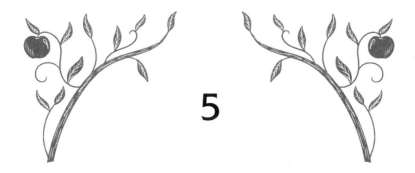

5

Mis sueños estaban llenos de humo y fuego, fragmentos confusos de caos y gritos, risas burlonas y el siseo de mis flechas. Me desperté con la garganta seca y el pulso acelerado.

Mi cueva estaba igual que siempre, silenciosa y tranquila. Inspiré profundamente y me deshice de los vestigios del pánico que me había despertado. Los centauros estaban muertos, los había matado yo. Esperé a que el pensamiento me calara. El peligro había pasado y era gracias a mí.

Quería ver a Artemisa. Esperaba que estuviera cerca aún y no cazando en el borde más alejado del bosque o respondiendo a las plegarias de madres desesperadas en las ciudades. Me encaminé todo lo rápido que pude hasta el río donde me habían encontrado los centauros. El camino era fácil de seguir; había círculos abrasados de tierra desnuda donde previamente estaban ellos y aún flotaba la ceniza en el aire. No importaba la ruina que habían causado, me recordé. No tendrían oportunidad de volver a ocasionar ningún otro caos. Por un horrible segundo me pregunté si me encontraría con sus cuerpos, pero solo había flores aplastadas y tallos torcidos donde los dejé. Vi el camino allanado por el que Artemisa debió arrastrarlos e imaginé su figura esbelta soportando el peso imponente de las bestias como si no fuera nada. Un montículo de tierra a poca distancia sugería que los había enterrado allí. Me quedé mirándolo un momento y me marché. No me importaba dónde estaban ellos, solo ella.

Deambulé distraída, contenta de alejarme de las zonas quemadas del bosque hacia los claros frondosos. Primero oí a sus perros, los ladridos entusiasmados, y después vi a dos saltando al camino, justo delante de mí. Sonreí al verlos, les acaricié las cabezas enormes y les rasqué las orejas.

—¿Dónde está vuestra ama? —les pregunté, pero cerraron los ojos, embelesados, y me eché a reír. Entones uno se apartó y volvió la cabeza hacia mí para comprobar que lo seguía. El otro perro y yo lo seguimos hasta la gruta donde la sorprendió aquel desafortunado cazador joven en el pasado. Hoy no se estaba bañando; estaba sentada en una piedra junto al río, vigilante y rodeada de ninfas.

Fijó los ojos en mí cuando me acerqué. Me costó levantar la cabeza para mirarla, me invadía un sentimiento inexplicable parecido a la culpa. No obstante, cuando habló, no había desaprobación en su tono, solo una calidez que me sorprendió.

—Acércate, Atalanta. Siéntate aquí —me indicó.

Relajé los hombros; la tensión de mi cuerpo se desvaneció cuando me subí a la superficie lisa de la roca, a su lado.

—Anoche… —comencé.

—Anoche mataste a dos centauros —me interrumpió—. Tú, una chica mortal, contra la fuerza de unas criaturas más poderosas que cualquier hombre. —Se echó a reír. Se le tiñeron las mejillas de rosa y los ojos resplandecieron; tenía el pelo apartado de la cara y las rodillas, que rodeaba con los brazos, levantadas. Era la imagen de la juventud y el fulgor. No había atisbo de la furia que vi en ella mientras contemplaba su bosque ardiendo, ni pizca del poder ancestral y la rabia inmortal que poseía—. Los detuviste antes de que pudieran lastimarte o causar más daño en nuestro hogar. Si hubieran avanzado más, encontrado a mis ninfas… —El silencio conjuró una imagen vívida—. Pero no eran rivales para ti, Atalanta.

Bajé la cabeza y noté que el calor se expandía por mi pecho. No sabía qué decir.

Ella asintió, satisfecha.

—Has demostrado tu valor —prosiguió—. Tu coraje es testimonio de mis enseñanzas, de todo de lo que eres capaz por haber crecido aquí, bajo mi tutelaje, en mi bosque.

Noté el fulgor de su aprobación como rayos de sol en mi piel. Pensaba que me iba a reñir, que tal vez había errado al consentir el daño que provocaron, o por mi compasión con Hipómenes, si es que había sido testigo de ella.

—Fue impresionante —intervino Psécade desde la orilla del río. Tenía los pies sumergidos en el agua y la cabeza vuelta hacia mí para sonreírme.

—Sabíamos que eras fuerte, pero... —Fíale apareció a mi lado y me ofreció un vaso de agua.

—Esto supera todo lo que creíamos —terminó Crócale.

Me detuve. Ahora me daba cuenta de que todas las ninfas estaban mirándome y que había en su expresión algo diferente: más que la amistad afectuosa a la que estaba acostumbrada, una nueva admiración. El aire estaba impregnado de un ambiente solemne, la certeza de lo que podría haber sucedido si yo no lo hubiera evitado.

Me erguí más, estiré la espalda y alcé la cabeza cuando resonaron más voces y los tonos alegres se entremezclaron en un coro emocionado de felicitaciones por mi valentía, mi precisión, mi instinto audaz y mi comportamiento abnegado.

Me hubiera gustado mucho que estuviera allí Calisto para compartirlo con ella. Solo había un consuelo que aligeraba la tristeza que sentía cuando pensaba en ella: la noche anterior me había asegurado de que ninguna otra ninfa sufriera lo que había sufrido ella.

Me pidieron que les contara la historia y disfruté de sus gemidos y vítores mientras describía lo acontecido. No mencioné a Hipómenes. Noté que el relato se convertía en otra cosa, allí sentada en medio del grupo bajo la luz del sol, dando forma a una historia de suspense y emoción, una que cautivó a las ninfas e incluso a la propia Artemisa. Mientras relataba cómo cayó el segundo centauro con mi flecha, sentí que los últimos restos de horror y repulsión al recordar sus manos sobre mi cuerpo se disolvían. Ahora era mi historia y viviría entre las leyendas del bosque, las ninfas la contarían una y otra vez. Pero esta no se relataría entre susurros con miradas elocuentes y advertencias. Se trataba de una clara victoria que me definiría. *Era Atalanta, asesina de centauros*, las imaginaba declarando en los años venideros, y las que escucharan se mostrarían tan cautivadas como ellas ahora.

Creo que fue el momento más dulce de mi vida hasta el momento.

Permanecía siempre alerta cuando deambulaba por el bosque, siempre buscando huellas en la tierra y atenta al más mínimo susurro de las hojas que me avisara de que la presa estaba cerca o de la posibilidad de que hubiera un león de montaña acechando en las cercanías, concentrado en el mismo objetivo que yo. Pero ese verano fue diferente. Cuando veía algo moverse en mi visión periférica, cuando giraba la cabeza para mirar, sabía qué era lo que esperaba que fuese la forma fugaz que veía.

Buscaba osas y oseznos. De todo lo que había en el bosque, nadie mejor que yo sabía que debíamos dejarlos en paz. En los primeros meses, no había nada más feroz en este bosque que una mamá osa protectora. No obstante, me quedaba a la orilla del río, examinando los helechos del otro lado, esperando por si volvía a emerger. Si podía volver a mirarla a los ojos y asegurarme... ¿de qué? No sabía qué pensaba hacer, pero no por ello dejaba de buscar.

También buscaba a Hipómenes. Probablemente hubiera aprendido la lección y no volvería a deambular de forma imprudente por aquí. Seguro que permanecía en las casas de los cazadores, en los pueblos y asentamientos que habían construido los hombres en los límites de nuestro mundo, y no se atrevería a cruzar el bosque.

Las vueltas que daba en círculos se volvieron más amplias. Siempre me había quedado cerca del corazón salvaje del bosque, atenta a los secretos que nos pertenecían a Artemisa y a nosotras, sus acompañantes. Ahora bordeaba los límites, los bordes exteriores y las altas crestas donde podía estirar el cuello para mirar allí donde a veces veía espirales de humo u oía el bramido distante del cuerno de un cazador. Estaba patrullando nuestro territorio, puede que fuera lo más sensato después de una intrusión tan violenta.

Eso le diría a Artemisa si me preguntaba.

Llegó el verano, pero yo ya estaba pensando en el invierno. La voz de Calisto flotó hasta mí: la entrada de Perséfone en las oscuras cavernas de más abajo. El mundo de arriba se mantenía firme en un dolor frío y silencioso.

Cuando Calisto me contó la historia, la escuché esperanzada, era una confirmación de lo que siempre había sabido. El bosque vivía en ciclos, se renovaba y nutría, siempre dependiente y siempre el mismo. Yo no quería que cambiara nada.

Pensé en otra primavera, en otro verano. En mi interior había surgido un hambre, un sentimiento de insatisfacción.

Seguí adelante, cazaba con celo, llevaba los cuerpos a las ninfas y volvía a salir. Apilaba madera para los fuegos, afilaba el cuchillo, tallaba más flechas y contemplaba el bosque tranquilo cuando caía la noche, en busca de antorchas encendidas, atenta al trueno.

Artemisa reparó en mi diligencia. En lo alto de las laderas, en el territorio de los leones de montaña, me pidió que me sentara.

—Pero el sol sigue alto en el cielo. —Sorprendida, señalé el cielo.

—Siéntate —me repitió y se acomodó en una roca—. Hasta los sabuesos se fatigan, Atalanta.

A su alrededor, los perros se habían tendido en el suelo, en un espacio de sombra proyectada por una roca saliente; resollaban y sacaban la lengua. Me impacienté, pero hice lo que me pedía. Desde aquí podía ver el bosque extenderse bajo nosotras, denso, verde, aparentemente infinito.

—Están sucediendo cosas en el mundo, más allá de aquí —comentó y su brusquedad me hizo sobresaltarme—. Los dioses hablan del tema, un viaje como ningún otro, una nueva misión. Ha captado la atención en el Monte Olimpo. Un rey de una ciudad llamada Yolco ha enviado a su sobrino a una misión: reunir a la banda más increíble de héroes de toda Grecia para navegar junto a él en su barco, el *Argo*, desde el puerto de Pagasas en busca del vellocino de oro.

Sentí que el mundo se detenía. Artemisa nunca había mostrado interés por las preocupaciones del resto de dioses ni por lo que sucedía en el mundo de los mortales. Apareció en mi interior cierta sensación de nerviosismo.

—Tienes poder y coraje, velocidad y destreza más de la que se necesitan en este bosque —señaló—. Y eres ya mejor que cualquier guerrero de allí. Eres mejor que cualquier hombre que posea el nombre de héroe. El mundo debería conocer el nombre de Atalanta. Debería ver lo que eres capaz de hacer.

Posó una mano encima de la mía y me levantó con la otra la barbilla para que la mirara a la cara. Por ligero que fuera su roce, era imposible apartarme ni tan solo un centímetro.

—El sobrino, un hombre llamado Jasón, va a recuperar el vellocino —continuó—. Quiere demostrar su valía, convertirse en leyenda. Cuenta con el respaldo de Hera, que quiere a un héroe que glorifique su nombre, y no otro que sea hijo de Zeus o Poseidón, sino uno que le deba su lealtad —dijo—. Todo aquel que navegue con él recibirá fama y gloria en el camino. —Tenía los ojos fijos en los míos y sonrió—. Quiero mi parte.

—¿Cómo? —pregunté.

—Ve en mi nombre. Eres más fuerte que ellos, eres valiente y no hay nada que ellos puedan hacer y tú no. Quiero mostrarles a todos quién eres, en qué te has convertido.

Vacilé.

—Nunca he estado en el mar. Nunca he estado fuera de este bosque. No sé dónde está Yolco, ni Pagasas. —Esos nombres desconocidos me parecían agradables de pronunciar.

—No importa —respondió—. Nadie aprende más rápido que tú.

Sentí la respuesta a su desafío. Mi espalda erguida, una oleada de energía.

—Ve, Atalanta. —Su mirada me quemaba—. Embárcate en el *Argo* como mi campeona. Sé la mejor de todos ellos.

La promesa seductora me invadió la mente, se llevó toda duda e inseguridad. Ella había puesto nombre al destello diminuto de anhelo que sentía y ahora se había convertido en un deseo más urgente que cualquier otro que hubiera conocido.

—Haré lo que me digas —respondí.

Sus ojos brillaron de satisfacción.

Si hubiera podido saltar de esa roca y correr hasta el *Argo*, lo habría hecho. Mejor aprovecharse de la emoción impetuosa y lanzarse a ello sin dudar. Pero Artemisa me dijo que tenía que esperar, que antes había que llevar a cabo preparaciones. Se marchó durante varios días en busca del consejo del oráculo de Delfos y mi impaciencia aumentó. No sabía qué hacer. Caminaba por el bosque, practicaba mi puntería, tensaba el arco y lanzaba las flechas, una actividad que llevaba a cabo por instinto para intentar reprimir los pensamientos que me asolaban: cómo iba a navegar por un terreno desconocido, cómo sería estar en una banda de hombres, qué terrores me encontraría en el camino. Sin Artemisa a mi lado para impulsar mi confianza, tenía que decirme a mí misma que iba a tener éxito, que no habría nada que no pudiera manejar, ningún enemigo correría más rápido ni dispararía con mejor puntería que yo.

Así y todo, me alegré cuando apareció en mi claro justo cuando el crepúsculo se tornó de un tono violeta suave, caminando con paso tan suave sobre las flores vívidas que se extendían ante la entrada de la cueva que apenas las perturbaba.

—¿Estás preparada? —me preguntó.

Pegué la cabeza al arco de piedra de la entrada de la cueva para mantener el equilibrio.

—¿Ya?

—Saldrás al amanecer.

Asentí.

—¿Qué más tengo que saber antes de partir?

El aire a su alrededor olía a tierra y a hojas verdes y frescas; una quietud cargada de energía, como si estuviera en el momento antes de que comenzara la caza, cuando el mundo zumbaba, alerta y vivo y concentrado en la caza.

—Una profecía —dijo.

—¿Sobre mí? ¿Qué dice?

Se recolocó un mechón de pelo que se le había soltado de las trenzas que tenía alrededor de la cabeza.

—El oráculo de Delfos pronuncia las palabras de mi hermano Apolo. Él puede ver en el corazón de todo; lo que va a suceder aparece ante él y escoge qué compartir. Has de escuchar con atención su advertencia y actuar conforme a ella o sufrirás las consecuencias.

Podía oír algo ancestral manar de ella, un timbre en su voz que resonaba con el conocimiento inmortal.

—Mis seguidoras hacen el mismo juramento que hice yo —prosiguió—. Todas nos comprometemos a una vida de virginidad. Estamos seguras y somos libres para vivir una vida sin cargas, para cazar y ser autosuficientes lejos del resto del mundo. Pero tú no elegiste unirte a mí, Atalanta; a ti te abandonaron en el bosque cuando eras un bebé recién nacido.

—Pero vivo igual que vosotras —repliqué. Nunca había cuestionado la condición para ser una de las devotas de Artemisa.

—No has estado nunca con hombres. —Torció un poco el labio—. Nunca has tenido que probar tu entereza.

—He visto a suficientes hombres, incluso aquí en el boque —repuse.

—Aférrate a lo que has visto. —Su tono era bajo y apasionado—. No olvides a tus hermanas, lo que ha sido de ellas. Cuando subas al *Argo*, mantenlas en tu mente. Recuérdalo cuando la aventura haya concluido, tu hogar está conmigo.

—Lo recordaré. —Me puse nerviosa por la duda implícita en sus palabras. ¿Por qué no confiaba en que me mantuviera firme a la regla que siempre me había enseñado?

—Bien. Pues ese es mi único decreto, Atalanta. La profecía que ha pronunciado el oráculo acerca de ti es que el matrimonio será tu ruina. Si tomas un esposo, te perderás a ti misma.

Sacudí la cabeza.

—Nunca tomaría ninguno. Nunca he soñado con hacerlo.

—Eres más afortunada de lo que piensas —comentó Artemisa—. Sin mi protección, no hay elección para otras chicas. Es otro de tus regalos, Atalanta, tu libertad. Es uno que nunca has de abandonar ni descartar.

Un rubor apareció ahora en mis mejillas. Me puse derecha y crucé los brazos.

—Embarcaré en el *Argo* como tu campeona. Te honraré en todo lo que haga. Y después regresaré a casa. —Miré mi pequeña cueva, la gruta tranquila, el cielo salpicado de estrellas y las reconfortantes formas negras de los árboles a mi alrededor. Conservaría el recuerdo en el corazón.

—Entonces ve a dormir. —Artemisa echó un vistazo detrás de ella y silbó. Oí a sus perros en los helechos del risco que había más arriba y los vi salir, su forma contra la luna, las orejas tiesas en respuesta a su ama. Artemisa se volvió y corrió hacia ellos. Me lanzó una mirada por encima del hombro—. ¡Volveré al amanecer! —Vi un momento las formas fugaces de la diosa y los perros antes de que desaparecieran entre los árboles.

La brisa enfrió el calor abrasador de mi cara, la indignación que sentí ante la insinuación de que iría en busca de un esposo. Esperaba mucho de esta misión, más de lo que podía imaginar y que tan solo había soñado vagamente. Pero no necesitaba que un oráculo me dijera que el matrimonio no formaba parte de la misión y que nunca lo haría.

Me encaminé a la gruta de las ninfas. Artemisa ya les había hablado de la misión, pero había estado posponiendo mi despedida. Aunque había evitado su compañía más que nunca este verano, lamentaba abandonarlas.

—Regresarás pronto cargada de historias —me dijo Psécade y me dio un abrazo. Noté su pelo suave en la mejilla, olía a roble y a tierra y a hogar.

—Lo haré —prometí.

Sus palabras cálidas de despedida y el ánimo que me dieron me siguieron hasta mi tranquila cueva.

Me desperté antes del amanecer. Había muy poco que hacer. La cueva había sido mi hogar durante años, pero la única huella que iba a dejar era un montón de pieles de animales dobladas en un rincón y un círculo de ceniza donde había encendido las hogueras. Llevaba una túnica del mismo estilo de siempre; igual que las que se ponía Artemisa, amarrada en la cintura y hasta las rodillas para poder correr sin problema. Me trencé el pelo y me colgué el arco y el carcaj de flechas. No necesitaba nada más. Salí a la luz perlada del día y oí el sonido de unos cascos galopantes. En lo alto de la ladera estaba Artemisa con su carro. Me invadió una repentina emoción.

Al frente del carro había dos ciervas atadas, resoplando, con los morros aterciopelados y con ojos vigilantes. Me acerqué y acaricié el cuello suave de la que tenía más cerca; noté el aleteo de su pulso bajo la mano. Eran más altas y fuertes que cualquier ciervo que hubiera visto antes en el bosque y tenían un brillo dorado en el pelaje que era mucho más reluciente y más deslumbrante. Portaban, sin embargo, la misma gracia delicada, unas patas esbeltas y elegantes y la postura firme, como si supieran a quién servían y estuvieran encantadas de hacerlo.

El cielo estaba aclarándose, teñido de rosa y ámbar, y la luz cálida incidía en el carruaje dorado e iluminaba los intrincados diseños. Me subí junto a Artemisa y ella tiró de las riendas. Las ciervas respondieron de inmediato y se movieron por el tortuoso camino. Mantuve la mirada fija en mi cueva todo el tiempo que pude. Tan emocionada como estaba, sentí que mi hogar tiraba de mí incluso mientras las ciervas me alejaban de él. El bosque era todo cuanto conocía y no tenía ni idea de si volvería a verlo.

El trayecto en carro fue rápido y fluido. Las ciervas de Artemisa no tropezaron con rocas ni raíces, trotaron suavemente como si corrieran por praderas. El sol se alzó y encendió el cielo, y los pájaros trinaban en cada árbol que dejábamos atrás, un coro triunfante a nuestro paso. Nunca antes había viajado así. Si navegar era tan divertido como esto, no tenía nada que temer del viaje que tenía por delante.

—Cuando lleguemos a Pagasas, ¿qué puedo esperar de Jasón y sus héroes? —pregunté.

Artemisa parecía pensativa.

—Se mostrarán impactados al verte. No están acostumbrados a ver a una mujer con tu osadía, nunca antes han conocido a ninguna. Donde ellos viven, las mujeres no cazan ni corren ni viven solas.

—Estoy agradecida de que me abandonaran con los osos —señalé. No podía imaginar cómo sería mi vida si hubiera crecido tras los muros de un palacio, protegida y velada y sin un arco ni los medios para proveerme mi propia supervivencia.

Artemisa se echó a reír.

—Ese es el espíritu que tienes que mostrarles.

—¿Y Jasón, el líder de la misión?

—Al igual que tú, no se crio con sus padres. Es el hijo del rey y la reina de Yolco, pero el hermano del rey los expulsó y entregaron a Jasón al centauro Quirón para que lo criara.

—¿Un centauro? —Estaba horrorizada.

—No como los que mataste en el bosque —respondió Artemisa—. Quirón es un centauro muy distinto a los demás. Es inteligente, instruido y amable. Envían a los muchachos con él para recibir entrenamiento en habilidades de lucha. No sé qué clase de hombre es Jasón, pero ha tenido un buen maestro. Su tío lo teme lo suficiente como para enviarlo a esta misión, pues cree que será imposible. El rey Pelias está convencido de que no recuperará nunca el vellocino de oro y por lo tanto no demostrará ser merecedor de recuperar su reino.

—¿Y por qué quiere Pelias el vellocino de oro?

—Dudo que lo quiera. Desea ver muerto a su sobrino o demostrar su fracaso para poder afianzar su poder. Pero el vellocino es valioso, muchos hombres querrían robarlo. No porque quieran poseerlo, sino porque es muy difícil de conseguir. Lo guarda Eetes, el poderoso hijo de Helios, en la tierra de Cólquida, y está custodiado por un dragón inmenso. Hay muchos peligros en el camino de cualquiera que quiera buscarlo.

No pensaba mostrar nervios.

—¿De dónde viene el vellocino?

—Esa es una historia triste. —Artemisa apretó los labios—. Comenzó con un rey, Atamante de Orcómeno, una ciudad lejos de aquí. Se casó con una diosa, Néfele, que estaba hecha de nubes. Era preciosa, etérea y amable, y le dio un niño y una niña, Frixo y Hele. Pero Atamante se aburrió de Néfele y la abandonó. Se casó luego con una mujer llamada Ino. En su tristeza, Néfele huyó de la ciudad y ahora que no estaba ella para invocar a las nubes, la tierra se vio asolada por una sequía terrible. El grano se marchitó y murió y los granjeros rezaron y suplicaron a los dioses que hicieran que lloviese. Ino estaba resentida con los hijos de su marido y los quería muertos para que los suyos pudieran heredar el trono. Convenció a Atamante de que el oráculo había exigido el sacrificio de sus hijos a cambio de la lluvia.

—¿Él la creyó?

—Estaba loco —respondió sin más Artemisa—. Néfele descubrió qué estaba a punto de sucederles a sus queridos hijos y envió a un carnero dorado y alado para rescatarlos. Ellos subieron a su lomo y se alejaron volando de su padre débil y de su madrastra celosa. Pero la niña pequeña, Hele, se cayó. El estrecho en el que se ahogó se llama Helesponto en su recuerdo. Frixo llegó a Cólquida sano y salvo y Eetes lo acogió. Él sacrificó al carnero como ofrenda de gratitud. Le dio el vellocino a Eetes, quien lo colgó de un árbol en la sagrada Gruta de Ares y lo protegió de los ladrones con magia y monstruos. Eetes le ofreció a Frixo a su hija, Calcíope, en matrimonio.

Me quedé mirando los árboles que dejábamos atrás, los destellos de luz solar y cielo azul entre sus ramas retorcidas.

—Eetes cree que nadie podrá robarlo nunca —concluyó Artemisa.

—Pero ¿tú crees que se puede hacer?

—Demuestra que sí. Vuelve aquí victoriosa, tan gloriosa como cualquiera de ellos. Hera alardea de que es la patrocinadora inmortal de Jasón, está muy convencida de que lo conseguirá en su nombre. Demuéstrale lo que puede hacer mi campeona, una mujer que lucha en nombre de Artemisa.

Los árboles comenzaron a clarear demasiado pronto, el borde más oriental del bosque llegó más rápido de lo que podía transportarnos cualquier carro mortal. Me erguí, noté un hormigueo en la piel cuando las ciervas abandonaron el último grupo de troncos. Miré a mi alrededor, ansiosa por ver un paisaje nuevo: el cielo era una bóveda azul inmensa que acababa en un horizonte distante, ya no estaba bordeado de las copas de los árboles ni rodeado de montañas. Las ciervas se lanzaron hacia delante con energía, a punto de derribarme, y Artemisa se rio con un júbilo puro.

Me aferré al borde de madera del carro con tanta fuerza que los nudillos se me tornaron blancos, pero estaba decidida a no mostrar ningún signo de alarma. Y al fin, bajo la luz dorada de la tarde, deceleró y se detuvo en la cima de un pico alto. Tuve que adaptarme a la quietud sin saber si las piernas me sostendrían si trataba de apearme.

Debajo de la colina había un bosque verde y familiar. Pero más allá de ahí veía campos salpicados de animales que se movían despacio y edificios que, incluso desde aquí, parecían más uniformes y estables que las cabañas desvencijadas donde se quedaban los cazadores en la linde del bosque de Arcadia. Más allá estaba la amplia curva de una bahía y mi primera imagen real del mar. Me quedé maravillada. Las aguas azules brillantes se extendían hasta el infinito, la luz jugueteaba entre las olas. La forma oscura de un barco resplandecía y me sentí mareada al pensar que yo embarcaría en uno de esos, que el océano me alejaría de la seguridad de la tierra.

—¿Qué piensas? —me preguntó Artemisa con tono amable. El sonido de su voz me hizo sobresaltarme; me había olvidado de que estaba a mi lado.

—Es increíble.

—Esa ciudad es Yolco. Jasón y sus héroes se reúnen en el puerto de Pagasas, que está cerca. Viajarán muchos para presentarse y exigir su lugar. No voy a acompañarte más lejos, tendrás que hacer el resto del camino sola.

Asentí.

—Descansa esta noche en el bosque. Entra en la ciudad mientras haya luz y no permitas que te expulsen ni que te nieguen una plaza. No te olvides de la advertencia del oráculo y recuerda que vas en mi nombre.

—Por supuesto.

—Esto es un adiós hasta tu regreso —dijo. Estaba nerviosa y no pude evitar sentir lo mismo, una corriente de nervios por las venas.

—Lo haré lo mejor que pueda —prometí.

—Y será mejor que los esfuerzos de todos los demás héroes juntos.

Se subió de nuevo en su carro. Las ciervas estaban tan alertas y enérgicas como al comienzo del viaje. Allí, enmarcada por el cielo, con el arco dorado resplandeciente, tenía un aspecto fiero y salvaje, y me emocionó pensar que me había escogido a mí para ofrecerle gloria. Sus ojos se encontraron con los míos y entre las dos surgió una comprensión mutua. No había necesidad de más palabras.

Las ciervas se dieron la vuelta y desaparecieron en un instante. No me quedé allí, le eché un último vistazo a la ciudad que tenía debajo antes de salir corriendo. Tras un día de viaje, incluso en el cómodo carro de Artemisa, me sentaba bien estirar las piernas y sentir la energía restallando dentro de mí. No tardaría mucho en anochecer, así que me dirigí al bosque vigilando la posición del sol.

No era mi bosque, pero no sentía miedo alguno. Corrí hasta que el crepúsculo se acercaba y entonces busqué a mi alrededor un lugar adecuado para pasar la noche. Un roble con ramas largas me recordó a mi hogar y me cobijé en él. Entre el suave bamboleo de las ramas, atisbé algunas estrellas esparcidas por el cielo, las mismas estrellas que estarían brillando encima de Arcadia, guardianas firmes de la noche. Las imaginé brillando sobre mi cueva vacía, el hogar que aguardaba mi regreso, y acomodada en la suave tierra de este bosque desconocido, cerré los ojos y me entregué al sueño.

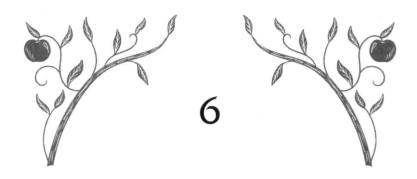

6

Me desperté famélica, con la garganta seca y confundida. No había amanecido aún, pero me puse alerta de inmediato, rebosante de energía. Notaba cómo se aproximaba el día por la luz que asomaba en mi visión periférica y encendía mis sentidos.

Me levanté y aparté las ramas del camino para llegar al río. Me eché agua fría en la cara, la tomé con las manos ahuecadas y bebí con ansia. Me salpicaron algunas gotas en la túnica y se me puso la piel de gallina. Noté otro arrebato de energía y sonreí en las sombras.

Me estremecí un poco y me aseguré de que el arco y las flechas estuvieran firmemente sujetas a mi espalda. Avancé entre los árboles con paso suave y silencioso. El bosque dormía tranquilo y pacífico.

Tenía experiencia buscando bayas, era igual aquí que en casa. Cuando la luz de la mañana asomó en el cielo y se filtró entre las ramas, encontré unas pocas y me detuve para recoger un par de puñados. Saciaron un poco mi apetito, pero no fue suficiente. Traté de calcular cuánto me había alejado y a qué distancia estaría Pagasas de donde me encontraba yo.

Continué caminando, descendiendo por la ladera. Fue una carrera suave, sencilla y estaba segura de que llegaría a la ciudad antes de que cayera la noche. Lo que haría entonces no lo sabía. No tenía claro qué esperar y Artemisa no me había guiado mucho. Tendría que averiguarlo cuando llegase allí, actuar como pensaba que ella esperaría de mí, de un modo afín a su campeona.

No había oído nada en todo el día más que el trino de los pájaros; el siseo ocasional de una serpiente, como si notara las vibraciones de mi proximidad y se alejara; el susurro de las hojas en la brisa y el sonido de mis pies golpeando el suelo. Estaba absorta en el ritmo, con los ojos fijos en el camino que tenía frente a mí, cuando justo delante de mí salió un ciervo de un grupo de helechos con las orejas pegadas a la cabeza en señal de pánico. Se alejó corriendo, las largas patas derraparon por los movimientos frenéticos, y antes de haberlo decidido de forma consciente, salí en su caza. Era el instinto, un cambio de dirección que tomaron mis piernas antes que mi mente. Mientras corría, busqué a mi espalda el arma, apunté y tensé la cuerda del arco con un movimiento fluido.

El ciervo cayó al suelo. Mi flecha temblaba en su garganta.

Me detuve, el corazón me martilleaba en el pecho. No era el torrente de sangre lo único que oía, ni el sonido de mi respiración. Algo estaba persiguiendo al ciervo, algo lo había asustado y lo había puesto en mi camino, y fuera lo que fuese, estaba ganando terreno detrás de mí. Me di la vuelta para ver qué era: un lobo, un león, un oso, cualquier bestia que rondara en este bosque. Tenía otra flecha lista.

Se precipitó entre las ramas con una lanza en el puño, buscando a su presa. Vi cómo reparaba en la escena, en el ciervo abatido y en mí, y se detenía de golpe. Retrocedió, soltó la lanza a un lado y levantó la otra mano como para avisarme de que no pretendía hacerme daño.

El silencio entre los dos era como un cristal brillante que ambos temíamos romper.

Bajó primero la mirada, inclinando la cabeza. Y habló sin mirarme.

—¿Eres… una diosa?

Entrecerré los ojos.

—No.

Exhaló un suspiro.

—Por un momento he pensado…

—¿Qué?

Carraspeó y volvió a levantar el rostro.

—Que me había interpuesto en el camino de Artemisa.

Me miré la túnica sencilla, las manchas de polvo y tierra, y los arañazos en las piernas por los tallos con espinas que me había encontrado mientras corría. Nunca había visto a Artemisa con un aspecto menos que prístino y perfecto.

—Artemisa es más alta —dije.

Desvió la mirada a lo alto de mi cabeza, a la misma altura que la de él.

—Por supuesto.

Lo miré con frialdad.

—Tu presa. —Señalé al ciervo—. No sabía que estaba interviniendo en una caza, pensaba que era un animal lo que lo perseguía.

Enarcó una ceja.

—Y te has metido en el camino de… ¿qué? ¿Un león tal vez? ¿A propósito?

Me encogí de hombros.

—Bueno, es tu víctima —señaló—. Una ofrenda para ti, aunque en realidad es tu premio legítimo.

Nunca antes me había visto en esta situación, solo Hipómenes se había acercado tanto, pero tenía cierta idea de cómo querría Artemisa que me comportara. Ella querría que tomara mi presa y me marchara, no que me quedara conversando. Por ello, las palabras que salieron de mi boca fueron para mí una sorpresa, un impulso temerario.

—¿Por qué ibas a hacerme una ofrenda? Te he dicho que no soy una diosa. No soy un espíritu del bosque, ni una ninfa ni ninguna otra clase de deidad. Soy una mujer mortal.

—¿Aquí sola?

—He cazado sola en el bosque desde el día que fui lo bastante mayor para sostener un arco. —Me estaba dando cuenta de lo extraña que debía de parecerle—. En este bosque no, he hecho un largo viaje para llegar aquí. Me dirijo a Pagasas.

—Yo vengo de Pagasas —contestó—. ¿Por qué viajas allí?

Noté un hormigueo que comenzaba en la base de la espalda, el presentimiento de lo que estaba segura de que iba a decir él.

—¿Qué tarea tienes tú allí? —pregunté, precavida y sin querer ser la primera en ofrecer mis motivos.

Él seguía en guardia, pero noté que la curiosidad lo superaba. Ahora que sabía que era mortal, estaba más intrigado que asustado.

—Formo parte de una tripulación. Navego en un barco llamado *Argo* en busca de un tesoro.

Me quedé inmóvil.

—Entonces eres exactamente la persona que estoy buscando.

—¿Por qué?

—He venido a unirme a la tripulación —expliqué—. Estoy aquí en busca de Jasón para ocupar un puesto entre vosotros.

Ya antes se había mostrado sorprendido, pero ahora estaba completamente anonadado. Se quedó mirándome un momento.

—¿Quieres emprender el viaje del *Argo*?

—Así es.

—Bien —comenzó, pero entonces se quedó callado. Vi muchas preguntas en sus ojos, pero lo que dijo fue—: Me llamo Meleagro.

—Atalanta.

Asintió.

—¿Quieres acompañarme? Al puerto.

Iba en contra de todo lo que me había enseñado Artemisa. Sin embargo, ella me había enviado a unirme a una tripulación de hombres, ¿por qué iba a mostrarme reacia a pasar tiempo con uno ahora? Tal vez ayudaba a mi causa llegar con un miembro establecido del grupo en lugar de hacerlo yo sola.

—Perdona si te ofende. Si no quieres que te acompañe.

—No tengo a nadie que me acompañe. —Estaba acostumbrada a cómo nos movíamos las ninfas y yo por los dominios de Artemisa, en libertad, aunque sabía por lo que me habían contado de los pueblos y ciudades que esa libertad era algo poco común. Era consciente de que estaba poniéndolo nervioso, pero si prestaba atención a las convenciones que regían al resto de Grecia, nunca habría dado un solo paso en este viaje—. Participo en nombre de Artemisa. Estoy bajo su protección.

El hombre asintió.

—Entonces puedo mostrarte dónde se reúnen y podrás exponer tu caso a Jasón. —¿Qué habría tras esas palabras? No parecía convencido.

—¿Cuál es el camino?

Empezó a darme direcciones, mucho más cómodo ahora que estaba inmerso en una conversación familiar para él. Escuché con atención. Había esbozado una ruta en mi mente que se ajustaba a lo que me describía, pero me guardé detalles sobre dónde desembocaban los ríos en torrentes que no se podían cruzar, dónde era rocoso y peliagudo el terreno, dónde dar la vuelta y tomar el camino más sencillo y dónde seguir adelante.

—¿Y el ciervo? —pregunté.

Meleagro sonrió.

—Esta noche celebraremos un banquete en la playa y haremos nuestras ofrendas a los dioses, por eso he venido a cazar. El *Argo* parte mañana al amanecer. Puede que nos encontremos a algunos de los demás en el bosque.

¿Preferiría él cazar solo, igual que yo?

—Yo lo llevo —dijo y alzó la cabeza hacia el cielo. Me hice a un lado para dejar que pasara. Vi cómo se echaba el animal sobre los hombros, con la cabeza colgando a su espalda, los ojos vacíos y vidriosos. Lo agarraba con facilidad por las patas delanteras.

—¿Crees que tengo un caso que exponer a Jasón? —pregunté.

—Creo… que no va a saber qué pensar. —Su tono era irónico—. El resto… los argonautas, que es como nos hacemos llamar, no te esperarán, eso seguro. —Se echó a reír—. Estoy deseando ver su reacción cuando llegues.

Había en su tono algo que no me gustaba.

—Entonces supongo que tendré que enseñarles lo que puedo hacer. —Ajusté la posición del arco en la espalda, me puse en cuclillas y noté el estiramiento de los muslos cuando salí corriendo hacia delante.

Lo oí exclamar y luego, sin vacilar, sus pasos me siguieron. Permití que me alcanzara, volví la cabeza hacia él y aumenté la velocidad; el suelo desaparecía bajo mis pies. Recité en mi cabeza sus direcciones mientras corría con el oído aguzado ante el sonido distante de él corriendo tras de mí. Siempre me había encantado correr, pero esto era distinto. Saber que Meleagro iba detrás de mí me daba otro impulso, una emoción que no distaba de la que me ofrecía la caza, pero más juguetona. Esto no acabaría con derramamiento de sangre; esto era correr por el puro placer de hacerlo y la alegría de ganar.

Me detuve en la cresta de la última colina. La ciudad se extendía bajo mis pies. Tan cerca, la imagen me quitó el poco aliento que me quedaba. Había más edificios de los que podría haberme imaginado, algunos tan vastos que no tenían sentido para mí. ¿Cómo sería caminar por una de esas imponentes plazas, acorralada por todos lados, recibiendo empujones de personas en todas direcciones? Esperé a que se me calmara el pulso y miré más allá de la ciudad, la curva de la bahía y el océano, salpicado de barcos.

Me quedé allí absorta hasta que oí a Meleagro llegar a la cima jadeando. Di media vuelta y lo vi justo cuando tiró el cadáver del ciervo al suelo y él también se desplomó en la hierba. Se pasó el antebrazo por la cara para retirar el sudor y se puso bocarriba.

—Se me había olvidado que llevabas al ciervo. —Me sentí un poco culpable y el júbilo por la victoria se disipó.

Se incorporó apoyándose en los codos.

—No habría habido diferencia —respondió. Echó la cabeza hacia atrás y cerró los ojos al sol; el pelo le caía en ondas oscuras y densas. Parecía muy suave y me trajo a la mente un recuerdo, o más bien una sensación, la del pelo de oso entre mis dedos. Se sentó entonces, abrió los ojos y me miró—. Nunca en mi vida he visto a nadie correr tan rápido.

—Tendría que haber llevado yo al ciervo.

Se echó a reír.

—Me habrías aventajado aunque llevaras dos.

No esperaba semejante buen humor. Quería mostrarle mi fuerza, impresionarlo con mis habilidades para que pudiera responder por mí ante los argonautas. Pero pensaba que podía tomárselo mal, a regañadientes, aunque parecía habérselo tomado como una broma divertida.

—Tú también eres más rápido que nadie que haya visto —le dije. *Nadie mortal*, no añadí.

—Gracias. —Rebuscó en una bolsa de tela que tenía en el cinturón y sacó una bota de agua a la que le dio un largo sorbo—. He parado para llenarla por el camino. En el arroyo que hay a los pies de esta colina. No parecías necesitar sustento, pero a lo mejor ahora tienes sed.

Sentí que se me cerraba la garganta solo de mirar las gotas de agua que se derramaban de la bota. En mi deseo de seguir adelante, no había reparado en mi sed ni tan siquiera en el río, pero ahora solo podía pensar en eso.

—Por favor. —Extendí el brazo para aceptarla. Me bebí lo que quedaba antes de reparar en la extraña intimidad que había en este gesto, en poner la boca donde antes estaba la de él.

Meleagro sacó un pedazo denso de pan y lo partió para darme la mitad. Me dio la sensación de que hacía demasiado tiempo desde que había encontrado las bayas de esa mañana. Aunque el pan estaba seco e insípido y no era nada en comparación con el jugo de la fruta, cualquier cosa le parecía deliciosa a mi estómago rugiente.

¿Qué pensaría Artemisa de esto? Tenía la incómoda sensación de que lo que estaba haciendo podía estar mal. Pero había encontrado a un argonauta, una forma de llegar al barco. Y Meleagro parecía aceptar nuestra extraña situación sin hacer preguntas y eso me daba esperanza de que no sería el único que creería mi palabra.

—Háblame de los demás —le pedí—. El resto de la tribulación. ¿Cómo son? Quiero estar preparada.

Parecía pensativo.

—Llegué hace solo dos días, desde Calidón. Unos heraldos trajeron las noticias de la búsqueda de Jasón de héroes por toda Grecia. Los hombres han recorrido largas distancias para unirse a él. Han venido más de cuarenta.

—¿Tantos? —No me lo esperaba.

—Los bardos cantarán sobre esta misión durante años. Eso es lo que ha prometido Jasón. Los hombres que lo acompañen serán famosos, se conocerán sus nombres en todos los rincones del mundo. O los de algunos, al menos. Es imposible robar el vellocino de oro, todo el mundo lo sabe. Ser uno de aquellos que lo consigan, que logren lo inimaginable…

—¿Y quién ha dejado su huella hasta ahora?

—Heracles es el más conocido. —Tiró de la hierba y retorció entre los dedos los tallos rotos—. Es exactamente como cuentan las leyendas: un hijo de Zeus que ya ha logrado más que cualquier otro hombre. Su fuerza es insuperable, es un gigante. Todo el mundo lo mira a él antes que a Jasón, como si fuera él el líder. Aunque esta es la misión de Jasón, algunos de los hombres opinan que debería de ser Heracles quien se hiciera cargo. Podrían haber llegado a las manos si Heracles hubiera aceptado, pero no lo hizo.

—¿Por qué no?

—Quiere luchar y beber, no tomar decisiones. —Soltó una carcajada—. Prefiere que Jasón tome la responsabilidad.

—¿Y cómo es Jasón?

—Sin trayectoria. —Levantó la cabeza y nuestras miradas conectaron—. Muy decidido, pero no tiene experiencia.

—¿Quién más hay?

—Está Argos, que fue quien construyó el barco y de ahí el nombre, aunque Atenea guio sus manos. Tifis, el timonel. Orfeo, un músico.

—¿Un músico? —lo interrumpí.

—No se parece a ninguno que hayas escuchado —me aseguró—. Hay hijos de dioses: Zetes y Calais, hijos de Bóreas, el dios del viento del norte; Eufemo y Periclímeno, hijos de Poseidón; y Equión y Éurito, hijos de Hermes. Están Cástor y Pólux, famosos guerreros de Esparta e hijos de Zeus. Y hay también más reyes y príncipes entre nosotros, más nombres de los que me he aprendido.

—¿Y tú?

—Y yo. —No apartó la mirada y tuve la sensación de que disfrutaba de mi curiosidad sobre cómo encajaba él en esta lista tan impresionante—. Mi madre es la reina de Calidón.

—¿Y tu padre?

—El rey Eneo me ha criado como hijo propio —respondió con calma—. Pero hay quienes afirman que mi verdadero padre es Ares.

Puse cara de asombro. Ares no aparecía nunca en las historias de las ninfas, pero me habían hablado de todos los olímpicos y por ello sabía que era el dios de la guerra, cuyo grito de batalla causaba terror en los corazones de los guerreros más valientes. Era el más salvaje de los dioses, con un deseo inmortal de sangre y muerte. Artemisa disfrutaba con la caza, su pureza, pero a Ares le gustaba el sudor y la tierra del campo de batalla, la violencia desesperada de la lucha por sobrevivir. Volví a mirar a Meleagro. Ya había reparado en su fuerza y ahora consideré el brillo de su piel, su bella vitalidad; todo en él era muy diferente a los cazadores rudos que había visto de pasada en el bosque. No había en él nada de lo que esperaba; nada que encajara con lo que había oído y visto de los hombres, pero no sabía si era así porque era el hijo de un dios. Había aceptado con gracia su derrota en la carrera que le había obligado a emprender; no había rabia ni orgullo herido en su reacción y sus ojos oscuros brillaban con calidez. No eran los pozos vacíos que imaginaba en ejércitos enfrentados.

—Hablemos de ti ahora —dijo, interrumpiendo mis pensamientos—. Atalanta, elegida por Artemisa, la única mujer entre los argonautas.

Sus palabras despertaron algo en mí, abrieron una visión de mí misma dentro de un catálogo de semidioses y héroes. Me contemplé como lo haría desde fuera. Un bebé que abría los ojos y se encontraba con una osa salvaje, una niña corriendo libre por el bosque, una joven lanzando flechas a monstruos violentos. Parecía que cada momento de mi vida me había traído a esto: mi destino.

Cualquier vestigio de duda que podría haber albergado se evaporó. Los otros argonautas podrían mostrarse más resistentes que Meleagro, menos dispuestos a aceptar a una mujer en sus filas, pero no me importaba lo que pudieran pensar o si protestaban. Yo era tan valiosa como cualquiera de ellos. Subiría a ese barco, me juré a mí misma. Ocuparía mi lugar y no solo en nombre de la diosa. Iría también en mi propio nombre. Atalanta, una argonauta.

SEGUNDA PARTE

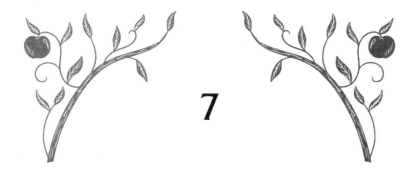

7

Bajamos juntos por la ladera de la montaña. Los nombres de los héroes resonaban en mi cabeza mientras nos aproximábamos a la ciudad y mis nervios aumentaban. La entrada estaba flanqueada por unos guardias, pero cuando vieron a Meleagro se hicieron a un lado y abrieron las pesadas puertas de roble para dejarnos pasar. Noté cómo me recorrían el cuerpo con la mirada con curiosidad y fijaban la vista en el arco de mi espalda y en las pantorrillas desnudas. Estaba preparada para cualquier reto, pero no hicieron nada.

Dentro había más gente de la que había visto nunca. El suelo estaba lleno de polvo y barro marrón endurecido por el sol. No había flores, ni hierba, ni árboles en el horizonte. El aire estaba cargado de gritos y risas, una oleada mareante de ruido. Y los aromas que se entremezclaban en la cálida brisa (sal, carne y el tufo apestoso de demasiados cuerpos juntos) hizo que me lagrimearan los ojos y me quedara sin aliento. Estaba completamente desorientada.

—Tenemos que atravesar los mercados e ir al puerto —me indicó Meleagro—. Es por aquí.

Inspiré lenta y cuidadosamente.

—¿Muy lejos?

—No es mucha distancia. ¿Por qué? No estás cansada, ¿no?

Negué con la cabeza.

—Claro que no.

Se quedó mirándome.

—¿Entonces qué pasa?

—Nunca he estado en una ciudad como esta. —Elegí con cuidado mis palabras, no quería dejar en evidencia mi confusión.

Él asintió como si estuviera confirmándole algo que ya sospechaba y me enfadé. Lo prefería cuando admiraba mi velocidad, no quería que se sintiera superior ahora, que me guiara por este lugar desconocido. Me erguí y miré a mi alrededor. Había mucha gente, era cierto, pero podía ver por encima de casi todas las cabezas. La atmósfera asfixiante era un ataque a mis sentidos, pero no existía peligro en ninguna parte. Estaba segura de que en la masa agitada de personas había muchas con malas intenciones, pero yo había derribado a dos centauros en un bosque asediado por el fuego. La plaza bulliciosa de una ciudad a la luz del día no debería de suponer nada para mí.

—Ve delante —le dije a Meleagro y continuamos caminando.

La mayoría de las caras que veía eran masculinas, aunque había algunas mujeres, sobre todo en los bordes comprando en puestos, examinando las brillantes olivas verdes, los higos morados y maduros, bloques de queso salado y jarras de miel dorada. Se me hizo la boca agua al pasar por al lado y se me fue la vista hacia otras cosas que no había visto antes. Pero mientras absorbía los detalles que me rodeaban, sentía el ardor de los ojos que me miraban como habían hecho los guardias de las puertas. Las mujeres que me encontraba llevaban vestidos que les tapaban todo el cuerpo, ajustados en la cintura y largos hasta el suelo. El mío terminaba en las rodillas. Entre Artemisa y las ninfas, que se vestían igual que yo, era algo natural, pero aquí estaba claro que incomodaba a la gente. Miré con los ojos entrecerrados a cualquiera cuya mirada fuera demasiado descarada, pero no sirvió de mucho para disuadirlos. Aunque la ciudad era toda una revelación para mí, comprendí que yo también era una imagen extraña para sus habitantes.

Fue un alivio llegar a calles más tranquilas. Inspiré profundamente, pero el aire aquí seguía siendo fétido por el olor a animales, muy distinto al aroma fresco y a hojas de casa. No había edificios muy altos ni grandiosos aquí; el camino polvoriento se ensanchaba y había un espacio despejado entre las cabañas y las tabernas ruinosas. Las personas seguían volviéndose para mirarme, entre nosotros flotaba un sentimiento de desconfianza, pero nadie dio voz a su recelo, ya fuera por el arco a mi espalda, la lanza de Meleagro o nuestro paso decidido.

Giramos en una curva, pasamos un grupo de cipreses y de pronto teníamos el mar delante de nosotros. La bahía era una medialuna amplia y detrás había una cadena montañosa que hizo que sintiera una tremenda nostalgia durante un momento. Me quedé mirando las olas que rompían en la orilla, las crestas espumosas. Estaba impaciente por llegar aquí, por comenzar la tarea que me había encomendado Artemisa, pero ahora que había llegado, entendía que no tenía tanta prisa. Tal vez fueron los nervios en el estómago lo que me hizo contenerme, aunque preferí llamarlo emoción. No obstante, me sentí curiosamente reacia a mirar más abajo, donde un inmenso barco flotaba en la orilla con un mástil que se alzaba al cielo y la amplia vela meciéndose majestuosa. Delante de él, en la playa, había un grupo de hombres; algunos de ellos estaban ocupados encendiendo un fuego, otros cortando madera, escarbando en los cuerpos muertos de animales para sacar la carne, luchando con los puños o con espadas, aunque las carcajadas dejaban claro que lo hacían para practicar.

También había mujeres. Algunas llevaban, con la cabeza gacha, jarras de vino a los grupos de hombres; otras cargaban fardos hacia el barco, pilas de prendas dobladas y cajas, suministros para el viaje.

—Ahí está el *Argo* —indicó Meleagro.

Tragué saliva y asentí, mantuve una expresión de calma estudiada.

—Es el barco más grande que se ha construido nunca —continuó—. Tienen que remar cincuenta hombres.

No sabía cuántos hombres se requerirían de forma habitual para remar en un barco. Por un momento fugaz pensé si no debería de haberme contado más Artemisa, haberme preparado mejor para esto. Estaba segura de que podía igualar a cualquiera de los hombres de la tripulación, pero no quería dejar en evidencia mi desconocimiento de un mundo que ellos daban por sentado.

—Dime quién es Jasón —le pedí—. Para que pueda presentarme ante él.

Meleagro asintió.

—Ven conmigo.

Igual que en la ciudad, noté el peso de las miradas de los hombres. No bajé la cabeza ni aparté la vista. Quería ver quiénes eran estos héroes, a qué clase de personas iba a unirme.

Busqué rasgos distintivos, una forma de separarlos de la masa homogénea de músculos y barbas y ojos insolentes. El que estaba sentado en una roca acariciando con los dedos las cuerdas de una lira debía de ser el músico que me había mencionado Meleagro, Orfeo, su música me puso la piel de gallina. Él no me miró, su expresión era soñadora, dulce, estaba perdido en la música que emergía del instrumento.

Más allá, en la playa, inconfundible incluso a pesar de la breve descripción que me había ofrecido Meleagro, un hombre inmenso como una montaña estaba sentado en la arena con una piel de león sobre los hombros. Heracles, me había dicho. Un hijo de Zeus, famoso ya. Tenía un aspecto casi ilógico, parecía más un oso que un hombre. Me miró directamente a los ojos mientras daba sorbos de vino de una bota que tenía en el puño. Había algo en su mirada, parecía estar retándome, una llamada a la que no pude evitar responder. Mantuve el contacto visual, decidida a no ser la primera en apartar la vista. Tras unos largos segundos, rompió a reír de forma burlona y echó la cabeza atrás para beberse el vino, interrumpiendo así el contacto visual. *Que se ría*, pensé. Me sentí exultante: mi primera victoria entre los argonautas.

Al lado de Heracles había un joven extraordinariamente apuesto que bebía también vino. Meleagro me había contado que aquí había hijos de dioses y estaba segura de que él debía de ser uno de ellos.

Dos hombres que luchaban con correas de piel de buey en los nudillos se volvieron un momento para mirarme y continuaron después con lo que estaban haciendo. Contuve un gemido. Se esquivaban de forma tan fluida, con movimientos rápidos y gráciles, que tardé un momento en ver las pequeñas alas doradas que aleteaban en sus tobillos; los pies flotaban ligeramente sobre el suelo empedrado.

Otro hombre envuelto en una pesada piel de oso a pesar de que el sol seguía caldeando el aire, sostenía una enorme hacha de dos cabezas y hoja reluciente. Había más sentados alrededor de un fuego con un montón de mantos de un intenso tono escarlata apilados detrás de ellos. Otros preparaban carne asada cuyo olor me hizo la boca agua; las chispas revoloteaban hacia el cielo.

Y por fin, delante de nosotros, un hombre con expresión de desconfianza. Parecía más joven que la mayoría del resto de hombres, menos curtido y no tan poderoso, sin ninguna otra característica que lo hiciera destacar. Sus rasgos eran hermosos, aunque ligeramente anodinos, y el pelo oscuro era espeso y ondulado. Era un poco más bajo que yo.

—¿Qué hace ella aquí? —le preguntó con tono brusco a Meleagro—. Las mujeres vendrán más tarde, al banquete.

—Jasón —dijo Meleagro. Me sorprendió que este hombre fuera Jasón, el líder de la misión. Me pareció ver que apretaba un poco los labios con mi reacción—. Te presento a Atalanta, la campeona elegida por Artemisa para unirse a los argonautas.

—¿Unirse a nosotros? ¿Una mujer? —Miró a un lado y a otro, como si esperara que fuese una broma.

La ira comenzó a apoderarse de mí.

—He interceptado la caza de Meleagro. He disparado a su objetivo delante de sus ojos y he corrido más rápido que él en las montañas. —Resonó una carcajada en el círculo de espectadores que se estaban acercando para presenciar nuestra conversación.

Meleagro se encogió de hombros.

—Es verdad. Es tan rápida y hábil como cualquier hombre que haya visto.

Me ardían las mejillas ante el calor de su escrutinio.

Jasón miró a Meleagro con incredulidad.

—¿Admites que te ha vencido?

—No tiene sentido mentir.

—Quieres el vellocino de oro —señalé—. ¿Por qué desestimar a cualquiera que pueda ayudarte a conseguirlo?

Jasón estaba sacudiendo la cabeza antes siquiera de que terminara la frase.

—Una mujer no puede unirse a los argonautas.

Tensé la mandíbula.

—¿Por qué no?

—Tiene razón. —Esta nueva voz era profunda y resonante—. No hay lugar para una mujer entre nosotros. —Era Heracles quien hablaba, que había alzado el cuerpo de donde se encontraba reclinado. Nos superaba en altura a todos—. Es peligroso.

—¿Peligroso por qué? —Lo miré muy seria. Su barba estaba al nivel de mi rostro y atisbé dónde la había mojado el vino.

—Una mujer sola entre hombres siempre está en peligro. —Me recorrió el cuerpo con la mirada y extendió los brazos en dirección al resto de hombres, suscitando murmuraciones de afirmación.

—¿No has escogido a hombres de honor para que luchen a tu lado? —Hice caso omiso de las palabras de Heracles y dirigí mi pregunta a Jasón. Vi cómo aterrizaba mi cuestión con firmeza como una de mis flechas.

—Por supuesto que sí. —Miró a Heracles con el ceño fruncido—. Mis argonautas son los mejores hombres que pueden ofrecer todas las tierras de Grecia.

—Ella es una distracción. —Heracles dio otro largo sorbo y frunció el ceño. Puso la copa bocabajo—. Hilas —dijo y el joven se puso de un salto en pie para rellenársela.

Me enfadé.

—¿Cómo puedes fiarte de que tus hombres luchen en las batallas si no puedes confiar en ellos? La propia Artemisa me ha enviado, vengo en su nombre. No tengo interés en nadie aquí, ni en nada que no sea la misión. Quiero luchar a tu lado. Y soy tan buena como cualquiera de los hombres que has reunido aquí.

—No seas necio, Jasón —le advirtió Heracles.

Los ojos de Jasón se oscurecieron.

—Dijiste que no querías tomar las decisiones. Que me seguirás como líder del *Argo*.

Heracles soltó una risotada tan fuerte que vi a algunos de los demás encogerse.

Yo me mantuve firme.

—No puedes estar considerándolo. —Heracles arrastraba ligeramente las palabras, pero su voz era burlona, retadora.

Jasón volvió a mirarme de arriba abajo. Se tiró del pelo con el rostro marcado por la indecisión.

—Nuestro viaje está bendecido por Hera y Atenea —expuso—. Contamos con los hijos de Zeus y Poseidón, de Hermes, de Ares. —Desvió la mirada hacia Meleagro.

—¿Entonces por qué arriesgarse a recibir la ira de Artemisa? —repuse—. Cuando podrías contar también con su fuerza.

—¿Y eres una devota declarada de la diosa? —me preguntó.

Asentí.

—Es decisión mía —señaló Jasón—. Yo decido quién se une a nosotros, nadie más.

Si de verdad era así, ¿por qué tenía la necesidad de decirlo en voz alta?

—No pienso ofender a la diosa —declaró—. No voy a insultar a su campeona.

Meleagro me miró sonriente.

—Si te unes a nosotros, nadie de aquí podrá protegerte —continuó Jasón.

—No necesito protección. Puedo defenderme sola. He matado a dos centauros que trataron de atacarme. No temo aquí a ningún hombre. —Miré desafiante a los argonautas para comprobar cómo se tomaban mis palabras. Ninguno parecía impresionado.

Jasón exhaló un suspiro. No estaba seguro, noté, pero volvió a mirar a Heracles y vi cómo batallaba su obstinación con sus dudas.

—Entonces, por la gloria de Artemisa, puedes unirte a nosotros.

—No vamos a navegar con ella. —Fue uno de los otros quien habló esta vez, sus rasgos serios y marcados—. Si quieres una mujer, habrá muchas en el camino. No vamos a convertirnos en el hazmerreír por llevar una con nosotros.

Noté una oleada de calor y hormigueo en los músculos al apretar los puños.

—He venido a luchar, igual que todos vosotros. —Mantuve la voz baja y tranquila a pesar del infierno que se estaba desatando en mi interior. No podía permitir que mis instintos me dominaran.

El hombre siseó.

—O está loca o es una mentirosa. —Ni siquiera se dirigía a mí, hablaba solo a Jasón, como si yo no hubiera dicho nada—. Ya sabes cómo son los centauros, ¿de verdad vas a creer que pudo derribar a uno?

—¡El líder soy yo, Peleo! —Las palabras de Jasón fueron enérgicas, pero estaba agitado. Se encontraba arrinconado; o bien se retractaba de su edicto o se anteponía a ellos. Estaba ansioso por reivindicar su autoridad, pero él no había querido que me uniera a ellos en un principio y ahora tenía que defender una decisión que ya lamentaba—. Quédate aquí si temes navegar con ella; renuncia a tu oportunidad de emprender la misión más grandiosa que ha habido nunca. Sígueme y hazte un nombre o permite que todo el mundo sepa que eres demasiado cobarde para unirte a nosotros.

Peleo parecía incrédulo, pero cuando abrió la boca para protestar, Heracles le dio una palmada en el hombro.

—Si miente sobre lo que puede hacer, no durará mucho —le dijo. Soltó una risotada y me encogí. Estaba preparada para una pelea, muy tensa—. ¡Una mujer argonauta! —Volvió a reírse—. ¿Qué pensaría de esto tu esposa, Meleagro? Una cosa es una esclava, pero esto…

El tono lascivo en su voz me revolvió el estómago.

Jasón torció el gesto.

—Nadie va a tocarla —declaró—. Y nadie va ayudarla tampoco. Si no puede seguirnos, no es problema nuestro.

Meleagro se colgó al hombro el ciervo.

—La contribución de Atalanta al banquete —dijo—. Voy a llevarlo al fuego.

Los hombres comenzaron a dispersarse; Heracles e Hilas se fueron juntos. Estaba temblando de rabia. Lo único que me contenía era que había ganado. Era una argonauta, estaba en el camino que había dispuesto Artemisa para mí contra los deseos de todos ellos excepto de Meleagro. Por satisfactorio que resultara dar rienda suelta a mi furia, por nublada que tuviera la mente con las imágenes en las que arrancaba a golpes la arrogancia de Heracles y Peleo, tendría oportunidad de mostrar lo que podía hacer cuando partiéramos. Iniciar ahora una pelea podría estropearlo todo y, además, no estaba tan cegada por la furia como para no ver lo inmenso que era el cuerpo de Heracles. *Esperaré. Pronto se dará cuenta de lo equivocado que está*, me dije a mí misma.

Nadie se acercó a mí. Por supuesto, no recibí palabras de bienvenida ni saludos. Me quedé sola con Jasón, con rostro sombrío y preocupado. Miré el magnífico barco, retenido por cuerdas gruesas, y el mar inmenso detrás de él. Las últimas palabras me corroían por dentro. Daba la impresión de que Meleagro tenía otros motivos para traerme aquí. Pensé si no debería de haber venido sola, si tendría que haber rechazado su propuesta de acompañarme.

—¡Han regresado los supervisores! —gritó alguien y Jasón se dio la vuelta. Se acercaban unos pastores por la playa en nuestra dirección con dos bueyes.

—¡Vamos a construir el altar! —exclamó Jasón, apartándose de mi lado.

Los argonautas se pusieron en marcha. Muchos de ellos transportaron guijarros de la playa para preparar un altar y otros se dispusieron a apilar madera para hacer una hoguera más grande que cualquiera de los pequeños fuegos que ardían a nuestro alrededor. Contemplé los movimientos suaves y coordinados mientras trabajaban. Al final, Jasón los convocó a todos. Yo me quedé atrás observando.

Jasón de pie contra la puesta de sol, la forma del poderoso barco detrás de él. Aunque no me había parecido antes un hombre impresionante, no pude evitar sentirme atraída por la intensidad del momento cuando comenzó las oraciones a Apolo, pidiendo al dios un viento justo y buena fortuna en el trayecto mientras esparcía cebada por el altar. Los bueyes estaban al lado, tranquilos excepto por los resoplidos que soltaban. Cuando Jasón concluyó la oración, se adelantó Heracles con el hombre que había visto antes con el hacha de dos cabezas. Con un movimiento fluido, Heracles golpeó al primer buey con su garrote y el poderoso animal se bamboleó bajo el impacto y cayó al suelo. El otro hombre se encargó del segundo buey con el hacha y otros se apresuraron a degollar a las bestias, sacarles los huesos de las patas y untarlos en grasa para quemarlos en el altar y que el humo y el sabor ascendieran al Monte Olimpo.

Cuando se completó el sacrificio, descendió sobre ellos un ambiente de celebración y dividieron el resto de los bueyes para asarlos junto a la demás carne. Había mucha comida, la grasa siseaba en las llamas y el rico aroma ascendía al crepúsculo del cielo. Aunque había amplias sonrisas en todos los rostros, no podía relajarme. Estaba preparada para encontrarme con más hostilidad por parte de Heracles, pero él ni siquiera me miró. La mayoría de los argonautas le imitaban. Peleo me fulminaba con la mirada desde la arena, el rostro furioso en las sombras. Le devolví la mirada y levanté la barbilla en señal de desafío, pero antes de que ninguno de los dos pudiéramos dar un paso adelante o decir una palabra, Orfeo sacó de nuevo la lira y se puso a tocar, una melodía entusiasta esta vez. Estaba de pie y echó atrás la cabeza para empezar a cantar, su voz tan cautivadora como la lira. La rabia se disolvió bajo el hechizo de su música.

Había oído tocar y cantar a la propia Artemisa en la orilla del río, en casa. Pero nunca había oído nada como esto.

—Toma. —Meleagro estaba de nuevo a mi lado y me dio una brocheta de carne.

Era cómodo estar con él. La carne caliente olía deliciosa y me fue imposible resistirme, aunque quemaba. Otro argonauta me ofreció vino sin mirarme a los ojos. Bebí profusamente. Estaba dulce, era embriagador y delicioso, más fuerte que el que mezclaban con agua las ninfas en casa. Esta no era como las noches en el bosque, el ambiente estaba lleno de humo, y voces graves masculinas, y risas, el sonido sobrenatural de la canción de Orfeo, el fuerte olor a sal y el chapoteo de las olas en la playa.

Las mujeres que había mencionado Jasón comenzaron a llegar; con sus ojos pintados y brazos desnudos relucían a la luz del fuego. Llevaban los vestidos por debajo de los pechos. Aparté la mirada. Había escuchado en boca de Artemisa sobre la clase de vida que llevaban las mujeres en las ciudades, las que la llamaban en busca de ayuda. Sentí melancolía por el bosque y las conversaciones cómodas y sencillas con las ninfas.

—¿Echarás de menos tu hogar? —le pregunté a Meleagro—. Mientras estemos en el mar, ¿crees que sentirás nostalgia?

—Puede que añore ciertas comodidades —respondió con indiferencia—. Cuando nos sacudan las tormentas o durmamos en suelo duro. ¿Y tú?

Pensé en ello.

—No hay lujos que yo pueda echar en falta. —Pensé en mi cueva, el montón de pieles de animales, la superficie clara de la charca de fuera, el croar de las ranas y el trino de los pájaros.

—¿Y familia?

—Mi padre me abandonó a mi suerte en una ladera cuando nací. —No quería hablar de las ninfas ni de Artemisa. Y mucho menos de los osos. No sabía cómo empezar a explicarlo. Empezaba a comprender el abismo que había entre los demás y yo. Príncipes, héroes, semidioses. Ellos no sabían lo que suponía para una niña sobrevivir en el bosque.

—Pero viviste —dijo—. Y creciste y te convertiste en la asesina de centauros.

Me eché a reír. Me terminé la copa y me la rellenaron; la agradable neblina que me dejaba el vino en la cabeza se llevaba mis inseguridades. Éramos todos desconocidos, la mayoría de nosotros veníamos de lugares lejanos y nos habíamos reunido con el mismo propósito. Por supuesto que no confiaban en mí, yo tampoco confiaba en ellos. Aún no. Pero pronto entenderían. A la luz del fuego, me parecía fácil dejar de lado mis dudas.

Cuando terminó el banquete y las hogueras quedaron reducidas a ascuas, los hombres se retiraron, algunos a buscar lugares donde extender mantos gruesos o pieles de animales para descansar y mantenerse calientes, otros desaparecieron con las mujeres. Me escabullí a la oscuridad para que nadie viera adónde iba. Tendría cuidado y me mantendría vigilante.

Caminé hasta donde los árboles bordeaban la playa. En la negrura absoluta de su cobijo, avancé a tientas hacia las raíces gruesas de un enorme roble. Acomodé un lugar para descansar, mis movimientos practicados y rápidos, y me quedé dormida con la mano en el arco.

Zarparíamos al amanecer.

8

La mayor parte de la tripulación apenas se movía cuando regresé a la mañana siguiente. Notaba una sensación liviana en el pecho, un tintineo de emoción que se expandía por todo el cuerpo. Los rayos del sol saliente incidían en las olas, las crestas espumosas chocaban contra la madera del *Argo*. Me invadía un deseo intenso de subir, de descubrir adónde nos llevaría.

Mientras mis compañeros de travesía se despertaban, me quedé contemplando la ciudad para recordar la imagen antes de partir. Para mi sorpresa, vi a varios ciudadanos reunidos, una pequeña congregación que se despedía desde la parte alta de la playa. Supuse que venían a desearnos buena suerte y a vernos partir. Por los vestidos largos que se mecían con la brisa, comprobé que había muchas mujeres, tal vez esposas de los argonautas que venían a despedirse de sus maridos, o madres nerviosas y apenadas por ver a sus hijos partir durante a saber cuánto tiempo para enfrentarse a peligros desconocidos.

Los demás argonautas también vieron a la multitud, les dieron las gracias y dijeron adiós, se despidieron del grupo de mujeres. Vi a Meleagro con una sonrisa amplia y despreocupada, con la mano levantada hacia ellas. Por un fugaz instante me pregunté cómo habría sido la despedida con su mujer, si se habría despertado esa mañana y le habría deseado buena suerte desde su cama en la lejana Calidón, si habría llorado y rezado por su pronto regreso. ¿Sentirían las ninfas del bosque también mi ausencia o continuarían los ritmos de la vida sin problemas sin mí?

En la playa resonaban gritos dando instrucciones. Tifis, el timonel, nos condujo al barco; vadeó las olas y aseguró una tabla ancha para que subiéramos a bordo. Lo seguí con el corazón en un puño cuando pisé por vez primera la cubierta, con el agua azul debajo, el movimiento bamboleante y la sensación de que el suelo no era sólido bajo mis pies. Como un animalillo asustadizo, de pronto no podía confiar en mi equilibrio. Apreté los dientes y me obligué a moverme. No iba a permitir que nadie se diera cuenta.

El *Argo* tenía un aspecto imponente desde la playa, pero ahora que estaba a bordo, me resultaba limitante. El cuerpo principal del barco estaba bordeado de bancos y largos remos de madera atados a cada lado. Había una pequeña cubierta elevada en cada extremo y el mástil alto en el centro. Los miembros de la tripulación estaban ocupando sus puestos en los bancos y yo también me apresuré a sentarme. Se me revolvió el estómago cuando me asomé por el borde, hacia las aguas profundas. Miré detrás de mí rápidamente, donde Jasón ocupaba su lugar en la parte delantera, la proa, como había oído a Meleagro llamarla. Delante de mí, cuando los últimos argonautas tomaron asiento en los bancos restantes, Tifis se colocó junto a los remos de la popa.

Retiraron las cuerdas, soltaron los amarres del barco y me quedé mirando las libaciones que llevaron a cabo en el mar y las oraciones que alzaron al cielo mientras el *Argo* empezaba a moverse. Me sentí anclada en mi banco, aferrada a mi remo, mientras el barco trazaba una línea a través de las olas. En la playa, la multitud había corrido hacia la orilla y vi a una mujer con un bebé, el rostro mojado por las lágrimas y lleno de orgullo, y entonces adoptamos un ritmo y remamos mientras un redoble fuerte de tambor marcaba el ritmo. Meleagro se volvió en el banco que había delante de mí, sonriente mientras el navío comenzaba a virar suavemente hacia el horizonte, guiado por Tifis e impulsado por la fuerza de todos nosotros. En el centro del barco, Orfeo empezó a tocar la lira; la belleza de su canción era extraña y etérea. Solté un gemido suave que era en parte risa y en parte sollozo y que quedó perdido en el viento. Tiré con más fuerza del remo. La tierra quedaba atrás y nosotros avanzábamos.

Era una tarea dura y repetitiva. Estaba acostumbrada al esfuerzo, pero no a permanecer sentada y quieta. Empezaron a dolerme los hombros por la ausencia de familiaridad con la actividad y me alegré cuando desplegaron las velas y el viento nos impulsó hacia delante. Ahora podía mirar a mi alrededor; ahora podía ver los lomos grises de los delfines que se zambullían en las olas en torno a nosotros. En los bancos se oían risas y conversaciones, reinaba la emoción y la resolución. El movimiento constante de la embarcación me mareó un poco, pero estaba absorta en la sensación de aventura como todos los demás. Tal vez más. Esta era mi primera vez en el mar, mi primera misión heroica. Para alguien como Heracles, sentado en medio del banco para que su peso no inclinara el navío, probablemente hubiera poca novedad en esta empresa.

Los primeros días estuve atenta a todo lo que sucedía. Observaba en silencio y aprendía rápido. Cada noche atracábamos en tierra y acampábamos en la orilla. Me acostumbré a cómo dirigía Tifis el barco directamente hacia la playa, cómo chirriaba la quilla cuando pasaba del agua a la tierra sólida. Después asegurábamos la embarcación con cuerdas y buscábamos comida, cabras salvajes u ovejas para asar y comer junto a los barriles que teníamos a bordo llenos de granos y olivas, nueces y uvas, o peces sacados del mar, con la piel crujiente y ennegrecida, y la carne blanca y firme desprendiéndose sobre el fuego. Al amanecer, llevábamos el *Argo* de vuelta al mar haciéndolo rodar sobre leños; Heracles presionaba el hombro contra la proa con una fuerza igual a la de doce hombres. Esas noches dormía bien bajo las estrellas, con mi cuerpo exhausto por el esfuerzo del día. Empecé a distinguir a mis compañeros de tripulación. Estaba Peleo, por supuesto. Fue su bebé al que vi cuando partimos. Ese bebé, Aquiles, era sujeto de profecías divinas, un héroe destinado a ser más grande que su padre. Había oído a Peleo hablar con orgullo del niño y con desprecio de la madre que los había abandonado a ambos. No sabía quién era la mujer que sostenía al bebé, pero cuando Peleo mencionaba a su esposa huida su rostro se ensombrecía y escupía con desprecio en el suelo. Me guardé esa información, consciente de que había muchos a bordo que no perdonaban a Jasón por haberme concedido un pasaje. Lo notaba, igual que había catalogado siempre en el bosque las plantas que eran tóxicas, las bayas que había que evitar, dónde estaban los refugios de los leones de montaña y los escondites preferidos de las serpientes.

Estaba decidida a reunir toda la información que pudiera sobre mis compañeros argonautas y Meleagro parecía encantado de responder a mis preguntas. Llevábamos navegando solo dos días, pero habíamos pasado todo ese tiempo en compañía del otro y fui testigo de cómo se formaban rápido las amistades en el barco, una intimidad que nacía de la intensidad. Estaba tan acostumbrada a pasar largos periodos de tiempo sola que me resultaba extraño y prefería apartarme de los grupos más grandes, alejarme de la confusión estridente cuando hablaban muchos a la vez, todos ansiosos por compartir historias sobre sus logros previos a este viaje.

Los dos hermanos a los que había visto luchando con alas en los tobillos eran Zetes y Calais, los hijos del dios del viento del norte. Los hermanos espartanos, Cástor y Pólux, estaban tan en sintonía el uno con el otro que parecían dos mitades de un mismo ser, ambos de buena naturaleza, siempre dispuestos y preparados para trabajar. El príncipe Acasto era el hijo de Pelias y el primo de Jasón, me contó en voz baja Meleagro. Nos acompañaba por orden de su padre para presenciar cómo cumplía Jasón la tarea impuesta por Pelias... o no. Estaba Anceo, siempre con un hacha, y Eufemo, de pies rápidos, cuya velocidad al correr era famosa, según Meleagro.

—Puede que incluso te siga el ritmo a ti. —Su tono era ligero, pero noté cómo me miraba la cara cuando lo dijo y me aseguré de no reaccionar de ningún modo. Por dentro, me juré aprovechar la oportunidad de demostrar que no era así tan pronto pudiera.

Por supuesto, estaba Heracles, cuya personalidad abrumaba a los demás y que parecía mucho más presente que nuestro líder, Jasón. Siempre al lado de Heracles estaba Hilas, de una belleza imposible, el joven que a primera vista asumí que había nacido de un dios.

—Su padre era un rey, no un dios —me explicó Meleagro cuando le pregunté la segunda noche que instalamos el campamento—. Heracles lo hizo esclavo en una batalla. Hilas ha sido su compañero desde entonces.

Me quedé mirándolo.

—¿Heracles mató a su padre? —No tenía sentido. Era evidente la devoción que existía entre Heracles e Hilas. Nunca se separaban mucho y tan solo oía suavizarse la voz atronadora de Heracles cuando hablaba con Hilas, como si fueran las dos únicas personas en el mundo.

—Así es. Y se llevó a Hilas con él. En lugar de planear venganza, al parecer, Hilas se enamoró de él.

—¿Se enamoró? ¿Del asesino de su padre?

—Puede que su padre fuera un hombre cruel. —Meleagro sacudió un fajo grueso de pieles y las extendió sobre la arena. Me hizo un gesto para que me sentara. Los demás estaban encendiendo un fuego más atrás y prefería sentarme junto a él en lugar de unirme al resto—. Puede que Hilas se alegrara de poder escapar. No lo sé.

Fruncí el ceño. Me daba la sensación de que, poco a poco, estaba conociendo a los demás, pero Heracles tan solo arrojaba más y más preguntas en mi cabeza.

—¿Por qué crees que no quería Heracles liderar la expedición? —le pregunté—. Parece el líder obvio del grupo. ¿De verdad es porque no quería esa responsabilidad?

—Él tiene otras tareas —contestó Meleagro—. Tiene cometidos que llevar a cabo para su primo, el rey de Tirinto. Pienso que no pudo pasar por alto la oportunidad de navegar con los argonautas, pero que sus energías están reservadas para esas otras tareas.

—¿Qué tareas son?

A Meleagro se le ensombreció el rostro. El agua del mar dejaba espuma alrededor de los guijarros de la orilla. A veces me quedaba embobada mirando; había algo en el vacío del horizonte que resultaba tan inquietante como seductor.

—Realiza las tareas como castigo por un crimen que cometió. —Exhaló un suspiro y su habitual buen humor se atenuó—. En un arranque de locura, rabia, no sé de qué, asesinó a su esposa e hijos. Las tareas que le ha impuesto el rey Euristeo son su penitencia, para absolverlo de la culpa.

Puse cara de asombro. El *Argo* resonaba cada día con las carcajadas atronadoras de Heracles, con su cordialidad con todos excepto conmigo. Sabía que era poderoso, que tenía una fuerza formidable, pero no podría haber imaginado que la usara contra víctimas tan indefensas.

—Hera lo odia...

—¿Hera, que ha bendecido este viaje? —lo interrumpí—. ¿Hera, que adora a Jasón?

Meleagro se encogió de hombros.

—Supuestamente, ese es el caso. Él es un hijo de Zeus. Dice que Hera le envió la locura, que no sabía lo que estaba haciendo.

Heracles era el héroe más magnífico entre nosotros, seguramente el más afamado de toda Grecia. No tenía dudas de que el precio de esa gloria era la sangre. Ninguno de nosotros podíamos permitirnos el lujo de sentir reparos a la hora de matar al enemigo. Tal vez Meleagro tenía razón al suponer que el padre de Hilas era un tirano. Pero la muerte de una mujer inocente y sus hijos, los hijos de él, ni tan siquiera con la excusa de la ira de Hera, era algo más duro de conciliar.

—No obstante, esas tareas tan solo lo harán más famoso —dije. Cada una de ellas tallaría su nombre de forma más indeleble en la historia—. ¿Cómo se llamaba su esposa? ¿La recuerda alguien?

Meleagro me miró sorprendido.

—No lo sé.

No dije más. Teníamos una misión y Heracles era una ventaja: fuerte, muy capaz y jovial a todas horas. Mantenía al resto de hombres animados, mientras que Jasón se mostraba más reservado. Sabía que Jasón seguía preocupado por la decisión de incluirme, pero en realidad parecía preocupado por todo. Siempre estaba distraído, mirando el mar, desconfiado con cada giro.

No tenía dudas de que algunos de los demás seguían resentidos por su decisión. *Pues que alardeen sobre sus logros y finjan que no estoy aquí*, pensé. No me gustaba estar con ellos cuando bajábamos del barco, bebiendo en la orilla, cantando alto y desafinados. Ellos eran héroes, me repetía a mí misma, inmersos en la misma misión que yo, pero si no me lo recordaba una y otra vez, no los consideraría diferentes a los cazadores de los que las ninfas y yo protegíamos nuestro territorio.

En la quinta noche de navegación, atracamos en la orilla rocosa de una isla que, según Tifis, se llamaba Lemnos. Estaba anocheciendo y saltamos a la orilla, ansiosos por acampar antes de que anocheciera del todo. Las noches anteriores habíamos encontrado playas vacías, sin señales de habitantes. Pero conforme descendíamos de la alta cubierta del *Argo*, vimos un destello en la distancia, y luego otro, y otro. La luz del sol, baja y oblicua, rebotaba en metal: un ejército de guerreros vestidos de bronce se dirigía hacia nosotros.

Tomé el arco, estabilicé el pie trasero y apunté con la primera flecha al ejército. A mi lado noté un cambio en Heracles, que de pronto se quedó en silencio, se irguió en toda su estatura y torció el labio en una mueca que lo hacía parecer más feroz que el león cuya piel llevaba alrededor del cuello. Era la primera vez que lo veía así, la primera vez que empezaba a comprender las leyendas que abundaban sobre este hombre.

Estábamos todos alertas y preparados, armados con arcos, lanzas, hachas, garrotes y espadas. Se aproximaba una batalla, lo que llevaba días anticipando. Había llegado mi oportunidad. Los vi venir, los insté mentalmente a que se acercaran, preparada para soltar mis flechas.

Jasón levantó el brazo. Sentí una irritación momentánea, pero vi que el ejército se había detenido y que los luchadores formaban una línea a cierta distancia de donde nos encontrábamos. Aguardaban igual que nosotros, recelosos. De su línea se separó una figura que se adelantó con un casco de bronce que reflejaba los rayos del sol poniente. Jasón avanzó y entonces cambió de idea y le hizo una señal a Etálides, nuestro heraldo, para que se reuniera él con el enemigo. Los dos se encontraron en el centro de nuestras líneas enfrentadas.

Contuve el aliento mientras mantenía tensa la cuerda del arco. Pero no se produjo hostilidad alguna. El otro guerrero se quitó el casco brillante y, para mi sorpresa, una melena larga de pelo cayó en cascada. Una a una, las guerreras que tenía detrás hicieron lo mismo. Todas eran mujeres.

Agucé el oído para oír lo que hablaban Etálides y la mujer, pero no fui capaz de captar las palabras. En nuestra línea vi que los hombres se relajaban. ¿Acaso no les inquietaba más la sorpresa? A fin de cuentas, ¿qué clase de lugar estaba defendido por un ejército de mujeres? ¿Un lugar como el bosque de donde provenía yo, pero tal vez gobernado por Atenea en lugar de Artemisa? Eso explicaría la apariencia militar de las mujeres, pero no sería un mejor presagio para los argonautas que para los hombres desventurados que se perdían en Arcadia.

Finalmente, Etálides retrocedió y le hizo una seña a Jasón. Las mujeres armadas dieron media vuelta y se retiraron al interior de la isla. Me sentí decepcionada al verlas marchar y ansiosa por saber qué conversación habían mantenido. Jasón asintió brevemente a Etálides y luego nos hizo un gesto para que nos acercáramos.

—La mujer que ha hablado es la reina de esta isla —anunció Jasón—. Lemnos está defendida por mujeres desde que todos los hombres que la habitaban las abandonaron. Trajeron a mujeres esclavas de Tracia y las prefirieron a ellas antes que a las esposas que tenían en casa, por lo que dejaron Lemnos y se fueron a vivir con las mujeres tracias. Las habitantes de Lemnos que acabáis de ver temían que estuvieran regresando sus antiguos esposos, que desearan apropiarse de la isla, quedarse en ella con sus mujeres nuevas y expulsar a las que habían abandonado. Por eso han salido corriendo, preparadas para luchar si era necesario. Pero Etálides le ha explicado que hemos venido aquí en busca de comida y refugio, y la reina Hipsípila nos da la bienvenida a sus costas. Nos ha invitado a compartir su hospitalidad esta noche.

Me quedé mirándolo. Muchos de los miembros de la tripulación exclamaban encantados ante las buenas noticias, pensando ya en los lujos de un banquete, pero yo me mostré escéptica ante la proposición.

Meleagro cambió el peso de un pie a otro a mi lado. Me alegré de que no se uniera al clamor general por seguir a las mujeres a la ciudad.

—¿Qué piensas de esto? —le pregunté en un murmullo.

Él sacudió la cabeza.

—Me parece... raro.

Comprobé que Heracles nos estaba escuchando.

—¿Te parece inteligente que asistamos? —le dijo él a Jasón.

Este se refrenó.

—Me cuesta creer que una ciudad llena de mujeres pueda suponer una amenaza —respondió—. Nos han ofrecido su hospitalidad;

no se atreverán a quebrar la tradición sagrada atacándonos. Estoy seguro de que no nos quieren hacer daño y, aunque fuera así, nosotros somos más fuertes que ellas. Pero puedes quedarte a vigilar el barco si te preocupa.

Me impactó la dureza de su tono. Ya había visto antes conflicto entre Heracles y Jasón en Pagasas. No obstante, aunque Jasón estaba resentido por el respeto que suscitaba Heracles en los demás, no lo había oído antes dirigirle un desafío como este y no sabía cómo respondería Heracles. Estaba segura de que no era un hombre acostumbrado a controlar su temperamento. Mas solo estalló en carcajadas, una respuesta que enfadó aún más a Jasón.

—Yo me quedo aquí —declaró—. Buena suerte.

Jasón se volvió sobre sus talones y se marchó. Algunos tripulantes se quedaron mirándonos, divididos entre la confianza natural que sentían por Heracles y el deseo de tomar vino y una buena comida en compañía de mujeres. La segunda opción ganó para todos excepto para Heracles, Hilas, Meleagro y para mí.

Los cuatro intercambiamos miradas. La de Heracles era fría y enseguida la aparto, desinteresado.

—¿Crees que es una trampa? —le pregunté.

Heracles se encogió de hombros y escupió en el suelo.

—Puede o puede que no. En cualquier caso, es una distracción. Deberíamos zarpar al amanecer y no entretenernos aquí. —Exhaló un hondo suspiro—. Ven, Hilas, vamos a buscar madera para encender un fuego. —Se marchó hacia un grupo de árboles con Hilas a su lado.

—¿Por qué no te vas con los demás? —le pregunté a Meleagro.

—Me parece sospechoso —contestó—. Es mejor que nos quedemos aquí y esperemos a ver qué sucede.

—Puede que regresen rápido —comenté—. Jasón querrá seguir. Esta es su expedición, su misión en busca del vellocino. Seguro que no quiere perder el tiempo.

—Eso espero. Venga, vamos a ver qué encontramos de comida en ese bosque.

Lo seguí a los árboles. Al menos podría usar mi arco.

Cayó la noche y aunque me parecía raro sentarme con Heracles e Hilas, los cuatro conseguimos comer de forma afable junto a la hoguera. Heracles contó historias como de costumbre mientras bebía copas de vino a una velocidad mayor que cualquiera de nosotros. Oía sus anécdotas con la atención fija en otra parte. La luna resplandecía por encima del pico de la montaña, los rayos proyectaban una iluminación suave en el camino por el que habían desaparecido las mujeres y nuestra tripulación.

—¿En qué piensas?

Giré la cabeza.

Meleagro me miraba fijamente.

—¿Estás pensando si deberías seguirlos? ¿Ir a comprobar qué está pasando? —Era como si me leyera la mente.

—¿Tú no quieres saberlo? —repuse.

Estaba apoyado sobre los codos. La copa de vino que tenía al lado estaba casi vacía y una gota trazaba un camino escarlata y brillante por un lateral. Al otro lado de la hoguera, Heracles estaba sentado con un brazo apoyado en las rodillas flexionadas y el otro sobre los hombros de Hilas. La atmósfera era somnolienta y brumosa. Excepto por mí. Daba golpecitos con los dedos en el suelo y me hormigueaban los pies por el deseo de correr.

Meleagro bostezó.

—Seguro que nos lo contarán todo por la mañana. —Tenía aspecto culpable, pero no lo suficiente para querer acompañarme.

—No vas a descansar hasta que no los veas —dijo Hilas, mirándome con perspicacia a través de las llamas.

Era verdad.

—Voy a ir.

—Espera, te acompaño. —Meleagro fue a ponerse en pie, pero negué con la cabeza.

—Solo vas a retrasarme. Volveré antes de que te des cuenta.

—Sonreí para suavizar cualquier recelo que pudiera acarrear mi rechazo, pero no parecía ofendido.

Heracles parecía divertido.

—Así que el ejército entero de Lemnos no es rival para ti, Atalanta.

Lo miré a los ojos.

—No voy a enfrentarme a un ejército. Solo voy a ver qué están haciendo.

9

El camino serpenteaba entre dos montañas, sus formas oscuras se alzaban a cada lado de mí mientras corría. Los sonidos suaves de la noche me rodeaban: el susurro del viento entre las hojas, el correteo de una criatura y el paso más prudente de algo más grande que acechaba en silencio, escondido en las sombras. Me sentía como en casa.

El camino estaba iluminado por la luna hasta que doblé una esquina y, de repente, delante de mí estaban las luces de la ciudad. Las antorchas ardían alrededor de los muros exteriores proyectando un resplandor radiante; el brillo de una docena de llamas se mezclaba formando un halo incandescente alrededor de lo que debía de ser el palacio. *Seguramente estarían allí*, pensé. Observé con los ojos entrecerrados mientras buscaba una forma de entrar.

No obstante, cuando me acerqué vi que las altas puertas de madera de la ciudad estaban desprovistas de guardias. Crujían por la brisa y se mecían ligeramente, no estaban cerradas. A pesar del frente defensivo que habían formado las mujeres a nuestra llegada, quedaba claro que ahora no les preocupaba que se produjera un ataque. Eso desmentía lo que nos habían contado antes, que temían el regreso de los hombres, que estaban dispuestas a luchar para protegerse.

Me acerqué más y evité la luz que proyectaban las antorchas. Oí la música que emergía de las amplias puertas del palacio. Las calles que llegaban hasta allí estaban vacías; todo el mundo debía de estar dentro, todas las mujeres de Lemnos y los hombres del *Argo*.

Pasé por una magnífica columnata en la entrada principal que daba al edificio real. Las tonalidades vívidas de la pintura y el brillo del mármol me parecían deslumbrantes, tan poco acostumbrada como estaba a artificios. En algún lugar de las profundidades de este palacio estaban mis compañeros festejando. El olor a carne asada se entremezclaba con el sonido de sus risas. Era obvio que no se estaba produciendo una pelea. Vacilé, tentada a dar media vuelta ahora que sabía que no había hostilidad entre ellos. Sin embargo, sentía curiosidad por ver más, por pasar la mano por las gemas talladas en las baldosas, por inhalar la rica fragancia de los pétalos aplastados que flotaban en boles grandes y poco profundos para perfumar el aire.

—¿Atalanta?

Me sobresalté. ¿Cómo había podido dar lugar a distraerme tanto y que alguien me descubriera? Me di la vuelta.

Era ella, la mujer que había hablado con nuestro heraldo. La reconocí por la espesa melena, aunque ahora tenía una corona en lugar de un casco de guerra. Llevaba puesto un vestido largo azul oscuro con puntadas de hilo dorado que parecían estrellas brillando en un cielo oscuro. Cuando la vi antes, estaba escondida tras la armadura; ahora tenía un aspecto suave y grácil. Noté cierta dureza en su expresión, un toque imponente en su pose.

—¿Cómo sabes mi nombre? —le pregunté.

—He oído hablar de ti. A los otros. Es fácil reconocerte por la descripción: la única mujer de la tripulación.

—¿Y tú eres la reina de esta ciudad?

Asintió.

—Hipsípila. ¿Has venido para acompañarnos?

—No.

—¿Entonces a qué?

Me quedé mirándola. Me estaba evaluando con la mirada: mi altura, mi pose, el arco que tenía en la espalda.

—¿Pensabas que íbamos a conspirar contra tus hombres? ¿Atraerlos hasta aquí y tenderles una emboscada?

Me quedé en silencio. Su rostro permanecía suave y calmado.

—Aquí respetamos las leyes de hospitalidad —prosiguió—. Y no ganaríamos nada haciéndoles daño.

—¿Entonces qué queréis de ellos? —pregunté.

Oí una ráfaga de notas arrancadas de lo que solo podía ser la lira de Orfeo.

La mujer suspiró.

—¿Quieres pasear conmigo, Atalanta? ¿Por la ciudad?

Vacilé.

—No te preocupes. Puedo jurarte ahora, por todos los inmortales que moran en el Monte Olimpo, que no vamos a lastimar a ni uno solo de los argonautas.

—Te acompaño. —Estaba intrigada. No confiaba en ella, pero quería saber. Supongo que esta reina guerrera me recordaba a Artemisa con su aplomo y el despliegue de fuerza del que había hecho gala a nuestra llegada.

Fuera, el sonido de la fiesta se disipó. Podía oír mientras nos alejábamos el crujido de nuestros pasos en las calles adoquinadas y el sonido de los grillos, acentuado por el ulular de algún búho.

—Sabes que no nos abandonaron nuestros hombres —confirmó—. Te lo vi en la cara en el momento en el que oíste lo que le dije a Jasón.

—¿Por qué se fueron? ¿Dejar su ciudad atrás, irse a un lugar extranjero, al hogar de las mujeres a las que habían apresado como cautivas? —Al decirlo en voz alta, no pude creerme que Jasón lo hubiera aceptado tan fácilmente.

—Nadie de tu tripulación ha encontrado motivos para desconfiar de mí. Tal vez querían que fuera verdad. Una ciudad llena de mujeres que les dan la bienvenida a nuestras costas.

—¿Qué les habéis hecho a los hombres? ¿Qué ha pasado aquí?

—He preguntado por ti —dijo—. De dónde vienes, por qué te has unido a este viaje. Me han contado que vivías en un bosque, que has entregado tu vida a Artemisa. Supongo que no sabes mucho sobre hombres.

—Venían hombres al bosque. A cazar. A buscar a las ninfas de las que habían oído hablar en las historias.

—Entonces tienes una idea. —Inspiró profundamente—. Nuestros hombres eran marineros, emprendían siempre largos viajes. Nosotras éramos autosuficientes y nos ocupábamos de Lemnos en su ausencia. Siempre regresaban. Era una vida armoniosa. Pero de pronto cambiaron las cosas. —Se detuvo—. Tal vez descuidamos nuestra adoración a Afrodita, no lo sé. Tal vez fuera sencillamente nuestro modo de vida, que la ofendió. Pero nos atacó con una horrible aflicción.

—¿Una plaga?

—No. Algo mucho más simple, mucho más humillante y vil. —Tragó saliva y comprobé que le dolía hablar de ello. Esperé a que continuara—. Al principio no sabíamos qué lo causaba. Creíamos que salía de la tierra; un olor húmedo y mohoso, tan repugnante que podría proceder de las propias cavernas de Hades. Aplastamos flores en aceite para aromatizar el aire, pero el hedor solo se intensificó. Metíamos paños en líquido perfumado y nos lo presionábamos en la cara para darnos un respiro. Los hombres estaban lejos, respirando el aire fresco y salado que sopla en el océano. Aquí, nosotras tuvimos que ingeniárnoslas para acabar con ese horrible olor. Pero conforme pasaba el tiempo, nos costaba más y más mirarnos a los ojos. Nos era imposible pronunciarlo con palabras, no podíamos negar la verdad.

—¿Qué era?

—El olor que nos estaba despojando de nuestro juicio no provenía de las profundidades del agua estancada de una charca, ni de ningún cadáver de animal que se descompusiera bajo el sol caliente. Éramos nosotras, las mujeres, desde las niñas más pequeñas hasta las ancianas más viejas. Todas estábamos afectadas.

—¿Fue Afrodita? —pregunté—. ¿Un castigo?

—Eso parecía. —Se giró y ladeó la cabeza, buscando sus próximas palabras—. Nos afligía la vergüenza. Rezamos a Afrodita, quemamos ofrendas en sus altares, le suplicamos que perdonara la transgresión que habíamos cometido sin saberlo. Pero cuando regresaron los hombres, ellos no estaban afectados. Solo nosotras estábamos malditas.

—¿Y se marcharon por ello? —Sin embargo, sospechaba que no era eso lo que había sucedido. Por cómo se rodeó el cuerpo con los brazos y el ligero temblor en su voz, supe que venía algo mucho peor.

—Uno a uno, nos abandonaron. Los esposos más devotos hicieron lo que pudieron, apartando la cara, buscando cualquier excusa para estar fuera, retirándose a los rincones más alejados de la isla. Pero no podían tolerar el espantoso miasma que había recaído sobre nosotras. Subieron a sus barcos y tomaron de nuevo el mar.

—¿Y regresaron?

—Pensamos que nos estaban abandonando. El único hombre que se quedó fue mi padre, el rey. Él no se marchó, quería hacer todo lo posible por ayudarnos. Pero estaba tan desconcertado como nosotras. Y entonces… —Parecía estar obligándose a continuar—. Entonces regresaron, pero no estaban solos.

—¿Las mujeres esclavas? —Me imaginé la repugnante escena.

—Confiábamos en ellos. Eran nuestros esposos, padres, hermanos. Hijos incluso. Nos habían abandonado, incapaces de soportar estar cerca de nosotras. Y mientras estaban lejos, decidieron traer a otras mujeres.

Me hervía la sangre únicamente de pensarlo. No solo por las mujeres rechazadas que miraban desde la orilla, también por las capturadas, separadas de sus familias, de sus hogares, secuestradas por los deseos egoístas de los hombros.

—¿Qué les hicisteis?

—¿Qué habrías hecho tú, Atalanta?

—Cuando llegaron unos centauros a mi bosque con idea de destruirlo, los maté con mis flechas.

La vi sonreír bajo la luz tenue.

—Nosotras no nos enfrentamos a ellos en ese momento. Estábamos impactadas por lo que habían hecho. Pensábamos que conocíamos a esos hombres. En lugar de ayudarnos a reparar el daño con Afrodita o a enfrentar la carga, en vez de soportarla a nuestro lado, se marcharon en busca de otras mujeres que satisficieran sus necesidades. No sabíamos si su idea inicial era encontrar unas consortes dispuestas, pero, al parecer, habían navegado hasta Tracia, habían declarado la guerra y habían secuestrado a las mujeres para tomarlas como esclavas. Se mantuvieron firmes ante nuestros sollozos y súplicas, sin atisbo de piedad en sus corazones por ninguna de nosotras. Solo había en ellos júbilo por su conquista. —Se quedó callada un momento y entonces sacudió la cabeza, como para alejarse de sus ensoñaciones distantes—. Nos reunimos a las afueras de la isla la tarde que regresaron. Allí el viento era fuerte y nos abofeteaba desde todos los lados; encubriría nuestras palabras para que nadie pudiera oírlas y se llevaría el peor de los olores.

—Ya no hay rastro de él —comenté. No quería interrumpirla, pero tampoco pude reprimir la curiosidad—. ¿Habéis encontrado la forma de apaciguar a Afrodita?

—Más tarde, después, su ira mermó —respondió—. En cuanto nos contaminamos, empezamos a construir más altares para ella, a hacer más sacrificios y rendirle más homenajes. Si nuestros hombres hubieran esperado con nosotras, si lo hubieran soportado un poco más, tal vez entonces no tendríamos que haber hecho lo que hicimos. Pero no lo hicieron. No esperaron a ver si la diosa cedía. No nos dieron una oportunidad.

«Después», había dicho. Afrodita había levantado el castigo demasiado tarde, después de lo que fuera que les habían hecho a los hombres. Permanecí en silencio a la espera de que continuase.

—Yo fui quien lo sugirió —habló en voz baja—. Yo les pregunté a las mujeres cómo podíamos regresar a nuestras vidas al lado de esos hombres sabiendo lo que eran capaces de hacer. No podíamos partir el pan con ellos, dejar que entraran a nuestras camas, tener a sus hijos, ahora que sabíamos la clase de monstruos que había tras sus rostros humanos.

La fiereza que destilaba de ella incluso ahora era impresionante. No costaba imaginarla en medio de las mujeres, alentando su rabia.

—Sabíamos que se emborracharían en las fiestas que estaban celebrando en honor a su victoria. Pensaban que estábamos aplastadas y derrotadas, que nos escabulliríamos. Estaba segura de que, si queríamos pelear, tenía que ser en ese momento, cuando nos creían vencidas. Habíamos endurecido el corazón. Entramos en mitad de la noche en sus casas, donde yacían borrachos en las camas, roncando. En camas que habían mancillado. —Le temblaba la voz de rabia por el recuerdo—. Tomamos sus armas. Cuchillos, espadas, dagas, todas las que pudimos encontrar. Ollas pesadas de la cocina. Cuando las mujeres de Tracia comprendieron lo que estábamos haciendo, se mostraron ansiosas por unirse a nosotras.

Este era el secreto.

—¿Los matasteis a todos?

Se quedó callada unos segundos.

—Mi padre no tenía culpa. Él no había tomado parte en ello, no era justo que pagara el precio. Pero sabía que no podía quedarse, las mujeres no lo permitirían. Había esa noche salvajismo en nosotras, una ferocidad contenida que había crecido desde el momento en el que comprendimos que estábamos malditas. Todo el horror que nos había superado era como una ola rompiente, una tormenta de ira.

Artemisa me habló en una ocasión sobre los ritos de Dioniso. Sus ménades, que se reunían bajo la luna y daban rienda suelta a todo lo que tenían dentro. Arrancando piel, manchándose la cara con sangre. Una pasión ancestral, un frenesí compartido. La historia de Hipsípila me hizo pensar en ello.

—Me aparté de las otras mujeres. Entré sola en el palacio y recorrí los pasillos oscuros en busca de mi padre. Estaba sentado entre sus cojines, confundido por lo que había oído. Su confusión se convirtió en miedo de inmediato cuando me vio con el pelo suelto y el vestido manchado de sangre. Sabía que tenía que esconderlo. Intenté convencerlo de que se metiera dentro de un baúl de roble. Pero las mujeres podían entrar en palacio y no podía soportar la idea de que lo descubrieran escondido dentro, como un cobarde.

—¿Lo salvaste? —quise saber.

—Lo salvaje de la noche me empapó de más fuerza de la que sabía que poseía —indicó—. Seguida por mi padre, arrastré el baúl por el suelo de baldosas hasta la calle. Oía a las mujeres gritar en las puertas, decididas a deshacerse hasta del último hombre de la isla. Aunque mis músculos gritaban de dolor, eché el baúl al suelo rocoso y lo arrastré hasta la orilla. Mi padre no quería meterse dentro, se preguntaba si no sería mejor morir como rey de Lemnos dentro de su propio palacio, pero lo convencí y confió en mí. Sentí que lo estaba enviando a su propia tumba cuando cerré la tapa. Oía los pasos de las mujeres que salían corriendo del palacio, buscándolo. No me quedaba tiempo. Empujé el baúl al agua y un grito emergió de mi garganta cuando lo vi hundirse y después volver a salir a la superficie. La corriente se lo llevó lejos de la orilla. Me quedé mirándolo todo el tiempo que pude, hasta que la noche lo engulló. Lancé una oración ferviente a cualquier dios que estuviera escuchándome para que se apiadara del corazón amable de mi padre y lo ayudara, para que lo condujera a algún lugar seguro, lejos de aquí. —Su voz se dulcificó—. Las mujeres de Lemnos y de Tracia me encontraron en la orilla. Nunca sospecharon de lo que había hecho. El frenesí de la violencia nos abandonó cuando empezó a amanecer. Permanecimos juntas, limpiando las heridas de nuestras compañeras, y cuando salió el sol, nos quitamos la sangre del pelo.

—¿Habéis vivido solas aquí desde ese día? —pregunté.

Alzó la cabeza para mirarme a los ojos.

—Ningún hombre ha puesto un pie en Lemnos desde que mi padre escapó. Hasta la llegada de los argonautas.

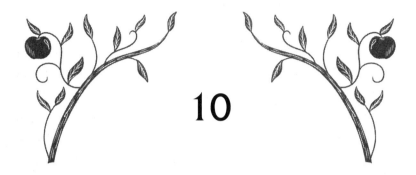

10

Sabía que había algo más oscuro en la historia de Lemnos, algo que se había callado. Sin embargo, la masacre era más de lo que habría adivinado. El palacio parecía encontrarse lejos de nosotras ahora que estábamos a las afueras de la ciudad. El palacio donde mis compañeros argonautas bebían y festejaban, igual que los hombres condenados de esta isla la noche de la masacre. ¿Los había conducido hasta aquí por una razón? ¿Estaba distrayéndome con su historia con el fin de alejarme lo suficiente como para no poder defenderlos?

—No somos asesinas sin más —dijo—. Te lo aseguro, Atalanta. Ninguna de nosotras desea revivir aquella noche.

—¿Entonces qué es lo que queréis de nosotros? —Me puse a dar vueltas. ¿Debería de salir corriendo hasta el palacio o hacia la orilla para buscar a Heracles y Meleagro?

—¿No es obvio? —preguntó con tono burlón.

—Si lo fuera no preguntaría. —Me molestaba su evasión continua.

—Atalanta, ahora somos una isla de mujeres. Ningún hombre ni niño sobrevivió a nuestra venganza.

—¿Y?

—Y todo estaba bien al principio. Como he dicho, estábamos acostumbradas a arreglárnoslas solas. Pero ahora…

—¿Ahora qué?

—Ahora nuestras mayores se hacen más mayores aún. Nuestras hijas son mujeres sin hijos propios. Si seguimos así, pasarán los años y ellas también se harán ancianas, y ¿quién cuidará de ellas? ¿Quién labrará la tierra y cazará cuando no haya mujeres jóvenes y vigorosas que se hagan cargo? Moriremos y nuestra ciudad con nosotras.

—Pero ¿qué podemos hacer nosotros al respecto?

Hipsípila extendió el brazo y me aparté, preparada para contrarrestar cualquier golpe. Pero solo intentaba tomar mi mano. Sin pensármelo, la retiré. No alteró su dignidad.

—Puedes unirte a nosotras, Atalanta. Todos vosotros.

—¿Estás loca?

—Conocemos vuestra misión, hemos oído hablar de la reputación de muchos de los que navegan contigo. Hemos invitado a tus hombres a un banquete con nosotras esta noche y nos ha sorprendido su cortesía, su cordialidad.

—Hemos llegado a vuestras costas esta tarde, y ¿qué quieres? ¿Que los argonautas abandonen su misión para quedarse en vuestra ciudad, aquí con vosotras en lugar de los hombres que matasteis?

Noté que se extendía un rubor en sus mejillas.

—Sois una banda de héroes como ninguna otra que haya conocido el mundo. Las historias ya abundan. Pero el vellocino que buscáis es un engaño. Nadie puede recuperarlo; está custodiado por poderes que ni siquiera vosotros podéis igualar. Lo he visto con claridad cuando me lo ha explicado Jasón esta noche. Es una empresa condenada al fracaso, ¿por qué desperdiciar a tantos hombres por ello?

—¡Sería un desperdicio mayor de hombres pasar aquí nuestras vidas!

—Os pedimos una temporada, no el resto de vuestras vidas. Que paséis un tiempo aquí, entrenar juntos, considerar cómo puede lograrse semejante tarea imposible… en lugar de zarpar sin una estrategia, sin idea alguna de cómo acometerla. A lo mejor podemos ayudaros. Y si encontráis un modo de robar el vellocino, tal vez algunos podáis regresar aquí después, con los niños que puedan nacer tras vuestro tiempo aquí, con esposas, a hogares. También hay lugar para ti aquí, Atalanta. Creo que encajarías muy bien. No hay otra ciudad como esta, ningún lugar que sepamos donde las mujeres vivan como nosotras.

—¿Esto es un arrebato de locura colectiva? ¿Cómo podéis decidir convertir a estos hombres en esposos y padres? ¿Cómo sabéis que no son diferentes de los que teníais antes?

—No volveremos a contar con otra oportunidad como esta —respondió—. ¿Qué otra cosa podemos hacer? ¿Esperar a que aparezcan pescadores en nuestras costas? ¿Rescatar a cualquier superviviente de un naufragio cercano? No vamos a abandonar nuestro hogar y, aunque lo hiciéramos, ¿adónde iríamos? ¿Quién nos aceptaría si supiera lo que hemos hecho?

Sacudí la cabeza.

—No es tarea nuestra arreglar lo que hicisteis. Nosotros tenemos nuestra misión y no podemos retrasarnos. Los dioses nos respaldan. No necesitamos tiempo para idear un plan.

—Pero ¿por qué tantas prisas? Ven a ver el banquete, mira cómo disfrutan tus compañeros de tripulación de las comodidades de un palacio rico. Es mejor que salir de nuevo a un mar impredecible, que soportar una lluvia tempestuosa y los vientos helados, que dormir en suelo duro y tener que buscar comida. Podéis quedaros unas semanas aquí con nosotras, recuperar fuerzas antes de volver a zarpar.

—Tenemos toda la fuerza que necesitamos —declaré.

—Esperaba poder convencerte, Atalanta. Cuando te vi con ellos, me pareció ver a una mujer como nosotras. Pero creo que tus hombres se han hecho una idea diferente de ti.

—Pueden disfrutar de vuestra compañía esta noche —repliqué—. Pero mañana zarparemos.

Inclinó la cabeza.

—Ya lo veremos.

No se me escapó el reto implícito en sus palabras, aunque me sentía más exasperada de lo que quería admitir.

—¿Volverás conmigo al menos? —me preguntó—. No hay necesidad de que tus otros compañeros y tú durmáis en la playa esta noche. Podemos ofreceros camas cálidas y refugio.

—No nos interesa.

—Por supuesto, lo que prefiráis. —Los ojos de Hipsípila eran inescrutables en la oscuridad—. Que duermas bien, Atalanta. Tal vez mañana aceptes mi invitación... u otro día.

Apreté los dientes.

—Nos habremos marchado antes.

Me tocó el brazo y esta vez no me aparté. Me mantuve firme, segura.

—Buenas noches. —Su falda serpenteó en la brisa cuando dio media vuelta y la tela delgada ondeó tras ella. No me engañó la feminidad de su apariencia.

Tenía razón al pensar que había reconocido algo en mí. Yo también lo había sentido, la llamada de algo fiero e indómito. Pero había también algo en ella que me repelía. Yo ya había matado antes y no sentía culpa. No había llorado por los cuerpos de los centauros que querían atacarme. Pero yo había actuado en defensa propia. Otra cosa diferente era atacar a un hombre dormido, eliminar a todos los hombres de una ciudad. Estas mujeres no solo habían asesinado sin piedad a maridos; habían matado a sus propios hermanos, a sus hijos. ¿De verdad podían ser todos ellos tan crueles como afirmaba?

Me quedé mirándola mientras se retiraba a paso ligero por la tierra polvorienta, su melena como una joya oscura y pulida; todo en ella era vívido y refinado. Al menos creía que no deseaba hacer daño a los argonautas. Ellos podían ofrecerle algo, esperanza de un futuro para la ciudad que gobernaba. Estaba segura de que esta noche estarían a salvo en Lemnos.

Pero mañana dejaríamos este lugar, decidí.

Esperé a que desapareciera de mi vista y eché entonces a correr de vuelta a nuestro campamento.

El amanecer llegó húmedo en la bahía. Meleagro ya se había despertado cuando me levanté, pero Heracles e Hilas seguían durmiendo. Habían improvisado su cama lejos de nosotros, pero el aire transportaba el sonido suave de los ronquidos de Heracles.

Yo me había quedado con Meleagro, refugiada del viento por una línea de rocas, pero con el *Argo* a la vista. No me parecía necesario encontrar un lugar secreto, esconderme cuando solo estábamos nosotros dos. Sin embargo, me resultó raro ver su cara cuando abrí los ojos. Estaba sentado en la playa con las rodillas flexionadas y la vista fija en el océano. Me quedé un momento mirándolo antes de incorporarme. Parecía perdido en sus pensamientos y me pregunté qué sería lo que le preocupaba tanto. Tal vez fuera nuestra tripulación errante y cómo estarían resistiéndose a los encantos de las mujeres de Lemnos. Cuando regresé la noche anterior, relaté todo lo que me había contado Hipsípila. Heracles no pareció sorprenderse, ni siquiera por los detalles horripilantes de la masacre. Supongo que hacía falta mucho para sorprender a un hombre que había visto y hecho las cosas que había visto y hecho él. Se mostró escéptico sobre nuestra partida de hoy. Tal vez Meleagro estuviera pensando eso, puede que deseara regresar a bordo, remar y deslizarse entre las olas de nuevo. O quizá mirara el horizonte, no pensando en dónde nos dirigíamos, sino en lo que dejábamos atrás. ¿Pensaba en su familia? ¿Quería volver a Calidón?

Me incorporé y miró en mi dirección.

—Te has despertado —dijo. Sonrió igual que siempre, pero tenía ojos serios.

—¿No hay señal de los demás? —pregunté sin esperanza de que la hubiera. Meleagro negó con la cabeza. Se me estaba soltando el pelo de la apretada trenza y los mechones flotaban por delante de mi cara tapándome la visión. Irritada, me la deshice por completo y metí los dedos entre los pelos para quitar los nudos.

Meleagro apartó la mirada.

—¿Qué es eso en la distancia? —pregunté.

Algo se movía rápidamente por el camino de la montaña y su forma se volvía más clara conforme se acercaba a nosotros.

—¡Eufemo! —estalló la voz de Heracles. Me sorprendió no haber oído sus pasos aproximándose, estaba distraída contemplando las zancadas veloces de Eufemo. En cuestión de segundos, estaba delante de nosotros.

—Heracles —dijo y asintió en dirección al resto de nosotros. No le faltaba el aliento en absoluto—. La reina os extiende a todos su invitación de acompañarnos esta noche a un banquete.

—¿Esta noche? —Me quedé mirándolo—. Pensaba que venías para avisarnos de que fuéramos preparando el barco para zarpar.

Eufemo se encogió de hombros.

—Ese es el mensaje que me ha pedido Jasón que os entregue. ¿Qué respuesta tengo que darle?

Heracles resopló.

—Como queráis. —Eufemo asintió y dio media vuelta para recorrer el camino de vuelta antes de que pudiéramos decir nada.

Me dieron ganas de seguirlo. Había estado esperando la ocasión de ver a este corredor legendario y estaba segura de que podría vencerlo si quisiera. No obstante, Hipsípila podía estar esperando su regreso y no quería volver a verla.

—Deberían haber vuelto todos —comenté—. Jasón tendría que estar reuniéndolos para traerlos aquí. —Empecé a trenzarme de nuevo el pelo, retorciendo los mechones con los dedos para quitármelo de la cara.

Meleagro parecía pensativo.

—Un poco más de descanso no hará ningún daño —señaló—. Uno o dos días para levantarles el ánimo y renovar su determinación.

—¡Si acabamos de empezar! —protesté—. No puede estar flaqueando la determinación de nadie.

—Meleagro tiene razón —afirmó Heracles—. Vamos a darles un día, otra noche. No van a querer marcharse aún y, por lo que dijiste, Atalanta, las mujeres aquí harán lo que puedan para convencerles de que se queden. Pero recordarán por qué estamos aquí, lo que vamos a hacer. No es momento para retrasarse ahora que estamos en el principio, cuando seguimos ansiosos por descubrir qué vendrá después. Nadie se ha hartado aún, ni se ha cansado de pelear ni de buscar.

Enrollé la trenza terminada alrededor de mi cabeza y la ajusté.

—¿Entonces tenemos que esperar? —Heracles no me parecía de los pacientes.

—Vamos a dejarlos esta noche —contestó—. Pero si mañana no recapacitan, nosotros le recordaremos la misión.

Me enfadé. Mañana no era lo bastante pronto para mí.

El día transcurrió de forma anodina. Disparé flechas a un árbol lleno de nudos para practicar hasta que me cansé y me acomodé junto a los restos achicharrados de la hoguera de la noche anterior.

—No sabía que estuvieras tan ansiosa por encontrar el vellocino —señaló Meleagro.

Fruncí el ceño.

—¿Por qué no? Es la única razón por la que estamos aquí.

—Puede.

—¿Qué otros motivos hay?

Parecía encantado, tumbado bajo el sol cálido, mirando las olas relucientes.

—Aventura. Emoción. Descubrir nuevas tierras y hacernos un nombre.

—Yo nunca antes había deseado encontrar nada más allá de mi bosque. —Me puse bocarriba y cerré los ojos—. Y tampoco he vivido un día que pase tan lento como este. —Sentí una punzada de preocupación. Meleagro parecía muy seguro de que hacerse un nombre en esta misión sería sencillo, pero ¿sería complicado que me recordaran a mí? Los nombres de los demás argonautas ya eran conocidos. Yo aún tenía que forjar el mío.

—No puedo esperar otra noche. Tenemos que recordarle a Jasón su deber para que les ordene que regresen.

La impaciencia en mi tono de voz caló en él y se incorporó sobre el codo con los ojos serios.

—Esta vez podemos ir juntos —dijo—. Te acompaño a la ciudad. Quiero verla.

Lo miré con desconfianza.

—No querrás unirte a ellos, ¿no?

—Ni en sueños. Yo también quiero partir de aquí. Esperaba batallas, pensé que libraríamos una aquí cuando vi su ejército. Pero en lugar de eso encontramos a la reina. —Se quedó callado y me pregunté si estaría acordándose del momento en el que se quitó el casco y le vimos la cara por primera vez—. Una mujer que ordenó la muerte de todos sus hombres. Es algo que no me habría imaginado nunca.

Vacilé un momento.

—¿Te intriga?

—No, no me refería a eso. Es más bien que quiero ver con mis propios ojos si nuestra tripulación está en riesgo.

—Creía que estabas seguro de que podían cuidar de sí mismos.

—Pueden, pero si ella está tramando algo, es mejor que lo sepamos. Además, puedo hablar con Jasón.

—Crees que no me va a escuchar a mí.

—Podemos presentar juntos el caso. —Su sonrisa era deslumbradora.

Vacilé, aunque tal vez tuviera razón. Seguro que sus palabras ejercían más influencia en Jasón. Aunque me irritaba, era mejor que me acompañase. Cuanto antes saliéramos de Lemnos, más feliz me sentiría.

—Háblame de Calidón —le pedí a Meleagro cuando salimos. De pronto me interesaba saber cómo era el lugar donde había nacido y vivido. Ahora que conocía una diminuta parte del mundo que había más allá de los límites de mi bosque, quería hacerme una idea de cómo era el resto.

—La gobierna mi padre, el rey Eneo —explicó—. Es rica en viñas, crecen muy bien en nuestro suelo. Mi padre dice que son un regalo de Dioniso, que vino a Calidón y, como agradecimiento a la hospitalidad de mi padre, nos las concedió para que siempre tuviéramos mucho vino.

—¿Se quedó Dioniso en el palacio de tu padre?

—Así es.

—¿Y? —Me di cuenta de que había más en esta historia.

Meleagro suspiró.

—Mi madre es muy hermosa. Le ha dado muchos hijos a mi padre, pero cuando Dioniso lo honró con su presencia, se fijó en la belleza de mi madre. Cuando mi padre se enteró, se marchó una noche del palacio con la excusa de que tenía que llevar a cabo unos ritos sagrados y dejó al dios con su esposa.

Enarqué una ceja.

—Mi hermana Deyanira nació nueve meses después.

Eso explicaba entonces el regalo de las viñas. Recordé que Meleagro me había dicho que algunos pensaban que su verdadero padre era Ares. Me hubiera gustado ver cómo de hermosa era su madre para atraer la atención de los dioses. Pensé en Calisto, la vergüenza y condena que sufrió cuando Zeus la forzó en el bosque. Y ahora Meleagro me estaba contando que Eneo no había culpado a su esposa y que había aceptado los hijos que le había dado. Noté una espina en el corazón.

—Además de hacer vino, también cazamos —continuó Meleagro—. Nuestros bosques están plagados de jabalíes. Llevo saliendo a cazar con mis perros desde que tengo uso de razón. —Se echó a reír—. No creo que se me haya escapado ninguna presa antes de que aparecieras tú.

—¿Inquietó a tus padres que te marcharas para unirte a la tripulación del *Argo*?

—No hay necesidad de que se preocupen por mí.

—Es una empresa peligrosa. Solo el mar ya está lleno de peligros. —La idea de las profundidades saladas y asfixiantes del océano me daba escalofríos como ningún otro monstruo podía hacerlo.

—Piensan de verdad que no hay motivo para temer por mi vida.

—¿Por qué no?

—Cuando nací, mi madre tuvo un sueño. Oyó hablar a las Moiras, las tres Parcas que hilan y cortan el hilo de todas las vidas humanas. Dijeron que su bebé viviría solo hasta que un leño se convirtiera en cenizas en la hoguera. Se despertó aterrada y vio el tronco de su sueño ardiendo en la chimenea. Lo sacó sin preocuparse por las quemaduras ni las ampollas de las manos. Echó una manta de lana por encima para apagar las llamas y ha mantenido lo que queda del leño encerrado en una caja. Cree que no moriré a menos que se encienda de nuevo.

—¿Y tú también lo crees?

—Es tentador. Me gustaría, pero… no puedo evitar pensar que fue tan solo el sueño de una madre nerviosa.

—¿Y no te gustaría ponerlo a prueba?

Volvió a reírse.

—No necesariamente. Pero a ti te escogió Artemisa para este viaje, ¿te sientes segura al saber que te vigila?

—No es eso... al menos no del todo —respondí. Sabía a qué se refería, que no había más garantía de seguridad para él que para mí—. Me rescató cuando era un bebé. Me dejaron en la ladera del monte Partenio. —Lo miré para comprobar cómo reaccionaba. Tenía los ojos cálidos y me invitaba con ellos a continuar—. Tiene animales sagrados en el bosque y ellos hacen lo que les pide. Me encontró una osa y me crio con sus oseznos durante un tiempo. Cuando ya no era un bebé, sus ninfas se hicieron cargo de mi educación. Los osos nunca me lastimaron y cuando me abandonaron, Artemisa se aseguró de que las ninfas se ocuparan de mí. Pero aprendí a defenderme sola. En el bosque es la única forma de sobrevivir. —Pensé en Aretusa y Calisto—. Si cometes allí un error, tienes que aceptar las consecuencias. Es el orden natural de las cosas. —*Incluso cuando ese error es acariciar un río con los dedos o salir al bosque después de que se haga de noche*, no añadí.

Meleagro asintió.

—Lo veo en ti.

—¿A qué te refieres?

—Ninguna otra mujer se habría unido a nosotros —comentó—. Les ha sorprendido mucho. La mayoría ni siquiera saben qué pensar de ti.

—Estoy aquí porque soy lo bastante buena.

—Eso es lo que más les confunde.

Caminamos en silencio un rato. Quería preguntarle más sobre su hogar y también sobre su esposa. Las palabras aguardaban en mis labios, pero cada vez que abría la boca para preguntar, no podía hacerlo.

Las nubes taparon la luna y nos sumieron en una oscuridad más profunda. Más adelante brillaban las luces de la ciudad.

—Creo que se aproxima lluvia —indicó Meleagro y alzó la vista al cielo.

Aceleré el paso y él hizo lo mismo. Yo también lo notaba en el aire, la quietud previa a una tormenta. Pero aguantó hasta que doblamos la última curva y llegamos a la cuesta que llevaba a las puertas de la ciudad.

De nuevo estaban abiertas y entramos en las calles desiertas.

—Al palacio por aquí —murmuré.

Avanzamos por las sombras entre los círculos de luz que proyectaban las antorchas encendidas. Había unos boles inmensos con fuego en la base de una estatua y flores frescas a sus pies. Miré las curvas suaves de piedra de su cuerpo, el rostro hermoso y blanco. Afrodita, la diosa del amor. Tomé nota de las ofrendas recientes; estaba claro que las mujeres de Lemnos la honraban ahora con entusiasmo. ¿Le estaban pidiendo ayuda para retener a nuestros hombres, para alejarlos de nuestra misión? Torcí el labio formando una mueca.

—¿Aquí? —dijo Meleagro. Estaba delante de mí, junto a las columnas que se alzaban a la entrada del palacio. Retrocedió para mirarlo—. Vamos a probar por aquí. —Señaló el lateral de la imponente fachada—. Veamos dónde están y cómo podemos salir con Jasón para hablar en privado con él.

Pensé en la caza, en cómo perseguía a mi presa, permanecía escondida mientras valoraba la mejor estrategia. Me había dejado antes engañar por mi entorno, por las joyas y el oro, desconocidos para mí, por los adornos deslumbrantes y el laberinto de pasillos. Pero no tenía necesidad de mostrarme intimidada. A fin de cuentas, nadie podía igualarme en el bosque, ¿por qué iba a ser diferente aquí? Y tener a alguien conmigo le añadía otra capa a la situación. Sentía cierta emoción y disfrute por no tener que merodear yo sola, como estaba acostumbrada.

Avanzamos por el lateral del palacio y el ruido se hizo más fuerte conforme seguíamos adelante. La lira, clara y melódica como siempre, estaba acompañada por un golpe de tambor. Las voces se alzaban al unísono en una canción agitada. Era evidente que los argonautas estaban disfrutando. Meleagro se detuvo, concentrado, para escuchar con atención. Entonces pareció relajarse.

—Entremos —me indicó—. No creo que tengamos que ser muy cautos por si nos ven. Hay tanta fiesta que dudo que se fijen en nosotros.

Siempre y cuando no nos encontráramos de nuevo a Hipsípila, pensé.

—De acuerdo.

Miramos por la enorme puerta arqueada la sala con largas mesas. Nuestros compañeros estaban acomodados en bancos, rodeados de jarras rebosantes de vino y platos con comida: pedazos de carne asada, aceitunas, queso, pan y fruta. Las mujeres de Lemnos estaban sentadas con ellos, con rizos relucientes y ojos brillantes, llenas de vivacidad y ánimo. Noté que mi ánimo decaía un poco con la imagen y comprobé que el rostro de Meleagro era un espejo del mío.

—Mira, Jasón está allí. —Señaló el banco más alejado, que estaba un poco más elevado que el resto, en el extremo de la sala. Mientras los demás bancos estaban ocupados por argonautas y mujeres, Jasón estaba sentado solo con Hipsípila. La mujer estaba inclinada hacia él; una cortina de pelo le tapaba el rostro de mi vista, pero sí vi el de él. La miraba cautivado, totalmente concentrado en lo que le estaba diciendo. Jasón parecía más cómodo y contento que nunca. Hasta el momento me había parecido un hombre anodino, pero ahora la sonrisa fácil y el comportamiento relajado le hacían parecer más guapo, más atractivo de lo que lo había considerado antes. Suspiré, frustrada.

—Voy a entrar —declaró Meleagro.

—¿Qué? —El horror debió de quedar claro en mi tono de voz, porque se apresuró a reconfortarme.

—No para unirme a ellos, aunque pensarán que es por lo que estoy aquí. Voy a buscar a Jasón, asegurarme de que venga aquí para que podamos hablar juntos con él.

Tenía sentido. Si entraba yo, alertaría las sospechas de Hipsípila, pero Meleagro podía hacerse pasar fácilmente por uno de ellos. Me quedé mirándolo, seguro y confiado mientras saludaba a la tripulación, acallando sus rugidos de bienvenida y gritos ebrios. Se acercó al líder. En la avalancha de ruido, Jasón se apartó de la reina y miró a su alrededor para comprobar de dónde provenía el alboroto. Meleagro se inclinó, Jasón lo escuchó e Hipsípila se volvió, claramente molesta por la interrupción. Pensé si no intentaría retenerlo a su lado, pero movió una mano con ímpetu cuando él se levantó, un poco confundido, y siguió los pasos de Meleagro.

Lo condujo rápidamente por la sala abarrotada hasta el pasillo donde esperaba yo.

—¿Qué es esto? —preguntó Jasón.

—Hemos venido a ver a qué se debe el retraso —respondí—. Por qué perdéis el tiempo aquí, en esta ciudad, mientras el *Argo* aguarda en la costa.

Frunció el ceño.

—Queríamos saber qué está pasando —añadió Meleagro—. Si la tripulación se estaba mostrando renuente, si necesitabas nuestra ayuda para recordarles cuál es nuestra misión.

—La reina nos ha ofrecido su hospitalidad durante todo el tiempo que deseemos quedarnos. —La mirada de Jasón era dura. Seguramente no le gustara que le pidiéramos explicaciones.

—Ya hemos descansado —indiqué—. ¿Por qué quedarnos más tiempo?

Echó la vista atrás, a la sala del banquete, el aroma dulce del vino mezclado con el de la carne asada, la música y las mujeres de brazos delgados y desnudos, vestidos con un solo broche reluciente en el hombro.

—Buscan esposos nuevos —explicó—. Un futuro para su ciudad.

—Pero nosotros no buscamos esposas —repuso Meleagro—. No zarpamos para eso.

—Me ha ofrecido el cetro real de su padre —continuó Jasón como si Meleagro no hubiera dicho nada—. La reina, Hipsípila, me ha dicho que me hará rey si nos quedamos. Si me caso con ella.

¿En serio?, pensé. La mujer que había conocido, tan llena de fuego y determinación, una mujer que había ideado la muerte de todos los hombres que les habían fallado a sus hermanas y a ella, ¿se contentaría con casarse con Jasón?

—Pero tú no quieres ser el rey de Lemnos —le recordé—. No quieres gobernar una ciudad distante en una isla lejos de tu hogar. No te has embarcado en el viaje más grandioso que ha visto el mundo para quedarte aquí y supervisar la agricultura y arreglar disputas y tener un reino insignificante como este bajo tu control. ¿Traerá eso gloria a las diosas Hera y Atenea que han bendecido nuestro viaje? —Observé detenidamente su rostro mientras hablaba—. No has venido aquí para casarte con una reina extranjera. Partiste para lograr lo imposible, para tomar el vellocino de oro y que los bardos canten sobre ti. ¿Cómo sucederá tal cosa si te quedas aquí?

—Por supuesto, no tengo planeado quedarme —bramó—. No he abandonado nuestra misión, jamás haría tal cosa.

—¿Y por qué quedarnos más tiempo? Cada día que pasa tan solo nos separa de nuestra meta.

—Solo nos hemos quedado para descansar, para levantar el ánimo. —Una carcajada estridente estalló en la sala y resonó en el pasillo—. Y para mostrar nuestra gratitud a la reina por recibirnos aquí. Pero tengo intención de partir mañana, ese ha sido siempre mi plan.

Mantuve el rostro tan inexpresivo como pude, decidida a no poner los ojos en blanco.

—No obstante, me alegro de que hayáis venido para aseguraros. Vuestra lealtad con nuestra misión es admirable. —Henchía el pecho mientras hablaba, convenciéndose al menos a sí mismo de la verdad de sus palabras—. ¿Queréis entrar ahora a compartir con nosotros el vino antes de que nos tengamos que despedir?

—Gracias —se apresuró a decir Meleagro—, pero vamos a volver para preparar el barco y asegurarnos de que todo está listo para que zarpemos por la mañana.

Exhalé una bocanada de aire.

—Le diremos a Heracles que se prepare.

Los ojos de Jasón se oscurecieron un poco.

—¿Por qué no ha venido él?

—Prefiere quedarse allí, permanecer concentrado —comentó Meleagro con tono suave—. Ya sabes cómo es, lo mucho que puede beber. Si viniera aquí, probablemente no fuera capaz de salir. Es mejor que se mantenga alejado, con Hilas.

Jasón se encogió de hombros con un movimiento tenso.

—Preparadlo todo para el amanecer. Allí estaremos. —Dio media vuelta y regresó a la sala. Hipsípila alzó el rostro hacia él, como una flor que se abría al sol. Pero sus ojos se encontraron con los míos y sonrió. Vi la frialdad en ellos y deseé que hubiéramos hecho suficiente para convencerlo.

Empezó a llover cuando regresábamos al campamento; gotas gruesas que supusieron todo un impacto después de la calidez del palacio. Enseguida la lluvia se volvió torrencial y cayó en cascada del cielo. Meleagro y yo no tuvimos que decir nada, nos lanzamos bajo las ramas de un roble amplio que había a un lado del camino para refugiarnos.

—¿Te hubiera gustado aceptar la invitación de Jasón de quedarte? —le pregunté. Retorcí la trenza para escurrir el agua.

—Ni lo más mínimo. Prefiero estar aquí. —Se quedó callado de pronto y no dijo lo que estaba a punto de pronunciar.

Podía sentir el calor de su cuerpo, cómo me moví de forma instintivamente hacia él, el aroma fresco de la lluvia en las hojas, la sensación de libertad. En la ciudad, los argonautas y las mujeres de Lemnos sabrían que estaban pasando su última noche juntos, que el sol sería heraldo de su separación. En el campamento, Heracles e Hilas se habrían escabullido de la playa juntos, con la piel de león de Heracles colgada entre las ramas para protegerlos de la lluvia, y su cabeza feroz congelada en un rugido que alejara a los intrusos. El rostro de Meleagro estaba a la misma altura que el mío; las ramas torcidas del árbol nos rodeaban, ocultándonos del resto del mundo, incluso de los ojos de Artemisa, estaba segura.

Un rayo rasgó la oscuridad y un momento después se oyó el rugido de un trueno.

—Deberíamos correr —dije y, sin dudar, me tomó de la mano y salimos juntos al aguacero. Gemí cuando la lluvia fría me envolvió; el viento nos abofeteó y los truenos resonaban una y otra vez. Miré atrás y vi otro rayo, su lengua bífida lanzándose hacia el punto donde estábamos un momento antes. El árbol que golpeó pareció resplandecer y volaron chispas a su alrededor, formando un halo.

Se me aceleró el corazón. Le solté la mano a Meleagro y corrí de camino a la playa.

Para mi alivio y sorpresa, los rayos rosados del amanecer iluminaron la imagen más maravillosa: una fila de argonautas que regresaban entre las colinas. Parecían cansados, renuentes y ceñudos, un contraste mudo con respecto a los hombres que había visto la noche anterior.

Jasón iba al frente de la procesión y me quedé sin aliento al ver quién caminaba a su lado. Su corona fulguraba bajo la suave luz, reflejando las nubes rosas y ambarinas. Me lanzó una mirada rápida e indiferente cuando llegaron hasta nosotros.

—Recordadnos —le pidió a Jasón—. Que los dioses aceleren vuestro paso por el océano y os traigan de vuelta con el vellocino que tanto buscáis.

Jasón tomó sus manos.

—Cuando tenga el vellocino, regresaré. Te prometo que volveré contigo.

Hipsípila sonrió. ¿Le creería? ¿Le importaría acaso? Esperaba que hubiera conseguido lo que quería de él, que las mujeres tuvieran hijos tras la visita de los argonautas, pero estaba segura de que no lloraría por él cuando nos marcháramos.

—El reino de Lemnos será tuyo si también lo soy yo —dijo.

Algunas otras mujeres habían acompañado a los hombres y se despidieron mientras reuníamos lo que necesitábamos. Vi a una de ellas, alta y preciosa, dejando un manto en los brazos de Pólux. El pelo se meció detrás de ella, largo, denso y oscuro, cuando él la tomó en brazos y la besó con intensidad. Aparté la mirada. Heracles y los demás estaban arrastrando el *Argo* de vuelta al agua. Me invadió el alivio de volver a bordo.

Hipsípila contempló nuestra marcha, su figura cada vez más pequeña conforme nos alejábamos. Fueran cuales fuesen sus últimas palabras, estaba segura de que mientras ella viviera, Lemnos solo le pertenecería a ella.

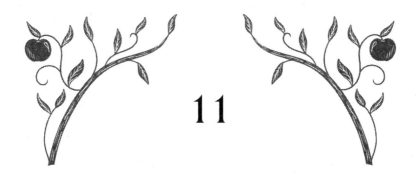

11

Ese día la atmósfera a bordo era lúgubre. Jasón permaneció junto al timón, mirando el horizonte mientras nos alejábamos de Lemnos. No pronunció palabras motivadoras para animarnos a remar y el silencio se instaló sobre nosotros como un nubarrón. Normalmente, Heracles se ponía a vociferar en la cubierta, lanzando groserías que se ganaban las carcajadas y el clamor del resto. Pero apenas miraba a nuestros compañeros de tripulación, tenía los ojos cargados de desprecio mientras remaba sin esfuerzo y sus profundas brazadas hacían espuma en el agua.

Noté el ardor de docenas de ojos mirándome la espalda mientras remaba. Peleo pasó por encima de los bancos y se acercó a Jasón, quien lo despidió con aspavientos. Cuando volvió a su sitio, Peleo me fulminó con la mirada, los ojos oscuros cargados de resentimiento.

La injusticia de la situación me enfureció. Sus ojos habían pasado por alto a Meleagro, que estaba a mi lado, y habían recaído sobre mí. Meleagro, que había insistido en que abandonáramos Lemnos tanto como yo. Heracles no estaba más a favor de que nos quedáramos, pero nadie se atrevió a dirigir su ira contra él.

Los gruñidos de la tripulación se extendieron. «Me duelen los hombros, no me ha dado tiempo a descansar, el picor del agua salada, el viento frío, las olas infinitas». La voz baja de Peleo se entremezcló con otras quejas: «¿Qué esperas con una mujer a bordo? Un insulto para su hospitalidad, un desprecio a Afrodita, una burla a nuestra misión». Me aferré con fuerza al remo y los nudillos se me pusieron blancos y tensos. Estaba a punto de levantarme, de pedirles que me explicaran por qué era una burla insistir en que nuestra misión prosiguiera, insistir en la estupidez de aquellos que tanto anhelaban las comodidades de las mujeres de Lemnos. ¿Qué clase de héroes eran aquellos que se quejaban del tiempo y del esfuerzo de remar? Pero antes de que pudiera hacerlo, Orfeo y otros dos se pusieron en pie y comenzaron a tirar de las cuerdas que sujetaban las velas, las tendieron al máximo para que el viento las tensara, tapándome así la vista de Peleo y dándole un impulso más que bienvenido al barco y cierto descanso a nuestros hombros.

Fueron Idas e Idmón, dos de los argonautas más jóvenes, quienes ayudaron a Orfeo. Idas estaba gritando a los demás:

—Vamos —exclamó, su tono jovial, un fuerte contraste con el humor de los argonautas. Tenía los ojos brillantes y extendió los brazos. ¿Seguiría animado por el vino que había bebido la noche anterior?—. Olvidad las camas de las mujeres de Lemnos, ¿qué más nos deparará nuestro viaje? Esta misión está bendecida, podríamos tener por delante algo mejor que lo que ya hemos encontrado. Nunca ha habido un barco como este ni una tripulación como la nuestra. Nada puede detenernos: ni una mujer hermosa, ni ningún obstáculo ni desastre, ni siquiera los mismísimos dioses.

Oí jadear a Idmón, que tiró con brusquedad del brazo de Idas.

—No seas estúpido.

En los bancos, los argonautas se levantaron, alertas y vigilantes. Las tensiones del día parecían a punto de estallar en llamas. Jasón miró por encima del timón, alarmado, y Heracles hizo ademán de levantar su cuerpo voluminoso del banco. Mientras yo miraba de una cara enfadada a otra, capté la mirada de Orfeo. Por un instante sentí que estaba de nuevo en la playa de Pagasas, mirando el rostro desdeñoso de Peleo desde el otro lado del fuego, y recordé lo que pasó después. Igual que en ese momento, de Orfeo brotó una oleada de serenidad. Alcanzó su lira y su mirada recayó en cada uno de los argonautas mientras empezaba a tocar.

La melodía era todo cuanto había. Resultaba imposible pensar en nada más o recordar la animosidad de tan solo un momento antes. Orfeo, el hombre, ya no existía; era el conducto por el cual brotaba la música, como si esta fluyera de las raíces profundamente enterradas en la tierra, recorriera la lira y emergiera al cielo, llevándonos con ella. Cantó sobre la creación del mundo, cómo se convirtieron el cielo y la tierra en reinos separados, cómo se formaron las montañas y los océanos, cómo nacieron las estrellas y tomó forma el mundo, y cómo tomó Zeus el trueno y guio a sus hermanos y hermanas olímpicos a la victoria sobre los titanes para poder gobernar. Cuando llegó al final, vi que mis compañeros de tripulación sacudían la cabeza, sorprendidos, los rostros maravillados al comprobar que seguíamos en el barco, deslizándonos sobre las olas cuando el mundo parecía haberse detenido por completo para su canción.

La amenaza había desaparecido con las últimas notas que había arrancado Orfeo de la lira. Idas e Idmón tomaron asiento de nuevo y todos agarramos los remos cuando Tifis tiró del suyo en la popa para continuar nuestro rumbo.

Las primeras gotas de lluvia disiparon los restos de la ensoñación que la canción de Orfeo había instalado entre nosotros. Noté cómo me golpeaban la cara, chorros dispersos de agua fría que fueron ganando velocidad rápidamente. Levanté la mirada y vi la masa pesada de nubes oscuras sobre nosotros. Al mismo tiempo, Meleagro giró la cabeza y nuestras miradas se cruzaron en un momento de pánico compartido.

—Se aproxima una tormenta —exclamó y me invadió una sensación mareante, como si estuviera cayendo por el aire.

El cielo se oscureció, el sol se extinguió como una antorcha sumergida en el agua y el viento empezó a soplar, una nota profunda de lamento que me hizo estremecer.

Hasta lo que le sucedió a Calisto, una tormenta era algo que disfrutar desde la seguridad de mi cueva, un caos estimulante que me estremecía el corazón. En el mar era algo completamente distinto. Las olas se alzaron por los costados del barco y chocaron con la madera. El poderoso *Argo* se bamboleaba entre ellas y las náuseas se apoderaban de mí con cada sacudida. Heracles se puso a gritar órdenes, su voz atronadora casi perdida en el ruido del viento y el rugido de los truenos.

—¡Ayuda, Atalanta! —gritó Meleagro.

Me agarró del brazo y tiró de mí desde el banco. Vi que me señalaba la vela del centro. El viento la estaba azotando y corría el riesgo de rasgarse. La cubierta estaba resbaladiza cuando nos tambaleamos hacia ella. Tiramos de las cuerdas para volver a enrollarlas. Miré a Heracles, que tenía mala cara, los músculos de los brazos tensos bajo la piel y las venas marcadas mientras remaba contra la tormenta. Cuando me giré para mirar atrás, vi a Orfeo al lado de Tifis. Estaba señalando las olas, ayudando a Tifis a empujar el timón para virar el barco.

Lenta e inexorablemente, el *Argo* se inclinó y, por un momento, pensé que me superaban las náuseas. Pero conforme el navío avanzaba, las olas comenzaron a calmarse y la tormenta quedó atrás. Tenía la frente sudada, el pelo mojado por la lluvia, pero cuando miré a los argonautas temblorosos y empapados a mi alrededor, todos compartíamos un sentimiento de alivio.

—La hemos atravesado —anunció Jasón. Parecía aturdido.

Peleo le dio una palmada a Heracles en la espalda.

—Gracias a tu fuerza —le dijo.

Este se encogió de hombros.

—¿Qué tierra es esa que tenemos delante? —preguntó. Miraba con ojos entrecerrados la costa rocosa de una isla que se hacía más grande conforme nos acercábamos.

Orfeo se adelantó. En el cielo, las nubes se estaban dispersando y el sol brillaba justo detrás de él, haciendo que las puntas de los pelos resplandecieran formando un halo extraño y ensombreciendo sus ojos.

—Esa es la isla de Samotracia —indicó.

Fue Orfeo quien nos guio. Dio instrucciones a Tifis mientras nos acercábamos a la isla montañosa. Normalmente me gustaba ser una de las primeras en desembarcar para ayudar a arrastrar el barco hasta la playa y contemplar nuestro nuevo entorno. Esta vez me quedé atrás y esperé a Orfeo.

—Lo que has hecho antes de la tormenta —comenté.

—¿Sí?

Era la primera vez que hablaba con él. De cerca, vi lo joven que era, lo suave y tersa que parecía su piel. Nunca lo había visto unirse a las bromas y fanfarronadas de los demás hombres. Parecía no encajar con nosotros, un músico entre luchadores, y eso hacía que resultara más fácil acercarse a él.

—¿Cómo lo haces? ¿Cómo tocas así y calmas a todo el mundo?

—No lo sé. Simplemente sale, como si estuviera predestinado a suceder. —El cielo detrás de él estaba teñido de violeta y una estrella solitaria brillaba mientras caía la noche. Tomó la lira y se dispuso a bajar de la cubierta, que se vaciaba rápidamente. Se movía con gracia, con paso ágil.

—Si Peleo vuelve a empezar, no te metas la próxima vez. Me gustaría tener la oportunidad de silenciarlo yo —señalé.

Orfeo se echó a reír. Aunque lo había dicho en serio, una sonrisa tiró también de las comisuras de mis labios. Cuando bajamos a la playa, un grupo eficiente de tripulantes estaba ya moviendo los troncos suaves y redondeados que usábamos para trasladar el barco hasta la tierra. Meleagro se encontraba entre ellos y nos vio a Orfeo y a mí juntos. No sonrió. ¿Le molestaría que no estuviera ayudando como siempre o era otra cosa?

Me uní a ellos para arrastrar el barco y, cuando estaba asegurado, Orfeo tocó las cuerdas de la lira. Todo el mundo miró a nuestro alrededor y los gritos cesaron.

—Os he traído a Samotracia, una isla sagrada. —Su voz era suave, pero flotaba sin esfuerzo sobre la arena. Levantó la mirada a la montaña y seguí la dirección de sus ojos. Bajo un camino serpenteante, vi una pequeña procesión dirigirse hacia nosotros, sacerdotes identificables por las túnicas largas. Orfeo continuó—: He venido antes y me he iniciado en los ritos que practican aquí. Podemos presentar nuestros respetos a los dioses que protegen esta isla e implorar su favor para que nos proporcionen seguridad en el mar.

Idas parecía avergonzado, con la vista fija en el suelo. El peso de las miradas de los argonautas recaía sobre él, aunque Idmón le echó un brazo sobre el hombro, con su enfado claramente olvidado ya.

La procesión nos alcanzó y el líder de los hombres extendió los brazos al ver a Orfeo. Se saludaron como amigos y Orfeo nos hizo un gesto para que los siguiéramos.

—Tiotes nos guiará —dijo.

Nadie rechistó. Tras nuestro paso por la tormenta, nadie quería arriesgarse a enfadar a ningún dios. Hera había dado su bendición al viaje, pero si otro inmortal quería quebrar nuestro barco, lo haría. Además, era posible que el favor de Hera no se extendiera más allá de Jasón. Sabía que no debía esperar que Artemisa me salvara si llegase el caso. Estaba aquí para demostrar mi fuerza.

Los seguimos. Estaba cayendo la noche y el camino nos llevó al centro de la isla. En su corazón, una alta montaña se alzaba hasta culminar en un pico dramático que dominaba el paisaje a su alrededor. Los sacerdotes vestidos con túnicas nos llevaron hacia la montaña. La atmósfera entre los argonautas era inusualmente solemne mientras caminábamos. Había algo pesado en el aire, cierta expectación provocada por las palabras de Orfeo, o tal vez por la seriedad del tono con el que las había pronunciado. Quizá fuera por su aplomo y seguridad.

Cuando el camino se curvó en torno a la montaña, vi cómo empezaba a descender a un valle. De allí se alzaba el sonido distante de música, el resonar rítmico de unos tambores y el murmullo melódico de unos cantos, que se volvían más claros a medida que nos aproximábamos. El camino estaba bordeado de antorchas conforme caía. Se me aceleró el pulso, latía al ritmo de los tambores, más sonoros a cada paso.

Nos detuvimos al llegar a un patio, un círculo amplio pavimentado de piedra en la tierra. Estaba bordeado de estatuas y las luces de las antorchas incidían en los rostros de bronce, proyectando sombras raras. Alguien me pasó una copa de boca ancha profusamente adornada y rebosante de vino. El olor dulce hizo que me rugiera el estómago y me recordó el tiempo que hacía que no comíamos. Le di un sorbo largo para saborear su exquisitez y alcé la mirada a la montaña oscura contra el cielo. En algún lugar cercano se oía el sonido del agua corriendo. Otro sorbo de vino. La música era más alta ahora, el golpeteo de los tambores resultaba seductor. Más vino y las estrellas rodaban encima de mí.

—Caminad —dijo alguien y se oyeron pasos provenientes del patio que nos acercaron a la música y los cantos. Mi copa estaba ahora vacía y la cabeza me daba vueltas.

Más tarde intentaría recordar qué aspecto tenía el santuario. Era un borrón de antorchas que recorrían arcos largos y fieros y cuerpos danzando entre las llamas. El atractivo hipnótico de los tambores, el sonido apagando mis otros sentidos. Y luego la oscuridad, negra y absoluta, una venda suave en mi cabeza. Los cantos, envueltos por los tambores, las palabras resonantes e insistentes, la oración que ofrecimos a los dioses oscuros de Samotracia. Y cuando me retiraron la venda de los ojos, el sol ascendía por encima del mar. Estábamos en la playa, donde nos aguardaba nuestro barco, el amanecer fresco y estimulante mientras miraba un rostro tras otro y veía la misma expresión perpleja en todos ellos hasta que mi mirada recayó en Orfeo. Tenía la cara complacida, alzada hacia la brisa mientras hablaba:

—Saldremos de aquí depurados, renovados y preparados para enfrentarnos a lo que se nos ponga por delante.

No sabía si era por los propios ritos o por la sensación de que habíamos compartido algo inexplicable, algo que nadie entendería nunca, que nos había unido en una experiencia que solo nosotros habíamos conocido, pero había buen ambiente y la animadversión que amenazaba con surgir tras la marcha de Lemnos parecía olvidada. La tripulación subió al *Argo* de buen humor y partimos de Samotracia con una armonía que Orfeo no tuvo que conjurar con su lira.

Navegamos durante muchos días, algunos por canales engañosos y luego aguas abiertas. Volvimos a hallar hospitalidad, esta vez por parte de los doliones, cuyo rey nos invitó a su banquete de bodas. No hubo división como la de Lemnos. Meleagro y yo, al igual que Heracles e Hilas, festejamos junto a nuestros compañeros y disfrutamos de la comodidad de unas camas calientes, comida agradable y buen vino, sin amenaza para el resto de nuestra aventura.

No solo podía hablar con Meleagro ahora. Me sentía también cómoda sentada al lado de Orfeo y aunque todavía notaba hostilidad por parte de algunos tripulantes, había otros argonautas que se mostraban más conciliatorios conmigo. Empecé a conocer un poco mejor a Idas e Idmón, el primero más impulsivo y despreocupado con sus discursos mientras que su amigo era más reservado y cauto.

En las largas mesas del banquete de bodas estábamos todos sentados juntos, pegados unos a otros en los bancos estrechos con enormes jarras de vino colocadas a intervalos delante de nosotros. Frente a mí, Peleo daba largos sorbos con el rostro enrojecido mientras hablaba sin cesar con Anceo y Acasto. Oía partes de su conversación conforme su voz subía y subía hasta que ya no pude bloquearla. Estaba hablando de su propia boda con la ninfa marina que le habían ofrecido, Tetis.

—Adoptó todas las formas que se le ocurrieron para intentar librarse —farfullaba. Dio otro sorbo al vino, que le chorreaba por la barba—. En un momento era un pájaro aleteando, al siguiente un tigre, luego fuego... Las contuve a todas. —Alzó la copa en dirección a Acasto—. Ya sabéis que soy un campeón en la batalla, nadie puede vencerme. Ni siquiera cuando me rasgó la piel con las garras y me quemó con sus llamas, la solté.

Me quedé mirándolo con fascinación mientras seguía.

—¿Qué sucedió? —preguntó Anceo y Acasto se echó a reír. En su risa había un toque feo que me puso la piel de gallina.

—Al final cedió. Presentó batalla, pero no pudo escapar. —Tenía los labios húmedos y brillantes. Los otros se acercaron más para escuchar atentamente—. Todos los dioses vinieron a la boda. Había una profecía, algo sobre un niño. Pero ella nunca fue madre para él. La descubrí intentando arrojarlo al fuego. Después de eso huyó de vuelta al mar. Pero yo ya tenía a mi hijo, ¿para qué la necesitaba ya a ella?

Me di cuenta de que estaba clavando las uñas en la madera de la mesa.

—¿Por qué no vienes fuera, Atalanta? —La voz de Meleagro sonó suave en mi oreja y su mano era firme en mi hombro.

Quería alejarme de la presión de los cuerpos, del calor sofocante de la sala. Le permití que me llevara al patio.

—¿Estás bien? —me preguntó.

Notaba ácido caliente en la garganta.

—¿Qué quieres?

—Me ha parecido oportuno que no mates a Peleo en la mesa, delante de todo el mundo.

—¿Te parece gracioso? —Lo fulminé con la mirada—. ¿Por qué tenemos a alguien así a bordo? ¿Quieres sentarte a su lado, luchar junto a él? No merece la gloria de ganar el vellocino con nosotros.

Meleagro se encogió de hombros.

—Es fuerte. Es posible que lo necesitemos en algún momento.

Negué con la cabeza, disgustada.

—Esto es una boda. Somos invitados. No podemos ofender al rey peleándonos entre nosotros —comentó—. Y a muchos les gusta Peleo.

—¿Y a ti?

—No necesito que me guste —respondió—. Pero no quiero problemas. —Siguió con tono más ligero—. Además, si te enfrentas a Peleo, ¿dónde pararás? ¿Será Heracles el siguiente?

Exhalé un suspiro.

—Es mejor vencerlos de otro modo —señaló—. Estamos todos aquí por lo mismo. Todos queremos una oportunidad para demostrar que somos los más fuertes, o los más rápidos, o los más valientes. Espera a tu oportunidad.

—¿Y cuánto llegará? —gruñí—. Han pasado semanas y la peor amenaza nos la encontramos en Lemnos.

—Al parecer, hay seis gigantes armados viviendo en esas montañas —explicó Meleagro—. Si ven a invasores, atacarán. He oído al rey advirtiendo antes a Jasón.

—¿De veras?

—Pareces encantada de oírlo.

No era solo la perspectiva de una batalla lo que me gustaba. Si lo que decía era verdad, debíamos de estar haciendo progresos, alejándonos del mundo que conocíamos y llegando a los reinos de los monstruos. Eso significaba que nos estábamos acercando al vellocino.

—Me mantendré alejada de Peleo —le prometí a Meleagro—. Quiero llegar al vellocino y si para ello tengo que tolerarlo por ahora, lo haré. Pero no voy a volver ahí esta noche. Me voy a la cama. —Me quedé callada un instante y le sonreí—. Al fin y al cabo, puede que tengamos que enfrentarnos a gigantes mañana.

Sin embargo, volvimos al *Argo* a la mañana siguiente sin ver ningún gigante. Pero desde algún lugar de las colinas, ellos debieron de divisarnos y, mientras empujábamos los remos para alejarnos, nos cayó la primera roca. Colisionó contra uno de los bancos de madera del centro de la cubierta; el impacto fue repentino y violento y nos hizo levantarnos a todos de inmediato.

Al principio no pude verlos. Parecían partes de la propia montaña, como árboles enormes con ramas que emergían de su pared rocosa. Una lluvia de piedras se precipitó sobre nosotros, la mayoría de ellas cayeron al mar, que nos salpicó agua espumosa. La salobridad me cegó, me picaban los ojos y el barco se bamboleó. Mis palabras a Meleagro parecían ahora insensatas, pero tomé el arco y, parpadeando sin cesar, apunté.

Mi primera flecha alcanzó a uno de ellos justo en el pecho. Tropezó y cayó, y el impacto de su caída reverberó en el suelo, enviando una cascada de rocas más pequeñas tras él. Por el rabillo del ojo vi a Heracles sosteniendo una lanza y seguí lanzando flecha tras flecha. Los argonautas se pusieron en orden, la conversación ociosa de unos minutos antes ya olvidada, y nos concentramos todos en derribar a los gigantes. Cuando caían rocas, el barco se ladeaba y atisbé las profundidades verdes del mar. Afiné la puntería. Por la visión periférica, vi a Zetes alzarse en el aire, batiendo de forma frenética las pequeñas alas de los tobillos, y arrojó una lanza con una precisión imposible. Me obligué a apartar la mirada, no quería que la imagen del hombre suspendido sobre nosotros me distrajera. Meleagro gritaba mientras nuestra lluvia de proyectiles superaba a los gigantes y estos caían, con sus pesados cuerpos rodando por las pendientes hasta el mar. Cuando el último de ellos fue derribado, inspiré profundamente. Me caía el pelo en mechones empapados alrededor de la cara y mis compañeros de tripulación estaban igual de mojados. El ataque nos había alcanzado por sorpresa, pero ahora nos invadía la euforia. Ya había sentido antes esta alegría victoriosa, pero siempre estando sola. Producía una sensación diferente mirar a mi alrededor y ver mis sentimientos reflejados en otros, saber que habíamos vencido juntos al enemigo.

—¡Atalanta! —gritó Meleagro—. Has matado al primero, ¡y con un solo tiro!

Idas se reía exultante y se apartó el pelo mojado de la cara.

—¡Y a media docena después de ese!

Idmón asentía y la mirada de Orfeo era cálida. Por un momento, me encontré en medio de un círculo de apreciación por parte de los argonautas.

Vi en una esquina a Peleo torcer el rostro, enfadado.

La conversación derivó a los logros de todos: la fuerza indómita de Heracles, lanzando una lanza tras otra; con qué poco esfuerzo esquivaba Zetes cada roca y las lanzaba a los gigantes sin vacilar; el poder incansable de Cástor y Pólux; el grito de guerra de Meleagro, que había espoleado a todos hacia la victoria gloriosa. Volví a encontrar placer en revivirlo, en compartir la emoción de la batallad de nuevo.

Llevamos el barco a la costa para hacer inventario, recoger nuestras armas esparcidas y reparar los bancos rotos. El sol estaba alto en el cielo cuando pudimos volver a zarpar. Tal vez deberíamos de haber esperado otra noche, pero triunfantes por el resultado de nuestra primera batalla, dejamos los cuerpos caídos de los gigantes atrás y partimos.

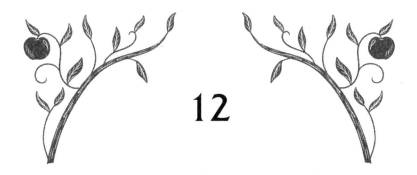

12

Sentía aún los efectos de los ritos de Samotracia. Si cerraba los ojos, podía apreciar la estimulación de estar allí, en aquel amanecer, bañada por la luz de un nuevo día. La batalla con los gigantes había reafirmado el propósito que mantenía unido a nuestro grupo a pesar del choque de personalidades y la batalla de egos.

La lucha pareció tener un efecto energizante en Heracles. Estaba más agitado de lo que lo había visto nunca; el navío daba tumbos cada vez que él estampaba el pie en el suelo y llamaba al resto.

—¡Un concurso! —gritó—. Vamos a hacer una competición de remo, a ver si alguno de vosotros podéis aguantar tanto como yo.

El viento había mermado y el mar estaba plano en todas las direcciones. Heracles blandió su remo con brillo en los ojos y una sonrisita.

—Vamos —ordenó—, remad tan fuerte como podáis y descubramos si hay aquí algún hombre que pueda seguirme el ritmo.

Hundí mi remo en el agua y lo golpeé con fuerza entre los listones del costado del barco. Heracles sonrió.

—Y tenemos a Atalanta —dijo—. ¿Quién será el primer vencido por una mujer?

Todos los hombres comenzaron a remar con todas sus fuerzas y levantaron espuma a ambos lados del barco.

Aunque estábamos todos muy decididos, la mayoría de los insultos que se lanzaron en la cubierta mientras remábamos eran bienintencionados. Orfeo tocó una melodía alegre y el *Argo* avanzó veloz por el mar, como si estuviéramos volando.

Intentar seguir el ritmo de Heracles era imposible, pero hice caso omiso de la agonía de los hombros y el sudor que me caía en los ojos y me esforcé más y más. Pronto cesaron las burlas amistosas que se lanzaban los argonautas y se instaló un silencio sombrío entre los remadores, excepto en el caso de Heracles, que cada vez gritaba más fuerte. Era insufrible. Se reía, cantaba mientras Orfeo tocaba y se burlaba de los demás mientras, uno a uno, los tripulantes comenzaban a admitir su derrota. El viento empezaba a soplar ahora y estábamos luchando contra él. Los que seguíamos remando lo hacíamos con mucho esfuerzo. Cuando miré a Meleagro, vi su mueca; Peleo tenía las venas de la frente abultadas y Anceo gruñía cada vez que tiraba del remo. Heracles bramaba con júbilo. No mostraba signos de bajar el ritmo, su energía permanecía intacta. A mí me ardían los pulmones, los brazos me pedían un respiro, pero Heracles no se iba a rendir. Los hombres que habían abandonado animaban a gritos a Meleagro, a Peleo y a Anceo, y eso animaba aún más a Heracles.

Cuando pensé que tendría que parar, Heracles tiró con tanta violencia del remo que el listón grueso de madera se aplastó contra el costado del barco y, para la incredulidad de los espectadores, se partió por la mitad. Heracles se quedó mirando con la boca abierta e incrédulo la madera alejándose por las calmadas aguas.

Se alzaron vítores en la cubierta mientras Heracles seguía absorto. Dejé de remar, para gran alivio de mis músculos exhaustos, y apenas me atrevía a creerme este giro de los acontecimientos.

La tripulación estaba exultante, todos menos Heracles. Furioso por la pérdida de su remo, incapaz de canalizar su energía en remar y desprovisto de la dulzura de la victoria, se puso a dar vueltas por la cubierta, buscando tierra en el horizonte. Cuando paramos en lo que Tifis anunció que era la costa de Misia, bajó de un salto del barco y recorrió la arena hacia los árboles que veía en la distancia. Estaba segura de que buscaba uno para hacerse un nuevo remo.

Hilas se quedó mirándolo y suspiró.

—Voy a buscar agua —dijo y tomó un cántaro grande.

Más tarde, Heracles volvió del bosque con un enorme pino sobre el hombro. Empezó a tallarlo con forma de remo, profundamente concentrado en su tarea. Cuando la luz de la luna brillaba ya sobre las olas rompientes, por fin levantó la mirada.

—¿Dónde está Hilas? —preguntó.

—Fue a buscar agua —respondí yo.

Meleagro frunció el ceño.

—¿No tendría que haber regresado ya?

Heracles giró su enorme cabeza a un lado y a otro para examinar la extensión de la playa.

—¡Polifemo! —gritó cuando vio al joven salir de un grupo de árboles cercano—. ¿Has visto a Hilas?

Polifemo negó con la cabeza.

—¿Acasto? ¿Peleo? —Heracles dejó el remo a un lado y se levantó—. Habéis explorado esta isla, ¿sabéis dónde ha ido Hilas?

Estos respondieron con miradas vacías y la pregunta resonó entre la tripulación, pero nadie sabía nada acerca del paradero de Hilas.

—Vamos a buscarlo —sugerí. Estaba segura de que no podía haberse hecho daño, pero sentí una punzada de desasosiego ante la idea de que llevara fuera tanto tiempo. Me ponía nerviosa lo ansioso que parecía Heracles, con los puños inmensos apretados y el rostro, normalmente jovial, teñido de preocupación. Nunca lo había visto desconcertado por nada.

—Yo me quedo aquí —anunció Jasón—. Orfeo, Tifis, Equión, quedaos conmigo. Encenderemos las hogueras y cocinaremos la carne para que podamos comer todos juntos a vuestro regreso.

Heracles desdeñó sus palabras.

—Vamos.

Todos a los que no nos había nombrado Jasón salimos y nos desplegamos por la larga línea de la costa gritando el nombre de Hilas.

—Creo que se ha ido por aquí —le dije a Meleagro y caminamos juntos.

Mientras avanzábamos entre los árboles, agucé el oído en busca del sonido del agua, un chorro borboteando, una cascada, la más débil salpicadura contra una roca o el chapoteo en la tierra mojada que indicara que había un río cerca. Me dije a mí misma que no había nada que temer, que Hilas se habría perdido y estaría vagando por el bosque. Oí su nombre rebotando en los troncos sólidos, las colinas rocosas, alzándose al cielo desde todas las direcciones de la isla mientras los argonautas lo buscábamos. Él también tenía que oírlo allá donde estuviera, por mucho que se hubiera alejado.

Primero vi el cántaro. No entendí la imagen de inmediato, el objeto tirado en la orilla de un amplio estanque en el claro que teníamos delante. Parecía inocuo, como si se hubiera dejado ahí sin más, como si Hilas fuera a emerger del agua oscura en cualquier momento, sacudirse las gotas del pelo y sonreírnos.

—¡Heracles! —lo llamó Meleagro y su voz resonó entre los árboles.

Oí las pisadas imponentes de Heracles antes de que llegara donde estábamos nosotros. Se quedó mirando el cántaro.

—Tiene que estar cerca —dijo al fin.

Meleagro y yo nos pusimos en acción.

—Vamos a peinar la zona. Lo encontraremos —comentó Meleagro y yo asentí, pero no pronuncié las palabras cruciales. ¿Qué íbamos a encontrar exactamente?

En cierto modo, fue peor. No encontramos absolutamente nada. Ninguna señal de que hubiera estado allí aparte del cántaro abandonado. No había signos de un altercado, ni huellas de osos o de leones de montaña. Parecía que se lo hubiera tragado el bosque y hubiera desaparecido.

La noche avanzó y seguimos buscando. No podía soportar la idea de admitir lo ineficaz que era dar vueltas en círculos, sin apenas poder discernir nada en la oscuridad. Pensé en la cara dulce de Hilas, lo amable que era, lo diferente a Heracles en todos los sentidos. Y continué.

El cielo era de un pálido gris cuando volvimos a la costa. El resto de la tripulación estaba recogiendo sus pertenencias y cargándolas en el *Argo*.

—¿Qué hacéis? —Heracles se había sumido en un silencio horas antes. El sonido de su voz me sobresaltó.

Jasón miró desde la proa del barco, donde conversaba con Tifis. Su expresión era sombría cuando bajó del navío y se dirigió a nosotros.

—¿Habéis encontrado algún rastro?

—Solo su cántaro —admití.

Jasón sacudió la cabeza y suspiró.

—Es una gran pérdida para la tripulación.

Heracles palideció de furia.

—¡No podemos abandonar tras solo una noche! Puede haber vagado a cualquier parte, pero ahora, de nuevo a la luz del día, encontrará el camino de vuelta.

Jasón no parecía muy seguro.

—¿Estaba el cántaro lejos de aquí?

A regañadientes, sacudí la cabeza.

—Estaba junto a un estanque, a poca distancia hacia el bosque.

—¿Por qué iba a soltarlo e internarse más? —preguntó Jasón.

Nos quedamos en silencio. Miré a Meleagro, parecía agotado y tenía la boca tensa, formando una línea.

—Es más probable que lo soltara cuando se lanzara algo hacia él, tal vez un animal —continuó Jasón.

Heracles sacudió la cabeza, ceñudo.

—Una idea ridícula.

Jasón se encogió de hombros.

—Si hubiera podido, habría regresado. Nunca antes se ha alejado. Le ha sucedido algo ahí fuera. Lo honraremos, haremos ofrendas para su paso seguro al Inframundo. Pero hemos de partir esta mañana, no tenemos tiempo que perder.

Los ojos de Heracles ardían con un fuego sobrenatural.

—No hemos hallado su cuerpo. No está muerto y, si lo estuviera, no podemos irnos sin encontrarlo. Si ha muerto y no celebramos los ritos adecuados para él, si nos vamos sin más… —Se quedó callado.

Había en el rostro de Jasón una determinación que nunca antes había visto. Me pregunté por qué no había tiempo que perder ahora, cuando, si hubiera sido por él, lo habría perdido con su reina de Lemnos.

—Saldremos ahora —confirmó—. No vamos a esperar más.

Heracles se quedó mirándolo. Si yo fuera Jasón, habría temido su represalia, pero Heracles no lo atacó.

—No voy a dejarlo aquí —dijo.

—Quédate pues.

Solté un gritito ahogado y Meleagro se quedó con la boca abierta.

Heracles, sin embargo, dio media vuelta y regresó hacia los árboles. En un momento, su enorme cuerpo fue engullido por el bosque y desapareció.

—¿Nos quedamos? —Agarré del codo a Meleagro y tiré para que me mirara. La tripulación estaba empujando el *Argo*, sobre los troncos, hacia el agua. Sin Heracles y su hombro inmenso, se tambaleaban y sudaban, pero el barco se movía. Jasón había retomado su puesto en la proa, tenía el rostro girado hacia mar abierto, así que no le veía la expresión—. ¿Deberíamos ayudar a Heracles a encontrar a Hilas?

Meleagro suspiró.

—Si zarpan sin nosotros, nuestra parte en esta misión habrá concluido.

Miré a Zetes y Calais trepando a la cubierta. Solo quedaba un puñado de hombres en la orilla lanzándose órdenes entre ellos, una colmena de actividad preparada para partir.

—¿Querrá el resto marcharse sin dos de nuestros hombres? —pregunté.

—No sé si entienden que es lo que planea hacer Jasón.

—Vamos a preguntarles. —Eché a andar hacia el barco, pero me di cuenta de que Meleagro no estaba a mi lado—. ¿Qué pasa?

—Si les pedimos que se queden, estaremos desafiando a Jasón —señaló—. Él ha tomado su decisión y la estaremos cuestionando. Otra vez.

—Mejor eso que abandonar a uno de los nuestros aquí.

No respondió.

—Han de saber qué pretende Jasón.

Marché con decisión hacia el navío y subí por la rampa de madera; balanceé las piernas para pasar por encima de la barandilla. Me aclaré la garganta y hablé antes de que me asaltaran las dudas.

—Heracles no se va a marchar sin Hilas. —Mi voz resonó en toda la cubierta—. Si nos vamos ahora, lo dejaremos atrás.

Se produjo un clamor inmediato de voces.

—¿No viene?

—Pensaba que estaba de camino.

—¡No podemos partir sin Heracles!

—¿Lo sabe Jasón?

Meleagro saltó ligeramente por encima de la barandilla y aterrizó a mi lado.

—¡Hilas se ha perdido! —La voz de Jasón nos interrumpió—. Se ha alejado y ha encontrado su destino. Es una tragedia, pero no ganaremos nada quedándonos aquí para llorarle.

El clamor se disipó. Todos los ojos estaban fijos en Jasón.

—Heracles ha elegido —prosiguió—. Ha decidido dejarnos.

—Está apenado —dije—. No está en su sano juicio. Si nos quedamos...

—Perderemos el tiempo, un tiempo que debemos emplear en la búsqueda del vellocino. —Había en la voz de Jasón una nueva nota de autoridad que estaba segura de que no oiríamos en presencia de Heracles—. Cualquiera que desee quedarse, puede hacerlo. Pero si lo hacéis, estaréis abandonando la misión.

Se produjo un silencio total. El único ruido era el graznido distante de las gaviotas y el chapoteo suave de las olas.

—Hera ha aprobado este viaje. —El tono de Jasón se tornó ahora suave, más persuasivo—. Le ha dado su bendición. Me visitó a mí, solo a mí, con la forma de una anciana que me pedía ayuda para cruzar el río Anauro. Cuando la levanté, se volvió tan pesada como dos centauros y aun así la llevé por encima de la corriente de agua, incluso cuando pensé que el esfuerzo me ahogaría. Se presentó ante mí entonces y me prometió una victoria. Me juró que tendría el vellocino y que ganaría gloria para todos nosotros. —Nos miró, pasó de una cara seria a la siguiente—. Pero todos sabemos que Hera desprecia a Heracles, que le ha impuesto sus propias tareas para poder ganarse su perdón. Él tiene que regresar a esas tareas y no ha de retrasarse con nosotros. No queremos perder el patrocinio de Hera impidiendo que Heracles cumpla lo que le debe a ella.

Esta línea de argumento pareció aflojar la resolución de mis compañeros. Nadie quería a provocar la ira de Hera en la expansión peligrosa de los mares.

—Heracles ha elegido —repitió Jasón—. Su lealtad no está con nosotros, con nuestra misión. Responde siempre a sus propios intereses. Nunca ha querido lideraros, no le importa lo suficiente para quedarse.

Miré a Meleagro, su inseguridad era reflejo de la mía. Me inquietaba pensar que íbamos a dejar atrás a uno de nuestro grupo, pero Jasón lo había dejado claro: podíamos seguir con los argonautas o podíamos quedarnos aquí.

—¿Podemos abandonar al más fuerte de nosotros? —Fue Acasto quien habló.

Jasón señaló a las filas de hombres en los bancos.

—Míranos. Los hombres más fuertes que tiene Grecia. —Su mirada me esquivó—. Hay otros hijos de Zeus aquí aparte de Heracles, muchos de vosotros podéis alardear de vuestros padres olímpicos. ¿No merecéis que os conozcan como a Heracles? Hay aquí más luchadores, ¿por qué ha de llevarse Heracles toda la gloria? Es temerario y destructivo; nos ha costado un remo y ahora amenaza con poner en riesgo nuestro viaje. Sin él, todos vosotros tendréis oportunidad de haceros un nombre.

Lancé una mirada a la playa y me pregunté si Heracles lo habría oído. Esperaba verlo salir del bosque, dirigirse aquí aullando. Pero la playa seguía vacía y los árboles tranquilos. El viento no nos traía otra cosa más que silencio.

El último argumento de Jasón fue muy convincente. Uno a uno, los argonautas tomaron sus remos. Meleagro se sentó con ellos, pero yo me quedé inmóvil en el centro de barco, al lado del banco que siempre ocupaba Heracles, donde su fuerza imponente había quebrado un remo tan solo un día antes.

Las cuerdas estaban de nuevo en cubierta, el barco liberado de su amarre y los remos comenzaron a batir el agua al unísono. Orfeo se puso a tocar una melodía tan triste y dulce que se me llenaron los ojos de lágrimas. Solo la imagen de Jasón en la proa, con una sonrisa de satisfacción en los labios, me hico contenerlas.

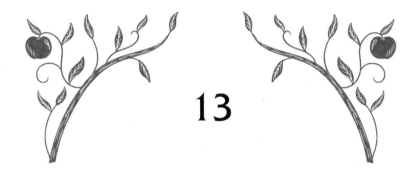

13

El sol no salió entre las nubes ese día. Estas cubrían el cielo, espesas, grises e infinitas. Ayer en la cubierta resonaban los gritos y las risas por el concurso de remo, pero hoy reinaba un silencio pesado entre nosotros.

Anhelaba la llegada a cualquier tierra para poder comer y después dormir. Me embargaba la fatiga de la noche en vela. Esta vez, sin embargo, en cuanto atracamos el *Argo* en Bitinia, tierra de bébrices, según Tifis, nos asaltaron los luchadores.

—¡Vais a luchar! —gritó el líder—. ¡Os reto!

Jasón se adelantó.

—No vamos a haceros daño.

—Nadie pone un pie en mi isla sin que lo rete —añadió el hombre.

Los luchadores que tenía detrás estaban dispuestos en un semicírculo con los ojos fijos en nosotros.

—Hemos matado a todos los hombres que han aceptado el reto.

Al escucharlo, Pólux se colocó junto a Jasón.

—Acepto. —Ya estaba desprendiéndose del manto, el regalo de despedida que recibió en Lemnos. Bajo la intensa luz amarilla que se filtraba entre las nubes, sus músculos resplandecían. Debía de ser el más fuerte de los argonautas después de Heracles.

Uno de los hombres que había detrás del líder se adelantó también.

—No eres rival para el rey Ámico —dijo y colocó unas largas tiras de cuero sin curtir en el suelo, delante de ellos.

Ámico se envolvió las manos con las tiras y Pólux hizo lo mismo. Esperé una señal de que iba a comenzar la batalla, pero no se produjo ninguna. Ámico bajó entonces la cabeza y cargó a toda velocidad contra Pólux.

Fue una lucha brutal. No había duda de que Ámico luchaba a matar y Pólux hacía lo mismo. Pólux era más ágil, esquivó mucho de los golpes de Ámico, pero el rey poseía tal fuerza bruta y ferocidad que, cuando conectaba, se producía un estruendo ensordecedor de carne y huesos. Los espectadores comenzaron a vitorear detrás de Ámico, a gritar por su rey y aullar cada vez que golpeaba a Pólux. Los recorrí con la mirada y calculé su número contra el nuestro. Vi que algunos argonautas hacían lo mismo.

Pero Pólux soportó cada puñetazo. Reculó y estampó con fuerza el puño en el vientre de Ámico. Vi la incredulidad del rey, el momento en el que cambió la lucha, y Pólux adoptó ventaja, despiadada e imparable. Obligó a Ámico a ponerse de rodillas, le pidió su rendición, y el rey sacudió la cabeza, no. Intentó ponerse en pie zarandeando los brazos y Pólux volvió a golpearle. Ámico rugió, se levantó y se lanzó hacia Pólux.

Pero nuestro héroe era hijo de Zeus, igual que Heracles, y la sangre que manaba de su sien no lo detuvo; los puños de Ámico no podrían derribarlo. Una y otra vez, le exigió que se rindiera, le ofreció compasión, y todas las veces el rey rehusó apretando los dientes, rabioso, pero insistente en que lucharía a muerte.

Le pedí en silencio a Pólux que terminara ya. En el bosque, la caza era una actividad limpia. Una flecha en la garganta de mi presa acababa con ella en un momento. Así maté a los centauros, fue una muerte rápida, y no esta lucha agotadora, esta violencia horrible.

Siguió y siguió mientras el viento nos azotaba, el cielo desolado cuando Ámico quedó reducido a un montón de carne destrozada. Pólux reculó, tomó aliento y, con una precisión que casi era piadosa, asestó el golpe final en la cabeza del rey.

El crujido del cráneo destrozado de Ámico pareció reverberar, un sonido que no podría eliminar nunca de mi mente. Pero al fin había acabado.

Para sus hombres no. Con un aullido de rabia, vinieron a por nosotros, los puños alzados, blandiendo mazas y espadas y lanzas. No tuvimos ni un momento para prepararnos, estaban sobre nosotros en el instante en que murió su rey.

No fue como con los gigantes en la montaña. La lucha se produjo de cerca, manos gruesas en mis brazos, rostros con barba bramándome. Me solté de ellos, les devolví las patadas, le arranqué el mazo a uno que se lanzó sobre mí y le golpeé con él en el hombro. Estaban furiosos, enloquecidos por la muerte de su rey, pero los argonautas los estaban derrotando, igual que Pólux había vencido a Ámico. Los vi caer bajo nuestro ataque. Peleo rodeó con el brazo la garganta de un luchador y apretó sin piedad hasta que el hombre se quedó con los ojos vacíos y su cuerpo se desplomó, inerte y sin vida. Anceo hacía girar el hacha por encima de su cabeza; Pólux y su hermano Cástor formaban un dúo formidable mientras luchaban codo con codo; Zetes y Calais se alzaban en vuelo en el campo de batalla y se lanzaban hacia sus oponentes aterrados. En el corazón de la batalla, vi a un hombre blandir su espada contra Meleagro y contemplé sorprendida la lanza de Meleagro alojada en su estómago. El hombre puso cara de sorpresa y se tambaleó hacia delante, como un árbol derribado en una tormenta. Meleagro le sacó la lanza y reculó, respirando con dificultad.

Aquellos que podían, se retiraban a rastras; no querían morir como su rey. Los que no tenían tanta suerte, yacían esparcidos por la playa, alrededor de su líder.

—Lleváoslos de aquí —ordenó Jasón. Estaba sin aliento, le salía sangre de una herida en la sien, pero en sus ojos brillaba una luz de victoria. Hicimos lo que dijo, cargamos cada cuerpo entre dos personas y los apilamos sobre las altas rocas que había en cada extremo de la bahía, desde donde cayeron a las olas de abajo. Vi cómo se los tragaba el agua.

Y a continuación, nuestras tareas habituales: encontrar comida y agua, encender hogueras e instalar el campamento. Nadie parecía cansado ahora. Orfeo tocaba una canción, los fuegos ardían y el vino fluía. La afirmación de Jasón se había puesto a prueba más rápido de lo que podría haber previsto: Heracles no estaba, pero habíamos ganado una batalla sin echar en falta su fuerza.

Para mí, la emoción por el triunfo de la batalla se entremezclaba con la culpa. Mientras bebía, solo pensaba en Heracles, donde lo habíamos abandonado. No echaba de menos el sonido de su voz atronadora ni sus alardeos incansables, pero su presencia fue siempre tan inmensa entre nosotros que su ausencia resultaba estremecedora; el hueco que dejaba era casi tan imposible de ignorar como lo era su presencia cuando estaba entre nosotros.

Empezó a llover y se alzaron gritos animados de protestas. Me tomé mi tiempo para escabullirme. Antes de que cayera la noche, había visto cuevas en las colinas. Tal vez me acurrucara bajo el techo abovedado de roca e imaginara, solo por una noche, que estaba en el lugar de donde venía, que había regresado a mi hogar.

Caminé por la bahía oscura con una manta gruesa de lana en el brazo. Llevaba tanto tiempo sin dormir que casi deliraba. Era como si caminara en un sueño, difuso y lento, donde nada era real. Tenía la cabeza llena de imágenes del día; cada vez que apartaba una, otra ocupaba su lugar: Heracles desapareciendo en el bosque, la larga extensión de mar mientras nos alejábamos navegando, Ámico sangrando en el suelo. Los ojos inyectados en sangre de uno de sus luchadores cuando le golpeé con fuerza en el estómago con el mazo.

Llegué a las cuevas. La humedad fría era acogedora, familiar y segura. Posé una mano en el muro para palpar el espacio mientras entraba y se me ajustaba la visión a la oscuridad. No se veían estrellas y la luna estaba oculta casi por completo detrás de una nube, pero el poco brillo pálido que había me dejó ver que la cueva estaba vacía y tranquila. Me solté la trenza mojada por la lluvia y el pelo cayó a mi alrededor. Extendí la manta en el suelo duro.

Después noté algo detrás de mí y di un paso silencioso hacia la entrada de la cueva.

—¿Me has seguido?

No veía su expresión en la oscuridad.

—Lo siento.

—¿Por qué?

—Quería comprobar cómo estabas después de lo de hoy.

—No te quedes ahí bajo la lluvia.

No se movió.

—¿No vas a entrar? —le pregunté.

—No lo sé.

No le pregunté por qué. No necesitaba hacerlo. Seguía mareada por los recuerdos que plagaban mi mente, pero ahora se fueron más atrás: la admiración curiosa en sus ojos cuando maté a su ciervo, la sinceridad con la que me había presentado a los argonautas, cómo había luchado a mi lado, reído en los bancos conmigo. Vi el árbol, escindido por el rayo, consumido por las llamas.

—Quiero que entres —afirmé y le tendí la mano.

Lejos de aquí, en Arcadia, Artemisa presidía a sus ninfas. Ellas alzaban el rostro hacia ella, hacia la perfección afilada de su perfil, con la frente alta y los ojos claros como la luz de la luna. Lo recordaba con gran claridad, una visión tan lúcida y perfecta como un cristal.

Pensaba que nunca querría nada más que la vida que ella me ofrecía. La luna solo había crecido y menguado dos veces desde que habíamos partido, pero me parecía toda una vida.

Y en la distante Calidón, una ciudad que ni siquiera sabía cómo imaginar, la esposa de Meleagro esperaba el regreso de su marido.

Aquí, en esta cueva, donde el olor de la lluvia se mezclaba con el de él, ambos lugares parecían imposiblemente remotos, como si no existieran y nunca lo hubieran hecho. No había nada real, excepto nosotros ahora, escondidos dentro de la mismísima montaña. El aturdimiento provocado por el vino y la neblina de agotamiento se habían disipado y me sentía más yo misma que nunca, los pensamientos claros, certeros, innegables.

Acerqué su rostro al mío y lo besé. Era algo que no había conocido antes, que no me había permitido conocer. Un estallido de color, sus manos enredadas en mi pelo. Me invadió el calor, su cuerpo presionado contra el mío. Había pensado antes en ello, la imagen apareció en mi mente antes de que pudiera evitarlo, pero no sabía que me sentiría así.

El impacto de lo desconocido me mareó, la sensación de colgar del borde de una colina, a punto de caer. Lo besé más profundamente. Sabía a sal y olía a primavera. La inseguridad y el temor dio paso a otra cosa, a la necesidad, al hambre. Pensé en el hielo quebrándose en un río por la calidez de un sol nuevo, las aguas liberándose tras un largo y helado invierno. Una luz radiante me deslumbraba tras los párpados, un júbilo profundo cuando me olvidé de todo lo que no éramos nosotros, cuando dejé que el mundo desapareciera.

La suave luz del sol se filtraba en la cueva. Me estiré, reacia a despertarme. Quería quedarme aquí, flotando en la cúspide del sueño, suspendida entre los sueños y la realidad.

La imagen de Artemisa apareció clara en mi mente y, con un gemido, abrí los ojos. Me hormigueaba la piel por los nervios ante un posible castigo.

Nos habíamos quedado dormidos en los brazos del otro, pero en algún momento de la noche, Meleagro se había apartado. Me quedé mirando su espalda, la piel tintada de dorado por la luz suave. Contuve la respiración y deslicé el dedo suavemente por su columna.

La cueva estaba tranquila y en silencio, pero de pronto me vino a la mente la imagen de los argonautas buscándonos y me incorporé. Meleagro se movió, abrió los ojos y me miró.

—Tenemos que volver al barco —le dije—. Antes de que nos echen en falta.

Esbozó la sonrisa amplia y honesta que tan familiar me resultaba ya, desprovista de cualquier ápice de arrepentimiento o ansiedad. Ver su rostro disipó parte de mi preocupación. Recordé mi despedida con Artemisa. Le juré que nunca me casaría. Y no había peligro de que lo hiciera con Meleagro.

Silencié la voz que protestaba por esto. No estaba en mi naturaleza mostrarme cómplice de las discusiones, enredar lo que era cierto. Pero Meleagro no era como los hombres contra los que me había advertido Artemisa. Y la verdad era que ella no estaba aquí. Mi realidad se había convertido rápidamente en la de los argonautas, mi vida estaba ligada a la de ellos. Era más imperante para mí que no lo descubriera Jasón.

—Iré yo primero —se ofreció y sentí alivio por no tener que dar voz a mis pensamientos. Se levantó, se puso la túnica y, con una última mirada en mi dirección, desapareció por la entrada de la cueva.

Me sentía reacia a volver al mundo. Pero el aire de la mañana parecía brillar, el día era fresco, nuevo, bello, limpiado por la lluvia de ayer. La bahía que tan sombría y escabrosa parecía cuando llegamos estaba ahora empapada de magnificencia, el mar parecía una joya reluciente.

Artemisa no me había hecho nada. La imaginé en el bosque, corriendo con sus perros. No me estaba vigilando. Solo esperaba que regresara con gloria en su nombre. Si conseguíamos el vellocino, sería suficiente.

Nunca tendría que saber el resto.

TERCERA PARTE

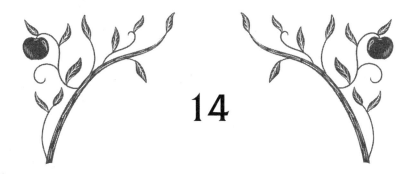

14

Los argonautas estaban de muy buen humor, exultantes todavía por la victoria en la batalla de la noche anterior. Nadie me prestó mucha atención cuando tomé asiento en mi banco de siempre detrás de Meleagro. Miré a mi alrededor, preocupada por si veía los ojos de alguien fijos en mí, incapaz de creerme que el fulgor suave que radiaba de mi cuerpo no fuera visible de algún modo, pero nadie pareció notar nada diferente. Mantuve la vista puesta en el mar, en el horizonte, donde nadie podía verme los ojos y notar de algún modo el calor que seguía embargándome, un pulso inquieto de deseo que era muy nuevo. Era toda una revelación para mí que el cuerpo que pensaba que conocía tan bien me resultara de pronto tan distinto y desconocido.

Navegaríamos a la costa más oriental de Propóntide, anunció Tifis, y con un viento justo y las bendiciones de los dioses, llegaríamos a Bósforo, nuestra puerta hacia el mar Negro. Cólquida estaba en la otra punta del mar, en el mismísimo fin del mundo. El vellocino seguía a muchos días de navegación y nos aguardaban más peligros, pero cuando llegáramos al mar Negro, al menos, parecería que lo teníamos a nuestro alcance. Nuestro fin era llegar a Salmideso, nos informó, hogar de un profeta llamado Fineo cuyo consejo buscaríamos antes de seguir navegando.

Los vientos fueron, en efecto, amables con nosotros; las canciones de Orfeo seguían el ritmo de nuestro rápido progreso.

—¿Has oído hablar antes de Fineo? —me preguntó Meleagro.

Negué con la cabeza.

—Tiene buena reputación —añadió—. Creo que podemos esperar un mejor recibimiento que el que encontramos con el rey luchador y su ejército.

Iba a responderle, pero vi que Peleo giraba ligeramente la cabeza para escuchar. Cerré la boca y volví la cabeza para mirar fijamente el océano. Estaba segura de que notaba a Peleo observándome.

Si Meleagro se sorprendió por mi reacción cortante, no lo mostró. Un momento después, inició una conversación ligera con Eufemo. Seguí remando para que los pensamientos se fueran a la deriva, pero descubrí que, por mucho que intentara distraerme, seguían regresando a la cueva de la noche anterior.

Cuando empezaba a atardecer, llegamos a Samideso. Meleagro estaba animado y bajó del barco para descargar. Parecía completamente despreocupado.

Yo me entretuve entre los últimos del grupo cuando emprendimos el camino a la orilla. Evité caminar junto a Orfeo, que era muy observador, astuto ante cualquier cambio en el ambiente, por lo que no me atreví a invitar a su atención.

Delante de nosotros, vi un gran edificio solo en la costa. Parecía agradable, aunque un poco deteriorado y destartalado. Atisbé que Meleagro aminoraba el paso y se iba quedando a la retaguardia de la procesión hasta que llegó a mi lado. Me sonrió y no pude evitar devolverle la sonrisa.

—¡Fineo! —La voz de Jasón resonó entre las columnas bajas de la entrada del edificio—. Soy Jasón de Yolco, hijo de Esón. He venido con mis argonautas para solicitar tu sabiduría.

No obtuvo respuesta. Jasón continuó adelante y lo seguimos.

El aire estaba moteado de polvo que brillaba allí donde incidía la luz. Arrugué la nariz al notar un olor agrio que se intensificaba conforme nos adentrábamos. Había tapices colgados en las paredes de cada lado, pero estaban rasgados y tenían los bordes deshilachados, como si hubieran tirado de ellos para rajarlos. Compartí una mirada vacilante con Meleagro y noté que el humor colectivo cambiaba de festivo a precavido.

El pasillo era largo y estrecho, estaba alineado a intervalos por estatuas y puertas cerradas. Prefería librar una batalla fuera que caer en una emboscada en este lugar oscuro y claustrofóbico. Jasón siguió llamando al rey, pero su voz quedó engullida por el silencio y no recibió respuesta alguna.

Doblamos una esquina y me alegré de ver la luz del día, un amplio arco que daba paso a un patio. En el centro había una mesa larga y en el extremo de esta, un hombre sentado en una silla alta, diminuto y arrugado contra el respaldo de madera profusamente adornado.

—¿Fineo? —preguntó Jasón. Ocupamos el patio tras él. Aquí, a pesar del aire fresco, el hedor era aún peor.

El hombre giró la cabeza hacia nosotros. La piel le colgaba de los huesos formando pliegues arrugados; no había carne suficiente en su cuerpo que rellenar. Aunque los rayos cálidos del sol caían del cielo azul claro, estaba envuelto en un manto. Y sus ojos… eran unos ojos blancuzcos, empañados, ciegos.

—Aquí estás, Jasón, y también tus argonautas. Llevo esperando este día desde hace años. —Le tembló la voz y se le quebró al final. Podía oír lo seca y áspera que tenía la garganta.

—¿Profetizaste esto? —preguntó Jasón. Sonaba inseguro y miró el patio desolado con el ceño fruncido. Esto no era lo que esperaba.

—Tan solo era esperanza —respondió el anciano. Me pareció ver lágrimas acumulándose en las esquinas de sus ojos ciegos—. He esperado esto tanto tiempo.

Se me llenó el corazón de compasión por él. Yo nunca había conocido el hambre en el bosque; nunca había visto su crueldad. Estaba tan decrépito, tan roto y solo. La desesperación de este lugar me emocionó y sentí una gran tristeza al pensar en él aferrado a la esperanza de nuestra llegada, día tras día.

—Hemos venido en busca de tu ayuda —comentó Jasón—. No esperaba que necesitases nuestros servicios. ¿Qué es lo que precisas de nosotros?

—Queréis que os cuente qué os aguarda en vuestro viaje —adivinó Fineo—. Puedo guiaros, pues el propio Apolo me ha concedido el don de la profecía. Pero ofendí a Zeus y él me maldijo con esta existencia. Aunque puedo ver el futuro, no puedo ver nada más. Me cegó y me condenó a pasar hambre en mi edad anciana.

—Tenemos comida. Hemos traído suministros —expuso Jasón rápidamente—. Y podemos cazar en tus tierras también y traerte carne. A menos... —Se le ensombreció el rostro—. A menos que Zeus lo prohíba. No queremos suscitar su castigo por intervenir.

Fineo sacudió la cabeza.

—Os juro, por el señor Apolo, que no habrá retribución para vosotros por ayudarme. Pero traerme comida no servirá de nada.

—¿Por qué no?

El anciano bajó la cabeza y la tomó con las manos.

—Tendréis que verlo para comprenderlo. —Alzó un poco la cabeza, los dedos presionados en los ojos cansados—. Traed alimento a esta mesa y veréis vosotros mismos lo que sucede.

Jasón nos miró.

—Meleagro, Atalanta, id al *Argo* en busca de comida.

Me alegró alejarme del aire podrido y regresar a la costa y a la sal de la brisa. Meleagro y yo bajamos un barril de vino, junto con pan, aceitunas y uvas que habíamos recogido de unas viñas que hallamos en otra isla. Nos atiborramos con su dulzura y tomamos más para unos días.

—¿Qué crees que va a pasar? —me preguntó.

—Algo terrible —contesté—. ¿Has visto lo demacrado que está? Y lo raro que es este lugar. —Me estremecí.

Aunque me preparé para él, el hedor agrio me golpeó más fuerte esta vez. Podía saborearlo en la parte baja de la garganta y reprimí las náuseas.

En el patio se produjo un enjambre de actividad en torno a la mesa mientras Jasón, Orfeo y Polifemo disponían la comida que habíamos traído. Meleagro subió a la mesa el barril de vino y hubo un momento de silencio. Entonces, cuando Fineo extendió el brazo hacia el pan con una mueca, un velo de oscuridad apagó la luz del sol en un instante y en el aire resonó un chirrido monstruoso. Dos enormes pájaros descendieron y la extensión de sus alas proyectó sombras sobre nosotros. Su olor intenso y pútrido hizo que se me humedecieran los ojos. A mi alrededor, los hombres tosían, se llevaban las túnicas a las caras, agachados. Peleo lanzaba la espada en el aire, tratando de luchar contra ellos, pero dejó de hacerlo, farfullando y gimiendo como el resto. Con ojos llorosos vi el rostro de Fineo marcado por la resignación cuando unas garras enormes y llenas de escamas se lanzaron a por la comida que acabábamos de servir. Les vi las caras de pasada, delgadas y humanas, contorsionadas en un gesto cruel. Pájaros carroñeros con cabeza de mujer que chillaban y tomaban todo lo que podían llevarse, dejando a su paso una porquería pútrida.

Cuando regresaron al cielo, Fineo se sentó con la mano aún tendida, los dedos temblorosos en busca del sustento que se habían llevado.

Fueron Zetes y Calais quienes reaccionaron. El resto nos habíamos quedado estupefactos. Pero ellos dos, con los tobillos alados, dieron caza a las mujeres pájaro, ascendiendo al cielo tras ellas. Subieron más de lo que los había visto nunca, formando un arco amplio que envió a las criaturas en direcciones diferentes. Los pájaros se juntaron en un momento y se lanzaron hacia nosotros; uno de ellos se acercó tanto que noté el roce de las alas en la cabeza y vi sus ojos completamente abiertos, fijos en los míos, pero entonces los dos volvieron a ascender. Oí un grito de pánico resonar en el cielo mientras Zetes y Calais los perseguían hacia el horizonte, formando diminutos círculos en la distancia.

—Cada vez que intento comer aparecen —explicó Fineo en mitad del silencio—. Las harpías. Siempre me roban la comida y destrozan lo que queda. Aunque me esconda en las celdas más profundas de palacio, siempre me siguen. —Recordé entonces los tapices desgarrados e imaginé sus garras contra la piedra.

—Los hijos de Bóreas las han espantado —indicó Jasón con voz débil—. Tus monstruos se han ido ya.

El rostro de Fineo pareció colapsar.

—¿Es eso cierto?

Hubo murmullos de asentimiento por todo el patio.

—Vamos a probar de nuevo —sugerí y esta vez Meleagro y yo fuimos corriendo al barco y trajimos todo lo que pudimos portar.

Al volver, comprobamos que los demás argonautas habían retirado la mesa. La cortamos en pedazos y la usamos como leña. Sacaron sillas y mesas de las salas sin utilizar del palacio y las dejaron fuera de la entrada con columnas, lejos del patio apestoso. Esta vez, cuando dispusimos la comida, Fineo comió hasta saciarse y una nueva luz de éxtasis le transformó el viejo rostro.

—Solo podía tomar restos escasos —comentó. Se retrepó en la silla con una copa de vino y un halo de satisfacción—. Durante muchos años, solo un bocado de vez en cuando. Pero sabía que cuando llegaran los boréadas, ellos vencerían a las harpías. Sabía que, por interminable que pareciese la tortura, no duraría para siempre.

—¿Dónde están los demás? —preguntó Meleagro y se inclinó hacia delante. Él también sostenía una copa dorada y adornada con joyas. Este palacio debió de estar en el pasado lleno de gente que comía platos delicados y que bebía vino de esas copas relucientes—. ¿Por qué vives aquí solo?

—Yo les pedí que se marcharan —respondió Fineo—. La maldición era mía, solamente mía. No podía permitir que nadie más sufriera por ella. Todos mis vecinos huyeron a ciudades y pueblos próximos. Viene gente todos los días. Me piden consejo, ayuda con sus problemas y dilemas. Yo les transmito las palabras de Apolo, les cuento el futuro que veo y ellos me traen lo que pueden. Han permanecido leales a mí y siempre han intentado ayudarme, pero nadie ha podido superar a las harpías.

Conforme las sombras se alargaban dando paso a la noche, empezaron a llegar algunos de los ciudadanos de los que nos había hablado. Temerosos y trémulos al principio, se acercaban con platos y jarras, con ojos nerviosos alzados hacia el cielo. Vi sus rostros marcados por la incredulidad cuando vieron el banquete que se estaba celebrando, el horrible miasma desplazado por el aroma de la carne asada; el humo de los fuegos ascendía al cielo cálido y salpicado de estrellas. Cuando comprendieron que no había harpías, se unieron a las celebraciones, sumaron sus voces a las canciones y sirvieron vino en abundancia mientras elogiaban a los dioses por su misericordia.

Los argonautas estábamos sentados en medio de todo. Los ciudadanos nos dispensaron más comida, más vino, llenos de gratitud. Me encontraba rodeada de rostros sonrientes, embelesada por su felicidad. Sentí orgullo al mirar a mis compañeros de tripulación sentados a mi alrededor. Ni siquiera las divagaciones de Peleo de cómo había intentado él solo luchar contra las harpías me irritaron demasiado. No le hice ningún caso, me negué a devolverle cualquier mirada de odio que me lanzara. Recordé el día que me senté con las ninfas después de haber matado a los centauros. Habíamos hecho algo bueno por este lugar, nuestra intervención había ayudado a esta gente y su admiración me producía una sensación cálida.

Al fin regresaron Zetes y Calais y descendieron con gracia a la tierra. Habían perseguido a las harpías hasta el mismísimo fin del mundo, nos dijeron, donde la diosa Iris les había advertido que las dejaran con vida. A cambio por su compasión, la diosa les prometió que las harpías no volverían a molestar a Fineo.

Los vítores que recibieron sus noticias fueron extensos y sonoros, y sirvieron más vino en las copas. Mis compañeros estaban entregados a la fiesta, los cantos y la bebida. Nadie me miraba a mí, solo Meleagro. Lo miré a los ojos a través del fuego y, sin decir una palabra, nos alejamos de la multitud. Me rozó el brazo con la mano cuando eché la cabeza hacia atrás para beberme el vino, el más delicado que podía ofrecer la bodega de Fineo, oscuro, rico, embriagador. Noté el roce de Meleagro en la piel desnuda del cuello, bajo la forma pulcra de la trenza; deslizó los dedos por mi espalda. Me volví para mirarlo, imprudente y libre, la luna brillante detrás de él, y lo llevé lejos de ellos, apartados del halo dorado de la luz del fuego hacia la fría oscuridad del bosque, donde podríamos estar a solas.

Al día siguiente, el profeta ciego estaba en la costa para despedirse de nosotros.

—Ya no queda una larga distancia de navegación hasta Cólquida —anunció—. Pero sí hay aguas traicioneras de aquí al reino de Eetes, y otros peligros más. —Le tendió a Jasón una caja de madera y él la aceptó obedientemente. Vi que tenía unos agujeros pequeños en la superficie y me pregunté qué contendría—. La primera amenaza a la que os enfrentaréis son las Simplégades —indicó Fineo—. Abre la caja y deja que vuele entre ellas; si pasa sin problema al otro lado, seguidla de inmediato, no dudéis, u os veréis aplastados entre ellas.

—Jasón asintió y pensé si no nos habríamos perdido más explicaciones la noche anterior. Fineo siguió dando instrucciones y cuando terminó, volvió la mirada empañada hacia mí—. Habéis perdido ya a dos compañeros —dijo—, y habrá más. Veo a un joven de extraordinaria belleza buscando agua en un estanque adorado por las ninfas. Quedaron hechizadas por su hermoso rostro y extendieron los brazos y tiraron de él para que pudiera ser de ellas.

Me acordé del cántaro abandonado junto al agua estancada. No había signos de lucha. Debió de ser silencioso y rápido.

—Él no podrá regresar nunca —prosiguió Fineo con voz suave—. Pero su amante, el que no pudo abandonarlo, tiene más tareas que completar. Esta misión nunca fue para él.

Nos invadió cierta tranquilidad al saber lo que le había sucedido a Hilas, aunque no podía ni imaginar qué clase de ninfas habrían sido, tan depredadoras, tan diferentes a las que había dejado yo en Arcadia. El mundo exterior era un lugar extraño. Estaba aprendiendo día a día lo distinto que era.

Y tal vez yo también fuera diferente. Subí a bordo del *Argo* y me sentí en casa. Yo, que nunca había ido más allá de los árboles de mi bosque. En días como este no añoraba mi hogar; días en los que el sol brillaba dorado y el mar resplandecía, cuando el mundo se extendía ante nosotros como un banquete. Me sentí invulnerable, como si fuera mío, como si pudiera tomarlo sin tener que afrontar consecuencia alguna por ello.

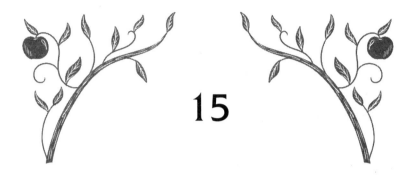

15

Oímos las Simplégades mucho antes de verlas.

Cuando al fin aparecieron delante de nosotros, eran peores de lo que había imaginado. El mar tumultuoso se estrechaba hasta formar un canal apenas más amplio que el *Argo*; sus aguas rabiosas y espumosas protestaban y formaban nubes que rociaban agua y espuma. Alzándose sobre ellas a cada lado había dos muros de roca; no estaban fijados al lecho oceánico, sino que se movían adelante y atrás con las olas. El golpeteo que habíamos oído era el sonido de las rocas colisionando, impactando la una con la otra con una fuerza terrible, reverberante. Después se apartaban y a su paso emergían torrentes de agua salada.

Teníamos que guiar el *Argo* por este canal y conforme nos acercábamos y el barco se inclinaba entre las olas, comenzó a invadirnos el pánico. Las rocas chocaban y se separaban a intervalos irregulares, no podíamos predecir sus movimientos para adivinar cuándo emergería la siguiente oleada de agua salada que mojaría la cubierta del navío. El canal estaba cubierto de neblina y gotitas de agua y resultaba imposible ver qué había delante.

—¡La paloma! —gritó Tifis desde el timón y vi los músculos tensos en su espalda mientras trataba desesperadamente de controlar la embarcación.

Y entonces apareció Jasón y abrió la caja que le había entregado Fineo. Se produjo un aleteo de alas pálidas cuando una paloma blanca y pura alzó el vuelo. Aferré con fuerza el remo, la sal me picaba en los ojos mientras trataba de estirar el cuello para ver el paso del pájaro.

Voló directamente hacia las rocas; pensé que se lanzaría directa a su superficie impenetrable, pero justo cuando llegó, las rocas se apartaron. El pájaro zigzagueó entre ellas formando un arco grácil y entonces las rocas volvieron a juntarse, pero cuando se separaron de nuevo, vi que la paloma se escabullía a salvo, excepto por unas pocas plumas que habían quedado en las garras de la piedra.

—¡Ahora, seguidla ahora! —gritó Jasón y, a una, todos empujamos los remos. Me aullaban los hombros por el esfuerzo, tenía el rostro contorsionado en una mueca de agonía mientras el barco avanzaba hacia delante, entre los brutales rostros de las rocas. No paraba de pensar en la forma de la paloma que había desaparecido, la imaginaba lejos de aquí ya, en el horizonte distante, libre de esta pesadilla. Me concentré en esa imagen y no me permití pensar en las rocas que se juntaban, en el miedo de que colisionaran en cualquier momento y aplastaran nuestro barco como si fuera un juguete frágil. El *Argo* avanzó sobre las corrientes y supe que no podíamos escapar, que nuestro mundo estaba a punto de quedarse negro. Y entonces, de pronto, el cielo se abrió y las rocas colisionaron, pero habíamos pasado, ya estábamos al otro lado, y el agua estaba de pronto tranquila. Habíamos sobrevivido.

Tifis nos guio a tierra después de eso, a una playa tranquila donde pudimos descansar los músculos doloridos. El terror se había disipado de mi cuerpo y estaba tan exhausta que apenas podía mantener los ojos abiertos mientras echaba las piernas por encima del costado alto del barco para descender. Nos dispersamos por la larga expansión de arena. Me adentré en la isla tanto como pude y encontré un lugar con sombra a la orilla de un río. Tras la experiencia impactante con las Simplégades, quería estar sola. A pesar de la calidez de la tarde, tenía el frío metido en los huesos y me sentía tan débil que estaba a punto de ponerme a llorar. Me abracé el cuerpo, agradecida porque nadie pudiera verme en este momento de vulnerabilidad. Meleagro estaría buscándome, pero estaba segura de que había sido lo bastante rápida para evitar que me siguiera. No iba a permitir que ningún argonauta me viera como algo menos que valiente, ni siquiera él.

Caí en un sueño pesado, sin sueños, de esos que te desorientan al despertar. El sol estaba más bajo en el cielo cuando volví a abrir los ojos, la luz yacía en el límite entre el día y la noche. Me había despertado algo, un aullido proveniente del fondo del bosque, y lo primero en lo que pensé fue en lobos. Pero entonces volví a oírlo, un grito gutural de dolor que estaba segura de que era humano. Me puse en pie y corrí en la dirección del sonido antes de darme cuenta de lo que estaba haciendo.

Los árboles estaban cada vez más juntos, arqueados sobre mi cabeza; el olor a musgo era intenso y pesado, la tierra, un manto suave donde se me hundían los pies mientras corría hacia los gritos que resonaban en mis oídos. El resto de argonautas no lo habían oído. Estaba sola y no oía pasos tras de mí que acudieran a ayudar.

Un jabalí salió en mi camino, bramando mientras corría. Se detuvo entonces de forma abrupta y volvió la cabeza hacia mí, me miró con sus pequeños ojos negros, los enormes colmillos amarillos y puntiagudos. El grito había cesado, pero oía lamentos y sollozos del lugar de donde había emergido el jabalí.

El pánico fue como un cuchillo en mi pecho. ¿Por qué no había esperado a Meleagro en lugar de salir corriendo sola por esta costa desconocida? El jabalí raspaba el suelo con las pezuñas, levantando el barro, y las gruesas cerdas temblaban en su lomo cuando bajó la cabeza, preparado para embestir.

El mundo se detuvo. Oí un susurro que apagaba cualquier otro sonido. Me moví como si fuera líquido, rápida y sinuosa, con el arco preparado antes incluso de ser consciente de que me lo había descolgado de la espalda. Mi flecha silbó en el aire y se hundió en el cuello de la bestia. Justo cuando el jabalí chilló y se tambaleó, alguien salió de entre la maleza y el jabalí cayó al suelo con una lanza alojada en el pecho.

—Idas —resollé al comprender quién había arrojado la lanza. Me limpié el sudor de la frente empapada. El alivio aún no me había golpeado, seguía perpleja por la ferocidad y lo inesperado del encuentro.

—Idmón —dijo—. Ha atacado a Idmón.

La verdad me apuñaló. Los gritos, los lamentos; había sido Idmón quien se había encontrado primero con el jabalí.

—¿Dónde está?

Idas ya estaba retrocediendo. Apartó las ramas sin hacer caso de las espinas que le arañaban la piel. Lo seguí con un mal presentimiento que intenté reprimir.

Idmón estaba a punto de morir, resultaba obvio nada más verlo. Lo noté en la palidez de su rostro, en su dificultad para respirar. Se apretaba lo que debía de ser su manto al abdomen, pero estaba oscuro por la sangre y olía a sal y a hierro. Idas lloraba, sostenía la cabeza de Idmón cuando este se quedó con la mirada perdida y gimió y se estremeció hasta quedarse totalmente quieto.

Me acerqué y posé una mano en el hombro de Idas.

—Siento no haber llegado más rápido.

Él sacudió la cabeza.

—Ha pasado de forma muy repentina. Estábamos buscando agua y el jabalí se abalanzó sobre nosotros antes incluso de que supiéramos que estaba ahí. —Intentó contener las lágrimas cerrando con fuerza los ojos, pero estas caían por su rostro.

Oí más pasos, los gritos de otros hombres.

—¡Estamos aquí! —grité y un momento después oí a uno de ellos responder.

Le froté el hombro a Idas sin saber qué otra cosa hacer. No los consideraba a ninguno de los dos amigos, pero los había podido conocer un poco. Eran jóvenes, estaban ansiosos por vivir aventuras, se mostraban siempre agradables y dispuestos. ¿Quién esperaría el regreso a casa de Idmón? ¿Rezaría su madre por un retorno seguro? ¿Tendría hermanas que le hubieran tejido el manto?

—¡Atalanta! —gritó Meleagro.

—Aquí, junto a los árboles —respondí y llegó en un momento con Orfeo y Eufemo a su lado. El horror de la imagen que tenían delante los dejó sin habla.

—Un jabalí —expliqué y ellos asintieron. Seguramente hubieran visto su cuerpo donde lo habíamos dejado.

—Era un luchador valiente —murmuró Eufemo y se arrodilló al lado de Idmón.

—Un buen hombre —añadió Orfeo.

Juntos, lo levantaron con cuidado del suelo. Idas también se puso de pie.

—Celebraremos los mejores ritos funerarios que podamos —farfulló y echaron a andar, portando a Idmón con una ternura que me hizo apartar la mirada.

Cuando desaparecieron, Meleagro me rodeó con los brazos y acercó mi cuerpo al suyo; pegó la cara a mi pelo. Sabía que sentía exactamente lo mismo que yo, una vergonzosa sacudida de alivio al ver que el cuerpo que yacía en el suelo destrozado y ensangrentado era de otra persona. Que no nos habíamos perdido el uno al otro.

Lo rodeé con los brazos y busqué sus labios; me sentía culpable por estar contenta de verlo a salvo. Porque no hubiera sido él quien, merodeando por el bosque en mi busca, se había encontrado en el camino del jabalí.

Pegó la frente a la mía. Por un momento nos quedamos suspendidos, muy quietos, antes de que volviera a hablar.

—¿Dónde has ido?

Vacilé.

—Yo… después de lo de las rocas, estaba…

No sabía cómo terminar esa frase. ¿Qué era lo que necesitaba? Silencio. Soledad. Eso me resultaba familiar. Nunca antes había tenido tanto miedo como cuando estábamos en esas aguas turbulentas, con las despiadadas rocas a punto de reducir nuestros huesos a polvo. Había buscado la seguridad en algo que conocía. La paz del bosque vacío, conmigo misma como única compañía.

—Te estaba buscando —dijo y noté una sensación mareante, como si me precipitara por un precipicio.

Me aparté de él.

—Deberíamos regresar. Idmón… tenemos que estar presentes para su entierro.

—No es solo eso —indicó Meleagro. Pensaba que estaba tan serio por la muerte de Idmón, pero había más—. Es Tifis. Ha contraído una fiebre.

Todo el camino de vuelta me esforcé por pensar en las hierbas que recogían las ninfas para curar las enfermedades, en las plantas que aplastaban para preparar pastas y ungüentos. Examiné la hierba y los helechos que crecían aquí, pero nada me resultaba familiar ni me parecía útil.

Tifis se encontraba peor que como había descrito Meleagro. Estaba ceniciento y gemía delirante. Jasón estaba a su lado con semblante malogrado.

—No podemos hacer nada más que rezar a los dioses —murmuró Orfeo a mi lado cuando nos acercamos.

Vi a Idas arrodillado junto al cuerpo de Idmón, con el rostro demacrado por el dolor. Los dioses estaban hoy lejos del bosque. Alcé la mirada a las nubes para buscar las estrellas.

Nos juntamos en aquella playa solitaria y aguardamos a que pasaran las horas nocturnas.

Tifis perdió la vida antes del alba. Los enterramos a los dos al amanecer.

No fue únicamente la pérdida de dos compañeros lo que nos golpeó con dureza. Tifis era nuestro timonel, él dirigía el barco. Creo que todos temíamos que nos perdiéramos sin su seguridad firme y su dirección calmada. Jasón se retorcía las manos, inquieto. ¿Quién podría reemplazar a Tifis? Pasó el día y también la noche, y su ansiedad tan solo aumentó.

—Nunca nadie ha navegado tan lejos —repetía—. No ha habido un viaje como este. Sin la destreza al timón de Tifis, sin su conocimiento sobre barcos, su navegación y su sabiduría sobre el mar, ¿cómo vamos a llegar a Cólquida? —Desvió la mirada a las olas, como si estas pudieran darle una respuesta.

El resto llevábamos a cabo libaciones en la tierra y cantábamos canciones por nuestros muertos. Meleagro y yo reunimos ovejas de las colinas cercanas y Orfeo las calmó con su música para que estuvieran tranquilas cuando las sacrificamos a la sombra de un olivo. La ansiedad de Jasón era una nube negra sobre todos nosotros, su miedo y preocupación teñía de duda cada rostro que miraba.

—¿De verdad no vamos a zarpar? —le pregunté a Meleagro en susurros.

—¿Quién puede reemplazar a Tifis? —Su seriedad me preocupó aún más—. Hay algunos entre nosotros lo bastante fuertes para navegar, algunos marineros experimentados, pero nadie con su conocimiento.

Fui a hablar, pero me detuve. Me acordé de las rocas colisionando y me estremecí. Fue Tifis quien nos guio por ese peligro. Jasón tenía razón al afirmar que nunca antes se había emprendido un viaje como este.

—Continuar sin Tifis puede ser peligroso —comenté—. Pero quedarnos aquí podría ser peor.

—¿Puedes llevarnos tú a Cólquida? ¿Es la navegación uno de tus talentos?

Tal vez fue una broma bienintencionada, la clase de admiración amable y ligera a la que estaba acostumbrada por su parte. Pero su tono era duro.

Debió de notar mi sorpresa.

—Yo tampoco podría hacerlo. —Ahora sonaba a la defensiva.

—Aún estamos impactados —dije. Notaba el rostro tenso y de pronto era muy consciente del espacio que nos separaba. La tensión de los últimos días nos había pasado afectado a todos—. Tal vez en un día o dos, veamos más claro el camino.

Exhaló un suspiro.

—Puede.

Fue Acasto quien sugirió los juegos fúnebres al día siguiente. Me incorporé, intrigada por la propuesta. Nunca antes había contemplado semejante idea.

—¿Cómo vamos a celebrar unos juegos fúnebres? —La voz de Peleo estaba marcada por el desagrado—. ¿Aquí, en este pedazo de tierra? No hay pista de carreras, no tenemos carros. ¿Dónde están los premios? ¿Los caballos, las mujeres?

—Podemos honrar a Idmón y a Tifis sin esas cosas —repuso Acasto. Había un tono apaciguador en su voz, una nota de debilidad que me decía que él ya había perdido. El gesto desdeñoso de Peleo le había arrebatado la chispa de entusiasmo y el resto de argonautas habían perdido ya el interés y regresado a la pesadumbre.

—¿Por qué no? —replicó Meleagro. Se puso en pie y se acercó a Acasto. Posó una mano en su hombro—. No necesitamos una pista, podemos correr sin ella. Podemos luchar con espadas. Podemos pelear. —Asintió en dirección a Peleo y recordé con repugnancia la historia de cómo se había casado con la ninfa marina Tetis conteniéndola hasta que esta dejó de resistirse—. El premio puede ser la gloria de ganar.

Aparté la imagen de Peleo y la ninfa. Estaba harta de permanecer sentada con los demás, apagada y deprimida. Los juegos fúnebres podrían revivirnos a todos. Pero si hablaba en favor, probablemente diera al resto más razones para mostrarse en contra; a algunos al menos.

No fui la única que se convenció por el entusiasmo de Meleagro. Algunos hombres se miraban entre ellos aquí y allí, considerando la idea. Eufemo se levantó y lo siguieron Idas y los demás.

—Una idea excelente —exclamó Anceo.

Resonaron gritos de ánimo, un clamor de voces a favor, y muchas de ellas adulaban a Peleo, lo animaban a pelear y a demostrar su fuerza. Meleagro sonreía y se dirigía a aquellos que no se habían levantado. Vi lo fácil que era para él, cómo lo escuchaban sin rencor. ¿Qué se sentiría al contar con su respeto sin la mancha del resentimiento o la desconfianza?

La espera y la incertidumbre nos había puesto a todos nerviosos, pero ahora había un propósito, algo que hacer más allá de sufrir el dolor y la preocupación. Bajo las instrucciones de Meleagro, marcamos zonas para cada evento; hicimos líneas en la arena y usamos rocas como señales. Después de la desesperanza que nos había asolado desde la muerte de nuestros compañeros, me sentía ligera, crecía en mí una intensa emoción. La perspectiva de una carrera era algo que llevaba esperando desde que Meleagro me habló de Eufemo los primeros días tras salir de Pagasas. Me fijé en que él estaba tan entusiasmado como yo y todos sabían que la victoria quedaba entre nosotros dos. Aquellos que se habían colocado con valor al principio, cayeron casi al mismo tiempo y quedamos Eufemo y yo corriendo. Debajo de nosotros, a un lado, las olas rompían y producían espuma en una larga plataforma de roca suavizada por el agua. Corríamos colina arriba, hacia los árboles que crecían altos en la montaña y se curvaban formando un arco cerca del borde de la colina. Me sentía mareada por la libertad, una sensación que había experimentado en el bosque durante toda mi infancia, solo que ahora tenía la vista del mar mezclado con el aleteo de las hojas y ya no había límites que me retuvieran.

Desde allí teníamos una caída vertiginosa hacia el cañón, donde aguardaban los argonautas al otro lado del río que transcurría por allí de camino al mar. Aquí tenía ventaja y recorrí con paso hábil las laderas empinadas. No caían de forma tan afilada como las que conducían a mi cueva de Arcadia y Eufemo se quedó atrás mientras yo seguía adelante. Solo cuando llegué al río deceleré y lo examiné en busca de la ruta más sencilla para cruzarlo. Era poco profundo y rocoso, y cuando me detuve a buscar las rocas más altas del agua, llegó Eufemo corriendo y, sin vacilar, se lanzó hacia delante. Lo seguí, noté el agua helada en los tobillos mientras chapoteaba, pero, para mi asombro, él pasó por encima de la superficie, sus pies solo rozaban el agua mientras que yo la estaba cruzando. Los argonautas, al otro lado, estaban vitoreando cuando llegó hasta ellos. Yo llegué después, furiosa.

Mis palabras de enfado se evaporaron cuando Eufemo se volvió hacia mí, riéndose sin muestra de desdén ni triunfo, solo de agrado puro.

—Atalanta —se dirigió a mí—, la carrera ha sido tuya. Lo que he hecho ha sido trampa, un don que me confirió mi padre, Poseidón, que gobierna las olas. Tú has sido más rápida que yo en la tierra.

Estaba molesta, pero me costó guardarle rencor debido a su sinceridad.

—¡Vamos a pelear! —gritó Meleagro. Cuando nos encaminamos por la orilla empedrada hacia la extensión de arena donde habíamos marcado la zona de lucha, los corredores rezagados seguían descendiendo por el cañón. Meleagro asintió en mi dirección—. Tú has sido mucho más rápida —murmuró.

—Lo sé. —Nuestros ojos se encontraron de pronto y noté un cosquilleo en la nuca. Miré a mi alrededor.

Peleo estaba detrás de nosotros, contemplándonos. Tenía la boca torcida en una sonrisa engreída.

Aceleré y dejé atrás a Meleagro. Alcancé a Eufemo y rechacé con un movimiento de la mano la disculpa que empezaba a pronunciar. Peleo pasó junto a nosotros y me golpeó con el hombro para llegar a la zona de lucha. Anceo y él iban a pelear los primeros. Se adelantaron para aceitarse la piel, los músculos brillantes a la luz del sol. El combate comenzó y se pusieron a luchar para los alegres espectadores. Animé en silencio a Anceo, pero Peleo tardó poco en arrojarlo al suelo y levantar los brazos en señal de victoria.

Anceo rodó en el suelo y puso mala cara. Su derrota había sido rápida y decisiva y cuando Acasto lo ayudó a levantarse, reinó la decepción entre nosotros por lo rápido que había sucedido. Peleo echó a correr a un lado y a otro, aullando:

—¿Quién es el siguiente? —Henchía el pecho y tenía los músculos tensos y abultados.

Las palabras emergieron de mi boca antes de que pudiera detenerlas.

—¡Yo!

Se produjo al principio un silencio de estupefacción, después risas y burlas, la mayoría dirigidas a Peleo: ¿de verdad iba a permitir que lo retara una mujer? Algunos de los comentarios volaron hasta mí, afilados como flechas. ¿Tan desesperada estaba por pelear con un hombre? ¿Tan animal era para rodar con él aquí mismo, delante de todos? Me esforcé por ignorarlos, que rebotaran en mí como una lanza rebotaba en una coraza de bronce. Me adelanté y me coloqué ante Peleo, agitada.

Parecía sorprendido. Totalmente desprevenido. No sabía cómo reaccionar: ¿aceptar mi reto y rebajarse a luchar con una mujer o declinarlo y sufrir las burlas por su cobardía?

Los argonautas podían pensar lo que quisieran de mí, pero habíamos tirado juntos de las cuerdas, cazado y luchado lado a lado desde el comienzo de nuestro viaje. Había abandonado el bosque en los últimos días turbulentos del verano; sabía que las hojas ya se habrían caído y que los ríos se habrían llenado con las lluvias otoñales. Habíamos viajado juntos hasta muy lejos. Pero todos los esfuerzos y el compañerismo se evaporaron, se disolvieron como la niebla a la luz del sol. Estaba de vuelta en la orilla del río, viendo cómo huía Aretusa del dios fluvial; de nuevo en mi cueva, con Calisto girando la cara para que no viera la desesperación en sus ojos. Los pinos se incendiaban y caían al suelo mientras los centauros venían a por mí. Peleo tenía los ojos fijos en Meleagro y en mí, lucía una mirada de satisfacción, como si viera confirmadas sus sospechas. Odiaba pensar que él lo supiera, que tuviera la más mínima idea de lo que compartíamos nosotros dos. Pero esta era mi oportunidad para silenciarlo.

—Yo lucharé contigo —repetí.

Algo cambió en su mirada; la fijó en mí.

—Acepto.

La arena era suave, cálida por el sol delicado, se me coló entre los dedos cuando salté sobre ella y flexioné los pies. Noté el murmullo de la expectación entre los tripulantes mientras nos mirábamos, girando en círculos. Probablemente no les importara quién de los dos ganase; si vencía a Peleo les parecería divertido y si él me ganaba a mí, disfrutarían viéndome humillada. Pero no me mostré arrogante. Peleo era fuerte y estaba mejor entrenado, pero podía notar la energía, clara y afilada, en mi cuerpo. Cuando se lanzó a por mí, lo agarré del antebrazo y lo aparté. Volvió a evaluarme y entonces me tomó por los hombros y empujó hacia abajo con todas sus fuerzas. Lo empujé al suelo y rodó hacia atrás. Volvió hacia mí, los rasgos marcados por la determinación, me rodeó el cuerpo con los brazos y me hizo caer. Me giré, tenía ahora la espalda presionada contra su pecho y me rodeaba el cuello con el brazo, apretando con tanta fuerza que me dejaba sin aire y veía estrellitas por mi visión periférica. Le agarré los dedos y gritó cuando se le quebraron los huesos al apretar. Me soltó y yo me aparté, salté entonces sobre su espalda y se le doblaron las rodillas. Se tambaleó hacia delante, me tiró de la pierna y me caí por su costado de cabeza. Me agarró el brazo derecho, lo retorció por encima de mí y con el otro brazo me empujó hacia abajo más y más. Se me estaba soltando el pelo y me caía en los ojos; casi podía notar el sabor de la tierra en la boca conforme mi cara se acercaba más y más a la arena.

Peleo era fuerte, uno de los más fuertes entre nosotros en la ausencia de Heracles. Pero sabía, incluso mientras me aplastaba la espalda con su peso, que él no iba a ganar. Cerré los ojos un instante. Yo luchaba con osos mientras que a él lo consentían en una cuna.

Apreté los dientes, auné cada ápice de fuerza que quedaba en mi cuerpo y arrastré la pierna hacia un lado para que perdiera el equilibrio. En ese momento le estampé con fuerza el codo izquierdo en el vientre y liberé el brazo derecho. Cuando se tambaleó hacia atrás, me lancé hacia delante y eché todo mi peso contra él. Sus pies trastabillaron en el suelo, agitó los brazos y noté que caía debajo de mí. Su espalda colisionó en la tierra.

El rugido del público resonó a nuestro alrededor. Por un momento me quedé atrapada en una intimidad extraña con él, su cuerpo bocabajo debajo del mío. La incredulidad le empañaba los ojos, estaba demasiado perplejo para enfadarse. Me puse en cuclillas, resollando en busca de aliento, y levanté la mirada hacia los argonautas.

Tenían los brazos alzados, gritaban felicitándome o enfadados, o una mezcla de los dos. Busqué la cara de Meleagro. Él también jaleaba, pero parecía ligeramente impactado, como si no se creyera del todo lo que había pasado.

Me levanté y los argonautas se reunieron en torno a mí. Encontré a Meleagro en la congregación.

—¿Y bien? —le dije, ruborizada por la victoria.

—Impresionante. —Esbozó una sonrisa—. ¿Hay algo que no puedas hacer mejor que los demás?

Me eché a reír.

—Posiblemente no.

Peleo se puso en pie y se marchó. Sus amigos lo siguieron con los labios apretados y el ceño fruncido, pero otros se reunieron a mi alrededor, generosos con sus felicitaciones: Orfeo, Eufemo e Idas fueron los más sinceros. Disfruté de su celebración. Por un momento me pregunté adónde había ido Meleagro, pero estaba demasiado emocionada para pensar en ello. Me daba la sensación de que se me iban a partir las mejillas de tanto sonreír. Había pasado mucho tiempo en las últimas semanas albergando la esperanza de que Artemisa no pudiera verme, que sus ojos no recayeran sobre mí, que se hubiera olvidado de dónde me había enviado y prestara atención a otros asuntos. Pero esto sí deseaba que pudiera verlo. Lo había hecho yo sola y lo había hecho por cada ninfa con la que había compartido el bosque.

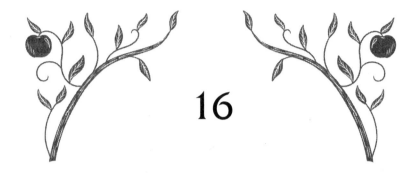

16

Mi victoria contra Peleo fue suficiente para mí. No participé en el resto de juegos, me contenté con verlos a ellos jugar. Algo había cambiado, ya no podía quedar nadie que cuestionara mi lugar aquí. Cuando concluyeron los juegos, Anceo se ofreció a ocupar el puesto de Tifis. Era hijo de Poseidón y tenía una afinidad con el mar que fluía por sus venas. Contábamos con las instrucciones de Fineo y estaba seguro de que podría conducirnos a salvo hasta Cólquida.

Jasón aceptó y, con oraciones fervientes, partimos con Anceo al timón.

Nos guio fielmente y tomó cada dirección que nos había indicado Fineo. Navegamos junto a largas extensiones de costa, montañas imponentes, cabos, lugares donde los ríos desembocaban en el mar y sus aguas se entremezclaban. Fuimos cautelosos y no buscamos cobijo en Temiscira, donde residía la más hostil de las tribus amazonas, aunque me apoyé en la barandilla del *Argo* y busqué con la vista a alguna de las mujeres legendarias cuando pasamos por allí. Ningún miembro de nuestra tripulación había viajado nunca tan lejos; solo Heracles había visitado estas tierras y había tomado el cinturón de una reina amazona como trofeo. Nunca me había molestado en escuchar sus relatos, que normalmente contaba para alardear, pero su conocimiento podría habernos sido de ayuda ahora, en especial cuando nos aproximamos a la isla de Ares.

Me fijé en Meleagro, que observaba alerta conforme la isla se tornaba más grande delante de nosotros. El dios de la guerra adoraba esta tierra y estaba habitada por sus criaturas, los pájaros de Ares, que lanzaban plumas como si fueran dardos. Habíamos escuchado cómo había conducido Heracles a las criaturas lejos del lago Estínfalo con un repiqueteo de bronce para que no lo atacaran.

—Fineo nos advirtió sobre los pájaros de Ares —comentó Anceo—. Nos dijo que tenemos que ahuyentarlos como hizo Heracles para poder quedarnos allí sin resultar heridos.

Los pájaros estaban agrupados en las ramas de los árboles enjutos que había en la playa. Atisbé la curva retorcida de sus largos picos. Conforme nos acercábamos, algunos comenzaron a vernos y se pusieron a agitar las alas y a estirar los cuellos. El primero alzó el vuelo, la ancha extensión de sus alas era sobrecogedora.

—Sus plumas son tan afiladas como cualquier cuchillo —me susurró Meleagro—. Las agitarán para soltarlas y atacarnos si nos sobrevuelan.

El pájaro se deslizó hacia el barco, su forma oscura ocultó el sol cuando pasó por debajo.

—¡Alzad los escudos! —gritó Anceo.

Fuimos rápidos y los levantamos sobre las cabezas a una; las planchas circulares formaron un techo sobre nosotros. Oí el batir de más alas y el repiqueteo de unas plumas de bronce chocando con nuestros escudos.

—¡Haced ruido! —nos indicó Anceo y Meleagro tomó su espada y la golpeó contra su escudo. Yo hice lo mismo y, conforme los demás nos imitaban y producíamos el ruido más estridente que podíamos, los pájaros se unieron al clamor, chillando del pánico.

El ataque de plumas disminuyó y cesó, y cuando bajamos vacilantes los escudos, los vimos formando un grupo enorme en el cielo, y alejándose a una la isla distante que había más allá.

El resto de los argonautas vitorearon y celebraron, pero Meleagro permaneció en silencio mientras avanzábamos hasta la isla de Ares. ¿Qué buscaba? ¿Un hombre con barba, con el casco destellando bajo la luz del sol poniente y los ojos ardiendo con el fuego de todas las guerras que había librado? No podía imaginarme cómo sería un encuentro entre los dos, qué podría desear de un padre como él.

Cuando el *Argo* atracó, el cielo se oscureció y nos invadieron nubes de tormenta. El viento formaba crestas espumosas en el agua cuando arrastramos con prisas el navío a la orilla y buscamos refugio tan rápido como pudimos. No exploramos, no buscamos agua ni cazamos en busca de comida. Nos dispersamos en todas direcciones y, en la confusión y caos que reinaba, a Meleagro y a mí nos resultó sencillo correr juntos, lejos de todos los demás.

Preocupados por los rayos que pudieran caer sobre los árboles, buscamos la oscuridad de una cueva. Lo mejor que pudimos encontrar fue una roca que sobresalía del acantilado junto a la bahía. Sin aliento, nos cobijamos debajo de ella. Permanecí vigilante por si pasaba por allí alguno de los otros, pero conforme transcurría el tiempo empecé a relajarme. Probablemente ya hubieran hallado un lugar donde refugiarse.

—No te preocupes, no van a encontrarnos aquí —me aseguró Meleagro. Se apartó el pelo mojado de la frente y noté su aliento cálido en mi mejilla.

Me hubiera gustado estar tan segura como él.

—¿Crees que sospecha alguien?

Frunció el ceño.

—En absoluto.

—¿Y Peleo?

—No se atrevería a decir nada después de cómo lo has humillado. No querrá que lo vuelvas a hacer.

—¿Cómo estás tan seguro?

—Peleo no ha conocido nunca a una mujer como tú —comentó y soltó una carcajada suave—. No hay nadie como tú. Le cuesta comprenderlo, pero creo que ya ha recibido el mensaje. Todos lo hemos recibido.

—Tenemos que ser cautos —Esto era justo lo que sospechaba Jasón cuando intentó negarme mi puesto en el *Argo* y no pensaba facilitarle pruebas de que tenía razón. Que se descubriera no significaría mucho para Meleagro. Tenía la sensación de que ninguno lo juzgaría como harían conmigo.

—No lo sabe nadie —insistió—. Y yo no voy a decir nada.

Debería de haber acabado con ello. Había muchas razones para hacerlo. Artemisa y los argonautas, el miedo a que cualquiera de ellos nos descubriera. Pero me costaba pensar con claridad cuando nuestros cuerpos estaban tan pegados. La idea de que el resto de tripulantes (tan concentrados como estaban en beber, luchar y otros actos heroicos) descubriera lo que estaba pasando justo delante de sus ojos parecía seductoramente improbable. Pensé en Peleo y el resto de ellos apiñados, refugiándose de la tormenta, mientras nosotros estábamos aquí juntos, y la idea me hizo sonreír.

Solo teníamos que guardar el secreto hasta el final del viaje. Entonces Meleagro regresaría a casa con su esposa y nadie lo sabría nunca.

Dejé que su seguridad (¿o era imprudencia?) ahogara mis dudas y me acerqué más a él.

Encima de nosotros, el viento aullaba como el chillido sobrenatural de unos espíritus inquietos y el mar, furioso, rugió toda la noche. Cuando el amanecer trajo calma, fui la primera en levantarme y dejé que Meleagro durmiera. Miré a mi alrededor, a la suave luz, para comprobar en qué clase de lugar nos encontrábamos. No nos habíamos alejado de la playa y caminé hacia la bahía donde estaba atracado el *Argo*.

Me detuve en seco. En la orilla, cuatro hombres que no había visto nunca yacían exhaustos, empapados y resollando en busca de aire.

—¿Qué es esto? —preguntó una voz detrás de mí.

Me sobresalté. Era Jasón. Me pregunté cuándo me habría visto.

—¿Quiénes sois? —preguntó a los hombres.

Le habían oído otros argonautas y vinieron también. Se reunieron detrás de nosotros.

Uno de los hombres levantó la cabeza. Tenía el pelo mojado pegado a las sienes, estaba pálido y le temblaba todo el cuerpo.

Meleagro se acercó a nosotros también. Esperaba que Jasón no se diera cuenta de que veníamos de la misma dirección.

—Rápido, vamos a encender un fuego para que entren en calor —indiqué—. No pueden hablar.

Juntos, ayudamos a los cuatro hombres a llegar hasta donde estaba el *Argo* atracado y sacamos del barco unas mantas gruesas de lana para envolverlos con ellas mientras Orfeo y Acasto encendían una hoguera en la playa. Nos reunimos todos en torno a ella y dejamos que los extraños se pusieran más cerca. Jasón se colocó frente a ellos y los observó concienzudamente. Conforme regresaba el calor a sus cuerpos, sus rostros se pusieron rosados de nuevo y al fin habló uno de ellos.

—Yo soy Melas —se presentó—, y ellos son mis hermanos: Citisoro, Frontis y Argo. La tormenta ha destrozado nuestro barco. Nos agarramos al mástil y nos trajo hasta aquí.

—¿De dónde venís? —preguntó Jasón.

—De Cólquida —respondió Melas.

—¿Venís de Cólquida? —repitió Jasón, incrédulo—. ¿Está lejos de aquí?

Melas sacudió la cabeza.

—A un día de navegación, tal vez, si el viento es favorable.

—Nos miró uno a uno y reparó en la felicidad que habían suscitado sus palabras—. ¿Qué negocio tenéis en Cólquida?

—Cuéntanos primero adónde ibais —pidió Jasón.

—Navegábamos a Grecia —contestó—. Antes de morir, nuestro padre nos habló del reino que dejó allí cuando lo expulsaron de pequeño.

—¿Quién era tu padre?

—Se llamaba Frixo.

Jasón se mostró exultante.

—¡La tormenta nos ha traído a los hijos de Frixo! Los dioses deben estar sonriéndonos una vez más.

Melas parecía dudosamente complacido.

—¿Conoces a mi padre?

—¡Nos dirigimos a Cólquida por él! —indicó Jasón—. En busca del vellocino de oro.

Vi un destello de preocupación en los ojos de Melas, reflejado también en los de sus hermanos.

—¿Qué queréis del vellocino? —se interesó.

—Nos han enviado para reclamarlo —respondió Jasón.

—¿Cómo esperáis hacerlo? —Melas alzó la voz, perturbado—. El vellocino se halla custodiado por un dragón, rodeado de la magia de Eetes. Nunca dejará que os lo llevéis.

Jasón soltó una risotada.

—Mira a tu alrededor —le dijo—. Aquí tienes a la colección de héroes más extraordinaria que ha visto nunca el mundo. Hemos aunado fuerzas para hacer lo imposible con la bendición de los dioses.

—¿Qué sabes de Eetes? —preguntó Melas. En el silencio que siguió a sus palabras, volvió a hablar—. Es nuestro abuelo, el hijo hechicero de Helios, el dios sol. Su poder no es como ningún otro que hayas visto antes.

Nos quedamos en silencio. Todos los ojos estaban fijos en Melas, conteníamos la respiración para escuchar sus palabras.

—Pero vosotros sí lo conocéis —señaló Jasón—. Y los dioses han enviado la tormenta, os han guiado hasta aquí para que podáis compartir esa información con nosotros. Acompañadnos, ayudadnos a recuperar el vellocino y os llevaremos de vuelta a Grecia con nosotros para que podáis reclamar vuestro reino.

Fue Citisoro quien habló esta vez. Miraba con angustia a sus hermanos.

—Hicimos una promesa a nuestro padre —dijo y Melas se llevó la cabeza a las manos. Citisoro continuó—: Le juramos que ocuparíamos el trono que debería de haber sido de él.

—Podemos ayudaros —prometió Jasón—, si vosotros nos ayudáis primero.

—Soy consciente de que sois fuertes, de que los tuyos son extraordinarios —comenzó Melas—, pero el mejor consejo que puedo daros es que deis media vuelta. No vayáis a Cólquida, dejadle el vellocino a Eetes. No podréis derrotarlo nunca, no os sacrifiquéis por algo que no puede ser robado.

—Sí podemos hacerlo —replicó Jasón—. Tienes razón, no conocemos a Eetes, pero él tampoco ha visto nada como nosotros. Hemos llegado muy lejos y conquistado a cada enemigo y cada obstáculo que hemos encontrado a nuestro paso. No tenemos miedo y si os unís a nosotros, tampoco lo tendréis.

Sí tenían miedo, era evidente. Pero sus posibilidades eran escasas. Podían esperar aquí, en esta isla remota, con la esperanza de que pasara otro barco que se arriesgara a sufrir el ataque de los pájaros de Ares y les ofreciera un trayecto seguro a su reino perdido, donde llegarían sin nada; o podían acompañarnos.

La confianza de Jasón volvía a aumentar. Encontrar a estos jóvenes con conexión con Cólquida, los nietos del mismísimo Eetes, y que estuvieran en deuda con él era un hecho afortunado.

—Esta es la isla del dios de la guerra —comentó Jasón—. Vamos a buscar su templo y hacer un sacrificio por él antes de partir. Contamos con el favor de muchos dioses, ya lo veréis.

Nos adentramos en la isla. Miré a Meleagro, no sabía qué pensaría de esto, si estaría buscando en la extensión de tierra algo más que el templo de su padre. Estaba todo muy tranquilo, el aire muy quieto, y me pareció ver tensión en sus hombros mientras se esforzaba por oír algo. Encontramos el templo de Ares, era austero y sencillo. Había en el centro una roca negra, alta y dentada bajo el techo abierto, y fuera estaba el pequeño altar de piedra.

Nos enviaron a Meleagro y a mí en busca de una oveja para sacrificar.

—¿Qué opinas de estos hombres? —le pregunté mientras caminábamos.

—Que tenemos suerte de contar con ellos como guías. ¿Por qué? ¿No confías en ellos?

Me quedé pensativa.

—Creo que sí.

—Y yo confío en tu juicio más que en el de ninguna otra persona.

—¿Por qué?

—Ves a las personas tal y como son —respondió—. Tal vez sea porque tú no ocultas nada de ti. Ves los engaños.

—Esos hombres han estado a punto de ahogarse. No tenían suficiente ingenio para improvisar una mentira.

—Temen a su rey —señaló Meleagro—. A fin de cuentas, es el hijo de Helios.

Lo miré.

—Tú eres el hijo de Ares. Tenemos entre nosotros a hijos de Poseidón y también de Hermes.

—Entonces no tienes miedo.

—Para esto partimos. Casi hemos llegado. No tengo miedo. Estoy preparada, todos lo estamos, ¿tú no?

Me tomó la mano.

—Es posible que esté disfrutando tanto del viaje que no quiera llegar al final.

No supe qué decir.

—Solo hemos hecho la mitad. Tenemos que volver a casa.

Algo aleteó en sus ojos, tan solo un momento, ante la mención de su casa. Era más sencillo vivir como si esto fuera todo cuanto teníamos, como si no hubiera nadie esperándonos al final del viaje.

Hechos los sacrificios, festejamos esa noche y bebimos vino. Si el dios de la guerra estaba complacido por nuestras ofrendas, no nos envió ninguna señal. ¿Se sentiría muy decepcionado Meleagro? Pero tras el momento incómodo de nuestra conversación previa, no quise preguntarle. Me concentré en cambio en lo que teníamos ahora por delante. El ambiente estaba cargado de nervios. Durante el largo viaje habíamos navegado con un ánimo vertiginoso, cargados de optimismo, en ocasiones inquietud, en otras pena o arrepentimiento o anhelo. Pero a la mañana siguiente, cuando Anceo tomó el timón, cuando todos ocupamos nuestros puestos, cuando Jasón se alzó en la proa con los hijos de Frixo, había algo nuevo en la atmósfera. Un peso solemne, pero no era tristeza. Hoy llegaríamos a Cólquida, alcanzaríamos el extremo más alejado del mar Negro y descubriríamos al fin qué nos aguardaba allí.

Incluso Orfeo dejó a un lado la lira mientras las aguas se extendían a nuestro paso. Anceo guio el *Argo* hasta la ancha boca del río Fasis y empezamos a remar más lento. Las crestas onduladas de una cadena montañosa se elevaban por encima de nosotros a un lado y al otro había una llanura extensa teñida de la luz del sol. Nos quedamos todos en silencio, solo se oía el chapoteo de los remos mientras

Jasón llenaba una copa de vino. La alzó en el aire y le tembló la mano un poco cuando la inclinó hacia el río. Vimos el líquido de color escarlata alejarse, la libación que ofrecíamos por el éxito de nuestra empresa.

—Anclad el barco en los pantanos. —La voz de Melas era suave y urgente—. Escondedlo de la vista de cualquiera que esté vigilando. Debéis dejarlo atrás ahora y marchar a pie hasta el palacio de Eetes.

17

Descendimos en silencio del *Argo*, chapoteando ligeramente hacia la llanura cubierta de hierba. Sabía que Meleagro estaba observándome desde la cubierta y me hubiera gustado que hubiera venido con nosotros.

Pero éramos Jasón, los cuatro hijos de Frixo y yo. Jasón no me habría elegido nunca como su única compañía, pero había decidido confiar en Melas y sus hermanos. Iba a presentarse ante Eetes solo con una mujer y sus propios nietos. Era una aproximación en absoluto amenazadora, le explicó Melas con expresión de disculpa.

Sabía que no eran los de Meleagro los únicos ojos fijos en mí. Los demás argonautas observaban con una mezcla de envidia, esperanza y resentimiento, estaba segura. Peleo, que apenas había mirado en mi dirección desde nuestro combate, debía de desear desesperadamente que se tratara de una trampa. La sensación de que me fulminaba la espalda con la mirada me hacía caminar un poco más despacio, deleitándome en la impotencia de su rabia.

—¿Entonces lo primero que he de hacer es pedirle el vellocino? —preguntó Jasón.

Melas asintió.

—Dirá que no, por supuesto. No va a renunciar a su vellocino por nada.

—¿Y por qué perder entonces nuestro tiempo? ¿Por qué no tomarlo por la fuerza antes de que sepa siquiera que hemos llegado?

—Su castigo sería rápido y brutal si os descubre —respondió Melas—. No os ofrecería la opción de exponer vuestro caso, se produciría una guerra inmediata. Estáis en terreno desconocido, en una tierra extranjera. Os enfrentáis a enemigos con los que nunca habéis soñado. Confía en mí, sería un movimiento estúpido.

Jasón se refrenó.

—Pero respeta las leyes de Zeus —prosiguió Melas—. Presentaos como invitados y se verá obligado a ofreceros su hospitalidad. No esperará una traición si te muestras honesto sobre el motivo por el que estáis aquí. Sabes que va a decir que no, pero os dará tiempo para pensar en una estrategia. En su corte encontraréis a otras personas más afines a vuestra causa que el rey.

—¿Tan odiado es? —pregunté yo, intrigada.

Una sombra cruzó el rostro de Melas.

—No puedes ni imaginártelo.

Apareció una forma oscura encima de nosotros y me giré para mirarla; por un momento pensé que era uno de los pájaros de bronce de Ares que venía a por nosotros. Pero su pico ganchudo no brillaba como el de las otras aves; a pesar de su tamaño monstruoso, no era una de las criaturas del dios de la guerra. Sus alas proyectaron una sombra en las pendientes de las montañas mientras planeaba por encima de los picos.

—Escuchad —indicó Melas.

Pasaron varios minutos y entonces lo capté. Un murmullo débil y suave que flotaba en alguna parte de las montañas. Enseguida, el viento cambió de dirección y dejé de oírlo.

—¿Qué era eso? —preguntó Jasón.

Fue Frontis quien respondió.

—Ese pájaro es un águila enviada por Zeus. Sobrevuela nuestra ciudad todos los días hacia las montañas del Cáucaso, donde está encadenado el titán Prometeo. Cada día, el pájaro le rasga la piel y le devora el hígado. Por la noche, su cuerpo sana, le vuelve a crecer y se repite lo mismo. Todos los días durante el resto de los tiempos.

A pesar del calor sofocante del día, me estremecí.

Había visto otras ciudades en el transcurso de nuestro viaje, pero ninguna como Cólquida. Las puertas de la ciudad eran altas, estaban flanqueadas por unas torres aún más altas y los muros eran suaves y brillantes. La luz fluía por todas partes cuando las puertas se abrieron para los hijos de Frixo y para nosotros. Me dejó deslumbrada la intensidad y el alcance de su brillo. Cólquida era una gema pulida, una ciudad más fabulosa que cualquiera que hubiéramos visitado, y en el corazón se alzaba el palacio de Eetes.

Sus guardias se hicieron a un lado para que pasaran Melas y sus hermanos, y Jasón y yo caminamos entre ellos, atravesando las elegantes columnas hacia un gran patio. Había enredaderas alrededor de un enrejado arqueado y brotaban cuatro manantiales del suelo en el mismísimo centro. Me maravillaron los colores de los líquidos que emergían; uno era de un blanco puro, otro de un tono rojo intenso, había un tercero dorado que desprendía una fragancia embriagadora en el aire. Solo el cuarto parecía agua clara, cristalina y fresca.

—Mis nietos. —Su voz era suave, con un tono profundo y melifluo. Me hizo pensar en un río frío que fluía en una caverna subterránea—. Habéis regresado mucho antes de lo que esperaba.

Salió de la sombra del interior del palacio. Era alto, iba vestido con elegantes prendas de lino morado, la cabeza calva coronada con una brillante banda dorada sobre la cual resplandecía una joya naranja. Sus ojos eran de un tono más oscuro, bronce ahumado, y nos miró con desdén. Detrás de Eetes había un grupo de hombres bien vestidos, aunque no tan elegantes como él. Se encontraba una mujer con ellos, su rostro era hermoso, aunque marcado por la preocupación y la tristeza. Tenía los ojos angustiados, fijos en Melas, Citisoro, Frontis y Argo.

Los cuatro hijos de Frixo inclinaron la cabeza ante su abuelo. Y entonces habló Melas:

—Una tormenta nos arrastró a la costa de la isla de Ares. Nuestro barco estaba destrozado, nuestra tripulación perdida en el mar embravecido. —Señaló a Jasón—. Este hombre nos salvó cuando llegamos a la orilla, donde él buscaba reposo en su viaje hasta aquí, Cólquida. Como agradecimiento por nuestras vidas, lo hemos traído aquí para que pueda trasladarte sus súplicas.

La expresión del rey permanecía inescrutable.

—¿Quién eres tú y cuáles son esas súplicas de las que habla mi nieto?

Jasón se aclaró la garganta.

—Soy Jasón, hijo de Esón. Nací en la ciudad de Yolco, gobernada ahora por mi tío, quien me ha robado el trono. Para reclamarlo, busco algo que te pertenece a ti: el vellocino de oro.

Eetes se quedó mirándolo. El silencio que siguió a sus palabras fue extenso y terrible. Entonces desvió la mirada a sus nietos.

—Hijos de Frixo, ¿para esto me apiadé de vuestro padre cuando llegó a mi ciudad, huyendo de la muerte a manos de su propia madrastra? ¿Así me pagáis mi amabilidad, que dejara que comiera de mi mesa, que viviera bajo mi techo, que se casara con mi hija Calcíope? —Inclinó la cabeza hacia la mujer que tenía detrás y entendí entonces el motivo de su expresión de desesperación mientras miraba a sus hijos—. ¿Ahora sus hijos me traen a un enemigo a mi casa, uno que exige el vellocino que dedicamos a los dioses como gratitud por su viaje seguro?

Jasón abrió la boca para protestar, pero Eetes continuó, sus palabras eran tan venenosas como una serpiente.

—Me pregunto qué le habréis contado a este extraño sobre el vellocino, cuántos de nuestros secretos habréis traicionado ya. Tal vez debería arrancaros las lenguas antes de que desveléis más y cortaros las manos para que no podáis mostrarle el camino a nuestra ruina.

Calcíope gimió y se llevó entonces la mano a la boca para ahogar el sonido.

Sus hijos estaban parados, incapaces de moverse, congelados por el peso de su mirada.

—No tengo intención de provocar vuestra ruina —habló Jasón—. No me llevaría el vellocino sin ofrecer un intercambio justo.

Eetes soltó una carcajada, un sonido totalmente desprovisto de gracia.

—¿Qué podrías ofrecerme que se acercara a su valor?

Jasón me miró.

—Me acompaña Atalanta, una campeona escogida por la mismísima Artemisa. Pero tengo una partida de hombres, más de cincuenta en total. Entre ellos hay hijos y nietos de los olímpicos; hombres poderosos, fuertes y hábiles. Atalanta es la corredora más rápida y la cazadora más formidable que haya conocido el mundo, pero ella es solo un miembro de mi tripulación. Cuento con los hijos de Bóreas a mi servicio, con alas en los tobillos que les hacen alzarse en el cielo y volar hasta sus enemigos. Tengo a Anceo, hijo de Poseidón, que puede conducir cualquier navío a salvo. Meleagro, hijo del fiero Ares; Orfeo, cuya destreza con la lira puede calmar cualquier corazón y arrancar lágrimas a los tiranos más crueles. Hera, la reina del Olimpo, nos ha bendecido y concedido su favor, y también Atenea, cuya estrategia astuta nos proporcionará la victoria en aquello en lo que nos embarquemos. Si nos entregas el vellocino, tendrás nuestra gratitud y también la de los dioses. Seremos tu ejército, conquistaremos cualquier tribu vecina que desees para que se doblegue ante ti. Podemos ofrecerte gloria.

—Y todos esos héroes, ese grupo sin parangón del que presumes, ¿te siguen a ti?

Jasón asintió con entusiasmo.

—Debes de ser verdaderamente glorioso —comentó Eetes—, si te llaman líder y siguen tus órdenes.

—Lo hacen.

—Entonces puedes llevarte el vellocino. —El aire se volvió repentinamente demasiado denso, costaba respirar—. Es tuyo. Lo único que has de hacer es demostrar tu valía.

—Por supuesto, traeré aquí a mis argonautas para que veas...

—Ellos no. —Eetes sonrió con satisfacción—. Solo tú.

Creí que Jasón titubearía, pero se mantuvo firme y alzó el rostro hacia el rey.

—Completaré cualquier prueba que me impongas.

—Debes hacer lo que ningún hombre ha logrado antes. Solo así demostrarás ser merecedor del vellocino. —Eetes juntó las manos—. Has mencionado que los dioses te ofrecen su favor, pero no se olvidan de Cólquida. Los manantiales que ves emerger de nuestro suelo fueron construidos por Hefesto, que tiene una deuda de gratitud con mi padre, Helios. Estaba tan agradecido con él que me hizo más regalos: un par de toros que exhalan fuego y tienen pezuñas labradas en bronce. Si consigues uncir a los toros y conducirlos por el campo de Ares para labrar la tierra y sembrarla con dientes de dragón, te entregaré yo mismo el vellocino.

Parecía una tarea más propia de Heracles, pensé desesperada, y no algo que pudiera llevar a cabo Jasón.

Eetes prosiguió, pronunciando una a una sus suaves y frías palabras.

—Si fallas —se inclinó hacia delante, con sus ojos como cobre brillante—, quemaré tu barco y a todos los argonautas con él.

Jasón lo miró con firmeza y más convicción de la que había visto nunca en él.

—Lo haré.

—Mañana —indicó Eetes—. Al amanecer, en el campo de Ares.

Jasón asintió y me volví sobre mis talones, desesperada por salir de ese patio asfixiante y alejarme todo lo posible del rey. Jasón no iba muy lejos de mí.

Pero cuando nos retirábamos, con la carcajada del rey resonante detrás de nosotros, atisbé a otra mujer medio escondida tras un pilar, observándonos. Llevaba un vestido de un tono escarlata oscuro, el pelo recogido en una corona de trenzas y joyas en la garganta, las muñecas y en el cabello. Tenía los ojos concentrados en nosotros (no, en Jasón), unos ojos dorados relucientes como los de Eetes. Tiré de la manga de Jasón para alejarlo de allí cuando volvió la cabeza para mirarla.

Fuera ya de la ciudad, aspirando el aire fresco de las llanuras, traté de deshacerme de la sensación persistente que me provocaba ese lugar.

—Tenemos que encontrar y tomar el vellocino esta noche —dije—. Marcharnos de aquí antes del amanecer.

Jasón estaba perplejo.

—¿De qué estás hablando?

—No puedes quedarte a intentar semejante tarea. Va a matarte, nos va a matar a todos.

—Le he dado mi palabra —afirmó Jasón.

—No hay nadie cuya palabra signifique nada para un hombre como ese.

—Tendrá guardias apostados en las inmediaciones del vellocino esta noche —señaló Jasón—. No tendremos oportunidad de tomarlo.

Exhalé una bocanada de aire, frustrada por nuestros errores, por la estupidez de entrar al palacio de ese rey y exponer con tanta honestidad nuestros deseos.

—¿Entonces qué? —Todos mis instintos se rebelaban en contra de marcharnos en silencio durante la noche. Habíamos venido en busca del vellocino. No íbamos a partir sin él. Pero que todo se redujera a Jasón, que el destino de nuestra misión recayera únicamente en sus manos... tampoco podía soportar pensar en ello. Un hombre que hasta ahora no había hecho nada para demostrar su valía mientras que el resto de nosotros habíamos conquistado todo aquello que se había interpuesto en nuestro camino. Y aun así, tenía la suficiente confianza en sí mismo para pensar que podría burlar a Eetes, que su fuerza podría superar a la de dos toros con el poder del dios volcánico, Hefesto.

—Entonces haremos lo que ha dicho Eetes.

—Podrías morir.

Me miró.

—A ti te envió Artemisa. Hera, la reina de los inmortales, me encomendó la tarea a mí. No voy a desafiarla.

Pero Hera no lo salvaría, pensé. Artemisa me había enseñado que los dioses podían ser tan despiadados con sus favoritos como lo eran con sus enemigos. Jasón pensaba que la bendición de Hera era lo mismo que su protección. No entendía que tan solo le había concedido la oportunidad de triunfar. Si le fallaba, mejor sería morir que sobrevivir lo suficiente como para enfrentarse a su decepción. Pero él no sabía nada de los dioses. Jasón pensaba que el mundo estaba construido para los héroes. Yo sabía que teníamos que construirlo nosotros mismos.

Casi habíamos llegado ya al final de las praderas. Más adelante, la tierra se volvía pantanosa y húmeda y daba paso a las ciénagas bordeadas de juncos. Aquí, los árboles encorvados se inclinaban por encima del agua; las raíces estaban enroscadas en la tierra, pero las hojas rozaban la superficie ondeante del agua. Podía sentir aún los ojos ardientes de Eetes en nuestra espalda y sentí alivio al adentrarme en la sombra verde y fresca de la gruta. Busqué en mi alma la fe en Jasón, la esperanza de que este fuera el momento de su devenir.

Se detuvo en seco y entonces vi por qué. Había una figura delante de nosotros, las ramas se curvaban por encima de su cabeza como si fuera una estatua en un templo abovedado. Era imposible que hubiera llegado aquí antes que nosotros, pero así era. La mujer que nos observaba en el patio de Eetes.

Al otro lado del velo de hojas, las ranas croaban y los pájaros de patas largas hundían los picos en el agua. Los insectos zumbaban, los lagartos se abalanzaban de roca en roca con un movimiento rápido de sus colas secas y del agua emergían unas pequeñas burbujas en la superficie.

Era joven, más de lo que me había parecido en el patio. Aquí, bajo el resplandor moteado, veía el rubor radiante de sus mejillas, el brillo de su piel y la suavidad de su pelo. Las piedras relucientes y el dorado que vestía eran adornos innecesarios. No creí haber visto nunca a nadie más hermoso.

—Os he oído —dijo—. Lo que habéis pedido a mi padre.

La hija de Eetes. Me quedé inmóvil. Ella se dio cuenta y se rio.

—No tenéis nada que temer de mí —nos aseguró. A pesar de su juventud, era muy calmada, había en su voz un tono arrogante que me recordó a su padre—. Solo quiero ayudaros.

—¿Cómo? —Fue Jasón quien habló. La miraba como si fuera la propia Hera quien hubiera acudido para guiarlo.

—¿Y por qué? —añadí yo—. Ya has escuchado la respuesta de tu padre. ¿Por qué ibas a querer ayudarnos?

—Porque si sobrevivís a su reto, volveréis a Grecia. Y podréis llevarme con vosotros.

Oí pasos detrás de nosotros; Melas y sus hermanos nos habían alcanzado. Las palabras se evaporaron de sus labios cuando la vieron.

—¿Por qué quieres marcharte de Cólquida? —preguntó Jasón.

—Pregúntales a ellos. —Señaló a los cuatro hombres con la cabeza—. Y luego piensa cómo es ser su hija en lugar de su nieto.

—¿De veras vas a arriesgarte, Medea? —susurró Melas.

—Sería una necia si no lo hiciera.

—¿Es una trampa? —preguntó Jasón—. Los toros que debo uncir... ¿se puede hacer?

Ella sacudió la cabeza.

—Te ha dicho que ningún hombre ha conseguido hacerlo y es verdad.

—¿Y cómo puede sobrevivir Jasón? —intervine yo. La sensación que me había abordado en el patio de que todo se me venía encima era la misma sensación aplastante que tuve con las rocas chocantes que se alzaban a cada lado del barco. Ahora sentía que me ahogaba en esta gruta.

—He aprendido suficiente de mi padre —prosiguió la joven—. Hay un bálsamo, puedo conjurarlo para ti. Úntatelo en el cuerpo y el fuego que exhalan los toros no te tocará. Sus cuernos no podrán perforarte la piel. Te dará la fuerza para uncirlos. Cuando siembres los dientes de dragón, se alzarán los muertos de la tierra armados con espadas y lanzas en busca de tu sangre. Arrójales una piedra y lucharán entre ellos, se olvidarán de que estás allí.

Se me puso la piel de gallina al escuchar sus palabras. Jasón estaba asintiendo, una emoción febril le invadía el rostro. Me volví hacia los cuatro hermanos para comprobar cómo reaccionaban a lo que estaba diciendo. Parecían más solemnes que Jasón, pero no tan espantados como yo.

—Si se entera de lo que has hecho... —le dijo Melas. Sus ojos se encontraron y ella sonrió.

—Entonces su ira caerá sobre mí ahora y no más tarde —afirmó. El peso había desaparecido de sus palabras; donde antes sonaba arrogante y sombría, había ahora dulzura—. Todos los que vivimos bajo su gobierno sabemos que es solo cuestión de tiempo.

—Ese ungüento —dijo Jasón—. ¿Lo tienes?

Ella negó con la cabeza.

—Solo puede prepararse con las flores que brotan en las laderas de las montañas del Cáucaso, flores que crecen de la sangre de Prometeo que gotea del pico y las garras del águila cuando se aleja de él. Las flores están dispersas, en lo más alto, y son difíciles de encontrar. Solo yo puedo hallarlas. —El orgullo relucía en sus palabras—. Solo pueden cortarse a la luz de la luna y únicamente se pueden recoger si Hécate lo permite.

—¿Y si Jasón no tiene ese ungüento? —pregunté.

—El aliento de los toros lo reducirá a cenizas en cuanto ponga un pie en su campo —respondió Medea.

Por supuesto, tenía sentido que la forma de derrotar al rey hechicero fuera usando magia. Habíamos visto cosas sobrenaturales en nuestra ruta: las harpías chillonas con rostros de mujer, las rocas que entrechocaban, los seis gigantes armados que lanzaban peñascos a nuestro barco. Yo había crecido protegida por la magia de Artemisa, el salvajismo de los osos estaba atenuado por su encantamiento. Pero la mención de Medea de las flores bañadas en sangre, recogidas en la oscuridad para derrotar a un ejército de muertos, me horrorizaba como ninguna otra cosa hasta el momento. Era este reino, gobernado por un tirano cuyos hijos hablaban de él en susurros atemorizados. La oscuridad que se extendía más allá de la riqueza y la luz dorada parecía palpable, una amenaza como las profundidades más negras del océano.

—Si puedes traérmelo, te llevaremos con nosotros cuando nos marchemos —le prometió Jasón.

—Iré esta noche al *Argo*, donde lo tenéis anclado en los pantanos —dijo Medea y puse cara de asombro. ¿Sabía también Eetes dónde estábamos? ¿Era una trampa?—. No te preocupes. —Me sonrió directamente a mí. Se retiró entre Jasón y yo, y se volvió una sola vez para mirarnos, enmarcada por los árboles e iluminada por el sol.

—¿Qué hacemos? —Dirigí la pregunta a los cuatro hijos de Frixo más que a Jasón.

Melas parecía pensativo.

—Creo que puede traeros ese ungüento. Si alguien puede elaborar algo así, es Medea. Creo que su conocimiento solo es secundado por el de su padre en todo el reino.

—Pero ¿podemos confiar en ella?

—¿Por qué no?

—¿Y si actúa por orden de su padre?

Jasón enarcó una ceja.

—¿Eso crees?

—¿No se te ha ocurrido a ti?

Melas negó mi sugerencia.

—Medea es joven, la más joven con diferencia de las hijas de Eetes. No se ha endurecido por su trato aún. Ha visto una oportunidad para escapar, igual que nosotros.

Soplaba un viento suave proveniente de los pantanos que mecía las hojas y desprendía un hedor turbio, el olor a sal de los peces y el agua estancada. Pensaba que tendríamos que librar una lucha, nuestras fuerzas contra las de ellos, una prueba de fuerza y coraje. Algo limpio y claro que entendía bien. Pero el propio terreno bajo nuestros pies era engañoso, cambiante y zozobrante.

—Con su ayuda podéis hacerlo —concluyó Melas y vi que Jasón estaba convencido.

—Volvamos al *Argo* —indiqué. Quería que informara a los demás, esperaba que la reacción del resto de la tripulación me diera la seguridad de que este era el camino correcto o, por el contrario, que hicieran ver a Jasón que quedarnos aquí era una locura.

—Vamos —dijo él. Había ahora solidez en su actitud. Tenía los hombros firmes, la mandíbula alzada. Veía en él algo nuevo, algo que en otras circunstancias habría recibido de buen gusto, pero que ahora solo me hacía sentir más aprehensión.

Permanecimos a bordo del *Argo* cuando cayó la noche. Había luna llena, un orbe fantasmal suspendido en el cielo por encima de los picos oscuros de las montañas. Algunos de los hombres echaron mantas en los bancos de madera para intentar dormir algo. Orfeo estaba solo y se daba golpecitos en el muslo. Seguramente ansiara el alivio de la lira, calmar nuestros nervios con música, pero no podíamos arriesgarnos a hacer ningún ruido. Jasón estaba sentado en la proa con las piernas estiradas delante de él y la cabeza echada hacia atrás. Anceo y Acasto aguardaban en el timón, alertas a cualquier sonido.

Meleagro y yo nos encontrábamos juntos en la cubierta, entre las filas de bancos con la espalda apoyada en la barandilla. Oía a ambos lados el respirar tranquilo y regular de los argonautas dormidos. La madera era suave y pulida, pero se me clavaba en los hombros; lo agradecía, me ayudaba a no quedarme dormida. Quería estar despierta cuando llegara, si es que venía. Hablábamos en susurros, con cuidado de no despertar a nuestros compañeros.

—¿Crees que de verdad es así de simple? —Meleagro sonaba inseguro—. ¿Un ungüento mágico y Jasón se hará con el vellocino?

—Pensaba que habría más.

—Yo esperaba una batalla —admitió Meleagro.

—Yo también.

—¿Estás decepcionada? —Oí una carcajada suave escapar de sus labios.

—Si alguien está decepcionado, creo que será el hijo de un dios de la guerra —susurré.

—Puede que alguien lo esté. Si lo que dices del rey es verdad.

—No tiene intención de dejar que nos lo llevemos, eso es definitivo.

—Para que nadie pueda decepcionarse.

—Pero ¿funcionará el ungüento? ¿O arderá Jasón delante de todos nosotros?

—Ahí... una figura... ¿la ves? —Meleagro se sentó y señaló algo en la oscuridad. Estiré el cuello para verlo.

Era una figura que se apresuraba hacia nosotros, con el vestido blanco ondeando alrededor de los tobillos cuando emergió de las sombras como un espíritu. Subió con agilidad por el costado del barco. Jasón se puso en pie rápidamente y los hombres dormidos se despertaron; echaron mano de las lanzas y espadas de inmediato y se alzaron, preparados para un ataque.

La joven no parecía perturbada por los hombres armados que la rodeaban, de pie en el centro de un círculo de lanzas y espadas.

—Lo tengo —declaró y le tendió un frasco pequeño a Jasón.

Él lo aceptó vacilante.

—Extiéndetelo por la piel —le indicó—. También en el escudo y en la lanza. La savia de las flores de Prometeo está empapada de icor, la sangre de los dioses. Te hará tan indestructible como ellos durante el tiempo suficiente para que puedas atar a los toros y enfrentarte a los muertos vivientes.

—¿Las has recogido tú misma? —preguntó él.

Medea asintió.

—Solo puedo hacerlo yo. He esperado a que se ponga el sol, a que el palacio se quede a oscuras y en silencio, he salido entonces y subido a la montaña. Sabía dónde mirar; ya había presentado mis ofrendas a Hécate en su templo y ella me ha guiado hasta allí. Las flores crecen en lo más alto, sus tallos son demasiado gruesos para cortarlos sin su ayuda. La he llamado siete veces y me ha escuchado desde el Inframundo, la madre de los muertos, y los tallos se han quebrado en mis dedos. El suelo se ha sacudido bajo mis pies y he oído al titán gruñir como si estuviera rajándole la piel, y entonces ha salido la savia. —Sus ojos brillaban con reverencia, hablaba con tono sincero y dulce, como si hubiera arrancado flores silvestres de la pradera.

Jasón se quedó mirando el frasco en sus manos.

—¿Habrá suficiente?

—Suficiente para lo que tienes que hacer —confirmó—. Y cuando esté hecho, mi padre se pondrá furioso. Tendrás que huir tan rápido como puedas; te llevaré a la gruta donde está el vellocino para que podamos escapar mientras él reúne a sus hombres. No estará preparado, tan solo habrá anticipado tu muerte. Tienes que aprovechar el momento mientras esté sorprendido, pues no durará mucho.

A mi alrededor, todo el mundo estaba pendiente de sus palabras. Miré su delicado cuerpo, lo joven y dulce que parecía, y traté de imaginarla subiendo esa montaña sola, en la oscuridad. Me resultó más sencillo de lo que esperaba. Tenía una fuerte determinación, veía cómo radiaba de ella, como el bronce forjado en el fuego. Había en ella algo que reconocía.

Fue tan rápida al marcharse como lo había sido al aparecer. No podía arriesgarse a que descubrieran que había salido de la cama. Nos aseguró que estaría vigilando al día siguiente, que estaría preparada para guiarnos en medio de la confusión cuando terminara, y entonces desapareció.

Nadie durmió más esa noche. Esperamos hasta que el cielo clareó y el sol ascendió para proyectar su resplandor en Cólquida. Helios, padre de Eetes, lo arrastró por el aire y sentí su mirada sobre nosotros. Estábamos debajo de él sin ningún lugar donde escondernos mientras desamarrábamos el *Argo* y remábamos hasta el río, hacia el campo de Ares.

18

El campo se extendía a cierta distancia de la ciudad, pero al acercamos, vimos que los habitantes de Cólquida estaban ya reunidos allí, preparados para presenciar el espectáculo. Cuando detuvimos el barco en la orilla del río, Jasón descorchó el frasco que le había dado Medea. El ungüento fluía como el aceite, espeso y dorado, y se lo esparció por la piel y luego por las armas, como ella le había indicado. Todos observamos en silencio. Cerró los ojos unos segundos con los brazos extendidos y la cara levantada hacia el cielo. Me pregunté si podría sentir la fuerza fluir por su cuerpo, si sabría el momento exacto en el que surtía efecto y lo transformaba. Puede que sí, pues dejó la armadura en la cubierta y solo tomó la lanza y el escudo antes de bajar del *Argo*. Su piel brillaba a la luz del sol cuando se alejó.

Los ciudadanos de Cólquida estaban dispuestos a lo largo de los bordes del campo con el rey Eetes en el centro. Este se volvió para mirar a Jasón con ojos inescrutables. A su lado había una mujer con un vestido largo, probablemente su reina, y al lado de ella estaba Medea. Tenía el mismo aspecto que el día anterior, con el pelo trenzado alrededor de la cabeza, regia, digna. No había en ella atisbo de rebeldía, solo una postura cómoda.

En el campo, los dos toros bufaban y pateaban la tierra. La imagen me dejó fascinada: su tamaño inmenso, el brillo de sus pezuñas de bronce arañando la tierra, el humo que les salía por el morro y les rodeaba los cuernos.

Jasón se dirigió hacia ellos. Un hombre se apartó del grupo de ciudadanos portando un casco de bronce que repicaba mientras corría hacia Jasón. Se lo dio y este lo aceptó con una inclinación de cabeza antes de entrar en el campo y que los toros lo vieran.

El yugo y el arado estaban en el suelo, al lado de las bestias. Solo un hombre valiente se habría acercado a unos animales tan fuertes y con un aspecto tan furioso, aunque no respiraran fuego. Pero Jasón no vaciló. Tal vez el ungüento le había conferido valentía además del resto de propiedades, el mismo espíritu indómito que había enviado a Medea la noche anterior a arrancar esas flores mientras el titán rugía agónico.

El rey se inclinó hacia delante con una sonrisa maliciosa en el rostro cuando Jasón se acercó más y más a los toros. Las bestias alzaron sus enormes ojos. Uno de ellos mugió y el sonido resonó en la llanura. Al hacerlo, una lengua de fuego salió de su boca, directa a Jasón. Él siguió adelante, impávido.

En el *Argo*, intercambiamos miradas de emoción. El fuego le había rozado el cuerpo, pero Jasón ni siquiera se encogió. Ahora mugieron los dos toros y esta vez las llamas los envolvieron a ellos y a Jasón. Eetes parecía triunfante, pero lo vimos entre el humo, lanzándose hacia delante y agarrando los cuernos del primer toro. Salieron más llamas, el humo envolvía el campo y, cuando me alcanzó, empezaron a picarme los ojos. También los ciudadanos de Cólquida farfullaban y se frotaban la cara, pero, casi indistinguible por el fuego, el toro se vio forzado a inclinarse y Jasón le lanzó el yugo por encima del cuello, y lo mismo ocurrió con el otro toro. La cara de Eetes estaba ahora desprovista de toda emoción, observaba con rostro neutro cómo se extinguía el infierno y, entre las nubes cenicientas, todos vimos lo imposible: Jasón conduciendo hacia delante a los toros, con sus enormes cabezas inclinadas bajo el yugo.

El campo era vasto y los toros ingobernables, pero Jasón siguió adelante, arriba y abajo, y el suelo se revolvía a su paso. Cuando se acercaba al extremo que estaba más próximo a nosotros, vi que no había en él marca alguna, ninguna quemadura. Medea había cumplido su promesa. Jasón no mostraba deleite por su poder. Su mirada era calmada, estaba vacía, como si se moviera sumido en un trance. El rostro de Medea yacía tranquilo y perfecto, no mostraba emoción alguna, aunque no apartaba la mirada de él en ningún momento. Miré los ojos vacíos de Jasón y la intensa mirada de Medea y se me revolvió el estómago. Esta rara hazaña continuaba, nada que ver con las heroicidades que había imaginado. Ansiaba librar una batalla honesta, cualquier cosa en lugar de esta magia impenetrable.

El día se extendió más de lo que creí posible y cuando por fin terminó de arar, Jasón retiró el yugo y los toros se alejaron, a través de las amplias llanuras, dejando humo a su paso. Jasón tomó el casco que había dejado en la tierra y esparció lo que había dentro en el campo recién labrado. Eran triángulos afilados y relucientes. Dientes de dragón.

Había cubierto ya la mitad del campo cuando empezaron a alzarse. Allí donde deberían brotar hojas verdes, se abrieron paso con sus garras desde las entrañas de la tierra: guerreros blandiendo espadas y escudos, con la piel manchada de tierra y el pelo cubierto de barro, bramando al tiempo que emergían.

Jasón hizo lo que le había indicado Medea. Tomó una roca del suelo y la lanzó a los luchadores. Estos gritaron, se tambalearon confundidos y ondearon las espadas entre ellos de forma frenética. Jasón echó a correr y los dientes restantes se le cayeron de la mano mientras esquivaba ágilmente el resto de surcos. Cuando llegó al extremo, se dio la vuelta y comenzó a golpear a los que se alzaban del suelo. Atravesó con su espada la cara de los últimos en salir antes de que pudieran liberar los brazos de la prisión del suelo y los dejó destrozados. Si alguno consiguió atacarlo con su espada, Jasón permaneció ileso; el ungüento preservaba su capa impermeable sobre su piel.

Se acabó mucho más rápido de lo que nadie podría haber previsto, fue poco espectáculo para la multitud reunida allí. Jasón se alzó triunfante y, a su alrededor, el ejército de muertos de Eetes yacía muerto y destrozado.

Jasón se volvió hacia el rey.

—He hecho lo que me pediste —gritó en medio de la devastación—. El vellocino es mío.

El rostro de Eetes se transformó por la ira. Tensó con furia la mandíbula y las palabras que buscaba se ahogaron en su garganta, estranguladas por la rabia. La túnica ondeó a su alrededor cuando dio media vuelta y se retiró. Subió a su carro y tiró de las riendas; los caballos relincharon y se lanzaron al galope. El resto de habitantes se movía con vacilación, sin saber qué hacer. Solo Medea tenía un propósito y una dirección; se dirigió al *Argo*, con el rostro marcado por el terror. Jasón la vio y la siguió de inmediato, los dos alcanzaron el barco juntos, él aún sonriendo autocomplaciente, ella en un estado caótico que me sorprendió.

—Nos vamos ya, ¡de inmediato! —La voz de Medea era grave, urgente y desesperada, y sentí que las manos se me iban a los remos de forma instintiva—. Por aquí, por el río —ordenó y empezamos a remar—. Va a reunir a sus fuerzas, nos perseguirá en cuanto convoque a todo el mundo —decía y las palabras se derramaban unas sobre otras—. Remad rápido, ¡no tenemos tiempo!

Nos pusimos en acción y todos remamos tan fuerte como pudimos.

—Cuando lleguemos a la gruta de Ares, te llevaré hasta el vellocino —le dijo a Jasón—. Está custodiado por un dragón, aterrador y terrible para ti, pero puedo encantarlo para que se duerma. En cuanto lo haga, tendrás que tomar el vellocino y remaremos de vuelta. Si llegamos a mar abierto antes que mi padre, podremos escapar.

Empujamos el navío hacia delante, por el amplio río, pasadas las llanuras cubiertas de hierba hasta que llegamos al bosque. Medea le tomó la mano a Jasón y tiró de él hacia el borde del barco, más nerviosa de lo que la habíamos visto antes, y los dos desaparecieron entre los árboles.

—¿Qué hacemos? —pregunté.

—Esperarlos —respondió Melas.

Negué con la cabeza, furiosa.

—Voy a seguirlos para ver si sufren algún daño. Si les pasa algo, estaremos aquí sentados y seremos un blanco para Eetes.

—¿Crees que sabes más que su propio nieto? —habló Peleo con el rostro marcado por el desprecio—. Pensaba que estábamos siguiendo el consejo de Melas. ¿No nos ha llevado ya lo bastante lejos?

—No, Atalanta tiene razón —replicó Meleagro—. Yo también voy.

Los dos bajamos a la orilla pantanosa sin perder un segundo en comprobar la reacción de Peleo. Las raíces de los árboles se enredaban en el agua y los enormes cipreses encorvados brotaban directamente de la ciénaga. Levanté la mirada al cielo. Aquí reinaba la oscuridad, caía como un velo y podía ver ya los bordes sombreados del cielo, la mancha de color índigo extendiéndose. Nos habíamos pasado todo el día observando a Jasón trabajando. ¿Cuánto duraría su invulnerabilidad? ¿Se habría absorbido ya el ungüento protector en su piel y se habría evaporado la magia?

Los árboles clarearon. Vi el vestido de Medea meciéndose al viento mientras Jasón y ella corrían entre los últimos árboles hacia el claro.

Allí estaba el vellocino, el objeto de nuestra misión, por fin delante de mí. Extendí el brazo para detener a Meleagro, pero él ya se había parado y lo miraba tan absorto como yo. Mis ojos se esforzaban por encontrarle el sentido, cómo brillaba de forma etérea bajo la luz restante, grande y ondeante en el susurro suave del aire; parecía emitir su propio brillo allí colgado sobre la rama de un árbol alto que estaba solo en el centro. Enroscado alrededor del tronco estaba el dragón. Si el vellocino con su brillante superficie dorada parecía improbable, entonces el dragón ya era imposible. Se trataba de un monstruo más allá de toda imaginación. Comprendí que lo que me había parecido que era el viento entre las hojas era en realidad su siseo. Jasón parecía perplejo delante del animal, que movía la enorme cabeza adelante y atrás con los ojos fijos en él.

Y entonces Medea se puso a cantar con voz aguda y suave, y el monstruo giró la cabeza hacia ella. Paso a paso, la joven se acercó al animal. El dragón se alzó cuando Medea avanzó, sacó la lengua negra entre las fauces, pero Medea siguió caminando con la mirada vacía, el lamento inquietante de su canto temblaba en el aire. Muy a mi pesar, me encogí cuando llegó hasta el dragón, segura de que iba a atacarle, pero este bajó la cabeza al suelo, junto a sus pies. Observé, paralizada y fascinada, cómo extendía el brazo y le acariciaba las escamas brillantes de la frente.

Jasón emergió del trance y se lanzó alrededor de los anillos de la bestia hacia el tronco, donde estaba el vellocino suspendido, fuera de su alcance. Se estiró para alcanzarlo y tiró de él para bajarlo de la rama. Medea seguía cantando y la melodía flotaba en la gruta. El vellocino de oro tenía un aspecto vívido bajo la luz menguante y no podía creerme que ya estuviera hecho, que hubiéramos logrado nuestra misión. Jasón corrió hacia nosotros y Medea apartó la mano del dragón y retrocedió suavemente y en silencio hasta que estuvo a nuestro lado.

—Corred —susurró y eso hicimos.

No podía entender el vacío de mi pecho mientras corríamos de vuelta al barco. Abordamos de nuevo entre gemidos y vítores y nos pusimos a remar en la dirección de donde habíamos venido. Esta vez, mientras el barco avanzaba por el río, oí un resonar de cascos proveniente de la ciudad: los hombres de Eetes a caballo, arrojándonos lanzas mientras avanzaban.

Solté el remo, tomé el arco y me dispuse a dispararles flechas mientras la tripulación remaba con todas sus fuerzas. Me subí a un banco, apunté con precisión y vi cómo caían los hombres de Eetes de sus caballos cada vez que soltaba la cuerda y mi flecha volaba. Estábamos dejando atrás la ciudad, los caballos que nos perseguían recularon y perdieron el equilibrio en el barro. Pero al doblar la curva, justo detrás de nosotros, había un navío de guerra con Eetes apostado en la proa. Cuando lo tenía a tiro disparé, pero mis flechas lo vadearon y cayeron a sus pies.

El río se volvió más ancho, el mar estaba justo delante, y aunque su barco era más rápido, la fuerza de los argonautas era mayor. Llegamos a mar abierto; el barco de Eetes seguía en el río y una ráfaga de viento nos ayudó a avanzar. La vela se estremeció en el mástil, se infló, y entonces su navío era una diminuta forma en la distancia con él lanzando maldiciones.

Avanzamos en la oscuridad guiados por las estrellas. En la popa, Melas y Anceo mantenían una conversación acalorada. Estaban comparando posibles rutas, enumerando islas y mares, ríos y canales, riesgos y vías que podría buscar Eetes para perseguirnos. Medea y Jasón estaban juntos en la proa del *Argo*. Jasón sostenía el vellocino, como si no pudiera creérselo, y ella lo miraba con la misma expresión en la cara.

—No va a abandonar —dijo Medea—. Su flota estará por todo el mar Negro ahora mismo, buscándonos.

—Ya hemos escapado de él una vez —respondió Jasón—. Tenemos lo que hemos venido a buscar. Que lo intente, que venga a por nosotros. Volveremos a vencerlo.

Los argonautas asentían, murmuraban su gratitud y su acuerdo, pero Medea tenía los ojos muy abiertos y sombríos.

Seguimos navegando en la noche. El agotamiento empezaba a pesar sobre nosotros; tras una noche sin apenas dormir en Cólquida, la energía fiera que nos había inundado para huir nos estaba abandonando ya. Me ardían los ojos, me dolían los hombros y la euforia que creía que debía de sentir brillaba por su ausencia.

Había abandonado mi bosque por esta misión, convencida de que sería un destino de gloria heroica. No obstante, los toros, los guerreros muertos, el dragón monstruoso... nada de eso había sido batalla nuestra. Habíamos sido meros espectadores de la victoria de Medea.

A mi alrededor veía que el resto de la tripulación también flaqueaba. Sin embargo, en las aguas oscuras, la flota de Cólquida venía a por nosotros.

—Seguiremos hasta las islas frigias —le indicó Melas a Anceo—. Son dos islas sagradas para Artemisa. Si podemos llegar a atracar en la primera, donde hay un templo erigido en su honor, podremos encontrar refugio. Nadie se atrevería a profanarlo.

Unas islas sagradas para Artemisa. Unas islas que significaban algo para ella, unos lugares que aún le gustaban o que le gustaron en el pasado. Unas islas que, por lo que yo sabía, podía visitar cuando se alejaba del bosque. La idea habría de ofrecerme consuelo, pero me estremecí y el aire frío de la noche me puso la piel de los brazos desnudos de gallina. ¿Qué gloria había ganado para ella? Al final habíamos conseguido el vellocino mediante un engaño, por la brujería de Medea, nada más. Esa era la razón del desasosiego que sentía. Ahora el vellocino era nuestro, mientras pudiéramos defenderlo, y regresábamos a nuestro hogar. El hogar parecía una visión abstracta, allá en los mares, difusa y casi olvidada. La realidad más urgente de mis deseos había tomado prioridad y las imágenes volvieron a aparecer en mi mente: mis labios presionados en los de Meleagro, el calor de su cuerpo contra el mío en el suelo de nuestra cueva oculta, la temeridad que sentí al guiarlo hacia los árboles, lejos del resto, las noches que habíamos pasado juntos, las miradas secretas que habíamos intercambiado, todo un lenguaje que nos pertenecía solo a nosotros. Ahora tenía que pensar si podría regresar a casa con Artemisa.

Aún quedaban horas, pasamos junto a largas extensiones de costa, circunnavegamos incontables islas pequeñas. Llegó la mañana y vi a gente reunida en las costas, mirándonos. ¿Se habría difundido la noticia? ¿Sabría la gente quiénes éramos?

Al fin llegamos a la isla de Artemisa. Estaba inhabitada y la única estructura que había era el templo erigido en su honor. Me quedé un rato de pie ante su estatua, contemplando los elegantes pliegues de la túnica esculpida, la determinación fría de su rostro de piedra, con un brazo alzado como si fuera a sacar una flecha del carcaj que llevaba a la espalda. Arcadia se abrió a mi alrededor, en un instante estaba de nuevo allí, los perros aparecieron a nuestros pies y su risa flotaba con el viento detrás de nosotros mientras corríamos juntos. Me tambaleé un poco. Puede que estuviera delirando, que un recuerdo vívido se apoderara de mí mientras el sueño trataba de arrastrarme incluso mientras estaba allí de pie.

Medea permaneció despierta, apostada en las altas rocas supervisando el mar, mirando las olas mientras el resto cedíamos a la fatiga desesperada. Fue ella quien divisó el barco, quien lo vio anclar en la costa de la isla vecina. Mientras nosotros dormitábamos, ella ideó un plan.

Cuando desperté del sueño fracturado con las piernas todavía pesadas, los argonautas la rodeaban. Jasón estaba a su lado y ella hablaba atropelladamente.

—… el barco de mi hermano. —Llevaba el pelo suelto, pero sus ojos eran claros y brillantes.

Meleagro me miró y bajé rápidamente la mirada a la arena.

—¿A qué están esperando? —oí preguntar a alguien.

—Pronto nos enteraremos. —Fue la voz de Meleagro y, cuando levanté de nuevo la mirada, estaba señalando el agua, donde un pequeño bote remaba hacia nosotros. Solo había un hombre allí sentado.

—Un heraldo —informó Medea.

—¿Para comunicarnos los términos de tu hermano? —preguntó Jasón.

Así era.

—Jasón, hijo de Esón —se dirigió el heraldo—. Tengo un mensaje de Apsirto, hijo de Eetes.

Jasón avanzó por la playa hacia él.

—¿Qué mensaje?

—El rey acepta que el vellocino es tuyo. Has cumplido el reto que te impuso y has ganado el vellocino de forma justa —anunció. Los argonautas comenzaron a vitorear, la emoción nos alejó de la fatiga, la alegría y el alivio ganó al miedo y la ansiedad que nos invadía desde que habíamos huido de las aguas de Cólquida. Pero no había terminado. Alzó la voz para hacerse oír—. Tienes a su hija y eso no formaba parte del trato. No va a permitir que te la quedes. Tienes que devolvérnosla para que la llevemos de regreso a Cólquida.

Giré la cabeza para mirar a Medea. Se había quedado sin color en la cara, pero mantenía la barbilla alta y los ojos fijos en el heraldo.

Jasón no dijo nada. Lo miré para tratar de descifrar su expresión. Me acordé de Hipsípila, de lo fácilmente que había olvidado las promesas que le había hecho a ella, y me pregunté si Medea estaría a punto de descubrir lo que valía la palabra de este hombre.

Ella fue más rápida que cualquiera de nosotros, por supuesto.

—Dile a mi hermano que aceptamos sus términos —señaló—. Dile que Jasón va a preparar unos regalos en compensación por el valioso vellocino. Pero debe venir Apsirto solo a por mí. Deseo hablar con él sin nadie que nos escuche. Los argonautas se marcharán y me dejarán aquí. Cuando los veáis partir, puede venir mi hermano a buscarme.

El heraldo asintió.

—Entregaré tu respuesta a Apsirto.

Jasón se quedó con la boca abierta. Miró a Medea cuando el heraldo volvió a tomar los remos.

—¿Vas a regresar allí? —le preguntó y vi el rostro de la joven mutar de la calma a la rabia.

—¿Con mi padre? —replicó—. ¿Qué crees que me haría a mi regreso? Ha perdido el vellocino, su más preciada posesión.

—¿Por qué entonces...?

—He renunciado a todo por tu misión. —Sus ojos disparaban llamas—. Me he convertido en una extraña en el mundo. No puedo regresar a casa, no puedo volver a ver a mi familia. He dejado un palacio próspero para huir en tu barco, para que puedas tener el vellocino. Ahora es tuyo y puedes quedártelo; puedes recoger todas tus recompensas mientras que yo he perdido todo lo que tenía.

El tono apenado de su voz era atroz.

—¿Quieres que vuelva para que tenga que enfrentarme a las torturas de mi padre? ¿Podrías marcharte con el vellocino y condenarme a eso? ¿Después de haberos salvado a todos de morir en sus manos?

—¿Qué quieres que hagamos? —preguntó con cautela Jasón—. ¿Por qué has entregado ese mensaje al heraldo?

—La tripulación de mi hermano no es leal a él. Son esclavos de Cólquida que siguen sus órdenes por miedo a mi padre. Sin Apsirto, no lucharán por él. Huirán, harán lo posible por perderse en las isletas y los pueblos que hay por aquí. Solo cumplen sus órdenes por temor a lo que pueda contarle al rey si no lo hacen.

Comprendí entonces cuál era su intención.

—Entonces cuando venga a recogerte tu hermano...

Medea asintió.

—Subiréis al *Argo*, todos menos Jasón. Él puede esconderse aquí, ocultarse de mi hermano. Rodead la isla y esperad. Una vez nos hayamos encargado de Apsirto, acudiremos al otro lado para abordar.

Cuando la tripulación entienda que no va a regresar, ya nos habremos ido. No van a perseguirnos más.

«Una vez nos hayamos encargado de Apsirto». Su voz era fría.

—¿Y estás segura de que el barco no nos seguirá?

—Lo estoy.

Le debíamos a ella el éxito de nuestro viaje. Hicimos lo que nos indicó, regresamos al *Argo* y la dejamos en la isla con Jasón.

—De nuevo como con los toros y los muertos vivientes —le susurré a Meleagro—. Estamos aquí en el barco, esperando. Siguiendo las órdenes de Medea.

Se retrepó en el banco y apoyó el brazo en la barandilla, a mi lado.

—No te gusta.

—No es como pensaba que sería.

—¿Habrías preferido quedarte a luchar?

Me puse a dar golpecitos con los dedos en la madera pulida. A la vista del templo de Artemisa no, eso lo sabía. Habíamos venido aquí para evitar un derramamiento de sangre y, de algún modo, habíamos acabado orquestándolo. Me preocupaba atraer su mirada hacia nosotros y me estremecí un poco ante la idea.

—Tal vez no.

—No te preocupes.

La calidez de su voz era como la miel a la luz del sol, me acarició la nuca con los dedos. Sentí un estallido momentáneo de ira hacia él, porque incluso con una esposa esperándolo en casa, nunca se había sentido atado por las reglas ni obstaculizado por las promesas que había hecho. La furia vino de la nada y murió tan rápido como había aparecido. Era la proximidad a Artemisa que sentía aquí, me estaba poniendo nerviosa porque, aun sin casarme con Meleagro, había roto mi juramento. Envidiaba su falta de cuidado, aunque me preguntaba cómo podría olvidar con tanta facilidad.

—Aún tenemos que volver a casa. Queda mucho tiempo para que se produzcan batallas —dijo.

Mucho tiempo para ganar gloria para Artemisa. A lo mejor eso la placaba. Además, aunque no hubiera bajado el vellocino de la rama yo misma, ni hubiera derribado a los muertos vivientes, ni uncido a un toro que respiraba fuego, seguía formando parte de los argonautas y regresábamos victoriosos, sin importar el modo en el que habíamos logrado nuestra victoria.

La luna estaba alta en el cielo cuando Medea y Jasón aparecieron corriendo por la bahía hacia el barco. Chapotearon en la orilla para alcanzarnos. Les arrojamos una cuerda y subieron.

La luz plateada caía sobre Medea e iluminaba cada mancha oscura que le salpicaba el vestido.

—Está hecho —anunció Jasón y le rodeó los hombros mientras la guiaba hasta la proa.

El mar se extendía ante nosotros, el vellocino estaba seguro a bordo y podíamos volver a tomar la dirección a casa. La victoria relucía, tangible como una joya que pudiéramos levantar y sostener, y aunque el vestido manchado de sangre de Medea era el recuerdo del precio que habíamos pagado, había cierto júbilo en el ambiente cuando volvimos a tomar los remos.

Cuando rodeamos la isla, vimos algo volando bajo y rápido por la cubierta. Todos nos volvimos y buscamos en la oscuridad detrás de nosotros para ver de dónde procedía. Vi la forma del barco de Cólquida. Otro objeto pasó volando junto a mi pelo.

—¡Nos están arrojando flechas! —Me subí al banco, tomé el arco y les devolví una ronda de flechas como respuesta. Medea se había mostrado demasiado confiada con que no habría persecución, pero estaba claro que había subestimado la lealtad de sus hombres o su miedo.

Sobre las aguas calmadas, oí gruñidos y gemidos causados por mis flechas, y el sonido pesado de cuerpos cayendo sobre la madera dura. A mi alrededor, la mitad de los argonautas remaban con furia y la otra mitad arrojaban lanzas y flechas.

La sangre corría caliente por mis ventas, me ardían los músculos, tenía la mente tan firme y centrada como el brazo. El enemigo se estaba quedando atrás, veía el pánico que reinaba en el barco mientras corrían de un extremo a otro esquivando mis flechas y sentí una satisfacción salvaje.

Ni siquiera noté el dolor, apenas lo sentí cuando llegó. Solo vi el horror en los ojos de Meleagro cuando se volvió hacia mí, y entonces sentí la sangre cayendo por mi clavícula hacia el pecho. Cuando bajé la mirada me pareció tan absurdo que al principio no comprendí qué pasaba.

Brotando de mi pecho, con el extremo rematado en plumas, la afilada punta del pedernal se hundía en mi piel. Parecía un sueño, el mundo titilaba y se tambaleaba a mi alrededor, y yo caía y caía, y todo se volvió negro.

19

La luz fracturada de la luna sobre las olas. El roce de su cabello largo y oscuro en mi mejilla. Sus manos frías y suaves en mi piel.

Sentía ahora el dolor, una agonía palpitante en el hombro. La niebla fue disipándose despacio y las formas de mi alrededor se convirtieron en algo reconocible.

Medea me estaba sonriendo y capté un olor fuerte que me recordó a las profundidades del bosque. Presionó algo en el punto que me dolía, algo frío y húmedo que desprendía ese olor a tierra, y gemí al notar que me helaba y quemaba al mismo tiempo.

Intenté con mucho esfuerzo sentarme y apartarla, pero había ahora más manos sobre mí reteniéndome.

—Te está curando —dijo Meleagro y yo me retorcí de dolor, pero incluso mientras forcejeaba, podía sentir cómo se me aclaraba más y más la visión mientras el fuego frío me abrasaba la herida y la agonía iba mermando.

Posó la mano en mi frente.

—Vivirás.

Más que eso. Al principio me sentí frustrada. Tenía el brazo atado con paños y solo podía permanecer sentada en el banco, inútil, sin poder remar. Sin embargo, el ungüento actuó rápido. En unos días el dolor disminuyó hasta convertirse en una ligera molestia, aunque Medea sacudió la cabeza cuando le dije de volver a tomar el remo.

—Otra semana —indicó.

—¿Una semana? —repetí. Parecía demasiado, pero se mostró inflexible.

—Si se te vuelve a abrir la herida y empeora, puede que no vuelvas a poder disparar flechas —me advirtió.

Accedí a regañadientes. Meleagro siguió conversando conmigo y Orfeo cantaba cuando se lo pedía. Como me había prometido Medea, la herida se cerró como si nunca hubiera existido.

—Tus flechas derribaron a la mayoría —me contó Meleagro—. El último disparo, el que te alcanzó, fue su último intento desesperado. Huimos después de eso gracias a ti.

Me di cuenta de que había algo diferente en cómo me miraba ahora el resto de la tripulación. No tenía dudas de que Peleo seguía odiándome. Tampoco Jasón se mostraba más cálido conmigo. Estaba segura de que los dos se habrían alegrado si esa flecha hubiera sido más letal. Sabían, sin embargo, igual que todos los demás, que habíamos dejado atrás al enemigo gracias a mí. Era la batalla que tanto había ansiado durante el viaje e incluso con el hombro herido, deseaba que hubiera más como esa.

La navegación calmada no duró mucho. Llegó un vendaval por el oeste, las nubes taparon el sol y de nuevo nos encontramos en mitad del caos. La tormenta lanzó al *Argo* a través del ancho mar, el viento soplaba en todas las direcciones y pensé que nunca acabaría. Cuando al fin llegamos al río Erídano, este debería de habernos concedido alivio, pero aquí estaba el lago del que había hablado Orfeo en sus canciones. Era el lugar donde Faetón, hijo de Helios, había muerto. El chico le pidió a su padre que le dejara conducir el carro del sol, pero no tenía la suficiente fuerza para controlar a los caballos y arrastró el sol llameante hasta la misma tierra; chamuscó las hojas de los árboles, incendió la tierra y dejó todo a su paso muerto y negro. Para detener la devastación, Zeus lanzó un trueno al chico imprudente y su cuerpo cayó en este lugar. Cuando pasamos por el punto, pudimos ver el humo que se elevaba de la superficie del agua, el calor burbujeante de su cuerpo siempre humeante. El olor a quemado amenazaba con ahogarnos y ya estábamos mareados y débiles por la tormenta.

Era evidente que no podíamos librarnos sin más del asesinato de Apsirto y hacer como si no hubiera pasado. Medea había cortado el cuerpo de su hermano en la isla de Artemisa y, con cada minuto que pasaba, nos arriesgábamos a la ira de la diosa por llevarla con nosotros. Si Artemisa descendía para castigarnos por ese crimen, ¿qué otro castigo tendría pensado para mí? Me estremecí al pensar en la idea de que nuestra transgresión la condujera hasta aquí, que el insulto de Medea atrajera su atención a nosotros.

De nuevo Medea tenía la solución. Nos dirigíamos a la isla de Eea, donde vivía su tía. Esta tenía el poder de realizar ritos que limpiarían a Medea y Jasón de toda vileza y los purificaría del asesinato de un familiar. Yo no entendía por qué nos iba a ayudar la hermana de Eetes, pero Medea estaba completamente convencida de ello.

Y cuando lo hiciera, añadió, Jasón y ella se casarían.

El viento amainó cuando habló y volvimos a avanzar con rapidez. Solo Medea y Jasón desembarcaron en la isla de Circe. Daba la sensación de que costaba menos respirar sin ellos a bordo; la pesadez que flotaba en torno a nosotros desde que mataron a Apsirto mermó.

—Conque va a haber una boda —me dijo Meleagro mientras los veíamos desaparecer por un camino sinuoso que se alejaba de la playa. La isla era pequeña, un lugar tranquilo.

—¿Por qué querrá casarse con Jasón? —pregunté. Sabía que a Meleagro le divertiría; era consciente de que le gustaba mi irreverencia, mi costumbre de decir en voz alta los pensamientos que habría aprendido a conservar dentro de mi cabeza si hubiera crecido en una buena casa o en un palacio, igual que ellos. Pero quería saberlo de verdad.

—Es la segunda propuesta de matrimonio que recibe en este viaje —observó Meleagro—. A lo mejor ser el líder de semejante expedición resulta impresionante para ciertas mujeres. Para ti no, por supuesto.

—Para mí no. —Me quedé mirando los cipreses que se mecían suavemente por la brisa fragante. El sol se hundía en el mar y transformaba el agua en oro líquido—. Hipsípila trataba de asegurar el futuro de Lemnos. Era su deber como reina intentar convencerlo para que se quedara con los demás.

—¿No crees entonces que lo añore?

—Espero que no. —Si se enterara de esto, supuse que le lastimaría el orgullo. Que Jasón había rechazado el reinado de su ciudad y había llevado a casa a una esposa extranjera, una bruja que había traicionado a su padre y asesinado a su hermano. Si Hipsípila esperaba que cumpliese su promesa y regresara con ella, esto sería un golpe amargo—. ¿Se le habrá pasado por la mente acaso? ¿Habrá pensado siquiera en Lemnos desde que partimos?

Meleagro se encogió de hombros.

—Ya no importa. —Una voluta estrecha de humo se alzó desde las profundidades de la isla—. La reina de Lemnos intentaba salvar su ciudad. Pero Medea no tiene hogar. Casarse con Jasón le dará Yolco.

—Ya has visto lo que puede hacer. No necesita que Jasón le ofrezca seguridad. Podría tomar cualquier cosa que desease.

—Puede parecértelo a ti.

—¿A qué te refieres?

Me miró a los ojos.

—Tú has crecido libre. Tomas tus propias decisiones con la misma facilidad con la que respiras. No es así para todos los demás. En especial para alguien que ha vivido como ella, con un padre como Eetes.

Me sorprendió su reflexión.

—No sabía que habías pensado tanto en ello.

—Pienso en ti. —La intensidad de su voz me derribó. Estaba acostumbrada a la conversación sencilla entre nosotros. No sabía cómo responder cuando se ponía tan serio.

—A lo mejor ella y yo no somos tan distintas —repliqué—. Somos las únicas mujeres que se han unido a los argonautas. —Aunque no lo pensaba de verdad. Nuestras similitudes terminaban ahí.

Cuando Jasón y Medea reaparecieron de entre la espesura de los árboles, caminaban con una nueva ligereza. Al parecer, Circe había cedido y la contaminación que recaía sobre ellos había desaparecido. Estaban ansiosos por poner más distancia entre Cólquida y nosotros, por asegurarse de que nos alejábamos del alcance de Eetes.

Un tiempo después, mientras navegábamos, llegó hasta nosotros el fragmento de una canción transportada por las olas y mi cabeza se giró de forma irresistible hacia la fuente del sonido. El viento cambió, la melodía desapareció y comprobé que el resto de la tripulación miraba a su alrededor para intentar encontrarla de nuevo. Había algo cautivador en el diminuto fragmento que había captado y me sentí desesperada por escuchar más, casi como si pudiera lanzarme por el costado del barco y nadar hasta ella para llegar más rápido.

Orfeo, que estaba dormitando, se incorporó. Tomó la lira que tenía a los pies y empezó a tocar una melodía fuerte, estimulante, y se puso a zapatear en el suelo mientras cantaba. Estaba desconcertada, por un instante irritada, y entonces empezó a aclarárseme la mente y los hilos de niebla que me invadían sin darme cuenta se disiparon de nuevo. Él tocaba y cantaba, ahogando cualquier otro sonido, y, esta vez, cuando miré, vi tierra, una playa dorada y varias figuras reclinadas en la arena. Sus formas se volvieron más claras: eran mujeres, pero todas ellas aladas, con unas amplias alas que emergían de su espalda. Tenían la boca abierta y los rostros retorcidos cuando pasamos por allí, y no fue hasta que las perdimos de vista que Orfeo dejó de cantar y exhaló un suspiro hondo.

—Sirenas —nos explicó—. Eso son. Eran ninfas de Perséfone en el pasado, pero cuando Hades se la llevó, su madre, la diosa Deméter, les dio alas para que pudieran ayudarla a buscar a su hija. Esta se encontraba bajo la tierra, lejos de su alcance, y cuando al fin abandonaron la tarea, convirtieron este lugar en su hogar. Su canción es hermosa, más que cualquier música que pueda tocar yo. Conduce a los marineros a la locura, los hace lanzarse al mar para llegar hasta ellas, pero las olas son traicioneras aquí y las rocas, afiladas y dentadas. Cada hombre que lo intenta acaba destrozado antes de llegar a la orilla.

La mención del nombre de Perséfone me hizo pensar en Artemisa. ¿Sabría ella que añoraban a su amiga al otro lado del mar? Aunque agradecía que Orfeo nos hubiera protegido del encanto de su canción, me hubiera gustado verlas más de cerca. Me sentía atraída hacia ellas por algo más que por su magia. Era su rabia, pensé, la ira por su chica robada lo que había hecho que castigaran a cada hombre que veían.

Esa noche paramos en la isla de los feacios, Drepane. La leyenda contaba que aquí enterró el titán Crono la hoz que usó para castrar a su propio padre. En este lugar se casarían Medea y Jasón. Enarqué una ceja cuando me enteré. No parecía un buen presagio para su unión.

Los habitantes se mostraron amables y acogedores cuando llegamos y nos trajeron comida y vino. También acudieron ninfas de los ríos y los bosques; sus rostros resplandecían, todos querían escuchar nuestras historias y observar el vellocino.

Lo llevaba Medea en los brazos, la lana dorada y brillante captaba los rayos del sol y el brillo se reflejaba en el rostro de la joven. Era vibrante y vívida, y deslumbraba con una enorme satisfacción cuando me llamó.

—Atalanta, ven conmigo, ayúdame a prepararme.

Fui. Ese efecto tenía. Me llevó por la orilla hasta las colinas que se alzaban más allá, caminando con ligereza entre la hierba alta. Se oía un zumbido de abejas mientras caminábamos; estaban por todas partes, allí donde miraba, gordas y satisfechas, cayendo adormiladas de las flores brillantes y flotando sobre pétalos deliciosos y aterciopelados.

Me llevó a una cueva con el suelo de arena y muchas flores en la entrada.

—¿Qué es esto? —pregunté.

—Aquí quiero preparar mi lecho matrimonial. —Acarició el vellocino en sus brazos con una sonrisa soñadora en los labios—. ¿No es precioso?

Lo era. Pero la mirada en mi cara debió de traicionar mis sentimientos. No podía creerme que una mujer tan poderosa como Medea pudiera unirse a un hombre como Jasón, que se redujera de forma voluntaria a ser su esposa.

—Siempre he pensado que, cuando me casara, tendría a mi hermana y doncellas para prepararme —comentó—. Que me ayudarían a ponerme un vestido dorado, colgantes, brazaletes brillantes en los brazos y una corona de joyas. —Me tomó del brazo y me guio al interior de la cueva. La luz era suave y tenue, y había flores esparcidas por todo el interior, con los tallos entrelazados, en tonos rojos y anaranjados. En el centro había una cama de madera sencilla con mantas de lana—. Las ninfas. —Señaló la cama y las flores—. Lo han preparado para mí. Y tú eres la única mujer que hay aquí conmigo.

Entonces tendría que hacerlo yo.

—Yo no sé nada de bodas —admití.

—Y te preguntas qué motivo hay para que se celebre esta.

Apreté los labios.

Me hizo un gesto para que agarrara un borde del vellocino y reculó, sosteniendo el otro, para que lo estiráramos entre las dos. Brillaba, irreal, como si estuviera imbuido de la luz de las estrellas, algo sobrenatural e imposible. Lo sacudió suavemente para que ondeara, creando olas relucientes en la superficie acolchada, y lo tendió en la cama. Yo también solté el borde que sostenía y quedó plano. No pude resistirme a apoyar la palma una vez más en él para sentir su suavidad.

—Juré no casarme nunca —declaré.

—¿Y te hace feliz cumplir ese juramento?

—Por supuesto. ¿Por qué iba a querer un esposo?

Se echó a reír.

—La mayoría de nosotras no hemos imaginado nunca una vida sin uno. ¿Qué le parece a tu padre tu promesa?

—Mi padre me abandonó en la ladera de una montaña cuando nací. Esperaba que me comiera un lobo o que muriera de hambre o de frío.

—Y sobreviviste. —Su rostro se ensombreció mientras hablaba—. Mejor el lobo o el frío helado que un padre como el mío. —La sombra pasó, como una tormenta de verano, y de nuevo sonreía—. Tenemos eso en común, Atalanta. Unos padres que no han cuidado de nosotras. Que nunca en sus vidas han sentido un ápice de amor por nadie.

—No lo sé —respondí—. No lo conocí. Solo sé que no me quería.

—Yo también lo supe cada día que viví con el mío. No somos las únicas chicas con padres así. Son más comunes de lo que piensas. Él me contaba historias igual que otros padres contaban historias de amor y felicidad. Nicteo, que amenazó a su adorable hija con castigos temibles cuando la violó Zeus. Dánae, otra víctima de Zeus, cuyo padre la culpó y la arrojó junto con su bebé al mar dentro de un baúl cerrado con la esperanza de que esa fuera su tumba. Eceto, que cegó a su hija por el delito de mirar a un hombre. Esa es la clase de esposo que habría escogido mi padre para mí de haber tenido la oportunidad.

—Pero ya no estás en las manos de tu padre —señalé—. Puedes elegir tú misma a tu esposo, o puedes decidir no tenerlo.

—Y si escojo esa vida, ¿seré como tú? —preguntó Medea—. ¿Una aventurera que parte con héroes, libra batallas y duerme en el suelo duro? —Levantó las manos y torció la boca. Su piel suave, sus hoyuelos, su pelo brillante y la elegancia de su vestido (aunque no fuese el vestido de novia dorado con el que había soñado)... era cierto que no parecía una guerrera. Pero yo había visto lo que podía hacer.

—¿Por qué no? Tienes el coraje y el espíritu.

Sacudió la cabeza.

—He pasado cada día de mi vida luchando. No quiero tener que volver a pelear con enemigos; no quiero enfrentarme al dolor, al sufrimiento, a la muerte. Estoy cansada de batallas. Cuando tu barco llegó a Cólquida vi otra vida. Vi a un hombre que no era como mi padre, que no era un tirano ni un sádico torturador. Un hombre que puede darme un hogar e hijos, una vida sin temores.

La atisbé en la vida que describía y, por mucho que la imaginara, no encajaba ahí. Una mujer que podía escalar una montaña en mitad de la noche para conjurar sus pociones; una mujer que podía amansar a un dragón poderoso, hacerse cargo de un barco lleno de hombres, tramar la muerte de su hermano y no sentir remordimiento por ello. ¿Una mujer así quería tener a los hijos de Jasón y llevar una vida tranquila durante el resto de sus años?

—Jasón no es como tu padre, ni como el mío, ni como ninguno de los que describes. Pero eso no significa que sea el hombre con el que debas casarte.

—¿Cómo lo sabes? —La determinación se instaló en sus rasgos. Mis palabras cayeron en saco roto—. Tú misma lo has dicho, no sabes nada de bodas, de esposos ni del matrimonio. ¿Cómo puedes saber que mi decisión es equivocada?

—Es verdad, no lo sé. —Solo sabía lo que sentía, con la seguridad con la que conocía el suelo bajo mis pies. La vida que describía no la querría yo nunca. Por ese motivo sentía alivio cada vez que recordaba que Meleagro tenía ya esposa, que nunca me pediría a mí que lo fuera.

—Es posible que no haya elegido a la ayudante adecuada para mi boda. —No obstante, se rio al decirlo; no había recriminación en su tono de voz—. ¿Nos enviarás al menos buenos deseos?

Sinceramente, pensé que se me atragantarían las palabras si lo intentaba. No era que ella no me gustara, no quería ofenderla ni entristecerla.

—Le prometió a otra mujer que volvería para casarse con ella —le conté.

—Pero me ha elegido a mí.

¿Lo había hecho? Ella lo había elegido a él, eso estaba claro. Pero él se dejaba llevar por la marea, permitía que lo condujera a un lugar y a otro. Y tal vez un día miraría a su alrededor y se preguntaría cómo había acabado donde estaba, como si no hubiera tenido forma de evitarlo.

—Espero que no te decepcione —dije.

—Puedes irte, Atalanta. No necesito tu ayuda, puedo arreglármelas sola. —Seguía hablando sin rencor, aunque tenía todo el derecho a molestarse por mis palabras, por mi incapacidad de decir lo adecuado. Me alegré de que me liberara, de dejarla allí con su espléndida cama, perdida en sus ensoñaciones.

Esa noche sacrificamos una oveja, mezclamos vino, encendimos antorchas y cantamos canciones por el matrimonio de Jasón y Medea. Yo canté con el resto con la esperanza de que los dioses los bendijeran, aunque dudaba que lo hicieran.

Nos quedamos allí tres días más. Medea y Jasón no tenían prisas por abandonar las comodidades de la hospitalidad que disfrutábamos. Me recordó a Lemnos, pero esta vez notaba una impaciencia similar a la mía por parte de otros argonautas. La misión había concluido y la mayoría estaban ansiosos por regresar a casa. Cuando Jasón y Medea accedieron y partimos, nos lanzamos directos a otra tormenta, un vendaval que nos arrastró durante días por el mar hasta un golfo cubierto de algas y envuelto por la niebla donde el *Argo* encalló violentamente. Cuando bajamos temblorosos, la expresión grave de Acasto nos mostró lo que necesitábamos saber. Estábamos varados. Las mareas eran aquí demasiado impredecibles, la tierra estaba desolada y era escasa, un vacío de niebla a la deriva.

—Vamos a caminar —le dije a Meleagro—. Podemos buscar comida, gente, cualquier cosa que pueda ayudarnos.

—Atalanta y yo iremos a valorar el terreno y volveremos con noticias —anunció él.

No pareció alegrar a ninguno de nuestros compañeros. Sentí la necesidad de darles esperanza. Deseaban un trayecto seguro a casa y nos habíamos encontrado aquí con otro contratiempo.

Buscamos durante horas. Incluso el optimismo infatigable de Meleagro había desaparecido por la tarde, cuando todo lo que hallamos fue un páramo, al parecer interminable, cubierto por una niebla que nunca parecía disiparse.

Oímos el resonar de unos cascos justo cuando regresamos con los argonautas. Un enorme caballo con la crin dorada galopaba hacia nosotros; venía del mar, clamaron los argonautas, era una señal de los dioses. Tendríamos que seguir su paso por la arena, él nos guiaría a un lugar seguro.

Tuvimos que arrastrar el *Argo* con cuerdas. Me había acostumbrado al dolor de hombros tras horas remando, pero esto era un sufrimiento completamente nuevo y las huellas de los cascos en la arena parecían algo poco sólido en lo que depositar nuestras esperanzas. Sin embargo, nos condujeron entre la niebla, por llanuras arenosas tan secas y polvorientas que teníamos la garganta reseca. Pero entonces vimos algo. Un huerto con un manantial de agua fresca donde pudimos saciar la sed.

En el centro del huerto había un dragón muerto, enroscado a un alto manzano. Un dragón grande, grueso, casi tan grandioso como el que había encantado Medea en Cólquida. Las escamas con forma de diamante estaban perforadas por un arsenal de flechas y de las heridas rezumaba una sustancia extraña y apestosa.

A su lado crecían tres árboles diferentes: un álamo, un olmo y un sauce. Me quedé mirando el tercero con la seguridad de que atisbaba un ligero movimiento, y entonces se adelantó, esbelta, tímida y delicada. Una dríade tan temerosa que apenas nos miró a ninguno a la cara.

—¿Qué ha pasado aquí? —preguntó Medea.

—Un hombre, un intruso en el Jardín de las Hespérides, con intención de robar las manzanas doradas —susurró la dríade—. Nuestra tarea era cuidar de ellas, pero la de él robarlas. Mató al dragón con sus flechas envenenadas, y le golpeó la cabeza con una maza gigante mientras moría. Era feroz, imparable.

Puse cara de sorpresa.

—¿Qué aspecto tenía?

La dríade pareció encogerse.

—Inmenso. Con barba. Llevaba una piel de león sobre los hombros.

—¡Heracles! —El grito ascendió en nuestro círculo y el ruido la asustó. Se escabulló y se perdió entre los árboles, como si nunca hubiera estado allí.

El dragón había muerto recientemente, por lo que buscamos a nuestro compañero perdido, pero parecía haberse marchado ya. Animó al grupo saber que seguía viajando, que de nuevo debía de estar comprometido con sus propias misiones. Esta tarea era similar a la nuestra: un tesoro dorado custodiado por un dragón monstruoso. Me pregunté qué pensaría Heracles del modo en el que había ganado el tesoro Jasón en Cólquida. A Jasón debió de ocurrírsele lo mismo, pues se limitó a fruncir el ceño mientras el resto celebraba.

Más allá del huerto había una bahía; las aguas eran calmadas y el aire claro y brillante hasta el horizonte. Volvimos a arrastrar el *Argo* al agua con el corazón más ligero. El viento del sur nos empujó hacia casa.

El fin de nuestro viaje estaba a la vista. Cuando pasó la última noche estrellada que compartiríamos todos juntos, me encontré escogiendo las palabras que le decía a Meleagro con más circunspección que antes. Los dos sabíamos que esto llegaba a su final y ninguno quería hablar de ello. En raras ocasiones habíamos hablado de nuestro hogar, pero este se cernía cada vez más cerca de nosotros, hasta que, al fin, Anceo gritó que Pagasas estaba a la vista. El viaje de los argonautas había terminado, habíamos vencido y, a pesar de mi felicidad, me sentía más insegura que cuando me embarqué en aquel puerto con rumbo a lo desconocido; más desarraigada que cuando partimos hacia el límite del mundo. Estábamos en casa, pero yo no era la misma mujer que se había marchado y en mi corazón me preguntaba si podría regresar a la vida que siempre había tenido, si esta me estaba esperando, o si el bosque había seguido adelante en mi ausencia, como si yo nunca hubiera estado allí.

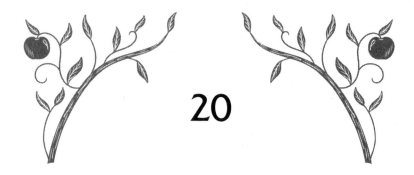

20

No había nadie para recibirnos en Pagasas. Atracamos el *Argo* en el puerto del que habíamos salido tantos meses antes. Esperaba ver a una multitud atraída por la imagen del barco, ansiosa por contemplar el vellocino con sus propios ojos, reunida allí para escuchar las historias de nuestro viaje. Avanzamos, sin embargo, hacia una playa desierta.

—Iremos al palacio de Yolco —declaró Jasón—. Mi tío no ha acudido a recibirnos. A lo mejor se siente decepcionado por nuestro éxito. Lo obligaremos a cumplir los términos que impuso: hemos traído el vellocino y el trono es mío, por muy reacio que se muestre a entregármelo.

Yo no miraba a Jasón mientras pronunciaba su discurso. Mis ojos estaban fijos en Medea. Tenía el rostro frío e inescrutable, pero había algo en su expresión que me puso nerviosa. Ella, una exiliada, creía que llegaría como una reina. Dudaba que la exhibición de determinación de Jasón la hubiera convencido.

—A lo mejor están preparando un banquete en tu honor —murmuró—. Para celebrar por su nuevo rey y los valientes argonautas.

Llegamos al palacio a pie con una mezcla de sensaciones. Cuando nos estábamos aproximando a tierra, hubo a bordo conversaciones alegres sobre las celebraciones que anticipábamos para la noche.

Sabía que la tripulación esperaba poder presumir de nuestras aventuras y disfrutar de las comodidades de un palacio opulento y las atenciones de admiradores, antes de regresar a sus reinos para recibir más de lo mismo. Cuando llegamos, en cambio, las altas puertas de roble estaban cerradas y atrancadas. Miré hacia arriba, a las altas torres de vigía que había en las esquinas. Vi un destello de luz solar reflejado en un casco de bronce, y la cabeza afilada de una flecha apuntándonos. No había regreso triunfal para nosotros.

Medea se apartó de Jasón y era a Acasto a quien miraba ahora.

—¿Qué clase de hombre es tu padre? —le preguntó. Su voz era calmada y dulce, pero él se estremeció un poco bajo las llamas de su mirada—. ¿Es un hombre de palabra?

Antes de que Acasto pudiera responder, oímos el sonido pesado de los cerrojos. Las puertas comenzaron a abrirse y me tensé ante lo que fuera que nos aguardaba al otro lado.

Pelias, coronado y con capa, flanqueado por guardias. Su sonrisa era delgada y amplia. Sus ojos se posaron directamente en el vellocino, en brazos de Jasón.

Por mi visión periférica vigilé a los arqueros del muro en busca de alguna señal de movimiento. A mi lado, Meleagro tenía la mano en la espada. Antes habría disfrutado de esto. Incluso después de sufrir mi herida, solo lamentaba que no hubiéramos librado más batallas. Pero la idea de una guerra para que Jasón ocupara el trono no me emocionaba.

Mas no hubo muestras de hostilidad en la puerta. Pelias nos recibió con palabras de bienvenida y nos ofreció su hospitalidad. Estaba segura de que hubiera preferido derribarnos allí mismo. Chasqueó los dedos para reunir a los esclavos y que nos mostraran las cámaras que habían preparado; nos prometió baños y vino, y después fiestas. No hizo mención alguna de convertir en rey a su sobrino.

Lancé una mirada a los árboles que había más allá de las puertas de la ciudad, al bosque amplio y las montañas contra el cielo. La necesidad de salir corriendo era casi irresistible. Al oeste, muy por detrás de esas montañas, estaba Arcadia. Al este, el mar se expandía hacia las costas distantes e innumerables islas, alimentado por ríos fríos y profundos que podían llevarte a las entrañas de la tierra que rodeaban.

—Vamos, Atalanta —me dijo Meleagro y me di cuenta de que el resto estaba ya cruzando las puertas. Aparté los pensamientos y los seguí.

El patio estaba salpicado de paja y en el aire había un tufillo a estiércol. Los perros aullaban y ladraban, y las mujeres corrían con ollas pesadas y pilas de prendas dobladas. Nos estaban conduciendo al edificio y me aseguré de que estábamos fuera de la vista de Medea cuando saqué a Meleagro del amplio pasillo y lo empujé a una pequeña sala que había a un lado.

—¿Vas a quedarte? —le susurré, nerviosa.

—¿Por qué lo dices? —Meleagro miró a su alrededor. Estábamos en una especie de almacén con filas de tinajas de barro que nos llegaban a media altura.

—Hemos conseguido el vellocino —respondí—. A eso me envió Artemisa. ¿No hemos acabado ya?

Parecía indeciso.

—Pelias no va a ceder sin luchar.

—No voy a luchar de nuevo por Jasón.

—¿Adónde vas a ir?

—A casa, claro. —La pregunta me sorprendió—. Voy a entregar la noticia a Artemisa. Y luego... —Me quedé callada. ¿Luego qué? La inseguridad que había sentido a bordo empeoraba con cada hora que pasaba. ¿Me daría la bienvenida a mi antigua vida? ¿Me enviaría a otra misión? ¿O vería todo lo que había hecho y me consideraría indigna de ser de nuevo su campeona? No tenía ni idea.

—¿De verdad va a recular ante la posibilidad de una batalla Atalanta, la única mujer del *Argo*? —Su voz sonaba burlona, pero había una pizca de tristeza en sus ojos.

—Tú no quieres formar parte de esto, ¿verdad? La misión ha concluido.

—Vamos a esperar otra noche —sugirió—. Veamos cuál es el plan de Jasón.

Resoplé.

—El plan de Jasón da igual. Es Medea quien cuenta.

—Prométeme que no te escabullirás en la oscuridad. Puede que Pelias se muestre razonable. Le hizo la promesa a Jasón delante de toda su corte. Si no incumple su palabra, deberías formar parte de las celebraciones. Te has ganado tu lugar.

Era cierto.

—Le doy esta noche. Después me iré —concluí.

Más tarde abandonamos juntos el banquete, escapamos del salón atestado, cuyo ambiente estaba cargado del humo de las candelas colgadas en las paredes y de canciones y risas. Pelias era el centro de atención, hablaba extensamente de la familia, con sus tres hijas apostadas a su alrededor, y las mentiras caían de sus labios mientras su mirada iba y venía entre nosotros y el vellocino. Los guardias estaban de pie delante de las paredes, silenciosos y vigilantes, con las lanzas preparadas. Jasón, pensativo e inseguro, esperaba a que declarara su rotundo rechazo. Y Medea, su rostro una máscara de sonrisas y calma, sus ojos dorados llenos de determinación silenciosa.

No me importaba lo que hicieran. En el interior de los muros sin pintar de la pequeña cámara de piedra que me habían enseñado antes, solo estábamos nosotros. La habitación estaba sumida en las sombras, el aire inmóvil y cálido, y la única luz era el brillo pálido de las estrellas que se colaba por la estrecha rendija de una ventana. Solo nosotros y una nueva urgencia, una sensación desesperada de anhelo, una necesidad de marcar esto en mi memoria mientras aún podía.

Más tarde se quedó dormido a mi lado, el latido de su corazón firme y estable bajo mi mano. Levanté la mirada a la rendija de cielo y sentí una brisa suave atravesarla como el susurro del bosque, fresca, verde, con olor a primavera, igual que la recordaba en mi cueva. Me sentía muy cerca ahora, notaba una llamada que no podía ignorar. Miré el rostro de Meleagro oscurecido por el sol y le levanté la mano, cuya palma callosa por los remos coincidía con la mía. Me pregunté cómo se sentiría Perséfone cuando pasaba entre dos mundos. Si cuando regresaba a casa añoraría lo que dejaba atrás.

Se alzó en el palacio el sonido de unos gritos. Un coro de aullidos cada vez más fuerte en el aire. Meleagro y yo nos levantamos y compartimos una mirada de entendimiento antes de echar mano de nuestras armas. Pelias debía de haber decidido incumplir la ley sagrada de la hospitalidad; seguramente hubiera enviado a sus soldados contra los argonautas mientras estos dormían. Yo no quería luchar por Jasón, pero si recibíamos un ataque, no habría otra opción.

No era lo que pensaba. Los gritos eran de dolor, no de advertencia. Mientras corríamos por los pasillos, buscando la refriega, las palabras empezaron a tomar forma.

—¡El rey ha muerto!

Deceleré, me detuve en una esquina y entonces empecé a comprender.

Las tres hijas de Pelias estaban llorando en la sala del trono. La habitación estaba llena de hombres, nobles y consejeros de la corte que daban vueltas, retorciéndose las manos. Y en medio de todos estaba Acasto, con la expresión más grave que jamás había visto, incluso en los días más oscuros de nuestros viajes.

Nos vio y extendió los brazos para que nos acercáramos a él.

—¿Qué ha pasado? —pregunté.

—Ha sido Medea.

Eso es lo que había en sus ojos la noche anterior.

—¿Y dónde está ahora?

—Se ha ido. Jasón y ella han huido con el vellocino.

—¿No se han quedado para tomar el palacio? —intervino Meleagro—. ¿Entonces por qué…?

El dolor de las hijas estaba alcanzando su punto álgido, el sonido de los quejidos resonaba dolorosamente en el espacio lleno de gente, entre las paredes y en mis oídos.

—Mis guardias han ido a por ellos, cuando nos dimos cuenta… —decía Acasto, pero me costaba entenderlo con tanto caos. Estaban llegando más argonautas despeinados, recién salidos de las camas y apestando a vino de la noche anterior.

Hizo falta toda la mañana para restaurar cierta calma y descubrir qué había sucedido.

—Me decepcionó que mi padre no cumpliera su promesa a Jasón —nos contó Acasto—. Esperaba poder convencerlo de que cumpliera su palabra. Pero antes de tener la oportunidad, Medea encontró a mis hermanas. Habían oído hablar sobre la brujería que había aprendido en Cólquida y cómo la había usado para ayudar a Jasón. Les dijo que esperaba ganarse la gratitud de mi padre y que este le diera Yolco a Jasón de forma pacífica. Les enseñó un truco, las llevó a los establos por la noche mientras aún estaba teniendo lugar el banquete. Allí mató a un carnero viejo y, luego, le devolvió la vida y la juventud. Les prometió que podía hacer lo mismo por Pelias, así que la llevaron a su cámara cuando él dormía.

Nos miramos. Estaba claro qué había sucedido después.

—Cuando lo encontraron esta mañana con la garganta rajada, mis hermanas supieron que las había engañado. —Acasto tomó aliento—. Rompió la promesa que le hizo a Jasón. Jamás imaginó que regresaría con el vellocino. Estaba equivocado, no voy a negarlo, pero aun así soy su hijo. Ha muerto por traición y por engaño. No podía permitir que sus asesinos se quedaran aquí y tomaran el reino. Me llevé conmigo a los guardias para enfrentarnos a Jasón y Medea. Les ofrecí un barco, les dije que se marcharan y, a cambio, no intentaría vengarme por la muerte de mi padre.

Y ha salido bien para ti, pensé. Acasto, había luchado junto a Jasón, el rival de su padre, y se había quedado con el cetro real. Me miré la cicatriz suave del hombro, donde Medea había aplicado los ungüentos sanadores para salvarme la vida. ¿A dónde habrían huido ella y Jasón? ¿Hallaría la vida que tan desesperadamente ansiaba? ¿Encontrarían un lugar donde poder quedarse? Me di cuenta de que deseaba que lo hicieran.

Acasto nos pidió que nos quedáramos para los ritos funerarios. Sacrificaron toros; envolvieron los cuernos con lazos y quemaron las tibias en honor a los dioses. El resto de la carne la asaron para los ciudadanos de luto. Esa tarde Meleagro y yo tomamos una jarra de vino del palacio y paseamos por la ciudad dando sorbos largos. Ya no me importaba ocultarme del resto de argonautas, de los que seguían aquí. Me acordé de cómo me sentí cuando me llevó por las mismas calles hacia Pagasas para unirme a ellos. El bosque donde lo conocí estaba lleno de flores de finales de verano, el ambiente se teñía de dorado por el inicio del otoño. Habíamos regresado cuando la tierra despertaba de nuevo para la primavera. No parecía que hubiera pasado tiempo suficiente para que todo cambiara tanto. Pensé de nuevo en cómo eran las cosas antes. Antes de haber escuchado las historias de Heracles, los crímenes que había cometido y las tareas que les habían impuesto como penitencia. Antes de saber qué clase de hombre era Jasón, un héroe cuyos logros los había ganado su esposa, que se había prometido a una mujer y luego a otra con la misma ligereza con la que un niño pasaba de un juguete al siguiente. Antes incluso de conocer a Meleagro, que se había olvidado de su esposa para yacer conmigo. ¿Y yo qué? Me había lanzado a la aventura y ya casi había terminado.

—Ha venido hoy un heraldo de Calidón —dijo Meleagro y se llevó lo que le quedaba de vino a la boca—. Ha llegado en medio de la confusión con noticias de mi padre.

—¿Se ha enterado ya de que hemos vuelto? ¿Te pide que regreses a casa? —Sentí una punzada de tristeza, aunque ¿qué podía esperar?

—Dice que un jabalí feroz está causando estragos en la ciudad. Es más grande que cualquiera que hayamos visto antes. Dice que lo ha enviado Artemisa como castigo.

De pronto me alarmé.

—¿Castigo por qué?

—Mi padre descuidó la veneración a la diosa durante los sacrificios de la cosecha. Ha enviado un aviso para que acudan cazadores y, por suerte, ha coincidido con nuestro regreso. Se dará como recompensa los colmillos y el pelaje de la bestia a quien lo derribe.

—¿Vas a volver entonces para cazarlo?

—Atalanta.

Levanté la mirada a las estrellas, la cabeza me daba vueltas de forma agradable por el vino.

—No pensarás que podría acudir yo.

—Mi padre, el rey, está llamando a los mejores cazadores. Esa eres tú y lo sabes. ¿Por qué no ibas a ir?

Tracé las formas de las constelaciones y se me fue nublando la visión, estas giraban y brillaban unas sobre otras hasta que ya no pude aguantar más el silencio.

—¿Cómo voy a ir a Calidón contigo? —Me permití mirarlo. Siempre había sido capaz de leer cada emoción en su rostro, él nunca decía una cosa si pensaba otra—. Es tu hogar. Allí está tu esposa. —La vergüenza me abordó al decirlo. Nunca pensaba en ella, así funcionaba esto. Estábamos lejos de casa, lejos de las promesas que les habíamos hecho a otros. Nunca nos habíamos hecho promesas entre nosotros.

Él me tomó la mano con las suyas.

—¿Y si no?

—¿Qué quieres decir?

—¿Y si no tuviera esposa?

Sacudí la cabeza, confundida.

—Pero la tienes.

—Podría irme. Contigo, los dos juntos. Después de la caza del jabalí.

Recuperé la mano.

—¿De qué estás hablando?

—Te quiero.

El aire se espesó con las palabras que había mantenido en silencio, que esperaba que nunca dijera.

—Juré no casarme nunca.

—Los dos estaríamos rompiendo un juramento.

Inspiré profundamente.

—No puedo. —Bajé la mirada. No quería ver el dolor en su rostro.

—¿De verdad puedes imaginarte regresando de nuevo al bosque?

No respondí.

—Yo renunciaría a mi reino —prosiguió—. Abandonaría a mi familia. Podríamos ir a un lugar lejano donde pudiéramos estar juntos.

Hubo un cambio en la brisa, una corriente fresca que venía de las montañas de detrás de la ciudad y transportaba el olor a robles y cipreses.

—No.

El silencio que siguió a mis palabras fue doloroso. Cuando nos conocimos, me contó la historia del sueño de su madre, el leño que había apartado del fuego para concederle la invulnerabilidad. Tal vez las espadas y las lanzas y las flechas rebotaban en su cuerpo, pero esta era una herida que no esperaba, que lo partió en dos delante de mí.

—Iré a Calidón para la caza del jabalí. —Fue todo cuanto se me ocurrió ofrecerle—. Pero cuando haya terminado, me marcharé.

Tragó saliva.

—¿Y si no estuviera casado?

Dejé las imágenes de Hipsípila y Medea en la parte delantera de mi mente como escudo contra la cara de Meleagro. Recordé lo mucho que admiré la fuerza y el coraje de Hipsípila al luchar para reclamar como propia la ciudad, pero luego se la ofreció a Jasón. Medea poseía el poder para encantar a monstruos y sanar heridas mortales, una magia que postraba al mundo a sus pies, y aun así intentaba empequeñecerse y conformarse con una vida a su lado. Yo no iba a hacer eso.

—Sería igual.

La pausa que siguió fue más terrible que cualquier cosa que hubiera visto en nuestro viaje. En todos esos peligros tenía algo con lo que luchar y lo habíamos hecho juntos. Ahora era yo quien asestaba el golpe y solo yo podía mitigarlo, pero elegí dar media vuelta.

—Entonces mi padre te estará agradecido por acabar con la bestia —dijo Meleagro al fin—. Todo Calidón lo estará.

Asentí, me picaban los ojos.

—Otros argonautas han aceptado venir también. Partiremos mañana. Será un viaje largo, deberíamos dormir esta noche.

Odiaba el tono poco natural de su voz, pero sabía que yo era la única culpable.

—Iré a buscarlos para evitar que beban demasiado —continuó.

—Es una buena idea. Improbable también.

Sonrió débilmente, el momento no se parecía en nada a nuestra conversación usual, fácil y cómoda.

—Mañana al amanecer entonces —afirmó—. En las puertas de la ciudad.

Dicho esto, se volvió y se alejó por las calles, la capa ondeando tras él.

Yo regresé sola al palacio. Aunque mi cuerpo me traicionó y deseaba invitarlo de nuevo a mi cámara, también me sentía liberada.

Tras la seguridad de la puerta cerrada, me permití sentir pena por los dos, solo por esa noche. Pero mañana sería el comienzo de algo nuevo.

21

Por la mañana los carruajes estaban cargados, los caballos relincha-
ban y arañaban la tierra con los cascos y había un grupo de argonautas a las puertas de la ciudad. Cástor y Pólux, también Idas, Telamón,
Euritión, Equión y Anceo. No había rastro de Orfeo, comprobé con
cierto lamento, pero Peleo estaba allí con el ceño fruncido. Me sorprendió verlo, aunque Meleagro no parecía turbado mientras daba
instrucciones como si no tuviera preocupación alguna en el mundo.

No iba a permitir que la presencia de Peleo me hiciera vacilar.
Había en el aire una sensación que me embriagaba los pulmones,
una claridad brillante en un día que parecía cargado de propósitos
energizantes. Tardaríamos varios días en llegar a Calidón, estaba ex-
plicando Meleagro, pero el terreno era conocido. No había gigantes,
ni hechiceras, ni tormentas que nos alejaran del camino.

Pensé si no sería mejor que sí los hubiera. Me preocupaba el te-
dio de un viaje sin la compañía agradable de Meleagro a la que me
había acostumbrado. Al principio me pareció así. Caminaba en la
cola, detrás de los carros, mirando la montaña alta que se alzaba por
delante, recordando cómo había corrido por los bosques densos que
había en el camino a Pagasas. Me embebí de los olores, sonidos e
imágenes, la sensación de estar de nuevo cerca de casa era más sobrecogedora de lo que esperaba.

Meleagro no tardó mucho en acabar a mi lado, como había hecho siempre. Durante unos minutos no hablamos, pero cuando lo miré, parecía contemplativo y tranquilo, no daba la sensación de que albergara resentimiento o estuviera a punto de hacer más declaraciones. La tensión de mi cuerpo mermó; me alegraba estar fuera, moviéndome, oír el trino de los pájaros y sentir la calidez suave del sol en la espalda.

Al fin rompí el silencio.

—Cuéntame qué puedo esperar de Calidón.

—Es preciosa —respondió—. Creo que es lugar más bonito que he conocido nunca. Las llanuras son siempre fructíferas, el grano crece allá donde alcanza la vista. Nuestros viñedos están bendecidos, nuestros animales pastan felices, los bosques son abundantes y los ríos están llenos de peces. —Me di cuenta de que estaba escogiendo con cuidado sus palabras, había una formalidad en su comportamiento que era nueva y discordante. Pero empezó a relajarse conforme me hablaba y sentí que la comodidad de siempre regresaba—. Por las noticias que ha enviado mi padre, el jabalí ha causado estragos. Ha pisoteado todo a su paso, ha embestido al ganado y ha provocado el caos en todas partes.

—Estoy deseando llegar —dije.

Se echó a reír.

—Todo el mundo se va a alegrar cuando lo hagas.

Nos quedamos en aldeas durante el camino. No echaba de menos tirar de las cuerdas para anclar cada noche el *Argo*, ni el dolor de los hombros de tanto remar, ni las mejillas cortadas y doloridas por el viento y las gotitas de agua. En cada lugar donde nos quedábamos nos recibían con sonrisas cálidas unos anfitriones dispuestos a compartir lo poco que tenían a cambio de nuestras historias.

Meleagro no volvió a pedirme que me marchara con él. Empecé a pensar que tal vez hubiera llegado a la misma conclusión que yo: que lo que habíamos compartido se había quedado atrás, en las olas, y ya parecía parte de un sueño. Entonces lo descubría mirándome al otro lado del círculo y me venía un recuerdo que me perturbaba, como una piedra arrojada a un estanque inmóvil.

Tras muchos días y muchas noches nos despertamos una última mañana y Meleagro nos avisó de que Calidón estaba cerca. Llegaríamos al anochecer.

Solo entonces comencé a sentir cierto grado de nerviosismo. No temía al jabalí. Temía a la familia de Meleagro. ¿Cómo sería mirar a su mujer después de todo este tiempo?

La situación se volvió evidente cuando nos acercábamos a la ciudad. Los árboles que flanqueaban el camino tenían unas marcas grandes en la corteza. Algunos estaban completamente derribados, partidos por unos colmillos mucho más grandes que ningunos que hubiera visto antes.

Mientras caminábamos el alcance de la devastación aumentaba. Los campos de los que me había hablado Meleagro, que deberían de estar llenos de plantas que nos llegaran hasta la cintura, estaban arrasados, el maíz a medio madurar arrancado de la tierra y esparcido por el barro, destrozado por las pezuñas del monstruo. En los viñedos las vides estaban arrancadas y las uvas abiertas. El ganado yacía muerto o agonizante, la sangre de sus heridas salvajes se secaba al sol, las moscas zumbaban formando nubes densas a su alrededor y se alzaron cuando pasamos para volver a hundirse a continuar su festín.

El rey acudió corriendo a recibirnos, retorciéndose las manos, agitado, envuelto en un manto, coronado y rodeado de sus asistentes. No había nada en este hombre ansioso y demacrado, aplastado por el peso de su preocupación, que me recordara a su hijo adoptado. Meleagro rodeó al rey con los brazos y lo saludó de forma afectuosa. Dediqué ese momento para observar a sus acompañantes. Había a su lado una mujer cuya belleza regia y fría me dejó paralizada por un momento. Se acercó a Meleagro, lo abrazó y, cuando él se apartó, vi su rostro iluminado por la felicidad.

—Mi padre, el rey Eneo —anunció—. Y mi madre, la reina Altea.

—Estamos muy felices por tu regreso —habló el rey—. Y de que hayas traído a tus compañeros para acabar con la lacra de nuestro reino. —Nos miró a nosotros, sin duda calculando nuestro número y fuerza. Se detuvo cuando me vio a mí, pero no dijo nada—. Otros héroes han respondido a mi llamada —prosiguió—. Hay más hombres extraordinarios que sumar a los tuyos, cazadores hábiles y poderosos, aunque el jabalí ha demostrado ser, hasta la fecha, demasiado astuto y fuerte para ellos.

—Si Meleagro los guía, no tendrán problemas —añadió la reina. Aunque sus palabras eran confiadas, me taladraba con la mirada rebosante de duda y lo que me pareció un poco de desprecio. Entonces ladeó la cabeza y le sonrió a su hijo—. Tus tíos Plexipo y Toxeo se han ofrecido voluntarios para ayudarte.

Se adelantaron dos hombres corpulentos y le dieron palmadas a Meleagro en los hombros.

—Gracias, tíos —dijo él, sonriéndoles.

Los hombres que había mencionado el rey se estaban aproximando con armas. Espadas y lanzas que brillaban a la luz del sol, y a sus pies corrían unos perros.

—Meleagro —habló el primero cuando nos alcanzaron—. Hemos acudido tras la llamada de tu padre. Hemos seguido al jabalí y hallado su guarida. Hemos intentado echarlo de allí, pero todas las veces nos ha evadido. Con más hombres —vaciló al verme—, podremos atraparlo.

Meleagro asintió.

—Gracias. —Extendió el brazo hacia nosotros y enumeró nuestros nombres. Observé sus reacciones cuando llegó a mí. La mayoría parecían sorprendidos, confundidos por un momento al comprender que me estaba incluyendo en el grupo de cazadores y no se refería a mí como una acompañante. Uno de ellos torció el labio en un gesto de desprecio y se fijó en mi túnica corta y en mis pantorrillas desnudas.

—Mi nombre es Céneo —se presentó el recién llegado—. Ellos son Leucipo, Hipótoo, Driante, Fileo, Néstor, Lélege, Panopeo, Hipómenes, Pirítoo y Teseo. —El último de ellos se quedó mirándome con una mezcla de desprecio y deseo, pero fue el nombre de Hipómenes el que captó mi atención.

Estaba parcialmente oculto en la parte posterior del grupo, pero cuando se separaron lo vi con más claridad. Solo había sido un encuentro fugaz, hacía mucho tiempo ya de eso, pero me acordé de un joven con la piel manchada de ceniza, los árboles ardiendo a nuestro alrededor, las llamas ascendiendo al cielo oscuro. Una chispa de reconocimiento en su rostro me lo confirmó. Sabía quién era. Me recordaba.

—Aún quedan suficientes horas de luz para que podamos sacarlo de allí —decía Céneo con la vista alzada al cielo claro.

—Iremos ahora entonces —confirmó Meleagro.

—¿Seguro? —preguntó su padre—. ¿No preferís cenar con nosotros, descansar esta noche y despertaros frescos y listos por la mañana?

Meleagro se echó a reír.

—Estamos preparados ya —afirmó y todos asentimos. No estábamos cansados por el viaje, estábamos todos entusiasmados, ansiosos por llevar a cabo lo que habíamos venido a hacer.

—Os conduciremos a su guarida —señaló Céneo.

Tomamos las armas de los carros que habíamos traído, nos equipamos todos con espadas y lanzas. Meleagro sacó redes de caza y las enrolló para formar fajos. Los perros estaban entusiasmados, con las orejas tiesas, los ojos alertas y los morros alzados en el aire mientras aguardaban nuestras órdenes.

—Por aquí.

Partimos por donde nos indicó Céneo. Meleagro iba a mi lado, pero era consciente de que Hipómenes caminaba detrás de mí. Quería hablar con él, preguntarle qué hacía aquí, pero no era el momento.

Estábamos concentrados en la tarea que teníamos entre manos y cuando nos acercamos al bosque, me olvidé de todo lo demás. Tan solo existía la caza.

El bosque estaba frío y tenía poca iluminación, la luz era tenue y estaba bañada de sombras verdes. Tuvimos cuidado y subimos despacio las laderas, avanzando entre plantas que crecían muy juntas, y entonces las vi: huellas profundas en el suave suelo. Seguimos el rastro del jabalí.

En un acuerdo silencioso, formamos una larga fila, estiramos las redes de caza y preparamos las armas. Los que llevaban a los sabuesos los soltaron y estos se lanzaron hacia adelante; el bosque tranquilo retumbaba con el sonido de los ladridos. Los pájaros alzaron el vuelo de los árboles y entonces, desde el otro lado de la zanja, oí el aullido furioso de la bestia. Se abalanzó hacia nosotros a una velocidad increíble, golpeando los colmillos contra los sauces delgados y haciendo que estos cayeran al suelo mientras sacudía la cabeza y embestía a los perros. Los animales volaron por los aires, enormes y fuertes como eran, y el jabalí siguió avanzando. Era más grande que los toros más poderosos, tenía los ojos pequeños e inexpresivos teñidos de rojo y le salía espuma de las fauces. Fue estrellándose de un lado a otro, las lanzas se clavaban en los troncos detrás de él y las que lo golpeaban rebotaban ineficaces en su piel gruesa. Rabioso, se lanzó directo hacia Hípaso. Este se desplomó y sus gritos se mezclaron con los gruñidos del jabalí y los aullidos de los perros. Estaba en el suelo y retorcía el cuerpo de dolor, se aferraba con las manos el muslo y la sangre se colaba entre sus dedos. El caos era sobrecogedor, el ruido ensordecedor y el pánico amenazaba con mermar nuestro ingenio.

El jabalí volvió a embestir, los hombres se apartaron de su camino mientras la bestia se desplazaba entre ellos. Su cuerpo inmenso se movía a nuestro alrededor; tiró a cuatro hombres al suelo y reculó, preparándose para arrollarlos, cuando Hipómenes saltó hacia adelante y arrojó la lanza. Aunque esta rebotó en el costado de la bestia, la distrajo lo suficiente para que este pudiera ayudar a los hombres, que estaban sin aliento y gemían, a ponerse de nuevo en pie.

Me agaché detrás de un tronco caído y deslicé las palmas de las manos por la superficie pulida de mi arco. Me obligué a respirar, a acallar el resonar de mi pulso. Tenía el arco, firme y tranquilizador en mis manos, y me subí al tronco y apunté al jabalí. La cacofonía se apagó; no existía nada salvo yo y la flecha que estaba ajustando en el arco, la cuerda que tensé, la garganta del jabalí.

La flecha voló y silbó en el aire. Golpeó al animal justo debajo de la oreja y, con una sensación de triunfo, vi que empezaba a manar sangre de la herida. La bestia sacudió su enorme cabeza, mareado por un momento. Anceo se aprovechó de su confusión, alzó el hacha y lanzó un grito de guerra cuando se lanzó hacia delante.

El jabalí levantó la cabeza y embistió. La punta cruel y afilada del colmillo amarillo se clavó profunda en el vientre de Anceo y lo vi torcer el rostro y abrir mucho los ojos al caer.

Pirítoo echó a correr, pero Teseo le gritó que se apartara para arrojar la lanza desde una distancia segura. Plexipo lanzó la suya, que rebotó en el costado del jabalí y cayó al suelo, seguida por la de Toxeo. Yo arrojé la mía, pero la bestia se desvió y golpeó un árbol que había detrás. Antes de que pudiera moverme, Meleagro se puso delante de mí, en el camino del jabalí, más cerca de lo que se había atrevido nadie. Arrojó una lanza con la fuerza suficiente para que se clavara en el lomo del animal, que se detuvo en seco. Se acercó más a él y le clavó la segunda lanza en el cuello.

De las fauces empezó a salirle un torrente de sangre y espuma, se tambaleó y se desplomó con fuerza en el suelo, de lado. Demasiado impactada para celebrarlo, me quedé mirando su cuerpo y por un momento no supe si volvería a alzarse, pero su pecho se detuvo y el silencio cayó sobre la gruta.

Uno a uno los cazadores se adelantaron, vacilantes al principio. Todos los hombres clavaron sus lanzas en el cuerpo y alzaron las puntas manchadas de sangre. Arranqué mi lanza del tronco del árbol, me acerqué al cuerpo e hice lo mismo. Al hacerlo, Meleagro me agarró el brazo y me levantó la mano. Posó un pie en la cabeza del jabalí y llamó al resto.

—¡Atalanta ha sido la primera en hacerlo sangrar! ¡La piel y los colmillos de esta bestia le pertenecen a ella!

—¿Estás loco?

Los hermanos de la reina estaban delante de nosotros, con los rostros rojos de rabia.

—¡Todos nosotros hemos debilitado a la bestia antes de que la hayas derribado! ¡Esta chica no ha hecho nada especial! —Plexipo se limpió la saliva de la barba, le temblaban los hombros de la rabia.

Toxeo escupió en el suelo.

—No es lo que haya hecho ella en la caza, es cómo espera él que se lo agradezca más tarde; por eso quiere darle el premio. Eres un idiota, sobrino, siempre lo has sido, pero no vamos a permitir que nos humilles a nosotros y a ti mismo ofreciéndole a ella la gloria.

Un momento antes estaba completamente concentrada en derribar al jabalí. Ahora volvía a sentir sed de sangre y me dieron ganas de estampar el puño en la cara de Plexipo.

—Mi flecha le ha perforado la piel —hablé—. Vuestras lanzas han rebotado; apenas las ha notado.

—Cierra la boca —siseó Plexipo.

—¿Cómo te atreves a responderme, mujer? —bramó al mismo tiempo Toxeo.

Intenté soltar el brazo de las manos de Meleagro para llegar hasta ellos, pero su mano era acero alrededor de mi muñeca y me quedé mirando a sus tíos con incredulidad.

Algunos de los demás vociferaban, asentían con superioridad y se burlaban de Meleagro. Busqué apoyo en mis compañeros argonautas. El pobre Anceo estaba muerto, sus entrañas estaban desparramadas por el suelo.

—Toxeo tiene razón —intervino Peleo—. Los he visto en el *Argo*, sé por qué la está favoreciendo.

—Atalanta ha sido la primera en perforar su piel, es una cazadora hábil —protestó Cástor, pero algunos de los que habían venido con Céneo empezaron a abuchear, acallándolo, Teseo y Pirítoo los que lo hacían más alto.

El sol se estaba poniendo y las sombras se extendían como tentáculos oscuros por el claro. Aún podía oír a Hípaso gruñendo suavemente; Hipómenes estaba a su lado, lavando la frente del hombre moribundo con su túnica y moviendo los ojos de forma ansiosa entre su amigo ensangrentado y la discusión que tenía lugar entre el resto de nosotros. Los perros se movían de un lado a otro, inquietos por el cambio en el ambiente.

—Ella ha sido la primera en hacerlo sangrar. —La voz de Meleagro era firme—. La flecha de Atalanta le ha hecho la primera herida. Yo he matado al jabalí; yo decido quién se lleva los restos.

Esto fue demasiado para Plexipo. Soltó un rugido y salió corriendo hacia mí. No lo vi venir y Meleagro seguía sosteniéndome la muñeca, por lo que cuando me arrolló, la fuerza de su peso me hizo perder el equilibrio y me caí. Plexipo estaba encima de mí y me apretaba la garganta con sus grandes manos, dejándome sin aire. Pero antes de que pudiera hincarle la rodilla en el vientre y apartarme, el asombro invadió su rostro. Los ojos enloquecidos e inyectados en sangre del hombre se quedaron vacíos, sus manos se aflojaron en mi cuello y bajó la cabeza.

Lo aparté, nerviosa y asqueada, y vi lo que había pasado al mismo tiempo que lo vio Toxeo.

Meleagro estaba sobre el cuerpo de Plexipo con la espada hundida en la espalda de su tío.

Toxeo cargó contra su sobrino. Lo vi como si fuera un sueño que se desplegaba ante mí. Meleagro, qué risible pensar que podía ser hijo de Eneo, este hombre de gracia fiera, alto y poderoso, echando la cabeza hacia atrás, con el rostro alzado hacia el cielo. Todo el salvajismo y la fuerza de su padre, Ares, estaban de pronto personificados en él cuando arrancó la espada del cuerpo de su tío y la blandió, escarlata con la sangre de Plexipo, para clavársela a Toxeo en el corazón.

El silencio se vio interrumpido por el trino distante de un ruiseñor. Unas flores diminutas y blancas desprendían su aroma dulce hacia nosotros. No había más sonido salvo el de los últimos balbuceos de Hípaso antes de que se le cerraran los ojos.

Cuatro de nuestros hombres estaban muertos y también media docena de perros. El jabalí monstruoso yacía en medio, ensangrentado y grotesco. Los últimos rayos del sol iluminaban el rostro de Meleagro.

Di un paso precavido hacia él y sus ojos se encontraron con los míos. Sentí una enorme compasión al ver la desesperación en su rostro.

—Vamos —dijo Cástor—. Debemos regresar a la ciudad y entregar las noticias. —Su voz era monótona y sombría—. El jabalí ha muerto, su destrucción ha acabado. —Tragó saliva—. Estos hombres se equivocaban al negar la victoria de Atalanta.

Al escuchar sus palabras algunos fruncieron el ceño y se oyeron resoplidos.

—Es verdad —afirmó Pólux—. Y han pagado el precio por ello.

Teseo dio media vuelta y se retiró entre los árboles. Su amigo Pirítoo lo siguió y también otros. Peleo me lanzó una mirada hostil y se marchó también, dejando allí el cuerpo de Anceo. Tenía la cara caliente, mi ira no había mermado, pero sentía una necesidad imperiosa de deshacer lo que había pasado, de volver atrás y obligar a mi cuerpo a moverse más rápido, de esquivar el ataque de Plexipo y evitar todo lo de después.

Hipómenes habló.

—Están celosos porque la primera ha sido una mujer. No sabían lo que puede hacer. —Se puso en pie—. Todos podemos testificar en favor de Meleagro.

Mi mente se movía muy despacio, ni siquiera había pensado en las posibles consecuencias para Meleagro. No había considerado que no solo era culpable de asesinato, sino de matar a los de su propia sangre.

El jabalí era demasiado grande para que pudiéramos moverlo los que quedábamos. Ya regresarían otros a por él. Se me revolvía el cuerpo ante la idea de quedarme con los colmillos y la piel, no quería volver a ver nada de la bestia.

Los otros tomaron los cadáveres y los levantaron con cuidado para llevárselos a la ciudad. Yo caminé al lado de Meleagro, detrás de ellos. No dijo una palabra hasta que estábamos casi en el límite del bosque.

—Volvería a hacerlo —afirmó tras detenerse mientras seguíamos entre los árboles. Me costaba descifrar su expresión en la oscuridad. Su voz era ronca—. Merecían morir.

No podía soportar su pena. Quería abrazarlo, alejar todo dolor y consolarlo, pero no quería causarle más sufrimiento. No quería ofrecerle amor solo para arrebatárselo de nuevo. Más que nada deseaba que no me hubiera otorgado a mí el premio. Por mucho que lo quisiera, por mucho que supiera que me pertenecía por derecho, habría dado cualquier cosa por que regresara con su victoria intacta. Así, cuando yo me marchara, lo dejaría con un recuerdo triunfal en lugar de este empañado y terrible desastre.

—Ya has escuchado a Hipómenes. —Mis palabras parecían inadecuadas, un pedazo de madera a la deriva en medio de una tormenta furiosa—. Ellos contarán lo que ha sucedido, dirán que no tuviste elección.

—Lo sé, pero mi padre…

—Eres el salvador de Calidón —insistí—. Has matado al jabalí. Nadie más ha podido hacerlo.

—Los he salvado del jabalí y he matado a los hermanos de la reina —replicó—. Mi propia sangre.

—Todos los que han venido a la caza sabían que podía costarles la vida.

—A manos del jabalí, sí, incluso por culpa de una lanza mal arrojada. Pero no así.

—Tu madre te quiere —insistí—. Apreciará más la vida de su hijo que la de sus hermanos. Entenderá que has tenido que hacerlo.

—Me acordé de su mirada fría, del escalofrío que sentí bajo su escrutinio, y me estremecí. Dudé de mis propias palabras incluso mientras las estaba pronunciando—. Vamos. —Le agarré del brazo—. Vuelve a la ciudad, arrodíllate a los pies de tu padre y explícale lo que ha sucedido. Te perdonará.

Entonces me lo llevé de allí, por los campos destruidos hacia las antorchas encendidas de la ciudad.

Fuera de la casa real, todo era caos. Los cuerpos de Plexipo y Toxeo estaban delante de la entrada, envueltos en mantos. Había allí una multitud congregada y, en el centro, el padre de Meleagro tenía las manos en la cabeza y su madre se encontraba arrodillada junto a sus hermanos muertos, con el cuerpo víctima de violentos temblores mientras sollozaba.

Con cada paso que dábamos sentía la necesidad de huir. Meleagro caminaba con la cabeza alta, aunque su rostro era una máscara vacía que le hacía parecer un extraño.

—Meleagro. —El rey tenía el rostro desolado.

La reina alzó la cabeza. Cuando nos recibió antes de la caza, su dignidad y belleza la elevaban, la hacían superior e imponente.

Ahora retrocedí impactada al verla: tenía arañazos sangrantes en las mejillas, donde se había rasgado la piel suave con las uñas. Sus ojos destellaban con una pasión furiosa que la hacían parecer un animal arrinconado.

—¿Es verdad? —siseó—. ¿Los has matado tú?

Meleagro miró a su madre. Estaba acostumbrada a ver una sonrisa en su rostro joven, apuesto y amable; ahora estaba serio, horrorizado, pálido por el dolor y el miedo. Noté una presión en el corazón. Quería defenderlo de su condena, pero estaba segura de que si hablaba, solo empeoraría las cosas.

—Intentaron robarle el premio a Atalanta —dijo y me encogí al oír el titubeo en su voz.

—Ha sido por ella entonces. —La reina escupió las palabras como si pudieran atragantarla.

—Yo… —comenzó Meleagro, pero la reina se puso en pie. Había un odio enloquecedor y ferviente en ella, algo primigenio y salvaje que me ancló los pies en el suelo y al parecer también a Meleagro, pues se quedó inmóvil, sin palabras.

—Has asesinado a mis hermanos. Le has robado los hijos a mi padre, lo has arruinado en su vejez. Has arrebatado a Calidón sus mejores hombres. Tú no eres mi hijo, no puedes serlo. —Por un momento, una vulnerabilidad terrible le rasgó el rostro, pero entonces volvió a endurecerse, a tornarse hielo y piedra—. Debería haber dejado que el fuego quemara aquel leño y lo redujera a cenizas cuando eras un bebé. No debería haber intentado engañar a las Parcas. Tendría que haberte dejado morir.

El vestido ondeó detrás de ella cuando dio media vuelta y se marchó entre las columnas. Me daba miedo mirar a Meleagro a la cara.

El rey inclinó la cabeza.

—No puedes regresar aquí.

Se oyó un gemido en algún lugar del grupo que lo rodeaba; alguien se abría paso hacia nosotros. Era una mujer elegante y adorable, llevaba un vestido bordado en oro hasta los tobillos y un collar brillante en la garganta; tenía el rostro lleno de lágrimas y los ojos frenéticos.

—No —suplicó—. Por favor, ten piedad de nosotros, de tu hijo, de mí. —Sus ojos pasaron del rey a Meleagro y de nuevo al rey.

Me invadió una sensación nauseabunda al comprender quién debía de ser. Cuando llegamos a Calidón, me había preparado para verla, pero no estaba allí para recibirnos. Seguramente estuviera esperando el retorno victorioso de su marido de la caza del jabalí sin prever que acabaría así.

Corrió hasta Meleagro, le rodeó el cuello con los brazos y lloró en su hombro. Vi cómo la rodeaba con los brazos, cómo miraba por encima de su cabeza a su padre.

—He matado al jabalí —anunció—. Déjame explicar qué ha pasado después, deja que le cuente a mi madre que sus hermanos fueron los primeros en atacarnos a nosotros. Si puedo hacer que lo entienda, si puedo hallar el perdón de los dioses...

Caían ahora lágrimas por las mejillas de Eneo.

—Si los dioses te perdonan... —comenzó y, por un momento, sentí esperanzas.

Pero Meleagro se tambaleó hacia atrás, con el rostro de pronto contorsionado por la agonía. Su cuerpo se dobló sobre sí mismo y cayó de rodillas. Oí a su esposa gritar, chillar, ansiosa por saber qué estaba pasando. Meleagro se retorcía en el suelo y ella se agachó para tratar de detenerlo, pero él se tensaba hacia atrás y adelante, de su boca manaba un torrente de palabras. «Quemando. Me estoy quemando», oí, y entonces lo vi, cómo luchaba desesperadamente por escapar de las llamas que no estaban allí, cómo se consumía de dentro hacia fuera, rodando por el suelo, tratando de extinguir el infierno que nadie más podía ver hasta que, al fin, se quedó inmóvil y en silencio, y se le pusieron los ojos en blanco.

Su esposa le sacudió los hombros, le rogó que despertara, pero no sirvió de nada.

La reina tenía su venganza.

Meleagro estaba muerto.

22

Salí corriendo. En el bosque, las sombras engulleron la luz fría y me siguieron mientras me precipitaba por encima de las raíces retorcidas y las ramas me golpeaban la cara. Respiraba de forma entrecortada, no tomaba suficiente aire para llenar los pulmones y no había puesto suficiente distancia para borrar las imágenes de mi cabeza.

Estas destellaban delante de mí una y otra vez. Su mujer postrada sobre su cuerpo, cómo habían acudido a apartarle las manos con amabilidad y ella los había alejado. Su padre desplomándose, incapaz de soportar otro revés, y sus consejeros corriendo a sujetarlo. Los demás argonautas y sus rostros pálidos.

Y Meleagro, agonizando en sus últimos momentos. Meleagro, gris e inmóvil. Meleagro, desaparecido de su propio cuerpo, una carcasa vacía en la tierra.

Meleagro, ruborizado por la victoria, con los pies sobre la cabeza del jabalí. Cantando a bordo del *Argo*. Encendiendo una hoguera en la oscuridad de otra noche, lejos de aquí, abrazándome bajo las estrellas. El peso de su cuerpo, la suavidad de su pelo enredado en mis dedos, su sonrisa amplia y feliz. No podía dejar de verlo y las lágrimas me cegaban. Pensé que si corría lo bastante rápido, podría escapar de todo.

Sin embargo, ni siquiera yo podía correr para siempre. Al final me vi obligada a reconocer el dolor de las piernas, el ardor en el pecho; al final tuve que reducir el ritmo, que decelerar y mirar a mi alrededor para comprobar dónde estaba.

No lo sabía. Había corrido a ciegas, de forma imprudente; lo único en lo que pensaba era que quería alejarme de esa terrible escena. Ahora no tenía ni idea de dónde estaba y no había navegante, no tenía a Tifis al timón, a nadie que estudiara el cielo y planeara el rumbo. Me detuve y giré en círculos, miré más allá de las ramas, hacia las estrellas.

¿Dónde iba a ir? Habíamos robado el vellocino, si es que eso era una victoria. El jabalí monstruoso ya no estaba destrozando Calidón, le había costado la vida a Meleagro y a mí no me había traído nada. La gloria que ansiaba en la compañía de hombres valientes no había sido más que un espejismo, algo que había quedado reducido a nada.

Estaba sola en el bosque, igual que siempre.

Tomé aliento, temblorosa, y cerré los ojos. Apareció la imagen del jabalí ensangrentado, el sonido de los gritos de Meleagro me perforó la mente, pero los aparté. Me concentré en los sonidos suaves del bosque: el susurro de las hojas y el movimiento del aire cuando un búho bajó de una rama alta; el goteo distante de un arroyo sobre las rocas; un forcejeo cuando algo se abalanzó sobre otra cosa que se escabulló. Abrí los ojos de nuevo y miré donde caía la luz de la luna para tratar de discernir las huellas, el camino que podía seguir para llegar al agua, a la seguridad y a la supervivencia que siempre me había proporcionado yo misma. Mis instintos bloquearon el horror y la conmoción y seguí adelante.

No hubo ningún propósito en los días siguientes. Caminaba. Encontraba el sustento que necesitaba. Pensaba únicamente en poner un pie delante del otro, en continuar. Reconocí las huellas de otros cazadores y las seguí hasta un pueblo. No era Calidón, eso era lo único que me importaba. Me presenté en la primera casa que vi, la costumbre de la hospitalidad exigía que me ofrecieran comida y una cama antes de que nadie pudiera hacerme preguntas, antes de que pudieran dar voz a la curiosidad que yo les suscitaba. Por qué buscaba la compañía de otras personas no fue algo que considerara siquiera hasta que me oí preguntarles en qué dirección se encontraba el bosque de Arcadia.

Sentí un profundo agotamiento que no había conocido antes. La energía ilimitada que había poseído siempre me había abandonado y había dejado en su lugar una fatiga pesada, enfermiza. No podía buscar aventuras, no podía salir por mi cuenta ni buscar a otro grupo de compañeros de viaje. Había en mi interior una tristeza desconocida, un pozo de dolor que me hacía llorar mientras caminaba, día tras día.

Y no creía que fuera solo pena por Meleagro. Por muy doloroso que fuera pensar en cómo había muerto, ya me había despedido de él; lo había enviado de vuelta con su esposa y no me había roto el corazón hacerlo. Deseaba que siguiera con vida. Deseaba no haber ido nunca a Calidón. Pero no deseaba que estuviera conmigo.

No sabía cómo mejorar la situación: la tristeza, el agotamiento, la niebla que se había instalado en mi cerebro. Así que seguí las direcciones que me dieron mis anfitriones y el impulso que me hacía continuar, a pesar de que no tenía ni idea de qué haría cuando llegara a casa.

Mientras caminaba en soledad hablaba conmigo misma en mi cabeza. Artemisa se mostraría piadosa, me decía; pasaría por alto el juramento que había roto en favor de la gloria que traía para ella. Si el orgullo por mis logros era superior a la ira por mi desobediencia, podría regresar. Entonces seguramente me olvidaría de este malestar y empezaría de nuevo, encontraría otra misión, una mejor, una más merecedora de mí.

Aunque el plan tomó forma en mi cabeza, no me ofreció la energía que esperaba. Me asolaban los dolores, ya no sentía mi cuerpo como propio. Cuando me despertaba, me costaba abrir los ojos, salir del sueño denso en el que me sumergía cada noche pero que no me refrescaba. Me obligaba a comer, pero todo lo que pasaba por mis labios me revolvía por dentro.

No hacía caso, como si la fuerza de voluntad bastara para exigir a mi cuerpo que se comportara, que actuara como lo había hecho siempre. Pero el tiempo pasaba. Los brotes verdes en la tierra hacía tiempo que habían florecido y se habían convertido en una profusión de colores. Los días se alargaban, el sol me abrasaba mientras seguía adelante y al final no pude ignorarlo más.

Las hojas estaban a punto de cambiar cuando me detuve en la alta cresta y miré abajo, las copas de los árboles seguían verdes en su mayoría, pero estaban salpicadas de dorado, escarlata y naranja. Me quedé mirando un buen rato. En las profundidades de su corazón me aguardaba mi cueva. Podía oler el musgo sedoso en los muros de piedra, oír el croar fuerte de las ranas en el estanque. Era muy vívido para mí.

Me llevé una mano al vientre mientras observaba. Aún más lejos, ocultas para todos excepto para los más determinados, estaban las grutas sagradas de Artemisa. Sus perros yacían jadeando a la sombra de unos árboles altos y grandes, exhaustos tras la caza. Las ninfas estaban apostadas en las rocas, riendo y cantando mientras Artemisa se quitaba la túnica y entraba en el agua fresca y clara. Los planos lisos y musculados de su cuerpo: sus largos muslos, su vientre suave, sus pechos pequeños. Mi cuerpo fue un reflejo del suyo, pero ya no.

En mi largo viaje de vuelta, el agotamiento y las náuseas constantes habían disminuido solo para dar paso a algo mucho peor. Cuando regresaron algunos vestigios de mi energía y desapareció la sensibilidad en mis pechos, aumentó mi sospecha de que había algo mal.

Pensé en Altea mientras aguardaba allí, buscando la madera quemada que había guardado durante tantos años, arrojándola a las llamas y contemplando cómo se encendía y quedaba reducida a cenizas. Pensé en Artemisa permitiendo que creciera en su bosque, con el rostro marcado por la satisfacción al hablarme del manantial de Aretusa, cuando transformó a Calisto, cuando me exigió una promesa y me envió lejos. Pensé en la osa que me recogió en la ladera, en cómo atacó a sus oseznos cuando quiso deshacerse de ellos, en cómo los espantó para poder ser libre. Pensé en la reina que me tuvo pero que no luchó por conservarme. Esas eran las madres que conocía.

Sentí movimiento debajo de la palma de mi mano, una respuesta a mi caricia en mi interior.

Había sido la más rápida, la más fuerte, la mejor de todos ellos. Por eso me había escogido Artemisa como su campeona. Había navegado por el mundo, había peleado con monstruos, me había enfrentado a la muerte. Había hecho todo lo que podían hacer los hombres que me acompañaban y mucho más.

Pero era esto, esta redondez bajo mi mano, lo que me arruinaría.

Emergió del bosque, tan rápida e impredecible como siempre. No podía creerme que en el algún momento pensara que se movía como una mortal. Había pasado ahora tiempo con los humanos, los mejores héroes del mundo, y ninguno podía igualar sus zancadas ágiles y su poder natural. Todo en ella resplandecía.

Me examinó y su mirada escrutadora era como fuego frío sobre mi cuerpo. Se detuvo en la curva desconocida de mi cuerpo, pero en sus ojos no apareció nada. Si ya lo sabía, si me había visto llegar, yo no lo sabría a menos que me lo contara.

No me acobardé. Mantuve la barbilla alta y no permití que mi mirada vacilara.

—Hemos conseguido el vellocino. —Mi voz sonaba firme.

—Y el favorito de Hera ha huido a Corinto con su esposa bruja, manchado con la sangre de los suyos —respondió. ¿Cómo podía haberme olvidado de la musicalidad de su voz? El susurro de las hojas, el flujo melifluo del agua sobre la roca, cada eco salvaje del bosque superpuesto en su tono—. El héroe orgulloso de Zeus se ha alejado de la causa y trabaja de nuevo para un rey inferior. —Me miró a los ojos. Lo sentí como el primer escalofrío de una brisa fría que precede a la tormenta—. El hijo de Ares ha muerto a manos de su madre.

—Y yo he vuelto contigo.

—¿Y la promesa que hiciste?

—No me he casado.

Por una décima de segundo me pareció ver en ella sorpresa por mi atrevimiento. ¿Esperaba que me postrara a sus pies y llorara? ¿Pensaba que le suplicaría por mi perdón? No podía haberme olvidado tanto como para pensar que haría tal cosa.

—¿Olvidaste prestar atención a mis advertencias? —Podía oír en su voz la amenaza de una tormenta distante—. Cuando te conté cómo sufrían las mujeres, cuando te ordené que te mantuvieras alejada de los hombres.

—Me enviaste a un barco con cincuenta hombres. —El calor aumentaba en mi pecho—. He pasado meses con ellos, hemos compartido bebida y comida, nos hemos enfrentado juntos a tormentas y batallas. He luchado por tu vellocino y lo hemos traído a casa. Habría muerto para conseguirlo, para que pudieras tener tu gloria.

Atisbé chispas en sus ojos, un destello de desprecio.

—Cuando oí que el *Argo* había regresado victorioso, esperé tu regreso inmediato al bosque —dijo—. Que te burlaras de mí para ir a cazar el jabalí que yo misma había enviado a Calidón fue el primer indicio de tu desobediencia. Vigilé la caza. Vi lo que sucedió.

Sentí el ardor de su decepción y fue el único momento en el que pensé que podría resquebrajarme.

—¿Por qué no acudiste a mí entonces? —susurré. Me imaginé su mirada fría contemplando cómo huía de Calidón. Lo rota y sola que me sentía. Y ella estuvo todo el tiempo allí.

—Te dejé que hicieras el camino de vuelta —respondió. No había misericordia en ella, eso lo había aprendido mucho tiempo atrás—. Quería ver que regresabas conmigo. Podría haberme mostrado ante ti en tu viaje, pero vi antes las señales inequívocas de lo que habías hecho. —Bajó la mirada a mi vientre hinchado, dejando claro el significado de sus palabras. Me preparé para lo que venía, para el castigo que pensaba infligirme—. Las ninfas no pueden saber nunca lo que has hecho. —No cerré los ojos, ni supliqué, ni temblé. Las montañas estaban silenciosas detrás de ella, la noche era oscura y tranquila. No había un grupo de mujeres angustiadas a nuestro alrededor que presenciaran cómo me castigaba.

Aspiré el olor familiar del aire que tanto me gustaba. Agradecía que no hubiera aparecido ante mí mientras me dirigía a casa, que hubiera podido regresar aquí de nuevo.

—Permanece oculta, Atalanta.

Me quedé mirándola, sin comprender.

—Que piensen que moriste tras la caza del jabalí. —Su rostro estaba marcado por la determinación—. No puedes traer un bebé al bosque, no voy a permitirlo. Mis ninfas han de cumplir su juramento. No pueden ver que sales indemne tras romperlo. —Giró la cara, como si oyera algo en el bosque, y el corazón me dio un vuelco por el indulto que no esperaba y por la belleza fiera de su perfil a la luz de la luna—. Pero has conseguido el vellocino y por ello te dejaré libre.

La tierra parecía inestable bajo mis pies cuando me miró una vez más.

—Puedes vivir, Atalanta, pero has perdido tu lugar entre mis ninfas. —Hizo una pausa. Todo estaba inmóvil, parecía que el bosque se había detenido a escuchar. Su rostro estaba desprovisto de piedad mientras pronunciaba sus últimas palabras—: Nunca podrás volver a casa.

Despareció y yo me quedé allí hasta que anocheció. Contemplé las sombras alargarse por las laderas de la montaña y los colores desteñirse y tornarse grises. Por mucho que mis ojos recorrieran los oscuros bosques a mis pies, por mucho que soñara con volver a correr entre aquellos árboles, con ser rápida, libre y poderosa como la última vez que estuve aquí, solo había vuelto para verlo desde la distancia.

Si no fuera por esto, por la prueba innegable de mis promesas rotas, es posible que Artemisa me hubiera recibido. Había conseguido logros suficientes para que me perdonara por lo de Meleagro o puede que no se hubiera enterado de lo que había pasado entre los dos. Pero no podía ocupar mi lugar entre su séquito así; no podía bañarme en los ríos con las otras y contar mis historias. Temí que el viaje me cambiara demasiado para querer volver, que deseara dejar atrás el lugar que tanto amaba, que ansiara mucho más. Y así habría sido de no ser por esto. Justo lo que me hacía anhelar la comodidad de lo antiguo, de lo conocido, la seguridad y la simplicidad de los días pasados, era la razón por la que no podía regresar.

Ya no había lugar para mí.

CUARTA PARTE

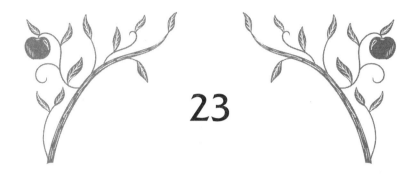

23

Artemisa me había desterrado y no podía desafiarla, pero tampoco podía soportar otro largo viaje, ni aunque se me ocurriera un lugar dónde ir. No sabía cuánto tiempo me quedaba hasta que naciera el bebé y era muy consciente de mi nueva vulnerabilidad. No podía correr ni luchar como siempre. Sin darme cuenta, había tomado una decisión al venir aquí. Tendría que encontrar un refugio en este lugar, en las afueras del bosque de Arcadia, cerca de mi hogar pero sin poder entrar.

Era más torpe, menos veloz que antes, pero podía seguir cazando en los límites del bosque, alejada de los lugares en los que podían verme las ninfas. Tenía la fuerza para recoger leña de chopo, para buscar agua y realizar cualquier otra tarea que pudiera necesitar. Podía encontrar un lugar donde quedarme, decidí, hasta que naciera el bebé, y entonces… y entonces no estaba segura.

Alcé la mirada a las montañas y me pregunté en qué lugar me dejarían mis padres. Intenté imaginarlo, no con los ojos empañados de un bebé llorando, sino de la persona que había abandonado allí a la pequeña y se había marchado. ¿Cuánto tardarían en cesar los llantos?

Pensé en los demás argonautas y en lo que estarían haciendo ahora. Regresando a sus reinos o buscando nuevas misiones. Podía imaginar a Heracles, con las manzanas doradas que había robado del Jardín de las Hespérides dentro de un saco sobre su hombro. Eso es lo que conseguían los héroes: magníficos trofeos que podían enseñar al mundo para demostrar su coraje y fuerza. Yo había luchado al lado de ellos, era mejor que ellos. Había vencido todas las dudas y recelos que tenían en mi contra, pero esto era lo que había traído yo: ni frutas doradas de los inmortales, ni premios gloriosos, sino un estorbo alimentado por mi propio cuerpo, un cuerpo que nunca antes me había decepcionado. Me puse furiosa y juré que esto no sería mi ruina. Estaba enfadada incluso con Meleagro por morir y dejarme con esta carga. ¿Quién sabía la de bebés que habrían dejado a su paso mis compañeros de viaje? Y ninguno de ellos les dedicaría un solo pensamiento, ¿por qué iba a hacerlo yo?

La furia me animaba a seguir adelante. Hallé un pueblo y encontré allí una casa destartalada donde vivía un cazador anciano con su esposa. Hice un trato con ellos. Les mostré mis habilidades, les ofrecí encargarme de las tareas domésticas más extenuantes y que ellos ya no podían hacer debido a la fragilidad de la edad. A cambio, ellos me dieron una cama en su casa y comida. Estaban agradecidos, pues no tenían hijos propios que cuidaran de ellos en sus últimos años, tanto que ni siquiera me hicieron preguntas sobre mi vientre hinchado.

Por el bien del bebé y también de Meleagro, había encontrado un hogar. No iba a dejar a este bebé en la ladera de una montaña.

Al principio me parecía raro dormir debajo de un techo todas las noches, por destartalado que fuera. Añoraba tener el cielo sobre mí. A veces, mientras estaba despierta en la cama, sentía un anhelo tan intenso de libertad, de ver la forma oscura del *Argo* con el fondo de estrellas, de la promesa de otro viaje y otra tierra con cada amanecer, que el resentimiento ardía en mi estómago y la bilis me chamuscaba la garganta.

El día que nació sentí un terror desconocido, un horror profundo y primario que se abría dentro de mí mientras miraba los árboles que había detrás de la cabaña. Artemisa acudía a ayudar a las mujeres a dar a luz. Temía verla materializarse, verla correr con elegancia desde el amparo del bosque para ayudar a una madre desesperada y encontrarse con mi cara. Pero los árboles permanecieron inmóviles y silenciosos, solo el aliento suave del viento movía las hojas. Apreté los dientes por los dolores, con el suelo áspero bajo mis rodillas mientras seguía con la vista fija en la oscuridad, en el interior distante del bosque donde las ramas se entrelazaban. Deseaba sentir ese aire frío en la cara, la frescura de las hojas cubiertas de musgo.

Artemisa no acudió. Me dije a mí misma que no había necesidad, que no estaba teniendo un parto complicado. Que podía hacerlo sin sus instrucciones y sin su ayuda, aunque estuviera dispuesta a ofrecérmela. Nació y vi a la esposa del cazador alzarlo en brazos, con el rostro resplandeciente de alegría. Presionó la mejilla redondeada y cálida del bebé contra la suya, arrugada y áspera. Tenía los ojos de Meleagro y, demasiado exhausta para llorar, me alejé de los dos y me quedé dormida.

Le puse el nombre de la montaña donde no lo abandoné, Partenopeo, y dejé que la anciana lo criara. Dormía en una cabaña y no en una ladera. Tenía unos padres humanos y no las bestias salvajes del bosque. Veía cómo movía los puños regordetes en la cuna y me preguntaba si el dios de la guerra de ojos negros guiaría algún día a su nieto a la batalla, si viviría lo suficiente para conocer el destino formidable que le correspondía: mi sangre guerrera y la de Meleagro se mezclaban en sus venas.

Mucho más allá de donde estaba el pueblo, podía ver las laderas donde habitaba Artemisa, pero, consciente de su edicto, siempre me quedaba a las afueras. Cuando Partenopeo se hizo más fuerte y podía aguantar más tiempo sin mi leche, empecé a alejarme más. En esos meses encontré un manantial más fresco donde fluía el agua más fría y clara. Cazaba con la perra del cazador, que disfrutaba corriendo conmigo, alejándose más de lo que su dueño le había permitido nunca, por las crestas más lejanas que veíamos, pero siempre en los límites, nunca llegábamos al corazón salvaje. Cuanta más distancia había entre el interior oscuro de la cabaña donde resonaban los gritos de Partenopeo y yo, más sentía que había regresado mi antiguo ser. Correr con *Aura*, el ruido rítmico de sus patas contra la tierra detrás de mí, el pelaje de su cuello ondeando al viento, el empujón entusiasta de su morro en mi mano cuando nos deteníamos a respirar, se parecía tanto a los días anteriores a la aventura del *Argo* que a veces me sentía confundida. Me volvía, buscaba el camino de vuelta a mi cueva, aguzaba el oído en busca de la risa de una ninfa y tenía que sacudir la cabeza para regresar al presente.

Cuando la luz se apagaba en el cielo, regresábamos al pueblo con lo que habíamos encontrado: una presa sanguinolenta, un barril rebosante de agua, una bolsa con fruta madura. Partenopeo se metía puñados de bayas en la boca, se manchaba la cara con los jugos rojos y dulces, sentado en el regazo de la anciana con la cabeza ladeada para mirarla, mientras retorcía un mechón de su pelo gris con los dedos pegajosos. Imaginaba que Meleagro podía ver a su hijo, que se sentía orgulloso del pequeño que habíamos creado juntos, y me alegraba de que estuviera aquí. Más agradecida aún me sentía por cada amanecer que anticipaba mi libertad de nuevo, lejos de él.

Había regresado mi fuerza y también mi energía, y podía sentir los hilos débiles de la esperanza. Artemisa no había venido a castigarme más. Tal vez su silencio era el castigo. Por cruel que me pareciera, seguía teniendo mi forma humana, conservaba mi vida. Ya era algo.

Vi enseguida las huellas de otro cazador. *Aura* y yo solíamos tener la montaña para nosotras solas. Había elegido la zona más inhóspita, la que tenía las superficies más peligrosas, la vegetación más espesa y espinosa, donde era más difícil encontrar sombra. Donde nadie nos molestara.

No había dejado demasiadas huellas, pero sí suficientes para que las reconociera de inmediato. Reduje el paso y me detuve para girarme despacio y comprobar todas las direcciones que podría haber tomado. *Aura* se levantó sobre las patas traseras y olfateó el aire. Aulló un poco, tal vez por el rastro de un olor. Le tendí la mano y le hice un gesto mudo para que guardara silencio. Asentí entonces y se lanzó hacia delante, las dos avanzamos lo más silenciosas posible.

Sentía curiosidad por saber quién había llegado hasta aquí, qué otra persona se aventuraría a alejarse tanto cuando en las zonas más bajas del bosque abundaban los animales, la fruta y el agua fresca. Aquí arriba era más probable que te encontraras con un león que con un ciervo. No me asustaba, me daba igual quién fuera. Pero sentí algo en el aire, un momento suspendido, el último aliento antes de que todo cambiara. Ya había sentido esto en otra ocasión, antes de unirme a los argonautas. Me hizo recelar. No confiaba ahora en el futuro como lo hacía entonces.

Inspiré profundamente cuando llegué a un saliente rocoso justo por debajo del pico más alto. No era un lugar donde llegaras por error. Quien fuera debía de conocerme, puede incluso que me hubiera seguido, y no había prácticamente nadie vivo y mortal que pudiera hacer algo así.

Espiré, me abracé el cuerpo y rodeé las rocas.

Abrí mucho los ojos por la sorpresa.

—Eres tú —dije.

24

Se contuvo, desconfiado, y había en su postura cierta cautela, como si yo fuera impredecible. Me quedé mirándolo, enmarcado por el cielo, el pelo oscuro, los ojos marrones devolviéndome la mirada. En mi mente aparecieron recuerdos de la última vez que lo vi: el olor a hierro de la sangre del jabalí envolviendo el claro, el júbilo convirtiéndose rápidamente en horror. Meleagro retorciéndose en el suelo, quemándose por dentro mientras observábamos, impotentes.

—Atalanta, no sabía si te acordarías...

—Hipómenes —lo interrumpí. Tenía los hombros más anchos ahora, musculados, y las líneas limpias de su mandíbula estaban sombreadas por una barba oscura—. ¿Me has seguido?

Bajó la mirada.

—Después del incidente con el jabalí regresé aquí. Tengo amigos cerca. Oí rumores, historias sobre una mujer en el bosque, una tan rápida que apenas podías atisbarla. Supe que eras tú.

—¿Te quedaste mucho? —Me tropecé con las palabras—. En Calidón, quiero decir. Después...

Sacudió la cabeza.

—Se hablaba de que Meleagro estaba reuniendo otro grupo de luchadores, que iba a emprender otra misión, más grande incluso que la de los argonautas. Por eso acudí. Cuando Meleagro murió, la reina se suicidó. La ciudad estaba de luto; los hombres que participaron en la caza se marcharon. Nadie quiso quedarse.

Tragué saliva. Era duro recordar la esperanza de Meleagro antes de la caza y cómo se había desmoronado todo tan rápido.

—¿Por qué has venido aquí? —pregunté—. ¿Por qué me has buscado? —Me impresionaba que hubiera conseguido encontrarme.

—Los héroes del *Argo* han emprendido caminos separados, han regresado a sus hogares. Celebran fiestas en sus casas refinadas, donde los poetas cantan sobre el vellocino que han conseguido. Las historias se propagan más rápido que una plaga o que un incendio, las escuchamos allá donde vamos.

—¿Y?

—Me he cansado de escuchar los mismos relatos una y otra vez. No quiero quedarme sentado en una sala escuchando los recuerdos empapados de vino de lo valientes que fueron todos. Me acuerdo de la caza del jabalí, de cómo corrían mientras tú luchabas. Por eso he venido a buscarte.

Sus palabras ejercieron presión en una herida. Instintivamente, quise alejarme de él, del dolor que me provocaba su presencia y los sentimientos que evocaba.

—¿Y por qué pensabas que me gustaría verte?

Funcionó. Mi tono duro desinfló su entusiasmo, solo un poco, pero suficiente para que sintiera cierta satisfacción por ello.

—Cuando oí que estabas aquí, otra vez en Arcadia, pensé que podrías estar preparándote para otra cosa, que tal vez Artemisa te enviaría de nuevo. Y si necesitabas a gente…

Sus palabras me enfadaron; oírlo describir algo con lo que había soñado tantas noches en esa choza sofocante mientras oía el sonido de un bebé llorando, algo privado y secreto de lo que nunca le había hablado a nadie. Sacudí la cabeza.

—No hay nada. Ninguna misión nueva, nada que buscar. Soy una cazadora, igual que antes, y no necesito que nadie me ayude con eso. Tú no, desde luego.

Se quedó callado. Esperé a que absorbiera mis palabras y me volví después hacia *Aura*, que había aguardado sentada a mi lado toda la conversación.

—Vamos —le dije y se puso en pie, ansiosa por volver a correr.

—A ti no te mencionan. —Su voz me alcanzó cuando ya me alejaba, dispuesta a desaparecer entre los árboles donde no tendría ocasión de encontrarme de nuevo. Me detuve. Estaba desesperada por marcharme, pero, muy a mi pesar, sentía curiosidad—. En sus canciones. No dicen que una mujer los acompañó todo el tiempo. No mencionan tu nombre cuando enumeran la lista de héroes… y eso ahora, cuando el viaje del *Argo* sigue fresco en los recuerdos de la gente. ¿Qué dirán en los años venideros? ¿Recordará alguien que estabas allí?

Me tensé.

—¿Cómo se atreven a dejarme fuera?

—Nadie quiere recordar. Nadie desea inmortalizar en los salones que Atalanta formaba parte del grupo. Que una mujer era tan buena como ellos y mucho menos que eras mejor. Dicen que pediste que te dejaran ir, pero que se negaron, que Jasón no lo permitió y que tú le diste un manto para que llevara con él, que solo un emblema tuyo los acompañó.

Traté de aclarar la mente y borrar toda la ira de mi rostro antes de volverme de nuevo hacia él. Hablé con toda la frialdad que pude aunar.

—Tú sabes que mienten. Otros lo sabrán también.

—La gente recuerda lo que quiere. Disfrutarán de las historias del *Argo* y olvidarán encantados que tú estuviste allí. Si vives oculta cazando en este bosque tan solo quedarán los rumores. Nadie sabrá quién eras ni qué hiciste.

Apreté los puños, sentía una tentación sobrecogedora de acallar sus palabras con ellos, de arrojarlo al suelo.

—Vete de esta montaña —le exigí—. No vuelvas a intentar encontrarme.

Abrió la boca para protestar, pero el destello de mis ojos lo silenció.

—No regreses —le advertí y salí corriendo.

Incluso *Aura* tuvo dificultades para seguirme el ritmo mientras corría por las pendientes irregulares. Pensar en mis antiguos compañeros holgazaneando en sus grandes salones, recibiendo elogios (elogios por mis hazañas que aceptaban como propias) hacía que la furia bullera en mi interior con tal intensidad que pensaba que me iba a arder el pecho. Bien agradecidos que estaban por mis habilidades cuando lanzaba flechas a nuestros enemigos, pero ahora fingían que no había estado allí, que habían sobrevivido por su propio ingenio. Sin mí tal vez nunca habrían abandonado Lemnos, no habrían llegado a Cólquida ni al vellocino. Apreté los dientes. No quería que Hipómenes presenciara este horrible infierno de emociones, no deseaba que lo viera nadie. Porque los héroes del *Argo* podían decir lo que quisieran y yo no podía hacer nada. Artemisa me había abandonado, igual que mi padre cuando dio la orden de que me dejaran en la ladera de la montaña. No habría más misiones, por parte de ella no.

Me detuve. Respiraba rápido y con dificultad. La rabia seguía invadiéndome, pero volví a escuchar las palabras de Hipómenes en mi cabeza y ahora que había pasado la indignación por la sorpresa, las entendí de forma distinta.

En lugar de anunciar mi regreso triunfal, en lugar de encomendarme una nueva tarea, Artemisa me había dejado hundida en la ignominia, en el olvido, igual que los argonautas. Ella ya no era mi señora, no determinaba lo que haría a continuación.

No estaba atada por ninguna promesa que le hubiera hecho a ella ni a nadie más. Ver de nuevo a Hipómenes me había recordado lo que había perdido, pero también me había hecho pensar en lo que había ganado a cambio. Había construido una vida para mi hijo y para mí y, de ahora en adelante, sería yo quien decidiría mi propio destino.

Le había dicho a Hipómenes que no regresara, pero durante los siguientes días lo busqué. Me alejé más, estuve más tiempo fuera de la cabaña, a veces pasaba noches en cuevas o bajo el refugio de los árboles. En ocasiones me despertaba en la oscuridad y creía que estaba de nuevo en una playa lejana, esperaba oír a Meleagro respirando a mi lado. Me preguntaba cómo estarían contando las historias de los argonautas, qué episodios estarían adornados y cuáles reconocería como reales. Tras el horror de la caza del jabalí en Calidón había apartado de mi cabeza muchos recuerdos. No quería recrearme en ellos. Odiaba no poder pensar en nuestras aventuras sin ver a Meleagro lleno de vida en mi mente, odiaba que la imagen diera paso siempre a la desolación de su muerte. Incluso los recuerdos felices que podía tener de nuestro viaje estuvieron mucho tiempo empañados por la culpa, por cómo había terminado todo. El dolor que le había causado antes de la caza. Cómo había avivado mi presencia la rabia de sus tíos y había desencadenado el derramamiento de sangre. Mi enfado porque fuera tan estúpido como para proclamarme vencedora delante de todos ellos.

Pero ahora, al salir al amanecer fresco tras la lluvia, al mundo limpio y nuevo, otra vez, intenté recordar sin dolor. Me vi tal y como me había descrito Hipómenes. Me había buscado como una heroína del *Argo*, alguien con un motivo para sentir orgullo, no vergüenza. En lugar de a las laderas inhóspitas, me llevé a *Aura* a dar un paseo largo y serpenteante por el bosque y las praderas. Me detuve en un espacio extenso lleno de flores y me descolgué el arco de la espalda. *Aura* se puso a dar vueltas en círculos y se desplomó en la hierba con la cabeza sobre las patas, mirándome con sus oscuros ojos líquidos mientras yo encajaba la primera flecha. Con los ojos entrecerrados, apunté a un árbol distante y la solté. Se clavó en el centro del tronco y sentí un pequeño arranque de euforia en el vientre. Hacía tiempo desde que había practicado la puntería simplemente por placer.

Me perdí en el ritmo de la actividad. Detrás de mí, *Aura* bostezó, dejando a la vista los dientes y las almohadillas rosas de las patas. Se le caían los párpados, la suave luz del sol y el zumbido constante de los insectos en las flores la estaban adormeciendo.

Corrí al tronco del árbol para recuperar las flechas. En mi interior estaba el instinto de no dejar ninguna huella tras de mí, de asegurarme de que nadie supiera que había estado aquí. Tiré con fuerza de una flecha que estaba profundamente clavada en la madera y el palo delgado se quebró en mi puño y me rajó la mano. Maldije entre dientes cuando empezó a salirme sangre de la piel rasgada.

En algún lugar, entre los árboles, oía el goteo débil del agua sobre las rocas. Seguí el sonido con la idea de lavarme la herida.

Él estaba en la orilla del estanque cuando lo encontré, con las piernas flexionadas y los codos apoyados encima de las rodillas, observando las ondas en la superficie del agua, perdido en sus pensamientos.

Carraspeé, casi incómoda, y él me miró sorprendido.

—No te preocupes —le dije—. No he venido a echarte.

Enarcó una ceja.

—No te he seguido. No sabía que estabas aquí.

—Lo sé. —Me arrodillé y metí la mano en el agua. El aguijonazo frío en la herida dio paso a un suave latido. Unos hilos rosas de sangre se alejaron formando espirales en el agua y desaparecieron.

—¿Qué ha pasado?

—Astillas… una flecha rota. ¿Qué haces todavía aquí? ¿Vives cerca?

—Mi casa no está lejos —contestó—. Pero he estado viajando un tiempo y he pensado en quedarme un poco más antes de proseguir.

¿Por qué no querría ir a casa?

—¿Lo echas de menos? El lugar de donde vienes.

—A veces un poco, pero no lo suficiente para regresar. ¿Quieres algo para vendarte la mano?

La levanté, sacudí el agua y vi que la sangre empezaba a asomar de nuevo por las heridas.

—Sí, gracias. ¿Por qué no quieres regresar?

Me dio un pedazo cuadrado de tela que tenía metido en el cinturón. Lo acepté y noté su suavidad, la caída pesada de los pliegues, cómo se escurría entre mis dedos. Era una tela más fina que las que acostumbraba a usar. Me envolví la mano y se transfirieron unas pequeñas manchas carmesí en la palma.

—¿Que por qué no regreso? No quiero volver y quedarme allí. Antes de que me dé cuenta, habrán pasado veinte años y apenas habré visto nada más allá de los muros de nuestra ciudad.

—¿Entonces sigues buscando una misión? ¿Un viaje?

—Difícilmente.

—¿Has venido para quedarte?

—Este no es mi hogar.

Ante mis ojos apareció una visión de mi cueva. Me mecí hacia atrás, agachada al lado del agua, dividida entre erguirme o sentarme en el suelo. Quería seguir hablando con él.

—¿Tú no quieres ir de nuevo a otro lugar? —preguntó—. ¿Zarpar en busca de algo desconocido? —Las palabras salieron apresuradas y parecía lamentarlas. A lo mejor pensaba que podía salir corriendo como hice en la otra ocasión.

Me senté en la suave tierra.

—Como con los argonautas no —respondí—. Otra vez no.

Parecía interesado.

—¿De veras?

Arrugué la nariz.

—No fue una misión tan heroica como puedas pensar. Medea consiguió el vellocino con su magia. Nosotros solo observamos. Sea lo que sea lo que están cantando ahora, fue un engaño.

Vi decepción en su rostro.

—Pero seguramente llegar a Cólquida fue todo un desafío.

Asentí.

—Supongo. Eso es verdad. —Enredé los dedos en los juncos que crecían a mi lado y los arranqué del suelo—. Pensé que sería el inicio de algo, que a mi regreso habría otra misión, una mejor. Pero entonces pasó lo del jabalí y... Y volví aquí. —Me contuve para que mi rostro no me delatara, para no mostrar ninguna pista de lo que sucedió a continuación—. No deberías mostrarte tan ansioso por partir. Puede que no sea lo que esperas.

—Los centauros me habrían matado de no ser por ti —señaló con una intensidad repentina en la voz—. Por eso no me creí ninguna de las historias del *Argo* que te dejaban fuera. Atalanta me salvó a mí antes que a ninguno de ellos.

Me eché a reír.

—Tu intentaste salvarme antes, me acuerdo.

Vi que el color le cubría las mejillas.

—No fue necesario.

—Los centauros son fuertes y aquellos dos estaban borrachos. Fuiste un loco al intentarlo. Valiente, pero loco.

—No quería volver a verme en una situación así. Me marché, aprendí mejores habilidades de lucha y me hice más fuerte.

—¿Y ahora quieres tu oportunidad para demostrar tu valía?

—¿Es muy diferente a lo que estaban haciendo los argonautas?

—Supongo que no. Pero es exactamente eso lo que quiero decir: pensaba que yo iba a demostrar mi fuerza al ir con ellos y acabó con un engaño y desgracia. Jasón fue exiliado. Meleagro murió. Y yo ni siquiera aparezco en las canciones. No puedo evitar preguntarme para qué sirvió. —Hice una pausa—. No pienso unirme nunca más a la expedición de nadie.

Antes de que pudiera decir nada, *Aura* se acercó al claro. Nos miró a Hipómenes y a mí, y mostró los dientes al mirarlo de nuevo a él.

—No te preocupes, *Aura*. —Le di unas palmaditas en la cabeza y me volví hacia Hipómenes—. Anochecerá pronto.

Miró con desconfianza el tono azul claro del cielo. Yo tenía que recoger agua y leña para llevarme a la casa del cazador.

—Si te quedas más tiempo aquí, te veré de nuevo. Salgo cada día por aquí o por alguna zona cercana.

—Me gustaría. —Sonaba entusiasmado. Esperaba que no volviera a intentar convencerme de que me lanzara corriendo a alguna misión soñada. Pero no me importaba tener a alguien con quien hablar.

Lo dejé allí y tomé un desvío de vuelta al pueblo para recoger lo que necesitaba. Las sombras se alargaban ya cuando llegué a la cabaña.

La esposa del cazador estaba esperando mi regreso con Partenopeo inquieto en los brazos. Tenía las mejillas rojas y las pequeñas cejas marrones juntas.

—Le están saliendo los dientes —me explicó la mujer. Parecía cansada, se le salía el pelo del recogido.

Solté los leños que llevaba en una mano y le tendí el barril de agua que llevaba en la otra.

—¿Quieres que lo sostenga un momento?

Asintió agradecida y aceptó el agua. Yo tomé el peso de mi hijo a cambio. Pesaba mucho más ahora que la última vez que lo tuve en brazos, algo que apenas hacía desde que podía levantarse y tambalearse de un lado a otro solo. Tenía ojos cautos; giró la cabeza para seguir a la anciana, sin mostrarse del todo resistente, pero tampoco cómodo en mis brazos.

Me preocupaba que se pusiera a lloriquear, así que caminé con él por donde acababa de venir y mantuve una charla sin sentido para entretenerlo y distraerlo de su pena, paseando para un lado y para otro. El sol se hundía detrás de las montañas proyectando un resplandor escarlata; se lo enseñé y volvió la cabeza para mirarlo, el brillo fiero iluminaba su expresión seria.

Y entonces lo oí: los pasos ligeros que se acercaban entre los árboles, el cuerpo que emergía de la oscuridad y su voz sorprendida.

—¿Atalanta?

Cerré un momento los ojos con el deseo ferviente de que se marchara. Di entonces media vuelta, con el niño que tenía en brazos ahora claramente visible para él, y vi la sorpresa en sus ojos, su boca abierta, las palabras olvidadas mientras contemplaba a Partenopeo.

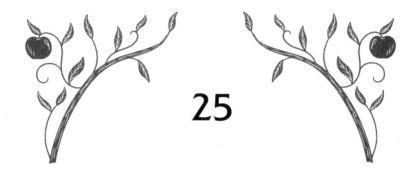

25

Fue la mujer del cazador quien rompió el silencio. Su naturaleza amable y hospitalaria me rescató de cualquier pregunta inmediata o explicación. Vio a Hipómenes y lo invitó a sentarse junto al fuego y a compartir nuestra comida. Anfitriona e invitado eran corteses, su conversación educada llenó el pequeño espacio y yo no decía nada. La mirada de Hipómenes regresaba una y otra vez a Partenopeo, a sus ojos oscuros y expresión seria, tan diferente a la sonrisa fácil de su padre.

Hipómenes se mostró amable, sin exigir la atención del niño ni usar un tono alto que pudiera desconcertarlo. Yo los observaba, era una sombra en los alrededores de su conversación, hasta que vi al niño sonreírle. El humo del fuego me parecía asfixiante, las paredes estaban demasiado cerca. Me levanté y salí al frío agradable de la tarde.

Pronto estaba detrás de mí. Me di la vuelta para mirarlo.

—¿Me has seguido hasta aquí? Después de que te dejara en el bosque, ¿me has seguido?

Levantó las manos.

—No.

Parecía un poco abatido por mi tono agresivo, pero detecté también cierta actitud defensiva. Había venido a buscarme, estaba segura, y me enfadaba que hubiera descubierto justo lo que quería ocultar. Me gustaba hablar con él, me recordaba a los primeros días del viaje o incluso a una época anterior, cuando no tenía nada que hacer más urgente que sentarme en una gruta con Calisto o con cualquiera de las ninfas, incluso con la propia Artemisa. Un tiempo sin complicaciones, sin responsabilidades. Ahora él había cruzado la línea a la otra parte de mi vida y no había vuelta atrás.

Resoplé.

—¿Entonces te has tropezado conmigo por accidente?

—Por accidente no. Te estaba buscando. —Se pasó la mano por el pelo y se lo retiró de la cara, frustrado—. No sabía nada de esto, solo escuché que vivías en uno de los pueblos que hay aquí y quería verte de nuevo.

—Pues ya me has visto. —Esta era la consecuencia del compromiso que había hecho al dar mi hijo a los residentes para que lo cuidaran. Cuando vivía en el bosque yo no era más que un mito para los cazadores que pasaban por allí. Pero por más rápido que pudiera moverme aquí por el bosque, siempre regresaba al mismo lugar. Estaba anclada aquí, al mundo mortal, intentando pagar mi deuda con la pareja que lo había acogido.

—No quería inmiscuirme en tu vida —replicó—. Solo tenía noticias y pensé que querrías escucharlas.

—Si son noticias de alguna misión, de otra reunión de héroes o algo así, creo que ya sabes por qué no puedo ir.

Asintió despacio, aunque seguía pareciendo confundido.

—¿Por qué no me dijiste nada de Partenopeo?

Exhalé un suspiro. El olor del jazmín que la anciana cuidaba con tanto esmero impregnaba el aire, las delicadas flores con forma de estrella se abrían a la oscuridad. La paz de la noche, la naturaleza salvaje de la que una vez me sentía parte, no correspondía en absoluto con la discordancia que sentía ahora.

—Vamos a dar un paseo —sugerí. Prefería estar lejos de la cabaña, de la chimenea humeante y las flores, más allá de los límites de la aldea.

Él caminaba a mi lado y no me presionaba. Era más fácil hablar así, sin mirarlo directamente.

—Es el hijo de Meleagro —señalé—. Cuando me fui de Calidón vine aquí. Pensaba que podría regresar con Artemisa, pero cuando me enteré de que estaba esperando a un hijo supe que no podría. Había perdido su protección y su apoyo. —Inspiré profundamente—. Mi padre me dejó no lejos de aquí cuando nací, condenada a morir.

—Lo sé.

Lo miré, sorprendida.

—No quería hacer lo mismo que hizo mi padre. Encontré una casa para Partenopeo y unos padres atentos. A cambio yo los ayudo hasta que crezca y pueda marcharme de nuevo. Por eso no puedo partir a ninguna aventura. Artemisa no tiene más planes para mí, ya no soy su campeona.

—¿Y si pudieras hacerlo en tu propio nombre y no en el de ella?

De nuevo sentí una fuerte irritación.

—Ya has visto la choza en la que vive mi hijo. Conoces los palacios y las casas opulentas de las que salen los demás argonautas. Los barcos son caros. Sin la guía de Artemisa no puedo ir y no voy a unirme a otro grupo de hombres.

—Podrías haberlo llevado a Calidón —indicó Hipómenes—. Entregárselo al rey para que cuide de él. Eneo posee oro y tesoros.

—La reina de Calidón mató a su propio hijo. —Sacudí la cabeza—. No podía dejar allí a Partenopeo igual que no podía dejarlo en una montaña. Además, tú mismo dijiste que la ciudad estaba sumida en el caos cuando te marchaste. —Pensé también en la esposa de Meleagro, en la venganza que podría preparar si se enteraba—. Era más seguro para él crecer aquí.

Hipómenes asintió.

—La razón por la que he venido a buscarte es que he oído noticias. No soy la única persona que te busca.

Me puse tensa.

—¿Quién más?

—Volví con mis amigos después de verte hoy. Me han contado que se está difundiendo un mensaje del rey Yaso. Tu padre. Dice que quiere encontrarte.

—¿Mi padre? —farfullé—. ¿No cree que estoy muerta?

—Debe haber escuchado otra cosa. Aunque los argonautas están contando su versión del viaje, hay gente que te vio partir de Yolco y que aseguran haber visto a una mujer con el pelo trenzado y una túnica corta a bordo del barco. Eso añadido a los rumores que han existido siempre de una cazadora en este bosque, las historias han debido de llegar hasta él. Ha oído que su hija sobrevivió y que acompañó a Jasón. No sé si lo creerá cierto o no, pero ha enviado a heraldos para difundir el mensaje de que desea que regreses a casa.

—¿A casa? Me abandonó a mi muerte. Yo no tengo un hogar con él, solo he tenido el que me ofreció Artemisa. ¿Por qué cree que voy a volver? —Aparté la mirada de los ojos compasivos de Hipómenes y la dirigí a los árboles oscuros.

—No sabía si querrías escucharlo, solo pensé que debías saberlo. Pero ahora te he visto aquí con el niño, ¿no es esta otra opción?

—¿Es una opción acudir al hombre que intentó matarme? ¿Para qué?

—Has dicho que no quieres formar parte de la expedición de nadie. Que Artemisa no va a ayudarte y que no tienes nada. Pero sí que tienes algo, eres la hija de un rey y ahora él quiere reconocerte.

Solté una carcajada y me sorprendí por lo amarga que sonó. No pensaba que me importase lo suficiente como para guardarle rencor a mi padre, apenas había pensado en él.

—Cree que puedo hacer de hijo si los rumores de mí son ciertos. Ha escuchado que tiene un guerrero como hija.

—Quiere saber si es verdad. Quiere que acudas a palacio, ha prometido que te reconocerá como su hija. Si vas, verá que eres la Atalanta que algunas personas dicen que eres, igual que los héroes del *Argo*. Si no, tal vez se crea las otras versiones.

—¿Y por qué tiene que importarme eso? Me da igual lo que piense de mí.

—Si regresas, todo el mundo sabrá quién eres. Y tendrás el respaldo de un rey para lo que sea que hagas a continuación.

—No quiero su respaldo. No quiero nada que tenga que ofrecerme. —Solo la idea me repugnaba—. Gracias por contármelo, me alegro de haberlo escuchado de ti. Tendré cuidado para que no me vean.

Noté su frustración, lo cuidadosamente que buscaba algo más que decir, pero se contuvo.

—No le diré a nadie que estás aquí.

—Y... —Vacilé.

—Tampoco diré nada de Partenopeo, claro.

—Gracias.

No pudo evitar seguir hablando.

—¿Puedo volver aquí...? ¿Puedo verte de nuevo?

—Si te aseguras de que no te sigue nadie.

—Por supuesto.

Me aliviaba sobremanera que no se marchase. Sentía un consuelo que no había previsto por tener aquí a alguien que me vinculaba con mi vida anterior, aunque fuera en poca medida. Alguien que me conoció brevemente en mis otras vidas. Sentía una enorme soledad al pensar que las ninfas me rechazarían, que me enfrentaría a la ira de la diosa que una vez se había enorgullecido de mí si trataba de volver con ellas. Pero Hipómenes no me juzgaba. Era agradable pensar que volvería a verlo y que ya no tendría que ocultar mis responsabilidades con mi hijo.

Esa noche, sin embargo, no dormí. Muy a mi pesar, las palabras de Hipómenes regresaron a mi mente. Despreciaba a mi padre, por supuesto. La idea de presentarme ante él, de que creyera que mis logros eran reflejo de los suyos, era repugnante. Que pensara que podría ser sustituta del hijo que nunca tuvo, que imaginara que volvería para ocupar mi lugar. Me quité las finas mantas de lana con la idea de salir a la oscuridad, de quemar mi ira hasta quedar sin aliento. Pero los pies me llevaron a Partenopeo. Lo miré, las extremidades extendidas como una estrella, el subir y bajar suave del pecho y la curva de la mejilla redondeada.

Yo era mejor que mi padre, cien veces mejor. Había cumplido mi deber con mi hijo, por mucho que se hubiera rebelado mi instinto. Pero si intentaba dejar de lado el odio que sentía por el padre que no había conocido, me preguntaba si Hipómenes podría tener razón al sugerir que tal vez tenía algo que ofrecerme.

No tenía ningún interés en heredar el trono. Pero eso no significaba que Yaso no tuviera nada que yo deseara. El cazador y su esposa eran ya viejos. Su pobreza era evidente por las mantas ajadas y rotas que había echado a un lado, la escasez de su cabaña, sus mejillas escuálidas y el cansancio en sus ojos. La riqueza de Yaso podía ofrecerles consuelo, ayudarlos hasta que Partenopeo fuera mayor.

Podría marcharme sin culpa ni preocupación por lo que dejaba atrás.

No sabía qué era lo que quería Yaso de mí, pero mientras miraba al niño durmiendo, empecé a pensar que tal vez merecía la pena descubrirlo.

—¿Y cómo que has cambiado de opinión? —Hipómenes rebosaba energía, caminaba a gran velocidad y le brillaban los ojos cada vez que lo miraba.

—Quiero saber qué va a ofrecerme el rey —respondí.

Seguía mirando atrás, esperando ver a *Aura* tras de mí, pero la había dejado en la cabaña. Había sido una tortura despedirme de ella con un beso y dejarla allí sentada, obediente, en el mismo sitio donde le había dicho adiós. No sabía cuánto tiempo estaría fuera y quería que se quedara para proteger a la pareja y a Partenopeo en mi ausencia. Sentía una punzada en el pecho cada vez que me volvía y notaba de nuevo su ausencia.

No sabía si era más duro dejar a mi perra o a mi hijo, pero este viaje era por el bien del pequeño, razoné.

—Como me dijiste, es un hombre rico —proseguí—. Eso nunca me ha importado, tenía todo lo que necesitaba en el bosque. Pero Partenopeo no puede vivir como viví yo. Mi hijo tiene la sangre de Ares. Si también cuenta con la riqueza de un rey podrá hacer lo que quiera. —Y si acudir a Yaso suponía también que se extenderían las noticias sobre mí por el país y contrarrestarían las historias que contaban los poetas sobre el *Argo*, entonces también podría enterarse Artemisa. Tal vez fuera suficiente ayuda para ganarme de nuevo su favor.

Caminamos en silencio. Cuando miré a mi acompañante, tenía el rostro pensativo.

—¿Tenemos que ir muy lejos? —acabé preguntando.

—No está demasiado lejos, pero es un camino montañoso, nos va a retrasar. —Me miró—. O me va a retrasar a mí.

—Entonces no se alejaron mucho para abandonarme.

—La ciudad de tu padre está a la sombra del monte Partenio.

Había viajado largas distancias por el mar, pero conocía muy poco del país donde había crecido.

—¿Cómo lo sabes?

—He pasado mucho tiempo viajando por esta región —explicó—. Me marché de la casa de mi padre y salí a explorar lo que pude del bosque, aprendí a cazar y a sobrevivir a lo que aguardaba allí fuera, excepto, tal vez, a los centauros. —Esbozó una sonrisa—. Quería aprender las habilidades que necesitaba.

—¿Por qué tuviste que salir para aprenderlas?

Una sombra le oscureció el rostro.

—Mi hermano murió. Fue muy doloroso para todos y no quise quedarme.

—Lo siento. —Recordé la agitación que sentí tras perder a Calisto. Podía entender por qué la muerte lo había conducido a buscar otro lugar donde no hubiera ningún recuerdo del dolor.

El terreno vertiginoso comenzó a nivelarse, la bajada era más suave y fácil. Llegamos a caminos de tierra, campos salpicados de lomos lanosos de ovejas, con algún edificio en la distancia.

—Está más adelante —me indicó Hipómenes—. Llegaremos al palacio de tu padre por la noche.

Se me revolvió el estómago de los nervios. Crecían en mi interior igual que cuando nos aproximábamos a costas desconocidas, cuando lanzábamos las cuerdas y bajábamos del barco sin saber qué habría allí. No sabía cómo iba a ser ver la cara del hombre que había intentado matarme sin éxito, el hombre que no había visto en mí más que decepción, el hombre que me había abandonado a la naturaleza y, sin querer, me había propiciado una vida como la de ninguna otra persona.

Había oscurecido cuando llegamos, pero el palacio estaba iluminado por unos faros llameantes a todo su alrededor. Las sombras danzaban en los muros de piedra lisa y en las puertas, donde había dos centinelas con lanzas de puntas resplandecientes.

—¿Quiénes sois? —preguntó uno de ellos. Habló con voz baja y desconfiada.

A mi lado noté que Hipómenes se tensaba.

Di un paso hacia la luz para que me vieran con claridad, tan alta como cualquier hombre, pero con trenzas alrededor de la cabeza. Abrieron mucho los ojos cuando hablé con voz clara y resonante.

—Comunicadle al rey que su hija ha regresado.

La sorpresa invadió sus rostros.

Sonreí.

—Ha enviado un mensaje en el que pedía mi regreso, decidle que estoy aquí. Decidle que soy Atalanta, la cazadora de Arcadia y heroína del *Argo*.

26

La sala del trono del rey Yaso era un salón amplio y brillante. Ardía el fuego en cuencos poco profundos, el aroma a aceites perfumados flotaba espeso y dulce en el aire y las paredes eran un derroche de color: frisos pintados con colores brillantes que representaban escenas de batallas y dioses, animales y héroes con espadas. Las baldosas del suelo relucían, las largas mesas estaban atestadas de bandejas y jarras doradas; y mi padre estaba sentado en su trono, con un mantón morado intenso sobre los hombros y anillos enjoyados en los dedos. Se tocaba la barbilla con la mano mientras examinaba mi rostro. No sabía qué podía estar pensando.

Yo estaba de pie ante él, con Hipómenes a mi lado, y las palabras que acababa de pronunciar parecían planear entre nosotros. Había hablado sin rencor: una presentación pausada de los hechos de mi vida y mis logros. Aparté toda recriminación de mi voz y solo el orgullo marcaba mi discurso mientras mantenía la cabeza alta y lo recitaba todo. El salón estaba lleno: nobles vestidos de forma elegante sentados a las mesas, esclavos sirviéndoles, un músico con un laúd cuya canción era débil y temblorosa comparada con las armonías gloriosas de Orfeo. Todos ellos se quedaron en silencio tras mi declaración y ahora todos los ojos estaban fijos en mí.

Al fin habló Yaso:

—¿Y tu compañero?

Hipómenes me miró antes de hablar.

—Soy Hipómenes, hijo del rey Megareo de Onquesto. He entregado a Atalanta tu mensaje y la he guiado hasta aquí.

No pude ocultar mi sorpresa. ¿Hijo de un rey? Se encogió ligeramente, como si el dato no revistiera ninguna importancia.

Yaso movió una mano hacia los esclavos que había a su lado.

—Preparad cámaras para nuestros invitados —les ordenó—. Han hecho un largo viaje. Id a por agua para que puedan bañarse. Pero primero, Hipómenes y Atalanta, sentaos a comer con nosotros.

El rey no dio muestra de creer lo que le había dicho; no pronunció ningún discurso de aceptación de mi identidad. Su cortesía me irritaba, era la clase de hospitalidad que ofrecería a cualquier viajero. Tal vez no debería de sorprenderme que me dispensara tan poco. Un hombre que había elegido con tanta frialdad el destino de su propia hija seguramente fuera una persona calculadora, alguien que mantendría cualquier emoción firmemente oculta tras una máscara impenetrable. Tomé asiento al lado de Hipómenes. Las bandejas de carne asada olían deliciosas tras un día de caminata; los quesos y el vino de color rubí eran demasiado tentadores para resistirse.

Mi padre quería que regresara por un motivo. Había venido para descubrir qué podía conseguir, en qué podía beneficiarme al fin mi sangre. Pero, por supuesto, tenía sus propias intenciones y no parecía que fuera a revelarlas hasta que estuviera satisfecho, hasta estar seguro de que yo era de verdad su hija, que demostrara que era útil para él.

Se me metió el frío en los huesos. Nunca antes había conocido a nadie emparentado conmigo; se me había pasado por la mente que tal vez sentiría una especie de vínculo, pero no.

—¿Dónde está mi madre? —pregunté. Se me trabó la lengua con la palabra.

Yaso me miró con frialdad desde el otro lado de la mesa.

—La reina murió hace unos años.

Noté cierta preocupación en Hipómenes, pero ¿por qué iba a llorar por una mujer que no conocía?

Yaso le dio un sorbo largo al vino y soltó la copa con gran precisión.

—Bien, Atalanta, háblame del viaje del *Argo*.

Era bien entrada la noche cuando al fin me dirigí a la cámara que habían preparado para mí. Como había prometido el rey, había listo un baño de agua caliente y aceites perfumados. Me quité la túnica y entré agradecida. Yaso había escuchado mis historias, todos los hombres que nos rodeaban habían estirado los cuellos para escuchar. Estaba bastante segura de que los había convencido a todos.

El agua calmó mis músculos cansados y el vapor se alzaba formando espirales fragantes a mi alrededor. Aunque mi cuerpo estaba agradablemente fatigado, mi mente seguía bullendo. Cuando el agua empezó a enfriarse, salí y me envolví en una manta suave, me solté el pelo de las trenzas apretadas y cayó por mi espalda. Me fijé en un vestido que habían dejado para mí sobre una silla. El fuego ardía en una pequeña lámpara, la luz brillaba en las suaves líneas de un jarrón de cristal. Sacudí el vestido. No se parecía a nada que hubiera tenido antes. Me recordó a Hipsípila; era de un tono azul intenso parecido al de ella, sujeto por un broche plateado brillante, y caía formando pliegues gruesos hasta el suelo.

Lo dejé de nuevo en la silla y me puse mi túnica. Fui entonces a buscar a Hipómenes.

Se sobresaltó al verme en la puerta de su cámara.

—¿Qué haces aquí? —Miró a un lado y a otro del pasillo, como si le preocupara que nos vieran.

—Quiero hablar contigo. Ven, vamos a pasear.

—¿Ahora?

—Sí, ahora.

Parecía a punto de protestar, pero se lo pensó mejor. Se echó un manto sobre los hombros y me siguió.

Salimos del palacio tranquilo a los jardines. Sabía por qué se mostraba precavido, este era su mundo, no el mío. En el bosque podía salir adonde quisiera a caminar. Con los argonautas era igual. Aquí si Yaso se enteraba de que la mujer que afirmaba ser su hija estaba dando paseos nocturnos con un hombre, sería suficiente para que volviera a expulsarme, o peor. *Que lo intente. Ya me han echado antes*, pensé. Por supuesto, quería lo que había venido a buscar y por ese motivo me moví con sigilo entre las sombras mientras nos alejábamos de la luz de las antorchas hacia la oscuridad. El aire fresco me llenó los pulmones. Me alegraba de no haber crecido entre estos muros.

—¿Qué piensas de Yaso? —preguntó Hipómenes.

Había en alguna parte del jardín una fuente goteando. Nos quedamos donde se juntaban las sombras. No pude leer su expresión.

—No mucho —contesté.

—Parecía creerte cuando le hablaste de los argonautas.

Asentí.

—Probablemente ayude que haya traído conmigo a un príncipe para que responda por mí. ¿Por qué no me habías contado que tu padre es un rey?

Exhaló un suspiro.

—Te conté que mi hermano murió. Lo mató un león que hostigaba nuestra ciudad. Como el jabalí de Calidón. Salió para intentar matarlo, pero acabó él muerto. Mi padre estaba desolado. Ofreció el trono y a mi hermana como premio a quien pudiera matar al león y vengar a su hijo.

—¿El trono que tendrías que heredar tú?

Permaneció un momento callado.

—Yo tenía una madre diferente a la de mi hermano y hermana. Mi padre me crio en su palacio, pero nunca fue igual. Salí con mi hermano el día que murió. No pude salvarlo. Cuando regresé y le conté que había muerto y que el león seguía suelto, supe que era un fracaso a ojos de mi padre. Me marché. Quería hacerme más fuerte y no habría podido lograrlo si me hubiera quedado allí, donde todo el mundo pensaba que tendría que haber muerto.

Me acordé de Medea en la cueva contándome que yo era como ella, que éramos las dos hijas de unos padres que no nos querían. Yo me alejé de ella, no quería ver similitudes entre nosotras. Encontré más compasión en mi corazón por Hipómenes. Tal vez fuera su honestidad o puede que me hubiera ablandado.

—Debería de haberse sentido agradecido porque sobrevivieras —dije.

Se rio.

—Ya no importa. —Cambió rápido de tema—. Creo que Yaso va a reconocerte mañana.

Resoplé.

—Puede que me reconozca, pero yo nunca lo reconoceré a él.

—Pero puede serte útil. Y tu hijo puede tener una vida mejor. —Iba a decir algo más, pero dudó—. ¿Puedo hacerte una pregunta sobre Partenopeo?

La brisa me levantó el pelo y me acarició la nuca.

—Yo te he preguntado por tu pasado, puedes preguntarme tú por el mío.

—No es tanto sobre Partenopeo en realidad —se corrigió—. Si Meleagro no hubiera muerto, ¿qué habría pasado?

Me abracé el cuerpo, contenta de que la oscuridad me ocultara de sus ojos.

—Tenía pensado marcharme de Calidón después de la caza del jabalí, fuera cual fuese el resultado.

—¿Lo querías?

¿Habría tenido la osadía de preguntármelo si estuviéramos dentro del palacio?

—No. En el *Argo* me alegraba que estuviera casado. Me alegraba pensar que volvería a su casa con su esposa al final del viaje, saber que había un final. —¿Tenía el corazón frío por ello?—. Creía que él pensaba lo mismo, pero me dijo que la dejaría. Le pedí que no lo hiciera.

—¿Por qué?

—Artemisa me advirtió antes de marcharme del bosque de que existía una profecía: si alguna vez me casaba, me perdería a mí misma. Le prometí que no lo haría. Nunca tuve intención, de todos modos, así que no me parecía ninguna pérdida.

—Pero Meleagro...

—Nunca me habría casado con él, con profecía o sin ella. —Había apostado por un abandono alegre y temerario—. Muchos de los argonautas estaban casados, muchos de ellos habían dejado atrás a hijos. Yo no me comporté peor que ninguno de los hombres. Lo hice mejor, ya que yo no abandoné a Partenopeo.

—Eres también mejor que tu padre —comentó con tono amable.

—Y tú eres mejor que el tuyo. Hay pocos hombres que puedan matar a un león sin ayuda. Debías de ser joven, inexperto. No fue tu culpa.

—Gracias. —Se quedó callado un momento y, entonces, siguió—. El león no habría supuesto ningún problema para ti, por supuesto. —Meleagro habría dicho algo así, pero él estaría riéndose. Había en Hipómenes un aspecto más dulce, una honestidad tan amable como encantadora.

—Por supuesto. —Cualquier ápice de tensión entre nosotros se había disipado. Me alegraba mucho que me hubiera acompañado a este lugar extraño que podría haber sido mi hogar—. Creo que ya puedo dormir. Volvamos dentro.

Fuimos tan silenciosos en nuestro regreso como lo habíamos sido al salir. Le di las buenas noches y entré en mi cámara. La cama era demasiado suave, las mantas demasiado lujosas. Nada me parecía bien. Caí en un sueño intermitente hasta que el amanecer empapó la habitación.

Miré con los ojos entrecerrados las dianas de madera en la distancia y luego miré al rey Yaso. Estaba acompañado de señores, había un grupo de nobles allí observando. Levantó la mano para pedir silencio y su voz resonó en el patio abierto.

—Los rumores sobre Atalanta llegaron a nuestro palacio hace un tiempo. Había quienes insistían en que una mujer había partido con los valientes argonautas, que su destreza con el arco no tenía rival, ni siquiera entre los hombres. Nunca antes habían visto a nadie como ella. La explicación a su fuerza y habilidades era que había crecido lejos de los ojos humanos, bajo el amparo del bosque, con la diosa Artemisa como maestra. Cuando mi esposa dio a luz a una niña la dejamos en la ladera de la montaña que da a ese bosque. Necesitábamos a un hijo que heredara mi trono, así que abandonamos a la niña a su destino. Ahora hay una mujer delante de nosotros que afirma ser Atalanta, que navegó en el *Argo* y acompañó a Jasón en su misión en busca del vellocino de oro. Y que es mi hija. No he tenido nunca un hijo, pero al parecer las Parcas me han enviado a una hija que es igual que cualquier hijo con el que pudiera haber sido bendecido. —Hizo una pausa para intensificar el silencio dramático—. Esta es tu oportunidad para demostrar que de verdad eres Atalanta y mi hija, la mujer que puede disparar flechas mejor que cualquier otro mortal, superada solo por la propia Artemisa.

Se produjo un susurro de anticipación en la multitud.

Su discurso era irritante. Con qué facilidad comentaba que me había abandonado a mi muerte. Mi vida no valía nada para él hasta ahora, cuando creía que podía convertirme en un espectáculo para su público, que iba a actuar para ellos para demostrar mi valor. La ira aumentó en mí, se enfrió y se tornó resolución. No estaban preparados para lo que podía hacer. No tenían ni idea de quién era yo en realidad.

—Artemisa me enseñó a tallar este arco —anunció. Me lo quité de los hombros y lo alcé para que lo vieran—. Me enseñó a usarlo.

Miré a Hipómenes, que me sonreía. Sentía su fe en mí, cálida y firme. Entonces me volví, coloqué la flecha en la cuerda y la tensé. Aguardé un momento, siguiendo el ejemplo de Yaso para crear un silencio intenso. Podía notar cómo contenían la respiración.

La solté, la flecha certera y dulce, de camino al centro de la primera diana. Saqué con un movimiento suave la siguiente flecha del carcaj, apunté y disparé. Una y otra vez, el movimiento tan ensayado y experto que apenas lo notaba. Mi cuerpo se movía fluido, controlado, con el instinto que había en mí desde que era una niña.

Terminó en un suspiro. Todas mis flechas estaban clavadas en el centro de la diana. Cuando me volví vi el júbilo en el rostro de Yaso y la conmoción en la multitud allí reunida.

Me invadía la euforia. Después de tanto tiempo corriendo sola con *Aura*, pensaba que mis días de victoria pública habían quedado atrás. No me amedrenté cuando Yaso me agarró la muñeca y la alzó en el aire, uno al lado del otro delante de la gente.

—Ninguna otra mujer en el mundo podría haber logrado este desafío —declaró y me dieron ganas de decirle que tampoco había un hombre que pudiera igualarlo, pero me mordí la lengua—. Es indudablemente Atalanta de los argonautas, campeona de Artemisa, y creo su afirmación de que es mi hija. La acepto como propia, mi única hija, sangre de mi sangre.

Se produjo una tormenta de aplausos. Me encontré con la mirada de Hipómenes. Parecía un poco preocupado por las palabras de Yaso, tal vez anticipaba mi enfado. Pero habíamos venido a esto. Ahora tenía el estatus de su nombre, acceso a sus privilegios y poder, justo lo que quería.

El rey no había terminado.

—Quien se case con mi hija heredará mi reino —continuó. Y, con estas palabras, empecé a comprender lo mal que lo había juzgado—. Enviad a los heraldos con las noticias: busco un esposo para la preciosa y valiente Atalanta.

Aparté la muñeca de su mano con más fuerza de la que pretendía y se tambaleó un poco. Seguía un poco agitada por la emoción que había sentido tan solo unos segundos antes, el júbilo por mi fuerza, mi valentía.

—He jurado que no me casaré nunca —anuncié con voz alta y clara a todas las personas que estaban allí reunidas—. No hay hombre que pueda igualarme.

Vi que Yaso recuperaba la compostura.

—En el bosque tal vez podías vivir así. Pero has regresado aquí con la idea de reclamar tu derecho natural. Como hija de un rey, ese derecho es el matrimonio. Tendremos que recorrer toda Grecia para encontrar a un candidato digno de ti —siseó—, pero ten por seguro que lo haremos.

Me dio la impresión de que el público contenía el aliento y el silencio que nos envolvió era afilado como un cuchillo.

Me obligué a mostrarme tan serena como él y la burla impregnaba mis palabras cuando hablé.

—Encuentra a un hombre que pueda superarme. Ese es el único hombre con el que me casaré.

Y entonces sonrió. Se volvió hacia la multitud y extendió los brazos.

—Que sea ese el mensaje que salga de aquí —ordenó—. Celebraremos una carrera, el hombre que pueda correr más rápido que

Atalanta se quedará con ella. —Se demoró en las siguientes palabras, casi de forma afectuosa—. Los hombres que pierdan la carrera, perderán su vida. Ese es el reto. Así encontraremos a un esposo digno de mi hija.

Se produjo un murmullo de emoción. Yaso se alejó de mi lado, pero yo me quedé allí inmóvil, mirando a Hipómenes, preguntándome qué debería de hacer ahora.

27

—Me iré —murmuré. Estábamos paseando por el huerto del palacio, los árboles frutales estaban llenos de peras y manzanas maduras, de granadas rojas y pesadas. El polvo se alzaba formando nubes alrededor de mis sandalias ajadas con cada paso agitado que daba. Quería caminar más rápido, llegar a los árboles que crecían con libertad y no estaban atrapados en medio de este lujo tan cuidadosamente atendido—. Ha sido una locura venir aquí.

—Podemos irnos ya, antes de que lleguen los candidatos esperanzados —añadió Hipómenes—. Salgamos corriendo.

La imagen del rostro engreído de Yaso apareció en mi mente. Apreté los dientes.

—¿Y con tanta facilidad va a ser más listo que yo?

Hipómenes me lanzó una mirada de sorpresa.

—Si te vas no conseguirá lo que quiere.

—Puede que sí. Puede que esto sea únicamente un juego para él. Cree que me alzará como un premio en su concurso o que me hará huir, demasiado asustada para competir.

—Si piensa que estás demasiado asustada para competir, no tiene ni idea de quién eres.

—Ningún hombre puede ganarme. A lo mejor no encuentra a nadie que se arriesgue.

—Acudirán —afirmó Hipómenes—. Todo el mundo querrá ver a la mujer que afirma ser una argonauta.

Y todos los hombres querrán vencerme, pensé. Se trataba de una oportunidad que anhelaban. La oportunidad de ponerme en mi lugar, de demostrar que una mujer que se creía tan buena como los héroes no pudo vencer.

—Correré.

—¿De verdad?

—¿Qué tengo que perder? Voy a ganar a cualquier hombre lo bastante estúpido para intentarlo.

—Yaso los matará a todos.

—Es decisión de ellos correr. Voy a demostrar a Yaso que nadie puede derrotarme. Verá que no soy una hija que pueda controlar.

Hipómenes parecía turbado.

—No confío en el rey. ¿Y si encuentra una forma de sabotearte?

Sacudí la cabeza.

—Me subestima. Cree que no soy lo bastante rápida. No entiende lo que puedo hacer, ni siquiera después de enseñárselo.

—¿Y cuando se quede sin candidatos dispuestos a arriesgar la vida?

—Entonces expondré mis términos. —Empezaba a sentir una oleada de emoción—. Esto es mejor que cualquier cosa que pudiera haber pedido. Esta carrera servirá para que demuestre mi valía más allá de cualquier duda. Seré legendaria en toda Grecia. Si Yaso está desesperado por tener un heredero, perfecto, porque yo ya tengo un hijo.

Hipómenes vaciló.

—¿Aceptará a Partenopeo?

—Lo hará cuando derrote a todos los competidores que encuentre y comprenda lo que soy.

—¿No vas a marcharte entonces? ¿Vas a quedarte a correr?

Me detuve. En la distancia veía a los hombres trabajando en los viñedos, portando cestas pesadas de uvas bajo el sol abrasador. Más allá estaban las montañas y muy por detrás sabía que resplandecía el mar bajo la luz dorada, con olas cubiertas de crestas espumosas. Todo un mundo aguardaba a ser conquistado.

—Correré.

—Entonces no te desearé suerte ni el favor de los dioses —dijo—. No la necesitas. Los vencerás a todos.

Sabía que creía lo que estaba diciendo, pero no sabía por qué seguía pareciendo preocupado.

En los días que siguieron me escabullía fuera del palacio antes del amanecer y me alejaba lo suficiente como para que no me viera nadie de palacio. Después me daba rienda suelta para correr, para exigirme más, ir más rápido hasta que sentía que mis pies volaban por la tierra, como si pudiera saltar las caras escarpadas de las montañas y planear por encima de la superficie del mar.

Solo Hipómenes sabía dónde iba. Esperaba a que regresase a mi punto de partida con un barril de agua fresca y fría a la que daba un sorbo, agradecida, y el resto me lo echaba por la frente cubierta de sudor mientras reía a carcajadas, emocionada. Sabía que estaba nervioso, que sospechaba alguna clase de engaño por parte de Yaso, pero yo estaba segura de que no había nada que temer.

Tenía la seguridad de que acudiría un buen número de candidatos; esta era justamente la clase de reto que hablaba directamente a su ego. Cuando empezaron a llegar, eran justo como los esperaba: hombres sanos, vigorosos, que desprendían vitalidad, hombres que se habían criado con tutores que les habían enseñado a luchar con la espada, la clase de hombres que acudían en partidas para cazar en mi bosque, haciendo resonar los cuernos y soltando a sus perros. Hombres que creían que el mundo les pertenecía, que imaginaban que yo era solo otro trofeo que podían ganar.

Cuando sumaron dos docenas, Yaso dio la orden de que se celebrara la primera carrera a la mañana siguiente. Tenían que dividirse en dos grupos, exigió. Los más ansiosos correrían el primer día. Cualquier hombre que no pudiera seguir mi ritmo perdería la cabeza en el último poste. Si no había un ganador entre los doce primeros, el segundo grupo tendría su oportunidad al día siguiente.

Me fijé en los que pidieron estar en el primero grupo, que se adelantaron. Los más ruidosos, los más atrevidos cuyas voces resonaban en el gran salón cada noche mientras competían por contar las historias más impresionantes.

—Está decidido. —La voz de Yaso tronó entre ellos—. Correréis al amanecer.

Dormí profundamente esa noche. Cuando salí bajo el cielo sedoso teñido de rosa vi que también lo habían hecho los candidatos. Ninguno de ellos parecía nervioso, no había sombras oscuras bajo sus ojos que indicaran que hubieran pasado la noche revolviéndose en la cama.

Habían diseñado una pista de carreras. Había unos postes altos clavados en el suelo para marcar el trayecto. Nos llevaría por un valle largo y verde con las montañas a nuestro alrededor, feroces y escarpadas. No habría por dónde huir una vez empezaran a entender la desesperanza de su tarea. Los espectadores ocuparon sus lugares y se alzó un murmullo de charlas, debates sobre cuál de los hombres se alzaría con la victoria.

Los candidatos comenzaron a ocupar sus puestos. Antes los había visto como una masa presuntuosa, un grupo de hombres mimados y arrogantes como otros, pero ahora empezaba a fijarme en las diferencias entre ellos: uno con sonrisa fácil y a quien le habían roto la nariz; otro con expresión altiva y una mandíbula tan afilada que parecía esculpida en mármol; otro cuyos ojos eran cálidos y esperanzados; y uno con una cicatriz blanca y dentada en el brazo. Eran hombres jóvenes, sin duda convencidos por sus logros anteriores de que tendrían éxito hoy. De pronto sentí pena por ellos.

Antes de que pudiera hablar Yaso levanté el brazo para captar su atención.

—Esta es vuestra última oportunidad —dije—. Fui una de los argonautas, corrí junto a los mejores héroes de nuestro país, hombres que eran hijos de dioses. Ninguno de ellos pudo alcanzarme, fui más rápida que todos. Por favor, atended a mi advertencia. Ninguno de vosotros tiene que correr esta carrera. Id a casa ahora, antes de que sea demasiado tarde.

En el breve silencio que siguió a mis palabras pensé que me habían escuchado. Sin embargo, tan solo un momento después, estallaron carcajadas entre los hombres y se extendieron entre los espectadores también. Solo Hipómenes permaneció serio.

Me acordé de la historia que me contaron las ninfas sobre Artemisa, quien, recta y vengadora, transformó como castigo por su insolencia al cazador Acteón en un ciervo, para que sus propios perros lo destrozaran.

—No empezaré a correr hasta que el último de vosotros llegue al poste de la mitad del camino —indiqué—. Ni siquiera así tendréis la oportunidad.

Tan solo se rieron más fuerte.

Yaso enarcó una ceja.

—Atalanta ha ofrecido una ventaja generosa. El primero que llegue a la línea de meta antes que ella será mi yerno. Si llega ella primero, moriréis.

Todos se pusieron en posición. Resonó el cuerno. Se lanzaron por el valle, bombeando las piernas, saltando por el suelo con sus enormes zancadas.

Yo me quedé quieta, observando. Notaba los ojos de Yaso en mí, curioso. Sonreí y permití que me invadiera la ira, que bullera en mis venas. El grupo de corredores iba muy junto, unos cuantos estaban muy igualados. Cuando se acercaron al poste de la mitad y se prepararon para girar, me puse en cuclillas. La tierra era suave bajo los dedos de mis pies, la brisa cálida por los primeros rayos del sol. Cuando el último giró me lancé hacia delante.

El paisaje pasó junto a mí en un borrón. Entreví sus caras mientras corrían por el valle hacia la meta, un destello de bocas abiertas y ojos escrutadores. Aumenté la velocidad sin ningún esfuerzo. Di la vuelta al poste que marcaba la mitad del camino, con la nube de polvo tras las piernas de los corredores justo delante de mí, y entonces estaba entre ellos, colándome entre sus codos y piernas frenéticas, respirando el calor y el sudor por un segundo antes de emerger de nuevo al aire libre, con el resonar urgente de sus pasos tras de mí. Al frente del público, Yaso se quedó con la boca abierta al ver que me adelantaba y los hombres desesperados quedaban detrás.

Giré alrededor del último poste, ruborizada por el triunfo. El horror de su situación golpeó a los corredores y empezaron a dispersarse, los mismos hombres que un momento antes se mofaban ante la idea de que pudieran sentir miedo.

Los soldados de Yaso avanzaron implacables. Miré al rey, con rostro imperturbable mientras contemplaba a los candidatos exhaustos que buscaban una huida, pero que eran alcanzados uno por uno por los guardias.

La luz de la mañana se derramaba sobre el valle cuando el sol se alzó por encima de los árboles. Los pájaros comenzaron a trinar en las ramas. Los sollozos y las súplicas angustiadas eran un contrapunto discordante a su coro.

El hombre de la nariz rota se liberó de los brazos del guardia y salió corriendo con respiración entrecortada. Otro guardia arrojó una lanza y le acertó en el hombro. Oí vítores de los espectadores cuando cayó.

Me fijé en que Hipómenes miraba a otra parte, pero yo no podía apartar la mirada de la roca donde lanzaban a los hombres y los obligaban a tumbarse con el cuello expuesto. La hoja del hacha destelló al sol cuando el verdugo la levantó. Hizo un sonido desagradable al atravesar carne y hueso.

Había visto a hombres morir, yo misma había disparado flechas fatales en más ocasiones de las que podía contar. En el calor de la batalla nunca me había amedrentado. Pero nunca había presenciado un desfile de ejecuciones con semejante sangre fría. Aun así, quería verlos humillados. Quería verlos castigados.

Yaso se mostró impasible. Si estaba enfadado porque hubiera demostrado tener razón no lo mostró. Cuando el último candidato estaba muerto se volvió hacia la multitud. El ambiente jovial había dado paso a algo más oscuro, algo salvaje.

—Exhibiremos sus cabezas a las puertas del palacio —anunció—. Si mañana no vence ningún hombre, haremos lo mismo con ellos como advertencia para los futuros candidatos. Estos hombres pensaban que la tarea que tenían por delante era fácil. Aquellos que corran mañana saben ahora que no es así. El hombre que derrote a Atalanta debe ser mucho más increíble que los competidores de hoy, debe ser un hombre de extraordinaria destreza y velocidad. ¡Volved a difundir la noticia! Contad lo que ha sucedido aquí hoy. Ningún hombre ordinario puede vencer a mi hija. Mi yerno ha de ser uno de los héroes más poderosos de toda Grecia.

Si esperaba que esto bastara, que estas doce muertes demostraran a Yaso la futilidad de su plan, ahora sabía que estaba equivocada. Esto solo lo alentaría, haría el concurso más atractivo.

Pensé en hacer esto una y otra vez. En todas las muertes que tendría que presenciar antes de que abandonara la idea.

Yaso se marchó. Su manto escarlata intenso ondeó tras él. La gente empezó a dispersarse y los guardias a recoger los cuerpos de los competidores.

Comencé a caminar por la pista de la carrera. No sabía dónde iba, pero no podía soportar la idea de regresar al palacio.

Hipómenes me tocó con suavidad el hombro.

—Les avisaste de que no compitieran contigo —me dijo—. Conocían el castigo.

—Lo sé.

Me apoyé en una roca y volví la cara al sol.

—A lo mejor Yaso sobrestima cuántos más estarán dispuestos a intentarlo.

—Siempre hay hombres que quieren hacerse un nombre. Puede que no muchos como estos, jóvenes, arrogantes y perdidos. Están los implacables, los que no se detienen ante nada con el fin de asegurar su inmortalidad en las leyendas; hombres brutales que buscan la gloria, hombres que quieren ser tan famosos como Heracles, sea cual sea el precio.

A Heracles le costó las vidas de su esposa y su hija. Vidas inocentes, mujeres cuyos nombres nunca serían recordados como el de él, sacrificadas en las llamas que forjaban el destino de un héroe.

—Hombres que saben lo que está en juego —declaré.

—¿Significa eso que vas a seguir corriendo? ¿Merece la pena? —Capté un tono triste en su voz. Daba la impresión de que odiaba presenciar las ejecuciones más incluso que yo.

—¿Si merece la pena comprar mi libertad y la seguridad de mi hijo? Creo que sí. —Me quedé callada, tratando de acallar la pregunta inquietante de si este era el mundo donde quería que creciera Partenopeo.

Me dolía la cabeza. Podía desear ahora no haber venido nunca, pero aquí estaba y ya era demasiado tarde para marcharme. Sabía que acudiera quien acudiese, nadie podría superarme. Si tenían que morir todos los héroes de Grecia, que así fuera.

No pensaba rendirme. Iba a ganar.

Mi determinación me llevó a pasar de largo de la espeluznante ex-hibición que había ordenado Yaso a las puertas del palacio, cuando regresé. Vacilé solo un poco cuando vi las caras de los miembros del segundo grupo en el gran salón. Estaban sentados en torno a una mesa larga de madera, la comida delante de ellos sin tocar, y no había ni rastro de la camaradería o de las risas de la noche anterior. Me detuve antes de entrar en el salón y di media vuelta. No pensaba comer aquí.

Fuera, en el patio, se habían dispuesto estatuas de hombres jóve-nes en los bordes. Todos sostenían una antorcha encendida. En las columnas había flores entrelazadas y, encima de mí, las estrellas titi-laban en el cielo. Se estaba muy en paz.

Oí unos pasos suaves detrás de mí y me volví; esperaba que fue-ra Hipómenes. Era, en cambio, uno de los pretendientes y tenía el rostro arrugado.

—¿Qué haces aquí? —le pregunté.

—No podía quedarme allí. —A la luz del fuego su rostro parecía dolorosamente joven.

—¿Y por qué has venido?

Se encogió de hombros. Vi que le temblaban los hombros inclu-so aunque intentara fingir una fachada de valentía.

—Me envió mi padre —respondió—. Soy su hijo menor, no soy de utilidad para él. «Ve y consigue un buen matrimonio», me dijo. Si no, no vayas a regresar. —Torció la boca. Me dio la sensación de que estaba conteniéndose para no ponerse a llorar.

—Pues vete —lo animé en voz baja. Miré a mi alrededor para asegurarme de que nadie nos había visto—. Sal corriendo ahora, mientras están comiendo.

—El rey ha apostado guardias en cada camino que sale de esta ciudad después de lo que ha sucedido hoy. Si no, no le quedarían competidores. Además, ¿adónde iría? Mi padre no quiere que regrese si fracaso. Y… y voy a fracasar.

—¿Atalanta?

Era Hipómenes, que venía del jardín al patio donde estábamos nosotros.

—Es mejor que vuelvas —sugerí al joven—. Antes de que alguien repare en tu ausencia.

Tragó saliva y cuadró los hombros. Asintió y se marchó.

—¿Qué ha pasado? —preguntó Hipómenes.

—Ni siquiera quería correr. —Me puse a dar golpecitos con los dedos en la tapa de la jofaina de piedra que tenía a mi lado—. Su padre lo ha obligado a venir.

—Puede que sea así para otros de los que están aquí —afirmó él—. Ninguno se ofreció voluntario para estar en el primer grupo. Si hubiera ganado uno de esos hombres, estos podrían haberse marchado a casa.

—Eso si les hubieran permitido regresar sin haber vencido.

Me ofreció una sonrisa triste.

—Tiene que haber perdedores. Es una competición.

—Y yo no seré una. —Levanté las manos—. ¿Qué se supone que tengo que hacer?

Se rascó la nuca y me fijé en cómo se movían los músculos de sus antebrazos bajo su piel. Su fuerza era calmada y discreta, no como la de los corredores que se estiraban y flexionaban antes de la carrera esta mañana, pavoneándose delante del público como los adorados pavos reales de Hera. Parecía cansado, más desgastado por los acontecimientos del día de lo que me había fijado, pero, así y todo, buscó las palabras correctas por amabilidad.

—Creía que habías decidido qué hacer. ¿Ha cambiado algo?

Apreté los labios, pensativa. Un murciélago aleteaba en el aire, los grillos cantaban en la hierba. Me hubiera gustado estar fuera, lejos de la claridad de las antorchas y las esculturas refinadas. Fuera, donde la oscuridad era una amiga conocida. No como aquí, donde los horrores sucedían a plena luz, donde los monstruos sonreían tras los rostros humanos.

—Creo que es mejor para Partenopeo crecer sin riquezas que convertirse en un hombre como mi padre. Pero... —Aparté la mirada de Hipómenes y la fijé en el espacio monótono del jardín oscuro—. No puedo permitir que alardeen de que Atalanta huyó de la competición. Ya conocen mi nombre, tal y como quería. Tengo que correr. Dirían que fui una cobarde, que mi temperamento femenino no pudo soportar el reto. Eso es peor que ser olvidada. Sería una desgracia. —Exhalé un suspiro hondo—. Aunque ojalá no tuvieran que morir todos.

Posó una mano en mi hombro.

—No es culpa tuya.

Su roce era cálido.

—Hay un templo de Artemisa al fondo del camino, más allá del huerto —comenté—. Voy a ir.

—Es una buena idea.

—Te veré al amanecer —me despedí y eché a correr en la oscuridad. Cuanto más me alejaba del palacio, más luces engullía la noche y mejor me sentía. Avancé por el camino polvoriento, pasé junto a los árboles y vi luz delante. La llama que ardía a las puertas del templo.

Era un edificio modesto, sencillo y humilde. Lo había visto ya al pasar por allí, pero había evitado entrar. Ahora estaba vacío, una única llama danzaba en el cuenco bajo y las polillas revoloteaban en el suave brillo.

Pasé entre las columnas de piedra de la entrada. Dentro el aire olía a cedro, silvestre y reconfortante. En el centro había una estatua de Artemisa. Su ejecución era un poco torpe, pero, así y todo, noté un nudo en el pecho. Parecía que hubiera pasado toda una vida desde la última vez que la vi. No sabía si volvería a verla alguna vez.

Estaba segura de qué haría ella si alguien era lo bastante estúpido como para retarla. No tendría compasión.

Esperé allí un rato, de pie en las sombras, preparándome. Había pasado demasiado tiempo entre la gente, viviendo según sus reglas. Me estaba empañando la visión, arrebatando la seguridad y la confianza en mí misma, haciéndome dudar del instinto que me había mantenido con vida tantos años. Necesitaba recordar quién era, quién había sido siempre. Una mujer sin miedo.

Me desperté sin nervios ni emoción, solo con una sensación de inevitabilidad. Haría lo que tenía que hacer, pero no me agradaba enviar a doce hombres más a la muerte.

La misma multitud aguardaba junto a la pista, la misma fila de guardias, la misma hacha en la roca plana que seguía con las manchas oscuras del día anterior.

También estaban allí los doce hombres, un grupo tranquilo, sumiso, todos ellos concentrados. Algunos alzaban la vista al cielo, tal vez dirigiéndose a los dioses, y otros miraban el suelo.

Cambié el peso de un pie a otro, demasiado nerviosa para mantenerme quieta. Quería acabar ya con esto.

Cuando Yaso se adelantó sentí una oleada de alivio. Hizo su declaración, nos recordó lo que había sucedido el día anterior, la tarea tan importante que tenían los corredores.

Pero esta mañana, cuando los candidatos ocuparon sus lugares a mi lado y los heraldos se llevaron las trompetas a la boca para anunciar el inicio, habló otra voz.

—¡Yo también desafío a Atalanta! Dejad que corra.

La voz me resultó familiar, pero era imposible que se tratara de él. El temor me contuvo de darme la vuelta para confirmarlo.

Yaso se rio al hablar.

—¿Hipómenes? ¿Te ofreces como posible esposo?

—Así es.

Cerré los ojos y con cada nervio de mi cuerpo le pedí que se retractara.

—Soy un candidato digno para tu hija —declaró Hipómenes—. Soy el hijo de un rey. Participé en la famosa caza del jabalí de Calidón.

—¿Y puedes correr?

Hubo risitas entre los espectadores.

—Puedo.

Pero yo sabía y también él que lo había superado corriendo en incontables ocasiones.

—Y si gano —continuó—, te pido que dejes que los demás pretendientes se marchen ilesos.

—Acepto tu reto, Hipómenes. Tal vez los dioses te sonrían hoy.

—La voz de Yaso era suave como la miel.

Y para mi horror, Hipómenes se adelantó y se agachó a mi lado.

El grito resonó antes de que tuviera oportunidad de hacer nada.

—¡Competidores, preparados!

28

—¿Qué estás haciendo? —siseé en los segundos que siguieron.

—Así no tiene que morir nadie. —Me sostuvo la mirada un segundo agonizante, un destello de conexión antes de que sonaran las trompetas y los corredores se abalanzaran hacia delante como flechas propulsadas por un arco. Me eché hacia atrás sobre los talones y vi cómo se alzaba el polvo alrededor de sus tobillos. Sentí que el aire me abandonaba el pecho. ¿Qué le había pasado? Sus palabras se repitieron en mi mente: «No tiene que morir nadie». ¿Pensaba que iba a dejar que ganase? ¿Tan seguro estaba de nuestra amistad que apostaba su vida?

Hipómenes era más rápido que el resto y tomó la delantera. El grupo se quedó atrás y mantuve la mirada fija en ellos, esperando el momento en el que giraran en el poste de la mitad. El cuerpo me vibraba por los nervios, tenía la mente vacía de todo pensamiento excepto el de correr.

Me lancé hacia delante, las zancadas rápidas y ligeras; los árboles y montañas pasaban a mi lado más rápido incluso que antes. El viento rugía en mis oídos; no había nada en el mundo excepto yo. Apenas me di cuenta del momento en el que alcancé a los corredores y me lancé hacia la figura que iba delante, cubriendo el espacio que había entre nosotros sin problema.

Justo cuando estaba a punto de adelantarlo vi por el rabillo del ojo que buscaba algo a tientas y deceleré solo un poco para ver qué hacía. Llevaba una bolsa de tela atada a la cintura y tenía algo dorado en la mano que arrojó delante de mí. Noté que se estremecía el aire cuando voló al lado de mi cara y no pude evitarlo, me volví para ver qué era.

Rodó hacia el borde de la pista, incongruente en la tierra y el polvo. Brillaba con tal intensidad que parecía no pertenecer al reino de los humanos.

En un impulso, retrocedí, lo recogí del suelo y volví a echar a correr; alcancé fácilmente a Hipómenes. Miré la bola dorada que tenía en la mano, suave y curiosamente pesada. No era una esfera como me había parecido en un primer momento; tenía un hoyuelo en la parte superior y emergía de él un tallo dorado y una hoja tallada con unas incisiones delicadas para marcar las venas.

Una manzana hecha de oro, sorprendentemente hermosa. Sabía que significaba algo, que había una historia que ya había escuchado, y justo cuando me vino a la mente el recuerdo lo vi, a mi lado, metiendo la mano en la bolsa para lanzar una segunda manzana. Su brazo fue más fuerte esta vez y el objeto voló más lejos que el primero.

La línea de meta estaba a la vista, los rostros del público eran un borrón de bocas abiertas, un frenesí delirante. Tensé la mandíbula, me lancé de nuevo hacia delante y dejé a Hipómenes y la manzana detrás de mí.

Pero podía ganar fácilmente, me dije a mí misma. No fue una decisión consciente: mis pies giraron para ir a buscar la segunda manzana. Sabía ya lo que eran: las manzanas doradas de las Hespérides. Habíamos visto la destrucción que había dejado Heracles cuando saqueó el jardín sagrado para robarlas. Me acordé de la dríade llorando.

Volví con agilidad de nuevo a la pista. Hipómenes movía con furia las piernas. Corrí a toda velocidad por el espacio vacío que había entre los dos, con su espalda muy cerca, y entonces volví a adelantarlo.

Miré atrás un segundo. El brillo del sudor en su frente, la determinación en su mandíbula, el propósito en sus ojos. Había algo que quería que yo supiera, me estaba lanzando un mensaje con estas manzanas y yo no lo entendía.

La tercera adelantó mis pies y se salió de la pista.

Me obligué a pensar con claridad. Estas manzanas doradas eran un trofeo presentado a Hera, reina de los olímpicos, en su matrimonio con Zeus. Heracles las quería igual que Jasón deseaba el vellocino, un emblema de su estatus legendario, prueba para el mundo de que él era el mejor de los héroes, de que podía tomar lo que ningún mortal ordinario podría desear nunca poseer.

Y ahora podían ser mías.

El tumulto que se produjo entre los espectadores fue increíble cuando me desvié a un lado, fuera de la pista, para buscar la última manzana que rodó hasta detenerse a cierta distancia. La alcancé, me presioné los tres objetos contra el pecho y volví corriendo hasta donde Hipómenes estaba ahora, a muy poca distancia de la línea de meta. Dio la impresión de que se ralentizaba el tiempo, Hipómenes estaba a escasos centímetros de mí, su codo justo delante de mi brazo; se encontraba a mi lado; estábamos a punto de alcanzar el poste y yo iba justo por delante de él, el estruendo de los gritos resonaba desde las laderas rocosas, reverberando hasta el cielo.

Y justo antes de llegar, con un esfuerzo inmenso, deceleré. Hipómenes me adelantó y, en un caos de movimiento, pasó el último poste. Se lanzó a la tierra, rodó sobre ella, se tumbó de espaldas, respirando de forma entrecortada, y miró al cielo. Yaso alzó los puños, emocionado.

Los otros corredores seguían corriendo con dificultad, pero la felicidad empezaba a aparecer en sus rostros. El público coreaba el nombre de Hipómenes, lo levantaron del suelo y le pusieron una corona hecha con ramas y hojas entrelazadas. Él era el ganador, no yo, y los demás no tenían que morir.

Se apartó de la presión de la gente y se dirigió hacia donde estaba yo, con la mano todavía en el poste.

—Me gustaría explicártelo. —Hablaba en voz baja para que no nos oyeran, pero seguía respirando con dificultad, gimiendo por el esfuerzo—. No podía contarte lo de las manzanas, prometí...

Negué con la cabeza.

—No lo entendí al principio.

—Podrías haberme ganado fácilmente, incluso con las manzanas.

—¿Y dejar que mueras?

—Si hubieras querido. Solo quería darte la posibilidad. —Su mirada era seria, la tenía fija en la mía, y sus palabras salían ahora más rápidas—. Podrías haber ganado y haberte quedado con las manzanas. Quedarte con ellas y ganar la carrera habrían demostrado que eres igual que Heracles, te habrían dado toda la fama que pudieras desear. Podrías haberte quedado aquí sin vergüenza; podrías haberme vencido y haberte quedado las manzanas, y nadie se habría atrevido a competir contigo. Yaso no habría tenido más competidores voluntarios, así que no tendría ningún poder sobre ti ni Partenopeo. Tu reputación no habría tenido mancha.

Sonreí.

—¿Qué vale mi reputación si dejo que mi amigo muera? ¿Qué clase de heroína sería?

Se encogió de hombros.

—Una normal. Me alegra que seas diferente. Esperaba... esperaba que lo fueras. Ya sabes, no tenemos que casarnos por orden de Yaso. Podemos irnos de aquí. No tienes que cumplir el trato, puedes hacer ahora lo que quieras.

—¿No has hecho esto para convertirte en mi esposo?

Sus mejillas, ruborizadas ya por la carrera, se tiñeron de un rojo más oscuro.

—Por supuesto que no. Me has hablado del oráculo. Me has dicho que nunca te vas a casar. Quería ayudarte a encontrar una forma de librarte del trato sin que se produzcan más muertes innecesarias, sin que tengas que comprometer tu fama.

—Pero ¿cómo has conseguido las manzanas?

Yaso se dirigía hacia nosotros con los brazos extendidos. Hipómenes habló aún más rápido.

—Cuando fuiste al templo de Artemisa recé a Afrodita en busca de ayuda. Me escuchó. La diosa fue quien me dio las manzanas doradas. El motivo lo desconozco.

Vacilé, confundida. Yaso nos alcanzó y le dio una palmada a Hipómenes en el hombro, eufórico por el triunfo. Yo estaba demasiado preocupada para sentir irritación y mucho menos la humillación que quería él que sintiera.

¿Por qué Afrodita? Sabía de su rivalidad con Artemisa, el odio que sentía por la diosa que pedía a sus seguidoras que dieran la espalda a la pasión y el deseo que Afrodita disfrutaba. ¿Por qué había acudido Hipómenes a ella y por qué se había dignado a ayudarlo?

Recordé las historias que me habían contado las ninfas. Afrodita y Artemisa se habían enfrentado antes por mortales, las dos estaban resentidas con la otra por la usurpación de sus devotas, las dos determinadas a reunir más seguidoras. Eso lo sabía. Me acordé de cuando me hablaron de Perséfone y cómo se vengó Artemisa por medio de Adonis. Menudo premio para Afrodita si tomaba a la protegida de Artemisa.

Afrodita respondía a las súplicas nacidas del amor. Para acudir en ayuda de Hipómenes debió de ver en su corazón lo que sentía, a pesar de lo que él dijera de nuestra amistad. Había arriesgado la vida por salvaguardar mi orgullo. Estaba dispuesto a morir para que yo pudiera tener éxito.

Y ahora volvía a arriesgarlo todo. Una diosa frustrada sería despiadada si no obtenía lo que había exigido. Y por lo que yo sabía, solo podía haber exigido una condición de parte de Hipómenes a cambio de las manzanas.

Ahora sí estaba segura. Afrodita debía de haberle dado esos trofeos a cambio de la promesa de que me casaría para asegurarse así de que Artemisa nunca más pudiera exigir mi presencia. Si por el contrario, yo me quedaba con las manzanas y sin esposo, era posible que recuperara el favor de mi protectora y tal vez pudiera pertenecer de nuevo a Artemisa. Pero no tenía duda de que Hipómenes pagaría un precio terrible por ello, y él también debía saberlo, aunque me animara a marcharme.

Yaso me miraba expectante. No había escuchado lo que había dicho por culpa de mis pensamientos acelerados.

—¿Qué? —pregunté.

Noté manos en mis hombros, algo fresco y pesado en mi clavícula. Bajé la mirada y vi una cuerda con piedras preciosas que alguien me había colocado en el cuello.

—La boda se celebrará de inmediato —anunció Yaso.

Hipómenes sacudió la cabeza.

—Pero los rituales... no hemos hecho nada, no ha habido preparación alguna, ni sacrificio. ¿Cómo puede celebrarse una boda así? ¿Una boda real? Deberíamos esperar, prepararnos mejor —Balbuceaba desesperadamente, tratando una vez más de salvarme.

Posé una mano en su brazo.

—¿Qué preparaciones necesitamos? —Se quedó con la boca abierta, su asombro casi resultaba cómico. Brotó de mi pecho una carcajada, una repentina oleada de felicidad.

Me volví hacia el rey.

—En esta situación no hay nada usual. Hice un trato contigo y lo honraré. Nos casaremos aquí.

Inspiré profundamente. El ambiente estaba calmado. No hubo ira divina ni señales de la furia de Artemisa tras mi revelación.

Me aclaré la garganta.

—Ahora.

29

Fue un asunto apresurado, tan rápido que me pareció que estaba teñido de pánico. Supongo que Yaso temía que desapareciese. A fin de cuentas, ya había demostrado que nadie podría alcanzarme si huía.

En el aire flotaba una llovizna que envolvía las cimas de las montañas y formaba nubes. Tenía el pelo húmedo, los mechones sueltos se me pegaban a la cara y a la nuca, y me caían gotas frías por la espalda. Íbamos todavía descalzos tras la carrera, las piernas cubiertas del polvo que manchaba los bajos de las túnicas. Era muy consciente de las manos de Hipómenes en mis muñecas, de los balidos de la oveja que trajeron de los campos cercanos para ofrecer en sacrificio con la esperanza de que los dioses contemplaran con amabilidad nuestra unión. Las libaciones, la sonrisa alegre de Yaso, el alivio en los rostros de los jóvenes que tenían permiso para vivir. Las manzanas brillando en la roca plana donde hoy nadie tendría que morir.

Pensé en el hombre que se había alejado del bebé lloroso en la ladera de la montaña. La osa, cansada de sus oseznos, bramándoles para que se marcharan. El silencio del bosque cuando regresé de mis aventuras, dolorida y cansada y desesperanzada, buscando una compasión de Artemisa que nunca recibí. Su rostro frío y vacío cuando me dijo que no regresara jamás. La soledad después de dar a luz.

Y ahora Hipómenes, con su amor amable y abnegado. Enfrentándose al castigo de Yaso o de Afrodita para liberarme.

En la pista de carreras donde nos casamos me despedí de las condiciones que había impuesto en mi vida Artemisa y de las exigencias que había hecho mi padre. Por primera vez la decisión era mía. Podía dejar que Yaso pensara que la había tomado él por mí, ¿qué más daba?

No tenía que ser una seguidora obediente de Artemisa que se lanzaba a servir sus peticiones; no tenía que ser una heroína igual que Jasón, Heracles o los cazadores del jabalí de Calidón. No iba a intentar moldearme para ser como ellos, una persona despiadada que buscaba la gloria y solo servía a sí mismo. Yo era diferente.

La llovizna dio paso a un aguacero, un torrente repentino que dispersó a la multitud. Me reí al verlos alejarse, Yaso con el manto por encima de la cabeza mientras corría. Hipómenes y yo nos habíamos quedado solos. La pista se convirtió en una masa de lodo espeso bajo el golpeteo incesante de la lluvia.

—¿No quieres seguirlos? —me preguntó Hipómenes—. ¿Volver al palacio?

Negué con la cabeza.

Su sonrisa fue como un amanecer lento que acababa con las últimas sombras.

—¿Y Yaso? ¿Vas a reclamar lo que es tuyo?

—No quiero nada de Yaso —respondí—. He visto suficiente de su mundo para saber que no tendría que haber venido aquí.

—¿Y Partenopeo?

—Está mejor donde está.

—¿Y ya está? ¿Vas a marcharte sin nada?

—No del todo.

Tomé su rostro con las manos y lo besé. Sus labios eran suaves y cálidos contra los míos; olía a lluvia y a tierra, a pino fresco del bosque, a río cristalino, brillante y frío y revitalizador.

Se apartó un centímetro, su frente tocando la mía, y soltó un gemido que parecía una carcajada.

—Desde que vi tu cara después de que me dejaran inconscientes los centauros, no he pensado en otra cosa.

Sabía que era verdad. Yo no había admitido que también lo quería hasta ahora. No separaba ninguna parte de mí de nuestro beso; no temía la ternura, la emoción entre nosotros. Con Hipómenes podía permitirme sentirlo todo: la pasión y el amor. Le tomé la mano y entrelacé los dedos con los suyos.

—Vamos.

Miró atrás cuando lo conduje por la ladera que se alejaba del valle.

—¿Y las manzanas?

Me detuve. Las miré, brillantes bajo la lluvia; parecían latir y moverse con una energía vibrante. Un premio que podía ser prueba para el mundo del valor de un héroe.

Mis pasos fueron firmes, me llevaron hasta ellas como un hilo que se envolvía de nuevo en un carrete. Extendí el brazo para tocar la primera, su suavidad era dura e inflexible.

La empujé y esta rodó por la superficie de la roca y quedó un momento suspendida antes de caer a la hierba con un sonido sordo.

—Las dejamos aquí también —declaré.

Las nubes se reunieron sobre nuestras cabezas mientras corríamos por el camino que nos había traído a la ciudad, lejos del palacio, donde los redobles rítmicos de los tambores acompañaban las notas sueltas de una lira, las carcajadas, canciones y voces alzadas para celebrar una boda sin novia y sin novio. Pensé en cuánto tiempo tardaría Yaso en darse cuenta de que su premio se había marchado, que ya no tenía hija de la que presumir. Cualquier cosa que pudiera habernos dado (tesoros, barcos o misiones), cualquier cosa que yo hubiera hecho con sus recursos tendría que haberlo llevado a cabo en su nombre, y no pensaba hacerlo. No me importaba que mi nombre se olvidara en los salones, que los hombres como él no lo mencionaran, que se escapara de las canciones y los recuerdos de hombres cuyas opiniones no valían nada para mí. Había tenido que ver las manzanas doradas para entenderlo, pero ahora lo sabía.

Corrimos juntos bajo la lluvia, más allá de los límites de la ciudad, hacia la naturaleza.

El templo estaba cubierto de maleza, la hiedra trepaba por los muros ruinosos, el musgo suavizaba las piedras y en la entrada había zarzas enredadas. Accedimos en la gruta, en las profundidades del bosque, iluminada por un rayo pálido de la luna. El cielo oscuro se había aclarado y el aire estaba inmóvil y pesado a nuestro alrededor, cargado de un calor extraño bañado por el aroma empalagoso de la madreselva que crecía en la gruta.

Los últimos sonidos de nuestras risas morían detrás de nosotros, los helechos aplastados a cada paso, nuestros pechos llenos de emoción, hasta que nos detuvimos aquí, como si acordáramos que este era nuestro destino. El perfume aplastante de las flores me mareaba; el aire cálido y fragante me enturbiaba los sentidos al respirar.

—Vamos.

Le tiré de la mano hacia la entrada sin preocuparme por las espinas que me arañaban las pantorrillas. Era como un sueño, un torrente de euforia en mis venas, no solo la alegría de correr o la emoción de nuestra huida. Había algo más en el bosque, una presencia en la gruta como ninguna otra que conociera. Algo que me atraía hacia este santuario en ruinas, donde posé la mano contra la piedra fría buscando algo que me sostuviera, que me despertara y me hiciera volver en mí. Era muy diferente al soplo de viento que seguía a Artemisa, sus pies veloces, la túnica ondeando tras ella al entrar en sus grutas sagradas, la sensación de que el bosque cobraba vida con su presencia. Esto, lo que había en la gruta con nosotros, iba a la deriva, era suave, dulce y peligroso, algo antiguo y seductor que nos tenía bien aferrados. El olor a rosas, intenso y empalagoso, como las que vi tantos años atrás en la pradera de Afrodita. *¿Por qué iba a estar aquí Afrodita?*, pensé. Y la respuesta surgió en mi mente.

Las manzanas. El regalo de Afrodita que dejamos atrás, que tiramos al barro.

Pero no pude aferrarme con suficiente claridad a los pensamientos; eran resbaladizos, se alejaban de mi alcance como los peces que intentaba sacar del río igual que los osos tantos años atrás.

Sacudí la cabeza para tratar de aclararla. Hipómenes tenía los ojos empañados, descentrados, estaba sucumbiendo al mismo trance que yo. El trance de Afrodita, el embrujo de la diosa como castigo por las manzanas que habíamos rechazado. En algún lugar de mi mente una parte lúcida de mí me lanzaba advertencias, pero no podía luchar contra esto y tampoco él.

—Rea —dijo y señaló un grabado en la pared. Pasó el pulgar por las formas que había en relieve. Las miré bajo las sombras. Rea, la diosa de la que me habló una vez Artemisa. Rea, que gobernaba este bosque antes que nadie. Rea, la madre de los dioses, madre de las montañas, madre del mundo. Estaba resaltada en dorado, relucía bajo la luz tenue, la alta corona y el vestido fluido, con los leones de piedra a sus pies. Este fue su templo, su lugar sagrado de veneración. Parecía correcto que la naturaleza lo hubiera engullido casi por completo, que las enredaderas y plantas lo hubieran tomado, que se hubieran abierto paso entre las piedras para devolverlo de nuevo a la tierra, para hacerlo salvaje.

—Tenemos que escapar —murmuré—. Vamos a escondernos aquí.

Y él asintió, aturdido.

El aroma intenso de las rosas se disipó cuando nos adentramos en la cueva. Volví a captar el olor de Hipómenes, el aroma fresco a montaña, la tierra del interior del templo, el musgo y la piedra. Apenas pensé en dónde estábamos, en las tallas en madera de deidades antiguas como guardias en los muros ruinosos, Rea la más alta de todos, sus ojos sobre nosotros.

Lo besé justo delante de ella, un relámpago tras mis ojos, una intensidad fiera que apartaba los demás pensamientos de mi cabeza. El pensamiento al que trataba de aferrarme, la preocupación de que una Afrodita vengativa nos estuviera conduciendo a una trampa, ya no importaba. Ese miedo se disipó como una voluta de humo cuando lo acerqué más a mí, sus manos bajando por mi espalda, su pelo enredado en mis dedos. No existía nada más en el mundo, solo nosotros dos.

Las llamas ardían en mí, un infierno que arrasaba cualquier comportamiento coherente, cualquier cosa que pudiera alejarme de él. Si era el hechizo de Afrodita lo que nos tenía atrapados, si nuestra voluntad estaba empañada por su magia, estábamos atrapados juntos. La noche más allá de los muros del templo seguía serena y vigilante, pero dentro del santuario oscuro nosotros éramos cuanto importaba.

Después nos quedamos en el suelo desnudo, sin aliento; por fin entraba una brisa por la puerta. El calor que antes flotaba en el aire se extinguió, se disipó en el aleteo amable que acariciaba las hojas retorcidas que había esparcidas por allí, levantándolas ligeramente y volviendo a dejarlas en el suelo.

Me alcé sobre un codo. Tenía el pelo suelto y acerqué la otra mano a la cicatriz blanca donde la lanza del centauro había perforado el hombro de Hipómenes la noche que nos conocimos. Iba a decir algo cuando volvió a sisear el viento, más fuerte esta vez, y las hojas se alzaron a su paso. Me dio un escalofrío, una sensación repentina de alerta se apoderó de mí.

De nuevo entró en el templo una oleada de aire y me incorporé. El pelo ondeó detrás de mí cuando se levantó otra ráfaga y oí su voz. Grave y primigenia, una voz tan antigua como el universo. Rea.

—Animales —susurró y las palabras se acumulaban unas sobre otras como olas que rompían y retrocedían—. Como animales... mi templo... mi santuario... descarados.

Hipómenes me agarró el brazo con fuerza. El encantamiento se había disipado, ahora lo veía y también lo hacía él. Afrodita nos había conducido hasta aquí, al templo de Rea, y había dejado que la pasión nos superara. Artemisa me contó que Rea dejó estos bosques, pero estaba aquí y había visto lo que habíamos hecho. Nos miramos el uno al otro, sin palabras, y el viento volvió a soplar, un chillido discordante que se hacía más y más fuerte hasta que nos llevamos las manos a las orejas y cerré los ojos, tratando de ignorarlo. Las hojas giraban, volaban a nuestro alrededor mientras su ira aumentaba y entonces, de forma abrupta, cayeron. Todo se quedó inmóvil, la propia diosa contuvo un instante el aliento.

Primero lo noté en la nuca: una sensación rasposa, algo diminuto que salía de mí, por la piel, miles de pinchazos pequeños. Después una onda que hizo que todo mi cuerpo se estremeciera y lo sometió a una intensa convulsión. Pensé que la diosa me había agarrado, que me estaba zarandeando de un lado a otro, pero el movimiento provenía de mi propio cuerpo, un cuerpo que ya no sentía propio; la forma de las piernas me resultaba desconocida, notaba una presión que aumentaba con una intensidad insoportable, la horrible convicción de que estaba saliendo de mi propio cuerpo, que no podía contenerme. Un aullido trató de abrirse paso por mi garganta, pero sonó como un gruñido, un sonido tormentoso, gutural y salvaje, irreconocible.

No seguía siendo la misma de antes. Y cuando levanté la cabeza, con el peso ahora diferente y el arco de mi cuello extraño y nuevo, busqué a Hipómenes en la oscuridad. Los ojos que me devolvieron la mirada eran dorados verdosos, bordeados de negro, y me miraban con el mismo pánico que sentía yo.

Pero el terror se estaba disipando. Me abordó una oleada de sensaciones nuevas. Mis piernas, siempre fuertes y musculadas, estaban ahora tensas, preparadas para saltar con una nueva fuerza. El poder que palpitaba en cada parte de mi cuerpo era más grande que nada que hubiera sentido antes.

Noté que la diosa me acariciaba la cabeza, su palma reverberaba en el pelaje dorado que me cubría ahora. Vi sus dedos enredados en el pelo rubio del león que había a mi lado, mi amante, pero fue alegría lo que sentí cuando nos indicó que corriéramos, una alegría pura y animal que eclipsaba todo cuanto había sentido antes.

Huimos juntos en la noche.

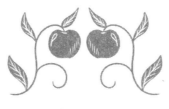

EPÍLOGO

Froto el rostro en su melena espesa y greñuda. Echa atrás la cabeza, alza la garganta al cielo con la boca abierta, con los colmillos relucientes bajo los rayos del sol. Se desploma, el hocico atigrado apoyado en las enormes patas que parecen muy suaves, excepto por las garras oscuras que hay entre el pelaje.

Me apoyo sobre las patas traseras, estiro de forma deliciosa las delanteras y me deleito en la sensación un momento antes de liberar la energía contenida y saltar hacia delante. Mi cuerpo está agachado en el suelo, las garras resuenan en la tierra, la hierba alta que me rodea ondea alrededor de mis patas. Corro con una elegancia fluida y una velocidad mayor que cualquiera que haya conseguido antes en mi vida, mi cuerpo ágil y sinuoso, en perfecta armonía con el mundo que me rodea. Mis músculos se mueven con suavidad debajo del pelo sedoso, sin esfuerzo mientras paso entre los árboles en el límite del bosque, corriendo a toda velocidad junto al pueblo donde vive Partenopeo. Crece fuerte y sano, está adquiriendo una destreza poco común en la lucha y en la caza, sin perder nunca la vida que busqué para él. Su destino lo espera un día; por ahora juega a las espadas con otros chicos, usando ramas para practicar; pacientemente las talla con la forma de un arco, las mueve a un lado y a otro, con los ojos entrecerrados y fijos en un objetivo imaginario. Levanta sacos de cebada y barriles de agua, aumentando su fuerza, perfeccionando su determinación. Cuando atisba el paso de un león no sale corriendo asustado como los demás. Alza la cabeza en nuestra dirección, sin miedo.

Sigo corriendo bajo el aire fragante de la noche por las laderas empinadas de las montañas. Delante de mí veo a Artemisa conduciendo su carruaje, las ciervas grandiosas al frente, el arco reflejando la luz fiera del sol y brillando con un tono triunfante anaranjado. Tiende la mano cuando me acerco, ha desaparecido su enfado con la mujer que fui en el pasado ahora que soy otra cosa; me acaricia la cabeza, la base de las orejas, y el cosquilleo de sus manos me recorre el lomo hasta la cola y se me escapa un gruñido de placer. Vuelvo a correr, más rápido todavía, hacia la cima más alta, desde donde puedo ver el mundo extenderse debajo de mí, amplio y sin límites.

El oráculo me advirtió de que me perdería a mí misma, pero ha pasado lo contrario. Soy más yo misma de lo que nunca lo he sido. Soy salvaje y soy libre.

Soy Atalanta.

AGRADECIMIENTOS

Escribir esta novela me ha traído alegría y, como siempre, no podría haberlo hecho yo sola. Antes que nada, gracias a Juliet Mushens, mi agente, hada madrina, bruja buena que sigue obrando su magia transformadora en mi vida. Estoy también eternamente agradecida con todo el equipo de Mushens Entertainment por todo su apoyo y amabilidad.

Mis editoras, Caroline Bleeke y Flora Rees, me han retado e inspirado hasta convertir *Atalanta* en su mejor versión. Su aliento ha revivido siempre mi entusiasmo y amor por la escritura y me ha conferido confianza y coraje para seguir adelante. Asimismo, su percepción y conocimiento me han infundido propósito y claridad para ver el camino a seguir. ¡Estoy muy orgullosa de lo que hemos hecho!

Me siento profundamente afortunada por haber trabajado con todo el mundo en Wildfire y Flatiron y por haber contado con unos equipos increíbles que se ocupen de mis libros en el Reino Unido y Estados Unidos. Gracias en particular a Alex Clarke, Elise Jackson, Caitlin Raynor y Amelia Possanza, pero también a todas las personas involucradas en cada etapa del viaje, desde la redacción hasta la revisión, la publicación y más allá. Y estaré eternamente agradecida a Tara O'Sullivan por la corrección tan meticulosa.

La parte más gratificante es siempre cuando tengo por fin el libro en las manos y es todavía más especial porque cuento con las diseñadoras de cubierta con más talento: Micaela Alcaino para las cubiertas del Reino Unido y Joanne O'Neill para las cubiertas de Estados Unidos. Sus trabajos son espectaculares y asombrosos, y siempre me emociona ver lo que han conseguido. ¡Creo que con *Atalanta* se han superado de nuevo! (Gracias en especial al perro de Micaela, *Jojo*, por ser la mejor musa para una cubierta).

Atalanta es una heroína muy especial de la mitología griega; una mujer intrépida, hábil y ambiciosa, una fuerza a tener en cuenta, pero también todo corazón y compasión. Me sentí atraída por su historia al ver la imagen del bebé acurrucado con sus hermanos oseznos; y entonces descubrí más de ella y tejió un hechizo de magia en mí. Me ha encantado situarla en la leyenda de los argonautas y espero que esta novela dé a otros la oportunidad de enamorarse de ella de la misma forma que lo hice yo. Gracias a todos los libreros, blogueros de libros y lectores que se han puesto en contacto conmigo, que han recomendado mis libros a otros, que han hecho fotos preciosas y respondido de forma sincera y encantadora a mis novelas; lo valoro mucho cada día. A toda mi familia y amigos que siempre me han apoyado, gracias.

AUTORA

JENNIFER SAINT ha sentido toda su vida una gran fascinación por la mitología griega y estudió literatura clásica en la Universidad King's College de Londres. Desde septiembre de 2022 ha trabajado como profesora visitante en el departamento de literatura clásica. Ejerció de profesora de inglés trece años y compartió su pasión por la literatura y la escritura creativa con sus alumnos. *Ariadna* es su primera novela, *Electra* es la segunda y *Atalanta* es su último relato mitológico cautivador.

Instagram: @jennifer.saint.author

Twitter: @JennySaint